백 개의 아시아

1

백 개의 아시아 1

김남일, 방현석 지음

아시아

아시아의 원시림을 그리며

우리가 베트남에 처음 다녀와서 '베트남을 이해하려는 젊은 작가들의 모임'을 만든 지 어느새 이십 년 세월이 흘렀다. 베트남에서 만난 작가들과 예술가들은 우리와 다른 타자에 대한 많은 영감을 안겨주었다.

우리의 관심이 베트남에서 아시아 전체로 넓어진 것은 자연스러운 일이었다. "아시아의 눈으로 아시아를 보자"는 기치를 내걸고 계간 문예지 《ASIA》를 만들어온 지도 팔 년이 되었다. 그러나 아시아는 시간이 가면 갈수록 실체를 파악하기 어려운 미궁이었다. 아시아적 가치를 지향했던 우리는 '아시아적 가치'가 존재하기는 하는가, 하는 자문을 수없이 던져야 했다.

우리는 지리적 범주 이외의 다른 어떤 것으로도 아시아를 하나로 범주화하는 것이 불가능하다는 것을 차츰 인정하기 시작했다. 그렇게 되자 우리는 그동안 아시아라는 하나의 단위로 공통성을 도출해보려 했던 시도를 접게 되었다. 오히려 아시아는 어떻게 서로 다른가를 살펴보게 되었다.

아시아를 구성하고 있는 국가와 민족을 있는 그대로 바라보고 이해하기 위해 우리는 여러 개의 문을 두드려보았다. 역사를 공부하고, 지식인들의 교류 활동을 주선하고, 시와 소설을 소개하는 작업도 진행했다. 부분적으로 도움이 되기는 했지만 아시아의 실체를 파악하기에는 역부족이었다.

우리는 이 책을 펴내며 감히 말할 수 있게 되었다. 아시아가 무엇인지 설명할 수는 없지만 이제 보여줄 수는 있게 되었다고.

여기에 백 개의 아시아가 있다. 수천 개의 이야기 가운데서 선택된 백 개의 이야기는 아시아에는 하나가 아닌 백 개의 아시아가 있다는 것을 보여준다. 더 정확하게 말하면 수천 개의 아시아로 가는 관문 중에서 백 개를 보여주고 있다.

백 개의 관문을 통해 무엇을 보고 어떻게 생각할 것인가는 전적으로 읽는 이의 마음에 달려 있다.

　그러나 우리는 기대한다.『백 개의 아시아』가 그리스 로마 신화에 길들여진 세계관을 송두리째 흔들어 놓기를, 우리가 얼마나 울창한 정신의 숲에서 살아왔는가를 새롭게 인식하게 되기를.

　아시아가 거느리고 있는 이토록 매혹적인 이야기의 숲으로 독자들을 안내할 수 있게 된 것은 아시아 스토리 조사사업을 펼치고 있는 아시아문화중심도시추진단이 있었기 때문에 가능한 일이었다. 여기에 실린 이야기는 광주에 건립 중인 아시아문화전당 정보원에서 조사 수집한 이천 개의 이야기 가운데서 두 차례에 걸쳐 선정한 '100대 스토리'를 기반으로 필자들이 새롭게 정리한 것이다.

　『백 개의 아시아』는 인문학적인 스토리텔링을 통해 독자들이 흥미롭게 이야기의 숲을 산책하며 상상의 날개를 최대한 넓게 펼치도록 안내하는 것을 목표로 삼았다. 접근 가능한 수많은 자료들을 참고하였고, 책 뒤편에 그 출처들을 밝혀 놓았다. 그 과정에서 한국에서 아시아를 연구한다는 일이 얼마나 힘든지 새삼 확인했다. 다만 열악한 환경에서도 많은 전문가들이 묵묵히 다져 놓은 터전들이 있어 우리에게 힘이 되어주었다. 가령 구비서사시를 중심으로 세계문학사를 새롭게 쓰고자 했던 조동일 선생님의 선구적 업적은 지금도 여전히 경이롭다. 그러나 우리는 학술적 연구를 목표로 하지 않았기 때문에, 특히 일부 외국 이야기의 경우에는, 엄밀하게 확인하기 어려운 간접 자료를 참고한 경우도 있었다. 기탄 없는 질정을 바란다. 추후 꾸준히 교정해 나갈 것임을 약속한다.

　어쨌거나, 앞을 보나 뒤를 보나, 하룻강아지 범 무서운 줄 모르고 덤벼든 꼴이 되었다. 이렇게라도 만용을 부리지 않으면 영영 세월만 보낼 것 같아서 감히 나서서 매를 번다.

한국의 연구자들은 물론이고, 아시아 스토리 조사사업에 참가한 14개국 열다섯 명의 전문가들이 큰 도움을 주었다. 국적은 다르지만 친구가 되어 우리를 크고 작은 정신의 숲으로 안내해준 분들이 없었 다면 이 책은 나올 수 없었을 것이다. 손을 잡아준 모든 이들에게 감 사드린다.

2013년 12월
김남일, 방현석

일러두기

1. 국립국어원의 외래어 표기법을 따르되 베트남어는 원음에 가깝게 표기하고 음절 단위로 띄어 썼습니다. 단, 국가 이름 등에 한해서는 음절 단위로 띄어 쓰지 않았음을 밝힙니다.

2. 〈라마야나〉와 〈마하바라타〉 인도네시아 판의 경우 인도 판과 구분하기 위해 인도네시아어 원음을 충실하게 좇아 거센소리(격음) 대신 주로 된소리(경음)를 사용했습니다.

3. 독서의 편의를 위해 본문에는 가능한 한 외국어를 병기하지 않았습니다.

4. 각 이야기별로 출전과 참고할 만한 자료들을 책 뒤편의 '참고자료'에 밝혀두었습니다. '주석'에서 밝히지 못한 출처를 이곳에서 찾을 수도 있습니다.

5. 가능한 한 책은 『 』, 논문은 「 」, 신문과 일부 잡지는 《 》로 표시했습니다. 일반적인 이야기를 가리킬 때에는 주로 〈 〉표시를 사용했습니다.

6. 『백 개의 아시아 1』은 첫 번째 이야기부터 쉰다섯 번째 이야기까지, 『백 개의 아시아 2』는 쉰여섯 번째 이야기부터 백 번째 이야기까지를 담았습니다.

차례

사랑 이야기 1

변신과 괴물 이야기

거인과 천하장사 이야기

이어지는 이야기

무대에서 만나는 이야기

백 개의 아시아 2

숨은 신은 현존하며 동시에 부재하는 신이지, 때때로 현존하고 때때로 부재하는 신이 아니다. 숨은 신은 언제나 현존하며 언제나 부재하는 신이다.[1]

하늘에 해와 달이 두 개씩 뜨고 초목과 금수가 말을 하며 사람이 물으면 귀신이 답하는 혼란의 시대가 있었다. 이에 대별왕은 이승에 친히 와서 화살로 해와 달을 하나씩 쏘아 떨어뜨리고, 송피가루를 뿌려 초목과 금수의 입을 막았으며, 귀신과 인간을 저울로 달아 백 근이 넘는 것은 인간으로, 안 되는 것은 귀신으로 보냈다.[2]

나무라면 진절머리가 난다. 우리는 더 이상 나무들, 뿌리들, 곁뿌리들을 믿지 말아야 한다.[3]

이야기의 시작

이야기는 힘이 세다

방글라데시의 우유 배달부 – 첫 번째 이야기

이야기는 힘이 세다. 어느 정도냐 하면, 동서와 고금을 막론하고 그 가공할 위력이 공인된 이른바 '아내의 강짜'마저 쉽게 무장해제 시킬 만큼 힘이 센 것이다.

우리가 인도라고 부르는 땅덩어리는 거의 하나의 대륙에 육박할 만큼 넓어서 흔히 아대륙(亞大陸)이라고도 한다. 그 인도아대륙 동쪽 한 귀퉁이 마을에는 이야기에 미친 우유 배달부가 있었다.

1 그는 주위 사람들이 제발 좀 그만하라고 비웃고 조롱해도 도무

지 자제하지 못했다. 입만 열면 저절로 이야기가 쏟아져 나왔던 것이다.

하루는, 해바라기 꼭대기에 있는 벌집 위에 앉아있는데 벌들이 그 벌집을 들고 저 푸른 하늘을 향해 날아갔노라 입에 거품을 물었다.

"어땠는지 알아? 그렇게 날아서 붉은 가루 산들을 넘어 일곱 개 강의 강변까지 갔더니, 거기서 어떤 아름다운 공주님이 개똥벌레로 목걸이를 만들고 있지 않겠어?"

눈앞이 번쩍번쩍…… 그래도 '성실한' 가장인 그는 온갖 유혹을 다 뿌리치고 공주의 목걸이에서 딱 개똥벌레 한 마리만 훔쳐 가지고 해지기 전 재빨리 집으로 달려왔노라 했다.

"이 땀 좀 봐. 나도 할 만큼 한 거라고. 그러니 제발 좀 봐주시게."

그러나 그의 아내는 화를 거두지도 못하고 거둘 생각도 없었다. 마을 사람들이 퍼붓는 조롱을 정면으로 받는 사람은 남편이 아니라 바로 자신이었기 때문이다. 기분이 상한 그녀는 정색하고 남편에게 그런 한심한 이야기들은 숲에 가져다버리라고 요구했다.

"뱀이나 호랑이에게 잡아먹히는 한이 있더라도, 이야기를 다 챙겨서 보따리째 숲 속에 갖다버린다고 약속하세요."

"알았어, 알았다고. 나도 염치가 있지, 내다버릴게. 암, 까짓것, 내다 버리고 말고!"

"뱀이나 호랑이에게 잡아먹히는 한이 있더라도요?"

"아무렴, 뱀이나 호랑이에게 잡아먹히는 한이 있더라도!"

이튿날 아침, 우유 배달부는 여느 날처럼 밥과 우유로 아침을 잘 먹은 후 집을 나섰다. 하루 종일 아내는 남편의 귀가를 애타게 기다렸다.

지는 해를 뒤로하고 돌아오는 남편을 보고 그녀는 맨발로 달려가 반갑게 맞이했다. 그리고는 그가 '임무'를 성공적으로 마쳤는지 물었다.

그는 아주 당당한 목소리로 대답했다.

"당연하지! 누구 어명이시라고!"

아내의 입가에 활짝 미소가 번지려는데, 그가 슬쩍 덧붙였다.

"그런데 글쎄, 그게 말이야, 내가 이야기보따리를 다 비우기도 전에 웬 호랑이 한 마리가 나를 쫓아오기 시작하잖아. 그러니 어떡해? 죽어라고 바나나 나무를 타고 올라갔지. 그런데 놈도 내 뒤를 따라 올라오는 게 아니겠어? 에구, 어떡해. 난 나무 위에서 계속 뛰었지. 그렇게 내가 구름을 향해 죽어라 내빼는데 갑자기 나무가 흔들리기 시작하더니 기어이 쿵 하고 쓰러져버렸어. 아, 운이 좋았지. 그 바람에 호랑이도 쿵 떨어져버렸으니까. 나는 마침 당신 동생네 집 지붕을 뚫고 떨어졌어. 처남댁은 떡을 하고 있었지. 날 보더니 집에 돌아가는 길에 출출할 테니 먹으면서 가시라고 몇 개 주대. 날 못 믿겠어? 그럼 당신이 남은 떡 하나를 직접 맛보라고!"

이쯤에서는 화가 났던 그의 아내도 웃지 않을 수 없었다.

"세상에! 당신 참 대단하네요. 숲 속에 그 알량한 이야기를 갖다버리라 보냈더니 보따리 한가득 새 이야기만 넣어 왔으니……."[4]

천하에 어리석은 짓이 이야기의 국적을 따지는 일이겠다. 그래도 굳이 어리석은 짓을 하자면 이 이야기는, 인구 일억육천여 만 명이 넘는 방글라데시가 '소유권'을 인정받을 확률이 가장 크다. 사실 방글라데시의 일인당 GDP는 고작 기백 달러이며 21세기에도 경제개발

예산의 팔십 퍼센트 이상을 여전히 외국의 원조에 의존하고 있다. 2012년 런던올림픽에는 단 다섯 명의 선수단을 파견했고, 메달은 한 개도 따지 못했다. 그러나 방글라데시는, 세상에서 가장 가난한 나라 중 하나라는 사실과 상관없이, 이런 이야기들을 통해 인류 문명사에 꾸준히 의미 있는 메달을 보태고 있다.

자밀 아흐메드는 방글라데시의 설화 전통이 이 우유 배달부처럼 도무지 어떤 규범이나 제도로 가두어 버릴 수 없는 창조적 탈영토화의 욕망으로 그득하다고 말한다.[5] 다시 말해 카스트나 종교, 관습, 심지어 정치적 억압 같은 것도 '이야기'를 근본적으로 막지는 못한다는 것이다. 이야기를 만들고 그것을 들려주고 또 듣는 것은 이미 현생인류의 제2의 본능처럼 정착되어 왔다. 이야기가 단순히 하나의 문화적 '장르'로서 특정한 이익이나 목적에 봉사하는 것만은 아니다. 방글라데시의 이야기는 인류 문명사에서 중심과 주변의 상호 관계에 대한 고정관념을 단번에 깨뜨리는 당당한 발화(發話)이기도 하다. 적어도 이야기의 세계에서는 현실 세계에서 극명하게 드러나는 중심과 주변의 수직적이고 일방적인 관계가 성립하지 않는다. 그뿐인가? 때로는 주변이 오히려 중심을 구원하기도 한다.

때로는 주변이 중심을 구원한다

바리공주-두 번째 이야기

우리는 얼마든지 그런 이야기를 찾아낼 수 있다.

22

신생 미합중국의 대통령이 아메리카 대륙의 원주민 추장에게 땅을 팔라고 제의했다. 무력을 쓰기 전에 순순히 내놓으라는 협박이나 다름없었다. 인디언 수와미족 추장은 충격을 받았다. 그는 이미 자신들이 더 이상 버틸 힘이 없다는 사실을 알고 있었다. 그렇더라도 미국 대통령의 제안은 너무나 낯설었다. 그는 답장을 보냈다.

"어떻게 당신은 하늘을, 땅의 체온을 사고팔 수 있습니까. 그러한 생각은 우리에게는 매우 생소합니다. 더욱이 우리는 신선한 공기나 반짝이는 물을 소유하고 있지도 않습니다. 그런데 어떻게 당신이 그것들을 우리한테서 살 수 있겠습니까. 이 땅의 구석구석은 우리 백성들에게는 신성합니다. 저 빛나는 솔잎들이며 해변의 모래톱이며 어두침침한 숲 속의 안개며 노래하는 온갖 벌레들은 우리 백성들의 추억과 경험 속에서 성스러운 것들입니다."⁶

그에게, 그리고 그의 부족에게, 땅은 누군가가 소유해서 쓰고 싶을 때 얼마든지 꺼내 쓰고 용도가 다했다 싶으면 언제든지 버릴 수 있는 물건이 아니었다. 왜냐하면 땅은, 땅의 체온은, 아득한 시간의 흔적이요 앞으로도 영원히 지속되어야 할, 아직 오지 않은 추억이기 때문이었다. 그리고 지나간 그 시간의 흔적과 아직 오지 않은 추억 속에서 살아가는 것은 인간만이 아니었다.

"짐승들이 없다면 인간은 무엇입니까. 만일 짐승들이 사라져버린다면 인간은 커다란 영혼의 고독 때문에 죽게 될 것입니다."

수와미족의 추장은 수많은 종(種)의 폐허 위에 황홀한 신세계를 건설하려는 열망의 현실적 힘을 알고 있었다. 그는 결국 신생 미국의 추장에게 땅을 건네준다. 그가 대가로 요구한 것은 당연히 돈이 아니었다. 자신들이 그 땅을 어떻게 생각하며 살아왔는지 한 번만이라도 생각해 달라는 부탁뿐.

"지상에서 마지막 인디언들이 사라지고 오직 광야를 가로질러 흘러가는 구름의 그림자만이 남더라도 이 해변들과 숲들은 여전히 우리 백성들의 영혼을 간직하고 있을 것입니다."

과연 미국은 그 땅 위에 얼마나 황홀한 신세계를 구축했을까.

아마 인디언 추장의 제안은 문명이 발전하면 할수록 점점 더 그 의미를 더하게 될 것이다. 주변과 중심의 관계가 일방적이지 않을 수 있다는 이 같은 사실은 황석영의 소설을 통해 새삼 그 생명력이 입증된 〈바리공주〉 이야기에서도 확인할 수 있다.

2 대한국 어비대왕 내외가 쉰이 넘어도 세손이 없어서 정전과 내전이 늘 허전했다. 점바치에게 물었더니, 폐길년에 길례를 올리면 일곱 공주를, 대길년에 길례를 올리면 세 동궁을 얻는다는 답이 돌아왔다. 주상은 대길년을 기다릴 여유가 없어 바로 길례를 올리게 하였다.

세월이 흘러 중전의 옥체에 기미가 나타났다. 매일 먹던 수라에서는 생쌀 냄새가 나고, 생선에서는 비린내가 나고, 푸성귀에서는 풋내가 나고, 국에서는 날장 냄새가 났다. 그리하여 열 달이 차 아이를 낳으니 점바치의 예언대로 공주였다. 이후로도 중전은 줄줄이 여섯 공주를 낳았고, 그것도 모자라 마침내 일곱째까지 잉태하였다. 태몽이 여간 훌륭한 게 아니었다. 오른손에는 보라매, 왼손에는 백매, 무릎 위에는 금거북이, 양어깨에는 해와 달이 돋아나고, 대명전 대들보에 청룡과 황룡마저 보인다 했으니.

모두들 당연히 세자대군이라 믿었으나 일곱 번째도 공주가 태어났다. 구중궁궐 깊은 안채에서 곡소리가 터져 나왔다. 대왕마마는 아기를 후원에 갖다버리라 명했다. 중전이 반대했지만, 어명을 어길 수는 없었다. 다행히 후원에 내다버린 아기를 까막까치가 날아와 보살펴 주었다. 대왕마마는 다시 아기를 옥함에 넣어 물에 띄워 보내라 명했다. 이제 눈물마저 말라버린 중전은 정녕 버리려거든 이름이나 지어달라 청할 뿐이었다. 대왕은 "바리다 바리덕이 던지다 던지덕이" 하고 아무렇게나 이름을 지어주었다.

　옥함 속 아기 바리데기를 발견한 것은 비리공덕 할아비와 할미였다. 때마침 석가세존이 나타나 아기를 데려다 기르면 먹을 것, 입을 것, 살 곳이 생긴다 하며 최고의 공덕으로 아기를 데려다 기르라고 권한 뒤 사라졌다. 비리공덕 할아비와 할미가 불개미가 가득한 아기의 눈을 씻기고, 허리에 감긴 뱀을 풀어 주고서야 마침내 아기를 안을 수 있었다.

　세월은 빠르게 흘렀다. 팔구 세가 된 아기씨는 배우지 않아도 문리가 트여 하늘의 법도와 땅의 이치를 두루 통하게 되었다.

　하루는 아기씨가 할미, 할아비에게 물었다.

　"할미, 할아비야. 날짐승이나 길버러지도 엄마 아빠가 있는데, 나의 어머니는 어디 있으며, 아버지는 어디 계십니까?"

　난감한 할미와 할아비는 전라도 왕대나무가 아버지이며 뒷동산 머귀나무가 어머니라 둘러댔다. 그 후 아기씨는 멀어서 못 가는 전라도 왕대밭 대신 뒷동산 머귀나무에 하루에 세 번씩 극진하게 문안 인사를 올렸다.

아기씨가 열다섯이 나던 해, 국왕마마의 병환이 위중해졌다.

대왕마마가 천하궁에 다지박사 제석궁에 모란박사를 찾아 문복을 시켰다. 그들은 국왕 양 마마가 한날한시에 승하한다며 서둘러 일곱째 공주를 찾으시라 말했다. 이는 하늘이 아는 아기를 내다버린 죄이며, 만약 다시 회춘하려면 버린 아기를 찾아서 삼신산 불사약, 무장산 약류수, 동해 용왕 비래주, 봉래산 개암초, 안아산 수리취를 구해다 먹어야 한다는 것이었다.

하지만 누가 내다버린 아기씨를 찾아 나서겠는가. 만조백관이 절레절레 고개를 저을 뿐이었다. 그래도 어느 충직한 신하가 있어, 국왕 양 마마의 편지와 여섯 공주의 봉서, 아기씨의 유물을 가지고 길을 나섰는데 까막까치가 길을 인도했다. 어렵게 먼 길을 찾아 헤맨 끝에 아기씨를 만나 궁궐로 데려왔다. 국왕 양 마마는 일곱 번째 공주를 잡고 눈물을 흘리며 이해를 구했다.

다시 세월이 흘러 대왕마마의 병이 위중하게 되었다. 무장산 약류수를 얻어다가 국가를 보존하길 바라지만, 만조백관이 하나같이 이승 아닌데 어찌 갈 수 있느냐며 뒷걸음질을 쳤다. 이제 피붙이들에게 기대는 수밖에 없어 공주들을 불러 의향을 물었지만, 여섯 명의 공주는 이 핑계 저 핑계를 대며 모두 거절했다. 결국 마지막 일곱째 공주에게 차례가 왔다. 바리공주는 말했다.

"나라에 은혜와 신세진 것은 없사오나 소녀, 어마마마 배 안에서 열 달 들어 있던 공으로 가겠나이다."

공주가 상투를 올려 세자처럼 채비를 한 뒤 오직 말 한 필을 타고 떠나는데, 떠나기 전 당부하기를 대왕 양 마마가 한날한시에 승하하더라도 국장을 치루지 말고 자신이 돌아올 때까지 기다리라고 했다.

아기씨가 먼 길을 나서니 주령을 한 번 흔들 때마다 일천 리를 훌쩍 당기는 걸음이었다. 아기씨는 어느 날 큰 바위에서 석가세존과 지장보살, 아미타불을 만났다. 아기씨가 각각 삼배로 절을 올리고 길 나선 연유를 말하며 길을 인도해 달라고 말하니, 석가세존이 비단꽃을 주며 가지고 가다가 큰 바다가 있을 때 흔들면 육지가 된다고 가르쳐주었다. 길을 가던 아기씨는 가시성과 칠성이 하늘에 닿을 듯한 것을 보고 비단꽃을 흔들어 시왕으로 갈 귀신은 시왕으로, 지옥으로 갈 귀신은 지옥으로 보냈다.

또 한 곳을 바라보는데, 가운데 정렬문이 서 있고 그 옆에 무장신선이 서 있었다. 남장을 한 아기씨가 자신은 국왕마마의 세자로서 부모의 목숨을 살리기 위해 왔다라고 말하자, 무장신선은 나무값을 가져왔느냐 물었다. 급하게 오느라 값을 잊었다고 하자, 여기서 삼 년 동안 물을 길러주고, 삼 년 동안 불을 때고, 삼 년 동안 나무를 베어 달라고 했다.

아기씨는 그렇게 아홉 해를 보냈다.

다시 무장신선이 하는 말이, 앞으로 보면 여자 몸이 분명하니 백년가약을 맺어 일곱 아들을 낳아 달라고 했다. 그렇게 하면 부모 봉양을 할 수 있다는 것이었다. 결국 아기씨는 삼사오경에 인연을 맺고 일곱 아들을 낳아주었다.

아기씨가 부모 봉양이 너무 늦어진 것을 염려하자, 무장신선은 약류수와 살살이, 뼈살이(살과 뼈가 살아나게 하는 것) 그리고 일곱 아기를 데리고 가라며 자신이 뒤를 쫓겠다고 했다. 떠나올 때 하나이던 몸이 이제 아홉 몸이 되어 돌아갔다. 앞으로는 황천 강 뒤로는 유사 강이 흐르고, 까치여울 피바다에 줄줄이 배가 떠왔다. 효자와 충신의 배가 극락정토로 향하는 거라고 했다. 다른 한 곳에 가니 이번에는 피바다에 밑 없는 배가 칠팔월 참개구리처럼 울고 가는 게 보였다. 불효막심한 이들의 배가 억만 사천 여러 지옥으로 가는 거라고 했다.

먼 길을 거쳐 아기씨 일행이 마침내 서울 장안에 이르렀다. 사람들이 많이 모여 있기에 물었더니, 국상이 났다고 했다. 아기씨는 부랴부랴 머리를 산발한 뒤 길을 막았다.

"멈춰 서시오."

아기씨는 상여를 걷어 사개를 물리친 뒤 숨살이는 숨에 넣고 일영주는 눈에 넣고 약류수는 입에 흘려 넣어 양전 마마가 회춘하여 살아나게 하였다.

이어 양전 마마에게 자기가 무장신선과 인연을 맺어 일곱 아들을 낳았으니 죄를 물어 달라고 청하였다. 하지만 양전 마마가 어찌 바리공주를 탓할 수 있으랴. 양전 마마는 나라와 재물을 하사하겠다고 말했다. 그러나 아기씨는 이를 거절하고, 자신은 부모 슬하에서 호의호식 못 하는 운명이라 말하며 스스로 만신의 인위왕이 되었다.[7]

부모로부터 버림받은 바리공주가 훗날 죽을병에 걸린 부모를 살리기 위해 기꺼이 저승까지 찾아간다는 이 설화는 전통적인 망자 천도굿을 통해 민간에 전승되어 왔다. 이렇게 무가(巫歌)의 텍스트로 자리 잡은 바리공주 설화는 기본적으로 해원의 서사라는 의미를 지닌다. 바리공주가 씻김을 통해 죽은 자와 산 자의 원한과 상처를 쓰다 듣는 역할을 자청하기 때문이다. 설화는 이 과정에서 가부장제 사회의 지배적 이데올로기에 흠집을 내고 때로는 이를 통렬하게 전복시킨다. 예컨대 이제 구원의 힘은 '나라에 은혜와 신세진 것 없이' 버림받은 곳에서 나온다는 것. 다시 말해 중심이 아니라 주변에, 다수가 아니라 소수에, 남성이 아니라 여성에 오히려 구원의 가능성이 있다는 뜻이다.

이 설화를 바탕으로 쓴 황석영의 장편소설 『바리데기』는 동아시아(주변)를 넘어 '제국'(중심)의 한복판 런던까지 흘러 들어간 탈북 소녀 바리의 여정을 통해 21세기 한반도와 전 세계를 위협하는 억압과 폭력의 현실을 생생하게 증언한다. 북한 청진에서 지방 관료의 일곱 딸 중 막내로 태어난 바리는 심하게 앓고 난 뒤부터 영혼, 귀신, 짐승, 벙어리 등과도 소통하는 능력을 지니게 된다. 이는 인간과 인간의 진정한 소통을 가로막는 신자유주의의 물신(物神)에 대한 설화적 해결 방식을 염두에 둔 설정임이 분명하다. '바리'를 '버린다'의 뜻으로 해석하여 무가의 내용대로 '버린 공주'라고 보는 게 보편적이지만, 황석영은 '바리'를 '발'의 연철음으로 본다면 우리말에서 '발'이 지니는 긍정적 의미, 즉 광명이나 없던 것을 새로 만들어 낸다는 생산적인 뜻으로 해석할 수도 있다고 말한다. 그 경우, 바리공주는 '광명의 공주' '생명의 공주' '소생의 공주'라는 뜻으로 읽힐 수도 있다는 것.[8] 하지만 그런 희망은 소설과 현실에서 과연 얼마나 가능한 일일까.

『바리데기』에서 가장 감동적인 장면은 거의 마지막 부분에서 까치여울 피바다를 지나는 배들의 행진일 텐데, 그 배에 탄 망자들은 한결같이 묻는다.

'우리의 죽음의 의미를 말해 보라!'

'내 죽음의 의미도 알려주어요.'

'얼른 대답해다오. 우리가 받은 고통은 무엇 때문인지, 우리는 왜 여기 있는지.'

'바리, 어째서 악한 것이 세상에서 승리하는지 알려 줘요. 우리가 왜 여기서 적들과 함께 있는지도.'

북한을 탈출한 뒤 수없이 많은 죽음의 고비를 넘어, 바리는 제국주의 시절의 유산을 그러모아 화려한 다문화 사회를 일군 '대영제국'의 한복판에서 파키스탄 출신의 사내 알리와 결혼한다. 그러나 알리는 세계를 뒤흔든 새로운 전쟁의 소용돌이에 휘말렸다가 가까스로 목숨을 건진다. 바리는 그런 남편과 한동안 평온하게 살아간다. 하마터면 세상이 달라졌다고 믿어 버릴 만큼.

그때, 바리의 그런 착각을 경고하듯 강력한 폭발음이 들린다. 킹스크로스 지하철 역에서 테러가 발생한 것이다. 바리는 비틀거린다. 부른 배를 잡고 헐떡이며 걷다가, 저도 몰래 중얼거린다.

아가야, 미안하다.

아직 구원은 이른 것인가. 바리는 끝내 눈물을 흘리고 만다.

저승의 일곱 개 문을 알몸으로 통과한 여신

이난나-세 번째 이야기

바리공주를 이렇듯 헌신과 구원의 모티프로 읽는 것 못지않게 저승을 오가는 여행이라는 모티프에 초점을 맞추는 독법 또한 충분히 가능하다. 예를 들어 그리스 신화에서 하프의 명수 오르페우스는 독사에 물려 죽은 아내 에우리디케(유리디체)를 잊지 못해 스틱스가 휘감아 도는 저승 땅을 찾아간다. 이집트 신화에서는 오시리스가 동생 세트에게 죽임을 당한 뒤 지하 세계의 왕이 된다. 세트는 그의 아들 호루스마저 죽인다. 오시리스의 아내이며 호루스의 어머니인 이시스가 기도하여 아들을 살려 낸다. 그 사이 호루스는 지하 세계에서 아버지를 만나 지혜를 배울 수 있었고, 그 경험은 장차 그가 나라를 다스리는 데 큰 밑거름이 되었다. 아시아로 눈을 돌려도 우가리트 신화[9]의 여주인공 아낫과 수메르 신화의 이난나, 일본 신화의 이자나기처럼 명계(冥界)로 여행하는 주인공들은 드물지 않게 목격된다. 인도의 사비트리처럼 남편을 찾아 '야마(염라대왕)의 나라' 문턱까지 간 경우나 수메르와 바빌론의 길가메시처럼 시도하다가 실패하는 경우까지 합치면 훨씬 더 많다. 여기서 명계 혹은 명부(冥府)란 흔히 지옥, 저승, 죽은 자들의 나라, 황천, 북망 등 죽음 이후의 세상을 말하지만, 때로 지하 세계, 아래 세상, 하계, 영혼 세계 등을 두루 포괄하는 이계, 즉 '딴 세상'이라는 개념에 방점을 둘 수도 있다. 대개 아득히 멀다고 알려져 있지만, "황천길이 멀다 해도 대문 밖이 저승일세" "북망산이 멀다더니 문전 산이 북망이네"와 같은 상여 소리가 극명하게 들려주듯, 실은 우리 삶과 지척에 있는데 다만 아무도 이런 사실을 쉽게 인정하지 않는 것뿐인지 모른다.

신화나 전설의 주인공은 어째서 명계를 여행하는 것일까.

이는 바리공주가 보여주듯 이승에서 죽은 사람을 살리거나, 길가메시처럼 영생의 비밀을 찾거나 얻어내기 위한 목적이 대부분이다. 이렇게 볼 때 명계는 비단 어둡고 축축한 죽음의 공간이기만 한 것은 아니다. 어떤 면에서는 오히려 재생의 새로운 터전이기도 하다. 아예 처음부터 저승을 이승과 대립된 공간이면서 동시에 무수한 이승들 사이에 놓인 하나의 통과의례적 공간, 즉 중간계로 상정하는 일도 가능하다. 예컨대 조현설은 김석출의 〈바리데기굿〉 무가에는 오른쪽 극락과 왼쪽 지옥 사이에 서천서역국이 있는데, 저승의 이런 공간 배치가 바로 중간계의 상상력과 긴밀한 관계를 맺고 있다고 말한다. 그런데 서천서역국에는 동대산 약수(생명수)가 있고 환생꽃이 있다. 이 역설은 바로 생명과 죽음이 둘이 아니라 긴밀히 이어져 있다는 신화적 사유의 본질을 말해준다.[10] 세계관 자체가 직선적이 아니라 순환적이다. 죽음은 끝이 아니라 또 다른 생의 시작일 수 있다는 것. 이집트 신화에서는 앞서 말했듯이, 권력에 눈이 먼 세트가 형 오시리스를 살해한다. 오시리스의 사체는 이집트 전역에 잘게 나뉘어 씨앗처럼 뿌려진다. 그리하여 그는 죽은 자들의 왕이 되지만 해마다 추수도 관장하게 된다. 죽음의 신이 곧 수확의 신이 되는 셈이다. 초기 농경 사회에서 두무지와 이난나(탐무즈와 이슈타르)도 마찬가지 구실을 했다. 인도네시아에도 탐욕스러운 최고신의 욕망 때문에 억울하게 죽임을 당하지만, 그 죽은 몸으로 주식인 쌀을 포함해 세상의 온갖 식물들을 키워 내기에 오히려 추앙받는 쌀의 여신 데위 스리(여든여섯 번째 이야기 참고)가 있다.

그런데 이는 대개 여성의 경우에 해당한다. 남성은 명계를 여행하여 오히려 생명과 부활을 억압하는 파괴자의 역할을 맡기 때문에 성격이 상반된다는 해석에도 귀 기울일 필요가 있다.[11] 예를 들어 오르페우스는 저승의 출입구 아베르누스에 이를 때까지 뒤를 돌아보지 말라는 약속을 어긴다. 그로 인해 아내 에우리디케의 부활은 저지된다. 이자나기는 죽은 아내 이자나미가 보고 싶어서 저승을 찾아갔다가 흉측한 아내의 모습을 보고 그만 꽁무니를 빼고 만다. 당연히 부활의 기회는 봉쇄된다.(예순아홉 번째 이야기 참고)

길가메시는 그를 주인공으로 하는 서사시(아흔일곱 번째 이야기 참고)로 잘 알려져 있지만, 그를 다룬 또 다른 설화집에서는 사뭇 특이한 명계 방문이 이루어진다. 길가메시와 그의 하인 엔키두가 공놀이를 하는데 공이 구멍을 통해 저승까지 굴러떨어지는 일이 발생한다. 길가메시는 그곳이 예사의 곳이 아니기 때문에 수많은 금기를 지켜야 한다고 말한다. 그러나 엔키두는 그런 금기를 다 무시하고 내려갔다가 고생고생 끝에 길가메시가 뚫어 준 구멍을 통해 가까스로 돌아온다.[12]

모든 설화에서 명계 여행의 이유나 동기가 분명하게 제시되는 것은 아니다. 수메르 신화에서 이난나가 배다른 언니 에레슈키갈이 지배하는 명계로 내려가는 동기 역시 해석에 따라 조금씩 차이가 난다. 예컨대 남편 두무지가 알 수 없는 이유로 갑작스레 죽음을 맞이하자 아내인 이난나가 직접 그를 찾아 나섰다는 해석이 있는가 하면,[13] 그

메소포타미아 물병에 새겨진 이난나 여신. 프랑스 루브르 박물관 소장.

녀는 지하 세계의 문지기에게 형부의 장례식에 참석하러 왔노라 둘러대기도 한다.[14] 거의 비슷하지만 가장 지배적인 해석은, 이룰 수 없는 꿈 최고신의 영광을 차지하기 위해, 혹은 끊임없는 권력욕 때문에 죽은 자들의 영역까지도 지배하려고, 혹은 하늘에서 땅의 주인이 되고자, 혹은 우리가 모르는 세상에 대한 체험을 통해서 죽음, 재생, 인생 등 총괄적 의미를 알기 위해서 명계로 갔다는 해석이다.[15] 아예 초기 전승에서는 그런 이유 자체가 전혀 밝혀지지 않는다고 단언하는 경우도 있다.[16]

일단 이난나의 걸음을 뒤쫓아 가보자.

3 한번 결심이 서자 이난나는 단호했다.

그녀는 자웅동체의 시종 닌슈부르에게 자기가 저승에 도착하면 신전에서 통곡하고 북을 치며 눈을 잡아 찢고 귀를 할퀴라고 말했다. 그런 다음 엔릴과 난나와 엔키 신에게 차례로 탄원하라고 당부했다. 지하 세계에 한 번도 내려가 보지 않았지만 그곳이 어떤 곳인지 이미 알고 있어, 미리 대비를 한 것이다.

저승을 향하는 이난나의 자태는 눈부셨다.

명색이 '하늘의 여왕'이 아니던가. 그녀는 머리에 '사막의 왕관'을 쓰고, 이마에 가발을 걸쳤으며, 목에는 청금석 목걸이를 걸었다. 가슴에는 달걀 모양의 구슬 한 쌍을 달고, 여왕의 권위에 합당하게 '팔라' 옷을 입었으며, 눈에는 유혹의 화장을 하고, 가슴에는 유혹의 장식을 달고, 손목에는 금팔찌를 끼고, 청금석 줄자와 자막대기를 들고 있었다.

저승의 문 앞에서 이난나는 수문장인 네티에게 문을 열라고 말했다.

"당신은 누구십니까?"

"나는 이난나다. 해가 뜨는 쪽으로 가려 한다."

네티는 그곳이 '여행자들이 결코 다시 돌아올 수 없는 땅'임을 분명히 밝혔다. 이에 이난나는 언니 에레슈키갈의 남편, 즉 자기 형부인 구갈라나가 죽었기 때문에 그의 장례식에 참석하러 온 거라고 둘러댔다.

네티가 저승의 여왕 에레슈키갈에게 동생 이난나가 찾아왔음을 알리자 에레슈키갈은 화가 치밀었다. 그녀는 입술을 깨물며 이난나가 들어오도록 허락했다. 단, 문 한 개를 통과할 때마다 몸에 걸친 것들을 하나씩 벗어야 한다는 조건을 내걸었다.

문지기는 충실히 여왕의 분부를 이행했다.

이난나가 소리쳤다.

"이게 무슨 짓이냐?"

"조용히 하십시오. 저승의 신성한 권능은 완벽합니다. 저승의 의식에 대해서는 절대로 입을 열어서는 안 됩니다."

문지기가 첫 번째 문의 빗장을 열며 이난나의 머리에서 왕관을 벗겼다. 이난나는 어쩔 수 없이 그 명령을 따랐다. 그런 식으로 문을 하나씩 통과할 때마다 차례대로 귀걸이, 목걸이, 가슴 장식, 허리띠, 팔찌와 발찌, 그리고 마지막으로 몸에 걸친 옷까지 다 벗어야 했다.

에레슈키갈은 벌거벗은 이난나를 보자마자 자리를 박차고 일어났다. 이난나가 얼른 옥좌에 가서 앉았다. 그러자 일곱 재판관들이 싸늘한 죽음의 눈길로 그녀를 바라보며 심판했다. 중죄가 선고되었다.

이난나는 어느새 '몰매 맞은 고깃덩어리'로 변해 나무못에 걸려 있었다. 그게 바로 송장이 아니라면 무엇일 텐가. 하늘의 영광, 땅의 권능은 아무런 소용이 없었다. 그녀의 주검은 사흘 낮 사흘 밤 동안 차가운 저승에 걸려 있었다.

지상에서는 난리가 났다.

이난나가 돌아오지 않자 닌슈부르는 이난나의 명령에 따라 신들에게 달려가 탄원했다. 그러나 엔릴과 난나는 거절했다. 엔키만이 그녀를 걱정하고 도왔다. 그는 손톱 끝의 때를 빼내서 '쿠르-가르-라'를 만들었다. 또 다른 손톱 끝의 때를 빼내서 '갈라-투르-라'를 만들었다. 그런 다음 '쿠르-가르-라'에게는 생명의 식물을, '갈라-투르-라'에게는 생명의 물을 주면서 일렀다.

"에레슈키갈이 물이 가득 찬 강을 선물하겠다고 나서면 받지 마라. 곡식이 풍성한 들판을 주겠다고 해도 받지 마라. 대신 나무못에 걸려 있는 고깃덩어리를 달라고 하라."

그들은 저승으로 가서 엔키의 분부를 충실히 수행했다. 그리하여 이난나의 주검에 생명의 식물과 생명의 물을 각기 육십 번씩 뿌렸다.

마침내 이난나가 부활했다.

하지만 누군가가 지상으로 올라가면 대신 다른 누군가를 내놓아야 한다는 게 저승의 법칙이었다. 저승사자들이 이난나를 따라 지상으로 올라왔다. 그들은 닌슈부르를 요구했다. 이난나는 단호히 거절했다. 그녀는 충실한 자기 시종들을 절대 내놓을 마음이 없었다. 때마침 이난나와 저승사자들의 눈에 호화롭게 지내던 두무지가 들어왔다. 이난나의 눈길은 차디찼다. 그녀는 두 번 다시 생각하지 않고 소리쳤다.

"저 자를 데려가라!"

양치기 두무지는 즉시 저승사자들의 손에 넘겨졌다. 몇 차례 소동이 있었다. 두무지는 신과 누이 게슈티난나의 도움으로 가까스로 빠져나갈 수 있었다. 그때마다 저승사자들이 다시 두무지를 잡아냈다. 게슈티난나는 온갖 고문에도 동생 두무지의 행방을 불지 않았지만, 두무지의 친구는 두무지가 수로에 몸을 숨겼다고 쉽게 불었다. 결국 저승사자들은 두무지를 붙잡아서 저승으로 데려갔다.

모든 일이 끝났을 때, 이난나가 소리쳤다.

"두무지, 당신은 반년 동안 저승에 있을 것이다. 나머지 반년은 당신의 누나 게슈티난나가 대신 있어도 좋다."[17]

두무지와 관련해서는 여기서 자세하게 밝히지 않은 또 다른 서사가 풍부하다. 중요한 것은 무엇보다 그가 바람둥이였고, 이난나는 그런 남편이 심지어 시누이 게슈티난나와도 '지나치게' 우애가 좋은 꼴을 용서할 수 없었다는 것이다. 처음 서로 애가 달아 폭풍 같은 사랑에 빠졌던 때를 상기하면 그건 참으로 끔찍한 비극이 아니겠는가.

이제 더 이상 사랑 같은 건 없다. 이난나는 냉정했다. 가차 없이 복수의 칼날을 휘둘렀다. 해마다 반년, 때가 되면 두무지는 저승으로 가야 했다. 그때, 그가 그토록 사랑했던 누이 게슈티난나는 반년간의 저승 유배를 마치고 지상으로 올라왔다. 둘은 한 번도 만날 수 없었다.

참고로, 이난나는 수메르 이후 메소포타미아(아시리아와 바빌론) 신화(편의상 바빌론 신화)에서는 이슈타르이며, 그때 두무지는 탐무즈로 대체된다. 수메르와 그 후의 바빌론 신화는 거의 같은 구조를 보이지만, 몇 가지 점에서 차이가 난다. 무엇보다 바빌론 신화에서는 이슈타르가 저승으로 내려가자마자 지상에서 생명의 번식이 사라지는 현상이 일어났다는 것. 그리하여 "수소는 암소에게, 수탕나귀는 암탕나귀에게 새끼를 배게 하지 못하며, 땅 위의 남자는 여자에게 아기를 갖게 하지 못했다." 그리고 이슈타르는 이난나보다 훨씬 격정적이고 적대적인 성격을 드러낸다. 이슈타르는 저승의 입구에서 문을 열지 않으면 "살아있는 자들을 집어삼키도록 죽은 자들을 풀어 놓겠다"라고 위협한다.[18] 저승에 들어가서도 이난나처럼 비참하게 죽임을 당하여 싸늘한 시신으로 걸리지는 않는다. 그리고 탐무즈 역시 저승으로 내려가자마자 대지가 생명력을 잃고 모든 식물이 말라죽는데, 거꾸로 그가 다시 지상으로 나오면 대지의 힘도 되살아난다. 이는 그가 초기 농경 사회의 염원을 반영하는 농업신의 구실도 했음을 입증한다.

이난나 설화는 수메르 신화가 전승된 경로를 따라 메소포타미아와 터키를 거쳐 그리스와 로마로 전해졌고, 거기서 사랑의 여신인 아프로디테와 비너스로 다시 태어난다.

죽음은 왜 보이지 않는가

구룽족 나무꾼-네 번째 이야기

죽음은 당연히 슬프고 또 끔찍하다. 천하의 권력을 지닌 대왕도 그 앞에서는 무력하니, 어떻게 해서든 피하려고 한다. 자식들의 안위, 만조백관의 근심 따위 안중에도 없다. 목숨만 부지할 수 있다면 무슨 짓인들 하지 못할 게 없다. 자기 손으로 내친 딸 바리공주까지 불러서 영생불사의 묘약을 찾아오게 만들지 않던가. 바로 다음(다섯 번째 이야기 참고)에서 보게 되겠지만, 힌두교 신화에서는 신과 악귀들이 그 묘약을 앞에 두고 고자질과 새치기 등 갖가지 치사한 짓을 다한다.

이처럼 사람은 물론 때로 신조차 비루해 보일지언정 악착같이 목숨을 부지하려는 까닭은 무엇일까. 그건 바로 개똥밭에 구를지언정 이승이 좋기 때문일 텐데, 반대로 만일 모든 생명이 영원히 죽지 않는다면 어떻게 될까.

여기 가난한 구룽족 노인의 뒤를 캐보자.

구룽족은 네팔의 히말라야 고산지대에 사는 소수민족으로 대부분 안나푸르나 산맥 인근인 간다키 지역에 산다. 인구는 오십오만여 명(네팔 전체 인구의 약 2.4%). 오늘날에도 영국, 부르나이, 싱가포르 등지에서 '구르카'라고 해서 용맹을 떨치는 네팔 용병들이 대개 이들 구룽족 출신이다.

4 노인은 숲에서 나무를 해다 팔아서 근근이 살아갔다.

어느 날 마른 땔감을 한 지게 해서 돌아오다가 잠시 쉬었다. 그런데 이게 어찌 된 일인가. 벗어 놓은 지게를 다시 지려고 하니까 꼼짝도 하지 않았다. 노인은 자포자기 심정으로 중얼거렸다.

"몸뚱이가 전 재산인 우리 같은 사람은 어떻게 살라고 이러는지, 참. 이럴 바에야 차라리 죽는 게 낫건만, 죽음은 뭘 하느라 나 같은 늙은이를 데려가지도 않는 것이야."

그러자 갑자기 어떤 사람이 나타나서 물었다.

"왜 나를 찾수?"

노인이 깜짝 놀라서 손을 내저었다.

"나는 당신을 찾은 적이 없소."

"당신이 좀 전에 나를 찾았잖소? 내가 바로 그 '죽음'이야."

노인은 부들부들 떨리는 가슴을 진정시키려고 애써 숨을 들이쉬었다. 평정을 되찾은 다음, 노인은 그저 지게를 좀 들어 달라고 부른 것뿐이라고 둘러댔다. 죽음이 떠나기 전 노인은 자기가 앞으로 얼마나 더 살 것 같은지 물었다.

"오 년."

죽음은 두 번 생각하지도 않고 대답했다.

이튿날 노인은 도끼를 들고 숲으로 가서 커다란 나무를 골라 그 안에 구멍을 냈다. 그리고 속을 파낸 다음 몇 층짜리 집을 짓기 시작했다. 한 터럭 바람도 들어오지 못하게 짓는 데 꼬박 오 년이 걸렸다.

죽음이 다시 그의 집으로 찾아왔다.

노인은 죽음에게 데려갈 때 데려가더라도 자기가 애써 만든 걸 한번 보기나 하자고 구슬렸다. 죽음이 동의하자 노인은 숲에 가서 나무집을 보여주었다. 제일 꼭대기 층부터 보여주는데, 죽음은 그 현란한 실내장식에 자못 놀라는 눈치였다. 노인은 잠깐 볼일 좀 보고 오겠다며 밖으로 나가서는 문을 잠가버렸다. 그런 다음 그냥 집으로 돌아갔다.

그때부터 세상에는 죽는 사람이 없어졌다. 심각한 문제가 속출했다. 먹을 게 부족해지고 기아가 횡행했다. 신들은 경악했다. 머리를 맞대고 상의했지만 해결할 방책을 찾지 못했다. 그래서 결국 생명과 질서의 신인 비슈누를 찾아갔다. 비슈누는 싱긋 웃더니 자기가 모든 것을 원상태로 돌려놓겠노라 장담했다.

그는 노인으로 변장하고 구룽족 노인의 집을 찾아갔다. 비슈누는 잔뜩 주름이 진 그 구룽족 노인에게 사는 게 지겹지 않느냐고 물었다. 노인은 몹시 권태로운 표정으로 대답했다.

"살아서 뭣해요? 하지만 이젠 죽고 싶어도 죽지도 못한다오."

비슈누는 그를 동정했다. 그래서 그와 함께 죽음을 찾아 나섰다. 노인은 숲에 가서 나무집의 문을 열어주었다. 죽음은 호호백발이 된 상태로 간신히 숨만 부지하고 있었다. 비슈누가 성수를 꺼내어 뿌렸다. 죽음은 그제야 의식을 되찾고 울부짖었다.

"오, 신이시여. 나는 생명을 유지시킬 목적이라면 어떤 짐이라도 지겠습니다만, 이건 아닙니다. 이 짓은 죽어도 못하겠어요."

"왜 용기를 잃었느냐? 생명이 지속되는 한 누구든 자신의 책임을 다해야 하는 법! 은퇴만은 안 된다. 대신, 자네가 일을 하는 데 꼭 필요한 게 뭔지 말해 보거라. 내가 그 부탁일랑 들어주겠다."

죽음은 가만히 생각하더니 깊은 숨을 몰아쉬면서 말했다.

"내 모습이 보여서 이 지경까지 온 겁니다. 그러니 내가 세상을 보되, 세상은 나를 보지 못하도록 만들어주세요."

비슈누가 고개를 끄덕거렸다.

그때부터 죽음이 우리 곁에 다가와도 우리는 그 죽음을 보지 못하게 되었다.[19]

라퐁텐의 우화 「죽음과 나무꾼」이 이와 유사하다. 거기서도 불쌍한 나무꾼이 무거운 짐을 앞에 놓고 제 신세를 한탄한다. 도대체 이 가련한 인생은 언제나 끝이 날까. 굶주림과 세금, 온갖 빚에다가 시도 때도 없이 부르면 나가야 하는 군역(軍役)까지, 차라리 죽느니만 못한 인생이로다! 그런데 죽음의 사자가 나타나자, 정신이 번쩍 든 나무꾼은 그저 일어나 거들어 달라고 발뺌한다. 무거운 짐이 이제 더 이상 무겁지 않다. 아니, 생이 아무리 무거워도 죽음보다야 가볍지 않겠는가.

라퐁텐의 이 우화를 저명한 〈만종〉의 화가 장 프랑수아 밀레가 그림으로 그렸는데, 거기에 나타난 죽음의 사자는 두 번 다시 만나고 싶지 않을 만큼 끔찍하다. 그가 어깨에 걸친 기다란 낫, 그리고 나무꾼의 어깻죽지를 움켜 쥔 우악스러운 손이라니! 나무꾼은 나뭇단을 붙잡은 채 끌려가지 않으려고 안간힘을 쓰는데, 그 화폭이 워낙 어둡고 빡빡하여 네팔의 민담이 보여주는 여유와 해학 같은 건 도무지 비집고 들어갈 틈이 없다. 그림에서 죽음의 사자가 한 손에 들고 있는 모래시계는 유한할 수밖에 없는 인간의 삶에 대한 냉정한 상징이다.

일종의 기원 설화에 속하는 아시아의 이 민담은 유럽의 우화와는 아우라 자체가 판이하다. 여기서는 죽음이 사라진다는 게 반드시 행복을 의미하지 않는다는 점, 오히려 죽음이 있어 생명이 그 의미를 지니게 되는 것임을 간명하고도 유쾌한 방식으로 보여 준다. 나무꾼에게 속아 넘어가 오도 가도 못한 채 꼼짝없이 갇혀버리는 죽음이라니! 게다가 나중에는 비슈누 앞에서 정말 못 해 먹겠다고 징징 짜기까지 하지 않는가. 그쯤에서는 투정을 부리는 죽음의 처지가 애처로워 보일 지경이다. 이 민담은 또한 생명이 지속되는 한 누구든 자신의 책임을 다해야 한다고 가르치는데, 이는 죽음의 사자에게도 예외가 아니다. 단, 더 이상 실수를 하지 않기 위해서 죽음은 이제 보이지 않는 모습으로 소리 없이 우리 곁에 다가오게 되었다는 것이다.

봄에는 일을 해야 하기 때문에, 여름에는 수확을 준비해야 해서, 가을은 너무 아름다워서, 겨울은 너무 추워서 죽을 수 없다는 노인이 지쳐서 이제 더 이상 찾아오지도 않는 죽음의 천사 아즈라엘에게 "백 년을 살든 천 년을 살든 죽음이 찾아오지 않으면 아무 의미도 없다" 라며 제발 목숨 좀 거둬 가 달라고 애원하는 이란의 민담과 비교해도 재미있다.[20] 마침내 노인은 아즈라엘을 이렇게 협박한다.

"아이고! 내 영혼을 가져가지 않는다면 신에게 당신에 대해 불평할 거요. 그러니 제발……."

죽음의 사자들이 이따금 실수를 하는 모양이다. 한국 땅 제주도에서도 그런 사례가 있었다. 데려가야 할 이를 데려가지 않은 게 무려 사만 년. 그래서 이름조차 사만이가 되었다. 뒤늦게 사태를 파악한 저승에서는 난리가 났다. 황급히 사만이를 데려오는 차사대(差使隊)까지 조직했지만, 어디 사는지 알 턱이 없어 한 가지 꾀를 냈다.

그들이 냇가에서 숯을 물에 씻었다. 지나가던 한 노인이 그 광경을 보고 껄껄 웃었다.

"내 사만 년이나 살았지만, 숯이 검다고 빠는 놈들은 처음 보네그려."

차사들이 옳다구나 그를 붙잡았다. 사만 년 동안 산 사만이의 운명이 다하는 순간이었다.

이 네팔 민담의 배경이 되는 종교는 힌두교이다. 하지만 통계에 따르면 구룽족은 실제 칠십 퍼센트가 티베트 불교를 믿으며, 힌두교를 믿는 이들은 약 이십구 퍼센트에 지나지 않는다.

비슈누는 인도아대륙에서 가장 높은 위치를 차지하는 신격 중 하나로서, 브라흐마, 시바와 더불어 힌두교의 삼대 주신에 속한다. 크게 보아 브라흐마는 창조, 시바는 파괴를 담당하며, 비슈누는 흔히 세계의 보존과 유지의 신으로 알려져 있다.

우유의 바다를 휘저어 세상을 창조하다

비슈누-다섯 번째 이야기

캄보디아 시엠레아프의 앙코르와트 유적은 9세기~12세기경에 축조된 세계 최대의 석조 건축물군으로 그 규모뿐만 아니라 거기에 새겨진 정교한 조각과 부조의 예술성으로도 끝없는 찬탄을 자아내고 있다. 그러나 앙코르와트 유적이 당대를 지배한 종교적 신념의 미학적 반영물로서, 힌두교 신화와 떼려야 뗄 수 없는 관계에 있다는 사실을 아는 사람은 의외로 많지 않다. 예를 들어 앙코르톰 남문의 해자에 걸쳐 있는 다리 난간에는 선한 신 데바들과 악한 신 아수라들이 조각되어 있는데, 그들이 각기 짝을 이뤄 거대한 뱀 바수키를 붙잡고 한판 힘을 겨루는 듯한 형상을 보여 준다. 〈우유의 바다 휘젓기〉[21]라는 힌두교의 장엄한 창세신화를 모른다면 도무지 이해할 수 없는 조각이다.

힌두교의 삼대 주신 중에서도 이 창세신화와 가장 밀접한 연관을 맺고 있는 것은 바로 유지의 신 비슈누이다. 실은 비슈누가 과거 베다 시대[22]에는 지금처럼 주신의 지위를 지니지 못했다. 그저 그런 여러 태양신 중 한 명이었는데, 두 서사시 〈라마야나〉와 〈마하바라타〉 이후 이 신화의 비중이 커지면서 그의 지위에도 덩달아 변화가 생겼던 것이다.[23]

〈우유의 바다 휘젓기〉 신화는 〈마하바라타〉에도 나오지만 가장 완벽한 판본은 『바가바타 푸라나』[24]에 들어 있다.

5 선한 신 데바들의 왕 인드라는 코끼리 아이라바타를 타고 가다가 두르바사라는 성자를 만났다. 성자는 인드라에게 특별한 꽃다발을 건넸다. 인드라는 그것을 받아 무심결에 코끼리 등에 올려놓았다. 그런데 코끼리가 꽃다발 향내에 짜증이 나서 몸을 흔들었고 그 바람에 꽃다발이 땅바닥에 떨어지고 말았다. 그 꽃다발은 '스리', 즉 행운이 깃들어 있고 '프라사다', 즉 믿음으로 간주되는 것이기 때문에 두르바사는 매우 화가 났다. 그는 인드라와 모든 데바들이 힘과 에너지와 행운을 잃어버리라고 저주했다.

"그대는 그대의 머리 위에 화관을 놓지 않았다. 이제 어리석은 자여, 내가 그대에게 주었던 화관을 그대가 소중히 여기지 않았기 때문에 삼계에 대한 그대의 군주가 전복될 것이다."[25]

인드라가 사과를 했지만 소용이 없었다. 상대는 다름 아닌 두르바사였다. 그는 자기가 내린 결정을 바꾸는 데 익숙지 못한 사람이었다. 사실 두르바사는 화내기로 유명한 성자였다.

이 일이 있은 후 세계는 파멸의 위험에 처한다.

데바들이 아수라 군단과 싸움을 하게 되었는데, 아수라들이 더 강했고 데바들은 몰살당할 위험에 처하게 되었다. 데바들이 시바와 브라흐마에게 달려갔지만 적절한 조언을 듣지 못했다. 그들은 다시 비슈누에게 가서 조언을 구했다. 비슈누는 정면으로 맞서 싸우는 대신 외교적 방법을 선택했다. 그는 아수라들에게 '우유의 바다 휘젓기'에 동참하면 영생의 약 '암리타'(감로수)를 나눠주겠다고 말했다. 하지만 그 말은 아수라들을 끌어들이기 위한 속임수에 지나지 않았다. '우유의 바다 휘젓기'는 엄청나게 힘든 작업이라 애초 데바들의 힘만으로는 도저히 불가능했기 때문이다.

아수라들이 동의해서 바야흐로 전무후무할 대역사가 시작되었다.

그들은 우선 신들이 사는 만다라 산을 뽑아 와서 회전축으로 삼았다. 거기에 감을 아주 긴 끈이 필요했다. 비슈누는 머리가 다섯 개 달린 거대한 나가(뱀) 바수키에게 명령을 내려 만다라 산을 휘감게 하였다. 데바와 아수라들이 바수키 양쪽에서 서로 잡아당겼지만 산은 번번이 가라앉았다. 비슈누는 스스로 자신의 두 번째 화신인 거대한 거북 쿠르마로 변해서 그 산이 가라앉지 않게 등으로 떠받쳤다. 이렇게 해서 데바들이 바수키의 꼬리 부분을, 아수라들이 머리 부분을 붙잡고 무려 천 년 동안 우유의 바다를 휘젓는 우주 창조의 공사가 시작되었다.

바수키는 고통에 겨운 나머지 푸른 독약을 마구 토해 냈다. 이 독약은 모든 생명체를 다 죽여 버릴 만큼 아주 독했다. 그래서 데바들은 비슈누의 조언에 따라 시바에게 가서 도움을 요청했다. 시바는 생명체들을 불쌍하게 여겨 자신이 직접 그 독약을 꿀꺽 집어삼켰다. 이 광경을 보고 시바가 곧 죽을 거라고 생각한 아내 파르바티는 독이 퍼지지 못하도록 막았다. 그래서 독은 다른 데로 퍼지지 못한 채 시바의 목구멍에 걸리고 말았다. 그 바람에 시바의 목은 시퍼렇게 변했다. 시바를 일러 '닐라칸타(목이 푸른 자)'라고 하는 연유가 여기에 있다.

작업이 재개되었다.

모든 종류의 약초를 우유의 바다 속에 집어넣었다. 그 바다에서 생명의 어머니인 흰 암소 수라비, 우유와 치즈의 샘, 술의 여신 바루니, 천국의 나무 파리자타, 천상의 요정 압사라, 달, 빛처럼 빨리 달리는 백마 웃차이슈라바, 부와 행운의 여신 락슈미, 머리가 셋 달린 코끼리 등이 나왔다. 그리고 마침내 데바들의 의사 단반타리가 암리타가 든 호리병을 들고 태어났다.[26] 데바들이 환호하는 사이, 아수라들이 먼저 그 호리병을 빼앗아 갔다. 데바들이 비슈누에게 부탁하자 비슈누는 절세의 미모를 지닌 처녀 모히니로 변해 아수라를 유혹했다. 모히니가 살살 애간장을 녹이는 목소리로 말하기를, 눈을 꼭 감고 가장 늦게 뜨는 아수라하고 결혼하겠노라 했다. 아직 순박하고 어리숭한 아수라들이 저마다 모히니를 차지할 욕망으로 눈을 꼭 감은 사이, 비슈누는 호리병을 빼앗는 데 성공했다. 그리하여 신조(神鳥) 가루다로 하여금 그 호리병을 갖고 하늘로 달아나게 했다. 이때 호리병에서 네 방울이 떨어졌는데, 떨어진 장소는 신성한 장소가 되었다.[27]

불멸의 암리타를 손에 쥔 인드라와 다른 데바들은 눈치를 보지 않고 벌컥벌컥 나눠 마셨다.

데바들은 두 명의 아수라, 즉 라후와 케투가 몰래 데바로 변장하고 들어온 사실을 눈치채지 못했다. 그중 라후가 능청스레 데바들 사이에 새치기하여 끼어 있다가 자기 차례가 되어 재빨리 암리타를 마시려 할 찰나, 태양의 신 수리아와 달의 신 소마가 이를 눈치 채고 비슈누에게 일러바쳤다. 비슈누는 크게 노하여 자신의 무기 원반칼로 라후의 목을 베어버렸다. 그러나 라후는 이미 암리타를 입에 털어 넣은 뒤였기에 (미처 목구멍 아래로 삼킬 틈은 없었다!) 얼굴 부분은 죽지 않게 되었다.

라후는 고자질한 해와 달을 용서할 수가 없었다. 그래서 해와 달을 죽이려고 쫓아갔는데, 해를 삼키자니 너무 뜨겁고 달을 삼키자니 너무 차가워서 입안에 넣었다가도 이내 뱉어버리고 말았다. 그래도 그의 분노는 식을 줄 몰랐다. 그는 헤아릴 수도 없이 많은 세월이 흐른 지금까지도 추적을 결코 포기하지 않고 있으니, 그것이 바로 오늘날 우리가 일식과 월식이라고 부르는 것이다.

물론 암리타를 마시고 다시 기력을 회복한 데바들이 아수라들과 싸워 승리를 거둔 것은 당연한 일이었다.

엄밀히 말하면, 이 〈우유의 바다 휘젓기〉 신화는 창조 신화라기보다 재창조 신화인데, 그 목적은 불사의 생명수를 찾는 과정을 통해 세계의 질서 유지와 재창조 과정을 보여줌으로써 힌두교도들이 추구하는 가치와 덕목을 다시금 확인하는 데 있다.[28] 아울러 그런 과정에서 삼대 주신 중에서 특히 비슈누 신의 역할과 그에 대한 경배를 강조하는 신화로 확정된다.

앙코르 유적 곳곳, 즉 앙코르와트와 반티아이 스레이, 반티아이 삼레 등에는 이 〈우유의 바다 휘젓기〉 신화가 자세하게 부조되어 있다. 그 중에서도 특히 앙코르와트 1층 동쪽 회랑 남면 측면에 새겨진 부조는 약 오십 미터 길이로 가장 정교하게 이 신화를 재현하고 있어 끊임없이 관람객들의 발길을 붙든다. 태국 방콕의 수완나품국제공항

안에도 이 신화를 재현해 놓은 거대한 상징 조각물이 설치되어 있다.

이 신화는 아직 신이 악마와 힘을 겨뤄 승리를 하지 못했던 시절의 이야기로, 신들은 이 과정을 겪고서야 비로소 오늘날 우리가 생각하는 영생불멸의 존재로 거듭나게 되었다. 이 〈우유의 바다 휘젓기〉 신화는 신과 악마도 우리 인간과 하나도 다를 것 없이 불사불멸의 욕망을 지닌 존재이며, 원하는 바를 얻기 위해서라면 질투, 시기, 배반, 속임수, 거짓말, 고자질, 새치기 등 비도덕적(?) 행위들마저 거리낌 없이 하는 쩨쩨한 존재라는 사실을 가감 없이 보여 준다. 그래서 이 신화가 오히려 우리에게 더욱 친근감 있게 다가오는지 모른다.

이와 관련, 데바와 아수라를 본질적인 선악의 이분법으로 나누는 대신 오히려 우주를 구성하는 서로 상반되는 세력을 상징하는 것으로 해석하는 의견도 있다. 즉, 우주를 구성하는 상반되는 세력에 대한 기능적인 구분에 지나지 않는다는 것이다. 그러나 데바와 아수라 간의 끊임없는 이 투쟁 모티브를 우리가 인생에서 마주치는 모순적 상황으로, 그리고 데바가 거두는 궁극적 승리는 그러한 모순적 상황에 대한 영웅적 결말로 간주하는 게 일반적이다.[29]

남성적 영웅시로 가득 찬 창조 신화들에 내미는 도전장
산탈의 기원 신화-여섯 번째 이야기

다시 방글라데시 이야기.

방글라데시의 일억육천만이 넘는 인구 중 약 구십팔 퍼센트가 벵골인이고, 그만큼이 벵골어를 사용하며, 비하리인이 일 점 오 퍼센트, 나머지는 소수민족들이다. 종교적으로는 약 팔십구 점 사 퍼센트가 무슬림이며, 힌두교도는 약 구 점 육 퍼센트. 세계에서 네 번째로 큰 무슬림 인구를 지니고 있다. 소수민족은 마흔다섯 개 공동체로 이루어져 있지만 전체 인구 대비 고작 영 점 오 퍼센트에 지나지 않는다. 그중 우리가 이제 살펴 볼 산탈인은 약 이십만 명에 불과하다.[30] 그들은 원(原)오스트랄로이드 인종의 후손이며 고유 언어로서 오스트로-아시아어계에 속하는 산탈어를 구사한다. 종교적으로는 정령 신앙을 믿는 애니미스트들이 많다. 산탈인들은 원래 남아시아에서 가장 역사가 길고 가장 큰 민족 공동체 중 하나였으나 여러 가지 정치적 이유로 인해 인도, 네팔, 부탄, 방글라데시, 그리고 모리셔스 등지에 흩어져 살게 되었다. 19세기까지 수렵 생활을 유지했으나, 이후 농경을 받아들였고 현재는 대부분 농업에 종사하고 있다.

일억육천만 명 중에서 고작 이십만 명!

산탈인은 실제 얼굴 외형부터가 대다수 방글라데시인들과 다른 소수민족 중의 소수민족이다. 경제적으로 볼 때에도 세계 최빈국 중 하나인 방글라데시에서도 가장 가난한 생활을 꾸려 간다고 볼 수 있다. 농업에 종사하는 인구 대부분이 자기 땅을 소유하고 있지 못해 농업 노동으로 생계를 유지하고 있는 형편이다. 그렇다면 일 인당 국민 소득 이만 달러가 넘는, 2012년 런던올림픽에서 무려 열세 개의 금메달을 포함해 총 스물여덟 개의 메달을 따낸, 게다가 세계 최고의 IT 강국임을 자랑하는 우리에게 가령 런던올림픽에서 메달을 한 개도 따지 못한 나라, 그 나라에서도 아주 미미할 수밖에 없는 산탈인들의 존재는 도대체 무슨 '의미'가 있을까. 그리고 혹시 사명감으로 선교 사역을 떠나는 사람이 아니라면, 그런 나라 그런 민족의 옛이야기를 듣는 게 과연 어떤 인문학적 의의를 지닐 수 있을까.

산탈인은 현재 열두 개의 씨족으로 구분되는데, 모두 아래의 창세 신화와 연관을 맺고 있다.

6 태초에 지구 상에는 물 외엔 아무것도 없었다. 땅 위에 생명체가 살도록 하기 위하여 가장 강력한 신인 타쿠르 지우가 게, 지렁이, 거북, 악어 그리고 가재 등 물에 사는 동물들을 창조했다. 그리고 물 밑바닥으로부터 진흙을 취하여 인간 형태의 한 쌍을 만들었다. 그러나 지우가 그 형태에 생명을 불어넣기도 전에, 태양신이 사악한 말인 신 사돔을 보내어 그 형태들을 짓밟아버리도록 했다. 지우는 슬픔에 빠져 자신을 위로하려고 수오리와 암오리 한 쌍을 창조했다. 그 한 쌍이 물 위를 떠다니다 지쳐서 지우에게 쉴 곳을 만들어 달라고 부탁했다. 지우는 악어에게 물 밑에서 흙을 가져오라고 명하나 물에 흙이 다 녹아버려 실패했다. 다음 지우는 게와 가재에게 같은 요구를 했으나 그들도 또한 실패했다. 마침내 지우는 지렁이를 보냈다. 지렁이는 지우에게 거북이를 물 위에 떠 있게 해 달라고 부탁했다. 지렁이는 자기 몸의 한 끝을 거북이의 등에 부착시키고 물 밑 땅으로 몸을 내려뜨렸다. 그리고 입에 진흙을 물고 나와 거북이의 등 위에 진흙을 뱉어 냈다. 곧 뱉어 낸 진흙이 쌓여 큰 땅덩어리가 되었다. (거북이가 몸을 움직일 때마다 지진이 일어나곤 했다.) 지우는 그 땅을 평평하게 다졌다. 어떤 부분에는 흙을 쌓았는데 그게 산이 되었다. 물 위에 거품이

떠다녔는데 지우는 거기에 시롬씨를 뿌려 모든 식물 중에서 처음으로 시롬(베티버)나무가 자랐다. 이제 땅은 평평해졌다. 그러자 두 오리가 날아올라 며칠을 날아간 뒤 시롬나무 수풀에 둥지를 틀고, 거기서 암오리가 땅 위에 두 개의 크고 빛나는 알을 낳았다. 수오리는 부지런히 먹이를 찾아 날랐다. 아홉 달 닷새 후에 그 알에서 아름다운 남녀 아이가 나왔다. 그 아이들이 자라 필추 하람과 필추 부디라는 이름으로 알려지게 되었다. 곧, 지상 최초의 인간 한 쌍인 것이다.[31]

이 신화는 앞서 우리가 살펴본 힌두의 창조 신화, 그리고 다른 많은 창조 신화와는 어떤 차이가 있는가.

여기서는 가장 강력한 신인 지우조차 혼자서는 창조의 역사를 온전히 감당해 내지 못한다는 데 초점이 있다. 처음에 진흙으로 인간 형태를 만들었지만, 숨을 불어넣기도 전에 훼방을 받아 망가지고 만다. 그는 외로워서 오리 한 쌍을 창조했는데, 그들이 쉴 곳을 부탁한다. 지우는 그 부탁을 속 시원히 들어주지 못한다. 그리하여 악어, 거북이, 게, 가재 따위 동물들에게 도움을 요청한다. 지렁이가 결정적인 도움을 주지만 그 역시 거북이의 도움을 필요로 한다. 어쨌든 최초의 인간은 지우와 동물들의 그런 유기적인 협력의 결과로 비로소 출현한다. 이렇게 볼 때, 산탈의 이 신화는 첫 인간의 창조 행위가 세상에서 가장 하찮은 존재라고 여겨지는 미물들의 협력과 사회적 노력들의 결과라는 점을 암시하고, 그럼으로써 전지전능한 창조주가 창조의 임무를 전담한다는 남성적 영웅시로 가득 찬 기존의 대다수 창조 신화에 도전장을 내민다고 볼 수 있다. 사실 벵골 지역의 패권

자들은 산탈인들을 '신탁통치 하의 소수'처럼 홀대하고, 그들의 거주를 슬럼 지구로 제한했다. 그러나 이 신화에서 보듯이 이들은 벵골인들의 주요 원리 혹은 표준으로부터 벗어남으로써, 창조적 소수자의 위치로 초월할 가능성을 스스로 열어 보이고 있는 것인지도 모른다.[32]

"얼마나 많은 문학 운동들이 단 하나의 꿈을 꾸어 왔던가! 그것들의 꿈은 언어의 지배적인 기능을 수행하고, 국가 언어, 공식 언어로 봉사하는 일이었다."[33]

그러나 21세기를 새로운 유목의 세기로 만든 철학자 들뢰즈와 가타리는 이제 그 반대의 꿈을 꾸어 보자고 제안한다. 그들은 다수자와 소수자를 가르는 구분을 비단 수로 국한하지 않는다. 그들은 구성의 어떤 양태를 기술하기 위해 이 개념을 사용하는데, 이에 따르면 우리 시대에 여성은 수적으로 남성과 동일한 비중을 차지하더라도 여전히 '소수자'이다. 설사 수적으로 더 많다고 하더라도 그 사실은 달라지지 않는다. 표준형이 여전히 남성이기 때문이다. 그리고 그 표준형의 목록은 남성을 넘어서서 백인-어른-이성애자-본토박이-건강한 사람-지성인-표준어 구사자 등으로 얼마든지 더 늘어날 수 있을 것이다. 근대적 이성 혹은 근대적 합리주의가 형성한 이러한 표준적 인간상이 다수자가 되어 소수자를 배제해온 것이 우리의 지배적인 역사이다. 하지만 바로 그런 점에서 지배적인 공식 언어의 굴레를 박차고 나가서 차별을 거부하는 새로운 언어, 새로운 문학, 새로운 사유를 제시할 가능성은 오히려 그 소수자에게 훨씬 많다고 볼 수도 있다. 체코의 수도 프라하에서 소수 언어였던 '독일어'로 글을 썼던 프

란츠 카프카의 존재가 이를 입증한다고 말하면, 무리일까.**34**

산탈의 창세신화는 이렇듯 우리에게 새삼 목적의식적인 '소수자-되기'의 의의를 상기시켜 준다. 이때 물론 소수자는 중심에서 멀어지고 배제된 주변인이 아니라, 표준화와 규격화를 스스로 거부한 자로서 이해되어야 할 것이다.

검은 모래 폭풍 속에 사라진 실크로드 '오랑캐'의 역사

흑장군-일곱 번째 이야기

> 당신들 안에 있는 '장군'을 깨우지 마라!**35**

카뮈는 그의 소설 『페스트』에서 한 등장인물의 입을 빌어 인류의 불행은 정확한 언어를 사용하지 않는 데서 비롯한다고 말했다.

우리는 아주 사소한 듯 보이는 단어 하나의 선택이 전혀 생각지도 못한 결과로 이어지는 사례를 역사 속에서 무수히, 그리고 지금 이 순간의 현실 속에서도 수시로 목격한다. 예컨대 5.16을 쿠데타로 볼 것인지 혁명으로 볼 것인지, 위안부 할머니들을 어떻게 부를 것인지, 친환경 녹색성장이라는 게 과연 가능한 말인지, 핵발전소인지 원자력발전소인지, 고래 포획이 아니라 과학 포경을 하겠다는 말을 받아들일 수 있는지, 대북 인도적 지원인지 대북 퍼주기인지…… 그리고 무엇보다 논란이 많은 4대 강 '살리기' 문제에 이르기까지 무엇이 정확한 언어인지를 둘러싼 논란은 공동체를 끊임없이 교란시키고 있다.

'오랑캐'라는 낱말도 필연적으로 논란을 불러일으킨다.

원래 만주 지방을 무대로 살아가던 여진의 한 부족 우랑하(올량합, 兀良哈)를 가리키던 말이었는데, 나중에는 중국 변방에 살던 이민족들을 두루 싸잡아 얕보는 보통명사로 바뀌었다. 중화사상에서는 한족의 주요 생활 터전인 황허 중하류 유역을 이른바 중원으로 삼고 거기서 멀면 멀수록 문명이 발달하지 못했다 간주하고, 그들을 각기 동이(東夷), 서융(西戎), 남만(南蠻), 북적(北狄)이라 업신여겼다.

이제 우리가 만나게 될 〈흑장군의 전설〉은 그중에서 특히 '서융'에 해당하는 서하(西夏)와 관련된 서사로서, 이른바 주류와 다수가 지배하는 역사에서는 공백처럼 거의 무시되어 왔다. 적어도 1908년 코즐로프 대령이 이끄는 러시아 탐험대가 중국 북방에서 마르코 폴로의 행로를 더듬다가 사막의 아득한 모래 위로 솟아오른 거대한 요새 도시를 발견하기 전까지는 그랬다.

'정확한 언어'를 다시 떠올릴 필요가 있다.

중국 측 역사에서 '서하'라고 부르는 그 나라는 11세기~13세기에 걸쳐 중국 북서부, 즉 현재의 간쑤성과 산시성에 위치했던 티베트계 탕구트족의 왕조로서, 스스로 옛 하나라의 적통을 이어받았다 하여 '대하(大夏)'라 일컬었다. 불교를 믿었고, 대하(서하) 문자를 사용했다. 면적이 한반도의 다섯 배나 되는 거대한 제국이었다.

7 카라 코토, 즉 흑성(黑城 혹은 黑水城)은 바로 그 대하의 최전방 요새였다.

망망대해와도 같은 사막 한가운데 우뚝 솟은 그 성의 성주는 패배라는 말을 모를 만큼 뛰어난 장수였다. 사람들은 늘 검은 갑옷을 입고, 검은 투구를 쓰고, 검은 칼을 차고, 검은 말을 타고 다니는 그를 흑장군이라 불렀다. 그가 지나간 자리에는 검은 바람이 일었다.

대하 왕조의 위세가 중국 황제의 권력마저 넘볼 지경이 되었다. 위협을 느낀 중국 황제는 대군을 보내 대하를 치게 했다. 흑장군은 흑성을 중심으로 중국의 엄청난 대군에 맞서 싸워야 했다. 병사와 군마의 시체가 사막을 덮고 그 피가 모래를 붉게 물들였다. 사막 어디서나 피비린내가 진동했다. 그래도 흑장군은 명불허전이었다. 그는 온갖 불리함을 무릅쓰고 적군을 저지했다.

하지만 워낙 중과부적이었다. 더구나 흑장군 아래에서 풍요를 누린 흑성이 보유한 보물을 탐낸 중국 병사들의 공세는 집요했다. 여러 차례의 격전 끝에 흑장군은 성안에 포위되고 말았다. 그렇다고 항복을 할 흑장군이 아니었다.

성이 워낙 높아 더 이상 진공이 어렵다고 판단한 중국군은 상상을 초월하는 계획을 세웠다. 성으로 들어가는 에친골의 물길을 돌려놓음으로써 흑성의 숨통을 조이기로 한 것이었다.

보급로가 차단된 판에 물길마저 끊겼다. 성안의 백성들 사이에서 먼저 동요가 일었다. 잘 버티던 병사들 사이에서도 패배감이 걷잡을 수 없이 번져 나갔다. 흑장군은 성안에 우물을 파도록 했다. 하지만 수십 길을 파내려 가도 물은 나오지 않았다.

천하의 흑장군이라도 더 이상 버티는 것은 무리였다. 그는 자기와 동족에게 다가올 운명을 예감하고 먼저 가족을 불렀다.

가족들은 그가 말을 하지 않아도 이미 알고 있었다. 노예로서의 굴

욕적인 삶과 장군의 가족으로서 명예로운 죽음 중에서 그들은 후자를 선택했다. 흑장군은 두 아내와 세 딸의 목을 자기 칼로 베었다.

그는 남은 두 아들과 함께 마지막 일전을 불사했다. 성을 빠져나가기 전 흑장군은 성안에 있던 보물들을 우물에 파묻으라고 명령했다. 수레로 총 여덟 대나 되는 어마어마한 분량이었다. 그런 다음 그는 마지막 군대를 이끌고 정면으로 돌진했다. 하지만 그건 이미 싸움이 아니었다. 그들을 기다리고 있던 것은 학살이고 도륙이었다. 흑성을 빠져나온 병사들은 단 한 사람도 남지 않고 전멸했다. 성안에 남아 있던 대하인들도 마찬가지 운명을 피하지 못했다.

성을 점령한 중국 병사들은 보물을 찾기 위해 혈안이 되었지만 보물은 아무리 뒤져도 나오지 않았다. 그러자 흑장군이 죽으면서 보물을 찾을 수 없게 주문을 걸어 놓았기 때문이라는 소문이 돌았다.

무너진 흑성 위로 카라부란, 즉 사막의 검은 모래 폭풍이 해마다 몰아쳤다. 그리하여 언제부턴가는 주변 부족의 뇌리에서도 그곳에 흑성이 존재했다는 사실마저 까마득히 잊혀졌다.[36]

역사와 설화 사이에서 몇 가지 주목할 만한 정황과 일화들이 있다. 〈흑장군의 전설〉에 나오는 중국 군대는 실제로는 칭기즈칸이 이끄는 몽골 군대였다는 것이다. 기록에 따르면, 1227년 칭기즈칸이 직접 군대를 이끌고 쳐들어와 성을 함락시켰다고 한다.

칭기즈칸은 전투 중 말에서 떨어져 전사한 것으로 알려져 있지만, 실은 독을 묻힌 흑장군의 칼에 등이 베여 그 상처가 덧나서 죽었다는 전설도 이러한 역사와 관련되어 있다. 실제로 대하가 멸망하고 얼마

지나지 않아 칭기즈칸이 전사했기에 이런 추측이 여러 사람들의 입에 오르내렸을 것이다.

성이 함락되기 전 흑장군의 가족 중 딸 한 명이 이방인 사내와 성을 빠져나가 살아남았다는 말도 돌았지만, 물론 사막의 모래바람과 함께 흩어진 확인할 길 없는 이야기다.

1908년 코즐로프 탐험대는 사막의 모래 위로 거대한 요새 도시가 솟아 있는 모습을 보고 경악을 금치 못했다. 그것이 바로 전설 속의 흑성이었다. 탐험대는 실제로 강의 물줄기를 돌려놓기 위해 쌓은 둑의 흔적도 발견했다. 코즐로프는 총 삼천오백 점의 유물을 훔쳐갔다. 그 유물들은 현재 러시아 에르미타주박물관에 수장되어 있다. 이 유물들은 운 좋게도 제2차세계대전 당시 레닌그라드가 포위당했을 때도 참화를 피할 수 있었다.

실크로드의 고대 유물에 대한 체계적이고도 노회한 약탈자 중 한 명인 저명한 고고학자 오렐 스타인도 1913~1916년 제3차 중앙아시아 답사때 흑성 유적지를 다녀갔다. 이후에도 쟁쟁한 고고학자이자 역시 유물약탈자인 미국의 랭던 워너가 1925년에, 스웨덴의 전설적인 탐험가 스벤 헤딘이 1927~1931년에 흑성을 다녀갔다. 그들의 발걸음은 모두 흑성의 '가치'를 잘 보여주는 반증이다.

흑장군이 마지막 결전을 펼친 게 아니라 가족을 죽이고 자신도 자결했다는 주장도 있다.

그러나 〈흑장군 전설〉과 관련된 가장 큰 논란은 흑성을 친 게 과연 누구인가 하는 점이다. 일설에는, 흑장군에 대한 백성들의 신망이 워낙 두텁고, 덩달아 그를 따르는 이들이 늘어나자 자신의 권력에 위기감을 느낀 대하의 황제가 반란의 싹을 자르기 위해 흑성을 친 것이라고도 한다.

역사의 진실은 과연 무엇일까. 고스란히 그 역사를 지켜보았을 사막은 말이 없고, 우리에게는 수수께끼 같은 몇 가지 단편적인 이야기만 전해진다.

중요한 것은 동서의 문명이 끊임없이 오고간 실크로드를 때로 주류의 시선이 아니라 비주류, 혹은 소수자의 시선으로 살펴보는 일이다. 〈흑장군의 전설〉은 이런 소수자의 시선을 대표하는 설화 중 하나다. 이 이야기는 실제 역사와 미확인의 전설이 절묘하게 어우러져 특별한 흥미를 낳고 있다. 근자에 유행하는 스토리텔링과 문화콘텐츠라는 측면에서 사뭇 탐욕스럽게 들여다보더라도 무궁무진한 '개척 가능성'을 지닌 이야기의 원형이다.

일본의 저명한 소설가 이노우에 야스시는 대하를 배경으로 『둔황』이라는 역사소설을 썼다.

사막의 영웅, 아라비아의 검은 까마귀

안타라-여덟 번째 이야기

흑장군 전설은 고비사막, 그것도 이른바 흑고비사막을 배경으로 삼아 전승된다. 같은 사막이라도 아라비아반도의 사막은 지형적 특색이 또 다르다. 검은 황무지가 아니라 말 그대로 붉은 사암의 모래 언덕이 특징이다.

그 붉은 사막을 무대로 모래 폭풍처럼 격정적인 삶을 살았던 영웅이 있다. 그의 이름은 안타라 이븐 샷다드. 그러나 그는 본명 대신 '아라비아의 검은 까마귀'라는 별명으로 훨씬 더 유명했다. 그의 모험과 사랑을 담은 〈안타라 이야기〉는 8세기경 함마드 알라위야가 엮은 시선집 『무알라카트』에 편집 수록되었다.[37] 이슬람 이전 시기에 살았던 안타라(530년경~615년경)는 무사이자 시인으로 자신이 이야기 속에 직접 주인공이자 화자로 등장하여, 신분상의 불리한 조건에도 불구하고 사촌 아블라에 대해 실제로 그가 바친 절절한 사랑을 문학적으로 형상화했다. 아울러 사막 부족들 간의 전투, 각종 무기, 축제, 말 등과 같은 당대의 관심사들에 대해서도 세밀하게 묘사하여 오늘날까지도 그 역사적인 가치를 인정받고 있다.

〈안타라 이야기〉는 직업적인 이야기꾼들이 카페의 손님들에게 실감나게 들려주던 인기 있는 레퍼토리 중 하나였는데, 그렇게 전승되는 과정 자체가 이 이야기의 생명력을 입증한다. 이야기 속의 안타라를 실존 인물의 행적과 비교하면 어느 정도 과장되어 있고, 이야기 자체도 전개 과정에서 통일성이 결여되어 있다. 그러나 무엇보다 이슬람 이전 시기 사막을 배경으로 살아가던 유목민들의 삶과 사랑과 투쟁을 눈앞에 보듯 실감나게 묘사하고 있어 그 역사적인 가치를 높이 평가받는다. 각운체 산문으로 쓰였으며 일만여 개에 달하는 시구가 산문과 섞여 있다.[38]

8 약탈을 일삼아 살아가는 압스 부족의 전사 샷다드는 낙타와 재물을 나눠 갖는 다른 동료들과 달리 아주 아름다운 흑인 노예 제비바

와 그녀의 두 아들을 전리품으로 취한다. 세월이 흘러 제비바는 샷다드를 꼭 빼닮은 아들 안타라를 낳는다. 코끼리처럼 거무스름한 피부를 지닌 아이였다.

어린 시절부터 안타라는 인근에서 힘과 용기로 그를 따라올 사람이 없을 정도였다. 고작 열 살 때 가축을 잡아먹는 늑대를 때려잡은 경력이 있던 안타라는 말과 창을 다루는 데 있어서도 타의 추종을 불허하는 청년으로 성장했다. 한번은 조헤르 왕의 장남 샤스 왕자가 총애하는 노예 닷지가 불쌍한 처지의 하녀들을 괴롭히는 광경을 목격하고 정면으로 달려들어 초죽음을 만들어 놓았다. 그 바람에 그는 샤스 왕자로부터 커다란 곤경을 당할 처지에 이르렀다. 다행히 그의 용기를 높이 산 또 다른 왕자 말리크의 도움으로 위기를 모면했다. 그 사건에 대해 전해 들은 왕은 안타라가 여성을 구한 훌륭한 청년이라고 칭찬했다. 부족 사람들이 모두 나와서 그런 그를 칭송했다. 그 많은 사람들 속에는 말리크의 딸이자 안타라에게는 사촌이 되는 아름다운 처녀 아블라도 끼어 있었다.

사실 안타라는 그전부터 아블라에게 푹 빠져 있었다. 그는 평소 관습에 따라 여자 어른들에게 우유를 배달했는데, 그때 흐르는 듯한 긴 머리가 인상적이던 아블라를 종종 목격했던 것이다.

오, 저 아름다운 여인이 머리를 수그리니
한밤의 어두운 그늘 같은 머리카락 속에 푹 파묻히네
마치 눈부신 한낮 같고, 마치 밤이 몽롱하게 그녀를 감싸는 것 같네
그녀는 황홀하게 빛나는 보름달

모든 별들이 그녀 앞에서는 빛을 잃는다

이제 그녀를 향한 사랑이 청년 안타라의 모든 것이 되어버렸다. 살아가는 이유, 싸워야 하는 이유! 그러나 그에게는 이미 적이 많았다. 적들은 안타라를 총애하는 조혜르 왕과 그의 아들 말리크가 신임을 거두도록 음모를 꾸몄다.

어느 날, 조혜르 왕은 안타라의 아버지 샷다드로 하여금 다른 부족을 치는 원정에 나서라고 명령했다. 안타라는 남아서 여자들을 지키는 임무를 맡았다. 그러는 사이 그는 아블라의 삼단 같은 머릿결의 완벽한 노예가 되고 말았다. 아블라는 그 모든 여자들 속에서도 홀로 찬란하게 핀 한 송이 꽃이었다. 축제가 벌어졌다. 여자들이 춤을 추고, 노예들이 노래를 불렀다. 깔깔거리는 웃음소리가 밤하늘에 퍼졌다. 술잔이 돌고, 처녀들의 두 볼은 장미처럼 발그스레해졌다. 안타라의 가슴은 갈망으로 터질 것 같았다.

그때 갑자기 먹구름이 몰려왔다. 폭음이 터졌다. 한순간, 칠십여 마리는 족히 되는 말들을 타고 한 무리 전사들이 쳐들어왔다. 축제의 현장은 비명 소리로 뒤덮였다. 침입자들은 여자와 처녀들을 약탈했다.

안타라는 미처 대비하지 못하고 있다가 한 방 당했지만, 곧 아블라를 잡아간 자를 뒤쫓아가 칼을 던져 거꾸러뜨렸다. 그는 나머지 적들도 차례로 물리쳤다. 당황한 적들은 약탈물을 내팽개치고 달아났다. 그것이 안타라의 첫 번째 무훈이었다. 돌아온 조혜르 왕이 안타라를 자기 옆자리로 불러 앉힌 다음 명예의 의복을 선사했다. 그러면서 이제 더 이상 안타라를 낙타지기로 두지 말라고 샷다드에게 명령을 내렸다. 안타라는 비로소 부족의 전사가 된 것이었다.

안타라는 힘과 용기뿐만 아니라 시인으로서도 재질이 뛰어났다. 아블라도 그런 그의 시적 재능을 인정하는 것 같았다. 그러나 아블라의 어머니는 안타라가 미덥지 않았고, 따라서 그의 시가 호색적이라며 대놓고 조롱했다.

어느 날 아블라의 어머니는 안타라에게 시를 한번 읊어 보라고 말했다. 안타라는 주저 없이 시를 읊었다.

나 그대를 사랑하오, 고귀하게 태어난 영웅의 사랑으로
나 그대의 환영을 상상하는 것만으로도 만족한다오
그대는 내 피의 주인이며, 나는 당신만을 따르리오다
아블라여, 어떤 말로도 당신을 설명할 수 없으니
그건 그대가 이미 하나부터 열까지 완벽하기 때문이라오

이 시는 그녀의 마음을 크게 누그러뜨렸다. 그래서 그녀는 안타라에게 아블라의 하녀와 결혼하라고 권유하기에 이르렀다. 안타라는 단호히 거절했다.

"천만에요! 나는 단언컨대 자유민과 결혼할 겁니다. 나는 다른 어떤 여인이 아니라 내 영혼이 숭앙하는 바로 그 여인과 결혼할 겁니다."

자유는 안타라가 추구하는 가장 귀한 덕목이었다. 그는 노예인 어머니가 어떤 삶을 살아왔는지 한시도 잊은 적이 없었다. 자유가 없다면 어떤 부귀와 영화도 의미가 없었다. 일설에는 낙타를 훔쳐 간 약탈자들과 부족민들이 치열하게 싸울 때, 안타라는 뒷짐만 지며 "노예는 싸울 줄 모릅니다. 그가 하는 일이란 낙타의 젖이나 짜고 젖통을 묶는 일입니다"라며 싸우기를 거부했다고 전해진다. 그러자 아버지가 "적을 향해 돌격하라! 이제부터 너는 자유의 몸이다"라고 외쳐, 그때부터 출전했다고도 한다.

안타라에게 아블라는 그 스스로 선택한 자유의 권화였다.

〈안타라 이야기〉는 이런 안타라의 사랑과 용기와 무한한 자유의지를 끝없이 노래한다.[39]

안타라는 그의 출신 신분 때문에 훗날 억압 받은 자들의 우상이 되었으며, 오늘날에는 아랍뿐만 아니라 아프리카에서도 널리 존경을 받고 있다.

〈안타라 이야기〉는 유럽으로 건너가 낭만적인 기사도 문학이 성립하는 데 영향을 끼쳤으며, 14세기에는 페르시아에서 인도양을 건너 말레이 군도로 넘어가 말레이 고전들과 결합하여 새롭게 〈히카야트(히까얏) 무하마드 이븐 알-하나피야〉로 태어난다.[40] 그러나 기사도의 정신과 실제 현실은 다르게 마련이었다. 네덜란드를 대표하는 인문학자 요한 하위징아는 『호모 루덴스』와 더불어 세계적인 명성을 얻은 자신의 또 다른 저서 『중세의 가을』에서 기사도 이면의 피로감을 묘사한다.[41]

어디에서나 으리으리한 기사 갑옷의 구멍을 통하여 거짓말들이 번쩍거렸다. 그러나 현실은 기사도 이상을 지속적으로 거부했다. 따라서 그것은 문학, 축제, 놀이의 영역 속으로 점점 더 깊이 후퇴했다.

오로지 그런 곳들에서만 아름다운 기사도적 삶의 환상이 남아 있을 뿐이었다. 한 시인은 한 궁정기사와 그의 시종, 하인들이 목이 빠져라 봉급 관리관을 기다리는 모습을 간단히 묘사했다.

"봉급 관리관은 언제 오는 거야?"

안타라는 달랐을까?

트릭스터 이야기

이야기 세계의 또 다른 영웅들

트릭스터

    아시아의 이야기 세계에서 실크로드의 흑장군이나 아라비아반도의 검은 까마귀 안타라와 같은 '남성적' 영웅들 못지않게 중요한 비중을 차지하는 캐릭터들이 존재한다. 어떤 면에서는 이야기 세계의 진정한 활력이 바로 이들과 같은 부류로 인해 유지되는 것인지도 모른다. 그들은 흔히 힘 대신 꾀로, 칼 대신 혀로 상대방을 초토화시킨다. 이쯤이면 누구든지 머릿속으로 쉽게 한두 캐릭터를 떠올릴 수 있을 터. 그렇다, 우리나라에서는 벌건 대낮에 대동강 물을 팔아먹은 봉이 김선달이나 밤늦도록 술을 마시고 돌아오다가 야경꾼에게 들키자

스스로 빨래 행세를 한 정수동, 그리고 무엇보다 제 간을 집에다 두고 다니는 토끼가 여기에 속한다.

사전에서는 그들을 이렇게 규정한다.

트릭스터(trickster)「명사」『사회』
문화인류학에서, 도덕과 관습을 무시하고 사회 질서를 어지럽히는 신화 속의 인물이나 동물 따위를 이르는 말.[42]

트릭스터는 말 그대로 트릭, 즉 속임수를 쓰는 자로서 부정적 캐릭터라고 쉽게 규정될 수 있다. 그러나 이야기 세계에서 트릭스터들은 동서양을 막론하고 그런 일면적 규정 이상의 문화적 혹은 문화인류학적 의미를 지닌다. 그들은 단순히 타인을 속여 부당한 이익을 얻어내는 협잡꾼이나 사기꾼이 아니다. 만일 그런 정도의 질서 교란자 혹은 파괴자였다면 그들의 생명력이 지금처럼 길지는 않았을 것이다. 그들은 분명 남을 속이기는 하지만 그 행위가 때로 아주 교묘한 나머지 보는 이로 하여금 오히려 탄성을 내지르게 만드는데, 그때 트릭은 기지, 꾀, 재치 따위의 사뭇 긍정적인 의미로 읽히기도 한다. 게다가 속임수의 상대방이 공동체에서 일정 부분 배척 받는 자일 경우 트릭스터의 트릭은 마치 '의적'의 행위처럼 민중의 존경을 획득하기도 한다. 설사 그런 정도의 존경을 불러일으키지는 못하더라도 트릭스터들은 종종 민중의 열망이나 희구를 대신해주는 대리자의 구실을 수행한다.

예를 들어 터키에서는 켈올란이라는 민담의 주인공이 이런 트릭스터의 구실을 훌륭히 수행한다. 그는 가난하고 키도 작지만 전혀 예상하지 못했던 방식이나 꾀로 상대방을 물리친다. 그 대상에는 정의롭지 못한 파디샤(왕)도 포함된다. 켈올란은 그래서 터키 어린이들이 누구나 좋아하는 캐릭터로 오늘날까지 그 생명력을 발휘한다.**[43]**

물론 트릭스터 중에 남을 골탕 먹이는 데 재미를 붙이는 말썽꾸러기도 없지 않지만, 어쨌든 이들은 대체로 기존의 경직된 사회구조나 체제에 대해 일정하게 흠집을 내고, 그로써 오히려 유연성을 제공하는 긍정적 역할을 수행한다. 따분하고 상투화된 일상 역시 그들의 소동으로 인해 아연 활력을 되찾는 경우가 적지 않다.

카자흐스탄의 알다르 호제도 그런 역할을 충분히 해내고 있다.

카자흐인들의 수염 없는 꾀쟁이 친구

알다르 호제-아홉 번째 이야기

9 어느 추운 겨울날, 숭숭 구멍이 뚫린 외투를 입은 알다르가 당장이라도 툭 무릎이 꺾일 것 같이 다 늙은 말을 탄 채 길을 가고 있었다. 그때 저만큼 토실토실 살찐 말을 타고 가는 부자의 모습이 보였다. 부자는 보기만 해도 따뜻한 여우 외투를 입고 있었다.

'옳다구나!'

알다르는 거의 습관적으로 노래를 부르기 시작했다.

"랄랄라 라라……."

부자가 다가와 물었다.

"이 추운 날, 자넨 뭐가 좋다고 노랠 하지? 외투는 낡았고, 말은 썩은 빗자루처럼 비실비실한데?"

알다르는 갑자기 제 손가락을 핥더니 치켜세웠다.

"맞아요. 이제 곧 눈도 오겠지요. 하지만 이건 내가 일부러 낸 구멍이에요. 일흔 개나 된답니다. 그래야 바람이 잘 지나갈 수 있거든요. 눈이 아무리 많이 와도 상관없어요. 이렇게 하면 아주아주 포근하거든요."

알다르는 흥겹게 콧노래를 부르며 길을 재촉했다. 그러자 부자가 말했다.

"이보게. 난 아직 갈 길이 멀어. 눈이 올 걸 미처 몰랐네. 어때, 그 외투를 내게 팔지 않겠나?"

알다르는 마뜩치 않다는 표정을 지으며 튕겼다.

"아니, 그럼 저는 어떡합니까? 눈이 여간 많이 내릴 것 같지 않은데……."

"그러니 돈을 주겠다는 거 아닌가."

"돈도 돈이지만……."

알다르는 서너 번 그렇게 튕긴 끝에 구멍 숭숭 뚫린 제 외투를 여우 외투와 바꾸고, 비실비실한 늙은 말을 포동포동 살찐 말과 바꾸는 데 성공했다. 알다르는 자기가 꽤 손해 보는 장사를 하고 말았다는 표정을 짓더니 길을 서둘렀다.

부자는 뒤에 남아 킬킬거렸다.

"난 역시 운이 좋아! 저 놈은 바보라구. 이제 곧 눈이 펑펑 쏟아지면 거래를 후회하겠지. 게다가 난 돈은 한 푼도 주지 않았으니, 돈까지

굳혔지 뭔가?"

그러거나 말거나 이미 언덕 저 너머로 사라진 알다르는 여전히 콧노래를 흥얼거렸다.

"랄랄라 라라……."

알다르가 꾀를 써서 권력과 돈을 가진 사람들을 골탕 먹일수록 명성은 널리널리 퍼져 나갔다.

아주 샘이 많은 부자가 있었다. 그는 알다르의 명성을 질투한 나머지 잠도 편히 못 이룰 정도였다. 어디를 가든 사람들이 온통 "알다르라면" 혹은 "알다르였다면" 하고 말했기 때문이었다.

그는 사람들에게 말했다.

"흥, 제까짓 게 잘나 봐야 얼마나 잘났겠어? 내가 녀석을 만나면 코를 납작하게 해 줄 거야!"

그 말을 들은 마을사람들은 젊은이건 늙은이건 하나같이 만류하고 나섰다.

"그렇게 자만하실 일이 아니에요. 행여 알다르를 만나더라도 속일 수 있다고 기대하지는 마세요. 우린들 왜 안 그러고 싶었겠어요? 하지만 그를 속이려다가 결국 속아 넘어가고 말았는 걸요."

"흥, 녀석을 꺾기 전까지는 편히 못 지내! 내가 녀석의 콧대를 꺾어 놓고야 말거야! 만약 그렇게 못하면 내가 진 벌로 포동포동 살이 찐 말을 잡아다가 당신들을 몽땅 초대하지.

그렇게 자신만만해 하던 부자가 낙타를 타고 초원을 지나가다가 낯선 이를 만났다. 그는 땅에 얼굴을 대고 무엇인가 귀중한 것을 찾는 것처럼 보였는데, 그러다가도 또 주변을 바지런히 돌아다녔다.

"어이, 이보게. 뭘 잃어버렸나?"

부자가 거만한 목소리로 물었다.

"잃어버린 건 없습니다요. 하지만 무엇을 찾는 건 사실이죠."

"대체 뭘 찾는데?"

"여기 어딘가에 땅의 배꼽이 있는 게 분명해요. 하지만 풀들이 무성해서 이렇게는 보기가 어려워요. 위에서 내려다본다면 볼 수 있을 텐데, 아쉽게도 이 주위엔 산도 없고 언덕도 없으니, 쩝."

"낙타 위에서 보는 건 어떤가?"

"낙타 위에서라면 당연히 볼 수 있겠죠! 그럼 나리도 다른 이들에게 우리가 함께 여기서 땅의 배꼽을 어떻게 찾았는지 말해주실 수 있을 테고요. 아마 그건 꽤 영광스러운 일이 되겠지요?"

부자가 솔깃해서 얼른 낙타 등에서 내려왔다.

"자, 어서 올라가 찾아보게나."

부자가 낯선 이에게 고삐를 내주며 말했다. 낯선 이는 얼른 낙타 위에 올라가 앉았다. 그런 다음 무언가를 찾는 척하면서 고삐를 더욱 단단히 조였다.

"어때, 보이나?"

"아니요, 안 보여요!"

"잘 좀 찾아봐."

"아, 그게 어디 쉽나요? 하지만 축하드립니다. 이제 오늘부터 나리는 사람들에게 알다르와 같이 땅의 배꼽을 어떻게 찾았는지 얘기해줄 수 있게 된 겁니다요."

"어, 대체 무슨 말이야? 그럼, 네 놈이 바로 알다르? 아이고! 낙타를 내놔, 이 도둑놈아!"

부자는 기겁하며 소리쳤다.

"따라잡으신다면야 당연히 드리죠! 만약 못 따라잡으시면 못 받는
거고요!"

알다르는 이렇게 말하며 뒤도 안 돌아보고 달리기 시작했다.

알다르에게 속은 부자는 날이 깜깜해져서야 집으로 돌아갔다. 소
문을 듣고 이웃들이 달려왔다. 그들은 하나같이 함박웃음을 지으며
말했다.

"아, 모처럼 맛 좋은 말고기를 먹게 생겼네그려."

알다르 호제는 카자흐스탄 우화에 등장하는 대표적인 트릭스터로
화폐나 우표 등에도 등장할 만큼 유명하다. 그를 주인공으로 한 우화
는 수없이 많지만, 그가 꾀를 써서 때로 힘센 사람이나 권력과 재물
을 가진 이들을 골탕 먹인다는 점은 대부분 비슷하다. 예를 들어 알
다르가 도둑으로부터 말을 되찾아주는 이야기, 여섯 명의 사기꾼들
이 알다르를 속이려다가 반대로 당하는 이야기, 알다르가 어깨뼈로
부자를 속이는 이야기 등 알다르는 때로 교활하다 싶을 정도로 영리
한 인물이다.

실제 카자흐어로 알다르는 영리한 사람을 뜻하며, 호제는 수염이
없는 사람을 가리킨다. 따라서 알다르 호제는 수염이 없으면서도 아
주 꾀 많은 사람을 뜻한다. 그는 앞서 말한 터키의 켈올란이나 우리
나라의 봉이 김선달이 종종 양반들을 골탕 먹이듯 부자들을 종종 골
려 먹는다. 그런 행위들을 통해 알다르는 고달픈 삶을 살아가는 민중

에게 작으나마 위안을 주고 현실의 강퍅함을 잊게 만든다. 나아가 알다르는 그렇게 얻은 이익을 이따금 자기보다 어려운 민중에게 돌려주기도 하는데, 그렇게 함으로써 중앙아시아 카자흐스탄 사회에서 알다르의 지위는 꽤 견고하게 유지될 수 있었다.

왕까지 골려먹는 라오스의 꾀 많은 트릭스터

시앙 미앙-열 번째 이야기

10 시앙 미앙은 유명한 꾀돌이였다.

왕은 그를 좋아하지 않았지만 그가 워낙 영리했기 때문에 어쩔 수 없이 그를 고용했다. 왕은 그보다 한 수 앞서려고 늘 기회를 노렸다.

하루는 회의를 소집해서 이렇게 말했다.

"나를 호수로 뛰어들게 만드는 자에게 보상을 하겠다."

아무도 나서지 못했다.

사람들의 눈길이 모두 시앙 미앙에게 쏠렸다. 왕의 눈길도 그에게로 옮겨 왔다. 시앙 미앙은 난처한 표정으로 아뢰었다.

"그것만은 못하옵니다. 제가 어찌 감히 전하를 물에 빠뜨리는 일을 하겠사옵니까?"

왕은 시앙 미앙을 비웃으며 말했다.

"네가 자신이 없으니 핑계를 대는구나."

"전하, 자신이 없어서가 아니옵니다. 감히 제가 전하를 호수에 빠뜨리지는 못하겠지만 전하께서 호수에 계시면 밖으로 나오게 할 수는 있사옵니다."

"그래?"

왕은 회심의 미소를 지으며 호수로 들어갔다.

그 순간 승자는 시앙 미앙이 되었다.

하늘 높은 줄 모르고 우쭐해진 꾀돌이 시앙 미앙이 어느 날 달팽이를 만났다.

시앙 미앙은 늪에서 천천히 기어가는 달팽이를 보고 끝까지 가려면 한 달은 걸리겠다고 약을 올렸다. 화가 난 달팽이는 내일 경주를 하자고 제안했다. 가족을 모아 꾀를 짠 달팽이는 자신이 작아서 잘 보이지 않으니 달리다가 시앙 미앙이 자신을 부르면 대답하는 형식으로 하자고 제안했다. 이튿날, 시앙 미앙이 힘껏 달리다가 달팽이가 보이지 않아 달팽이를 부르자 앞에서 대답이 들려왔다. 시앙 미앙은 깜짝 놀라 더 부지런히 달렸다. 그러다가 다시 달팽이를 불렀다. 마찬가지였다. 앞에서 소리가 났다. 시앙 미앙은 그렇게 전력 질주를 하다가 지쳐 쓰러지고 말았다. 결국 승자는 달팽이였다. 실은, 달팽이의 친척들이 곳곳에 숨어 있다가 시앙 미앙이 찾는 소리가 들리면 자기들이 원래 그 달팽이인 양 시침을 떼고 대답했던 것이다.

시앙 미앙(시옹 미웡)은 라오스 민담에 자주 등장하는 유쾌한 트릭스터 캐릭터이다. 우리나라 민담에 등장하는 토끼나 인도네시아의 칸칠(깐칠), 필리핀의 필란독처럼 시앙 미앙도 기지가 있고 유쾌하며 남을 곧잘 속여 넘긴다. 그렇지만 그는 동물이 아니라 사람이며, 하는 짓이 밉지 않아서 대중들로부터 많은 사랑을 받는다. 라오스 전통 사회에서 부하가 상전을 골리거나 이런저런 능력으로 상전을 능가하는 것은 흔한 일이 아니다. 그러나 꾀 많은 트릭스터 시앙 미앙만큼은 예외로 인정받고 있다. 그런 그도 잘난 척을 하다가 아주 작은 달팽이에게 지고 만다.

시앙 미앙의 태국판 판본

시 타논차이-열한 번째 이야기

이야기 세계에서 국적을 논하는 게 얼마나 어리석은지는 시앙 미앙을 통해서도 알 수 있다. 그는 동남아시아의 이야기 세계에서 매우 대중적인 캐릭터이다. 그는 현재의 국경선이 획정되기 전까지 라오스와 태국 북부 지역의 사람들이 두루 알고 지내던 이야기 세계의 벗이자 이웃이었다. 그런 그가 태국의 북부, 특히 이산 지역에서 시장 상인들을 만나기 전까지는 이름이 캄이었다고 한다. 또한 캄보디아에서는 아 톤추이 프라츠, 미얀마에서는 사가 다우사라는 이름을 얻는다.

그 시앙 미앙을 태국에서는 달리 시 타논차이라고 부르기도 한다. 바로 앞에서 왕을 물에 빠뜨린 시앙 미앙 이야기가 시 타논차이 이야기에도 그대로 나온다. 아유타야 시대 농사꾼 부부의 늦둥이 아들로 태어난 시 타논차이는 절에 들어가 행자 생활을 할 때부터 원로 스님들이 낸 수수께끼를 풀어내어 그 영리함을 인정받았다. 나중에는 궁정에까지 소문이 흘러 들어가 왕이 그를 부를 정도까지 된다. 그는 매사에 반지빠른 구석을 보여서 적이 많았지만 대부분 그런 난관을 무사히 통과했다.

방콕 파툼 와나람 사원에는 시 타논차이의 이야기를 그린 정교한 벽화가 있다.

11 시 타논차이는 아주 영리한 사람으로 알려졌고 사람들 사이에서 늘 화제의 대상이었다.

쿤 무앙은 왕의 훌륭한 재상이었다. 그는 일인지하 만인지상으로 남부러울 게 없는 처지였지만, 딱 한 가지 마누라의 입이 문제였다. 마누라가 입만 열었다 하면 욕설이며 거친 말을 쉬지 않고 내뱉는 것이었다. 견디다 못한 쿤 무앙이 사정을 토로하자, 시 타논차이가 거침없이 대답했다.

"걱정 마십시오. 저를 하인으로 며칠만 쓰십시오. 마나님의 버릇을 말끔히 고쳐 드리지요."

시 타논차이가 하인으로 간 뒤 어느 날 저녁 부인이 저녁상을 다 봐 놓았는데 쿤 무앙이 자리에 나타나지 않았다. 조정에서 아직 토의할 안건이 있었기 때문이다. 부인의 분노는 폭발했다. 그녀는 시 타논차이를 불러 명령했다.

"당장 가서 모셔와."

"네, 그렇게 하옵지요. 하지만 하찮은 제 말을 듣지 않을 수 있으니 마나님이 같이 가시옵죠."

조정은 집 가까이 있었다. 시 타논차이가 앞장서 달려가서는 큰 목소리로 외쳤다.

"나으리, 얼른 와서 진지 드세요. 사모님이 여간 난리가 아니세요."

한바탕 폭소가 터졌다. 쿤 무앙의 얼굴이 벌게졌다. 신하들은 일제히 말했다.

"국사보다 더 급한 일이 있으십니다요. 어서 가보시지요."

밖에서 기다리고 있던 부인의 얼굴도 벌게졌다. 그래도 부인의 버릇은 며칠이 가지 않아 되살아났다. 재상은 시 타논차이에게 말했다.

"내 뭐라던가. 아무도 내 마누라의 입을 고칠 수는 없다네."

시 타논차이는 빙그레 웃으며 대답했다.

"사흘만 더 기다려 보시죠."

다음 날 시 타논차이는 재상의 부인에게 슬쩍 물었다.

"마나님, 세상에서 제일 달콤한 요리를 드셔 보셨어요?"

"그게 뭔데?"

부인이 반색을 했다.

"제가 준비를 할 테니 드셔 보시겠습니까?"

"물론이지."

시 타논차이는 온갖 종류의 짐승 혀를 접시에 담아내어 특별 요리라고 내놓았다.

"흥, 이게 무슨 세상에서 제일 달콤한 요리란 말이냐?"

부인은 화를 냈고, 시 타논차이는 태연히 대답했다.

"사실 세상에서 제일 달콤한 건 인간의 혀인데 그것만은 차마 빼오질 못했습니다."

그것으로 물러설 부인이 아니었다.

"그럼 좋다. 내일은 세상에서 가장 맛없는 음식을 요리해서 내놓거라.”

이튿날, 부인은 다시 상 위에 차려진 요리를 보고 경악했다. 거기에는 어제와 똑같이 짐승들의 혀가 담긴 접시들만 잔뜩 있었기 때문이었다.

“이게 대체 무슨 행패냐?”

“마나님. 혀처럼 달콤하면서도 더럽고 지저분한 것은 없습니다. 그 중에서도 제일 달콤한 동시에 가장 더럽고 지저분한 것은 바로 인간의 혀입지요. 오늘도 제가 가장 맛없는 요리를 준비하지 못했습니다. 세상에서 제일 지저분한 사람의 혀를 차마 빼오지 못했기 때문입니다.”

그날부터 부인의 거친 말버릇은 종적도 없이 사라졌다.

알다르 호제와 시앙 미앙(시 타논차이)은 사람이지만, 동서양을 막론하고 이야기 세계를 종횡으로 누비는 트릭스터들은 사람보다는 동물인 경우가 많다. 우리나라의 〈토끼와 거북이〉에 등장하는 토끼나 이솝우화에 나오는 여우가 대표적인데, 의인화된 동물 캐릭터들은 출현 자체로도 몇 가지 장점을 지니게 마련이다. 예컨대 무엇보다 배경이 되는 시공간을 자유자재로 확장하는 등 상상력 측면에서 가장 큰 장점을 지니며, 지배계급이나 힘센 자에 대한 비판이나 풍자에 따르는 위험부담을 완화시킬 수도 있다. 사실 여부가 어떻든, 평가나 해석의 여부가 어떻든, 토끼가 그랬다는데 누가 시비를 걸 것인가! 또 시비를 걸어 본들 무엇하랴! 물론 그들의 출현만으로도 독자나 청중의 흥미가 강화되게 마련인데, 미국식 애니메이션에 자주 등장하는 동물 캐릭터들을 생각해 보면 쉽게 이해할 수 있을 것이다.

아시아의 동물 트릭스터들 중에서 인상 깊은 몇몇 캐릭터들을 살펴보자.

필리핀 아이들이 가장 사랑하는 꾀돌이 쥐사슴

필란독-열두 번째 이야기

12 필란독의 엄마가 필란독에게 말했다.

"마부가 마을에 가서 망고를 따 오렴."

"네, 엄마. 문제없어요."

필란독은 씩씩하게 대답했다.

하지만 마부가 마을로 가기 위해서는 강을 건너야 한다. 그리고 그 강에는 무시무시한 악어들이 살고 있었다.

필란독이 다가가자 악어들이 기다렸다는 듯 나타나며 입맛을 다셨다. 필란독은 조금도 망설이지 않고 악어 대장에게 말했다.

"악어야, 너희는 전부 몇 마리지?"

"우린 스무 마리야."

"응? 거짓말! 내 눈엔 열 마리밖에 안 보이는데?"

"무슨 소리야? 우린 다 합해서 스무 마리라고!"

필란독은 계속 아니라고 우겼다.

"그럼 좋아. 내가 잘 셀 수 있도록 한 줄로 쭉 서 봐."

악어들은 대장의 지휘 아래 한 줄로 죽 늘어섰다. 필란독은 악어의 등을 밟고 지나가며 수를 헤아리기 시작했다.

"하나, 둘, 셋, 넷……."

당연히 악어는 모두 스무 마리였다.

"봐라. 스무 마리 맞잖아."

악어 대장은 회심의 미소를 지으며 입맛을 다셨다. 그러나 이미 필란독은 강 건너 마부가 마을에 가 있었다. 악어들은 분통을 터뜨렸지만 필란독은 깔깔 웃으면서 망고밭으로 달려갔다.

돌아올 때, 꾀돌이 필란독은 방심하다가 악어에게 붙잡히고 말았다. 악어 대장이 그 큰 입을 활짝 벌리며 말했다.

"이놈! 네 놈의 간이 그렇게나 맛있다니 어디 한번 맛 좀 보자."

"어, 이거 어떻게 하지?"

갑자기 필란독이 난처한 듯 말했다.

"응? 또 무슨 꿈수를 부리려는 거야?"

"아니, 그게 아니라…… 내가 간을 집에 두고 다니는 건 온 세상 동물들이 다 알고 있는 사실인데……."

결국 악어 대장은 집에 가서 간을 가져오라고 필란독을 보내줄 수밖에 없었다.

"약속 꼭 지켜야 해!"

"당연하지. 그까짓 간, 나한테는 있으나마나 한 걸 뭐."

건너편 땅에 오르자마자 필란독은 악어 대장에게 한바탕 약을 올리고 나서 유유히 집으로 돌아갔다.

여기 등장하는 악어 대장은 다투 우스만, 즉 욕심이 많아 백성을 못살게 굴고 괴롭히는 왕과 동일한 역할을 부여 받는다. 필란독은 이우스만 왕을 자주 골탕 먹이는데, 필리핀 아이들은 어려서부터 이런 장면에서 환호성을 터트리며 박수를 친다.

이처럼 필란독은 필리핀 민담에서 가장 유명한 트릭스터 캐릭터로, 꾀가 많고 재미있어서 사람들의 사랑을 듬뿍 받는다. 필란독은 어깨 높이가 사십 센티미터 정도로, 발굽이 달린 포유동물로는 세계에서 가장 몸집이 작다는 필리핀 쥐사슴을 말한다.

인도네시아의 꾀돌이 사슴

칸칠-열세 번째 이야기

13 어느 날 칸칠(깐칠)은 한 농부의 밭에 있는 오이가 탐이 났다. 칸칠이 쉽게 오이를 훔칠 수 있었기에 농부는 허수아비를 세웠다. 하지만 그런 것에 속을 칸칠이 아니었다. 칸칠은 허수아비를 발길로 걷어차 쓰러뜨렸다. 이제 농부는 다른 수를 쓰지 않을 수 없었다. 칸칠이 다시 와서 허수아비를 두 발로 걷어찼다. 이번에는 꿈쩍하지도 않았다. 화가 난 칸칠은 허수아비를 껴안아서 쓰러뜨리려고 했다. 그러나 칸칠은 허수아비에 들러붙은 채 떨어지지 않았다. 주인이 허수아비에 온통 접착제 칠을 해두었던 것이다.

농부는 그런 칸칠을 붙잡아 우리에 가두었다. 그날 밤 농부의 개가 칸칠에게 다가와서 내일 맛좋은 요리가 될 준비를 해두라고 약을 올렸다. 칸칠은 아주 태평했다. 개가 물었다.

"도대체 넌 무슨 배짱이야?"

칸칠이 대답했다.

"네 말이 틀렸어. 난 요리가 되지 않을 거야. 그렇기는커녕 이 집의 사위가 될 거라구."

개는 어리둥절하여 칸칠의 입만 바라보았다.

"난 농부의 딸하고 결혼하게 된다니까. 너한테는 미안해. 이제까지 그렇게 충성을 다 바쳤지만, 결국 넌 한 마리 개에 지나지 않았어. 하지만 날 보라구. 내일 아침이면 이 집의 예쁜 딸이 내 아내가 된다니까."

"흥, 무슨 소리야? 나한테도 주지 않는 우리 아가씨를 왜 네까짓 놈에게 주겠어?"

칸칠은 측은한 눈으로 개를 바라보며 말했다.

"그러니까 넌 평생 비루먹은 개 취급 밖에 못 받는 거야."

"내가 어때서?"

"넌 지금 너와 나의 처지를 두 눈으로 보고도 모르니? 넌 지금까지 한 번이라도 지붕과 벽이 있는 집에서 자 본 적이 있어?"

개가 생각해 보니 맞는 말이었다. 자신은 늘 바람 가려 줄 것 없는 한데서만 잠자 왔던 것이다.

주인한테 배신을 당했다는 생각이 든 개는 칸칠에게 자리를 바꾸자고 했다. 칸칠은 몇 번 거절하다가 못 이기는 척 승낙했다. 개는 문을 열어주었다. 이제 칸칠은 밖으로 나왔고, 개는 우리 안으로 들어갔다.

이튿날, 주인은 우리 안에서 꼬리를 흔들어 대는 개를 보고 넋이 나갔다.

　칸칠(혹은 상 칸칠) 역시 필리핀의 필란독과 마찬가지로[44] 키가 작은 애기사슴인데 말레이애기사슴이라고도 불린다. 얼핏 쥐와 사슴을 섞어 놓은 합성 동물처럼 보이기도 해서 영문으로는 쥐사슴이라고 한다. 다 자라도 몸길이가 오십오 센티미터에 불과하며, 다리는 연필 굵기이다. 고라니처럼 보이기도 한다. 우화 캐릭터로서는 칸칠 역시 몸집이 작고 힘이 약하지만 맹수나 그 밖의 다른 힘센 야생동물들을 상대로 재치와 기지로 통쾌한 승리를 얻어 내곤 한다. 당연히 인도네시아와 말레이시아 어린이들이 가장 좋아하는 옛 민담의 캐릭터 중 하나로 손꼽힌다. 예를 들어 인도네시아는 워낙 수많은 섬으로 이루어져 있는 특성상 섬에 따라 좋아하는 동물 캐릭터들이 다르기 마련이다. 술라웨시에서는 원숭이를, 순다(서부 자바)에서는 거북이를, 발리에서는 검은 닭을 좋아하는 식이다. 칸칠은 처음 자바에서 비롯했지만 아체 지역까지 포함하여 거의 모든 지역에 퍼졌다. 인도네시아의 도로에서 흔히 만날 수 있는 작은 자동차 이름이 칸칠일 정도로 많은 이들의 사랑을 받는다.[45]

　1925년 바 로 리엠은 이 〈칸칠 이야기〉를 전통적으로 내려오던 와양(그림자 인형극)과 결부시켜 새로운 형태의 와양—와양 칸칠—을 만들었다. 당연히 동물들이 주인공으로 등장하는데, 당시 뛰어난 화가와 인형 제작자들이 동참하여 대중의 마음을 사로잡는 데 성공했다.[46]

　참, 칸칠의 국적에 대해서도 다시 한 번 짚고 넘어갈 필요가 있다. 그는 굳이 인도네시아 국적을 지닌 어린이들만 골라서 찾아가는 편협한 캐릭터가 아니다. 말레이시아에서도 상 칸칠은 늘 어린이들의 좋은 친구로 존재한다. 이런 이야기들이다.

13-1 착한 물소가 덫에 걸린 악어를 도와줬는데, 악어는 풀리자마자 물소를 잡아먹겠다고 달려들었다. 지나가던 상 칸칠은 물소를 도와주려고 머리를 썼다. 상 칸칠은 그들에게 풀려난 상황을 재현해 보라고 했고 악어는 제 꾀에 넘어가 다시 덫에 걸렸다.

13-2 악어가 물 위에 떠 있으면 나무 조각과 구별이 어렵다. 강을 건너야 하는 상 칸칠이 이를 보고 "이게 정말 나무라면 나에게 말을 할 텐데"라고 하자, '떠 있는 것'이 자기가 나무라고 말했다. 상 칸칠은 이를 듣고 악어를 찾아냈다. 그런 다음 악어를 놀리며 유유히 사라졌다.

이것저것 참견하여 속 시원히 결론을 이끌어 내는
캄보디아의 트릭스터[47]

토끼 재판관-열네 번째 이야기

캄보디아 사람들은 민담 속에 등장하는 토끼를 매우 좋아하며, 그 토끼가 자기네 고유의 캐릭터라고 생각한다. 그러나 그 내용을 살펴보면 인도의 우화집 『판차탄트라』나 불교의 『자타카(본생담)』로부터 일정하게 영향을 받았음을 알 수 있다. 그렇게 해서 형성된 토끼 캐릭터는 전승되는 과정에서, 거꾸로 당대 크메르 사회에 영향을 미쳤는데, 예컨대 '물 축제' 같은 의식이 그런 과정에서 형성되었다.

크메르 민담 속에서 이 토끼 캐릭터는 두 가지 성격을 띤다. 하나는 욕심 없는 헌신성이고, 다른 하나는 그와는 정반대로 매우 이기적인 성격이다. 긍정적인 캐릭터로 나타날 때 토끼는 재판관이나 은인, 혹은 조언자로 등장한다. 이 경우에는 토끼의 영리함이 최고로 발휘되어 공동체나 개인의 숙원도 손쉽게 해결한다. 일상생활에서 상식과 지성을 가장 유능하게 발휘하는 캐릭터가 되는 것이다. 반대로 이기적인 측면이 발휘될 때에는 게으르고 장난기가 많고 어릿광대 같은 측면을 드러낸다. 때로는 거짓말쟁이나 사기꾼으로 등장하기도 한다. 어쨌든 이 두 가지 측면이 모두 크메르 사회에서 그 토끼가 차지하는 비중이 만만치 않음을 입증한다.

크메르 민담의 이 토끼는 원시시대 신화의 영역이 아니라 세속적인 사회 현실 속에서 활약하기 때문에 오늘날까지도 크메르인들로부터 큰 사랑을 받고 있다.

다음은 크메르인들이 스브하 단사이[48]라고 부르는 영리한 토끼 재판관 이야기이다.

14 한 남자가 여자와 사랑에 빠져 그녀 부모의 허락을 구하러 갔다. 여자의 부모는 남자에게 시험을 통과해야 한다고 말했다. 그 시험이란 발이 묶인 채로 사흘 동안 호수에 들어가 목까지 잠겨 있어야 하며 아무리 추워도 참아야 한다는 것.

남자는 물속에서 꼬박 이틀을 지냈다. 그날 밤 언덕 위에 난 불을 보고, 남자는 추워서 손을 뻗어 봤다. 그때 여자의 부모가 나타나서 멀리 있는 언덕의 불꽃으로 몸을 따뜻하게 하려고 했다며 딸을 줄 수 없다고 말했다. 화가 난 남자가 판사에게 호소하자 관리들은 재판을 위해 그녀의 부모를 불렀다. 부자인 부모는 재판관들에게 선물을 줬지만, 남자는 그럴 수 없었다. 약속을 어긴 남자는 재판에서 졌고, 여자의 부모가 만찬을 열 수 있도록 남자가 돈까지 지불해야 한다는 판결을 받았다.

남자가 투덜거리며 돌아오는 길에 토끼 재판관을 만났다. 이야기를 들은 토끼는 가서 만찬을 준비하되 소금을 넣지 않은 수프와 소금을 따로 담은 접시를 준비해놓게 했다.

연회가 준비되자, 딸의 아버지는 수프를 먹으면서 왜 소금을 넣지 않았느냐고 야단쳤다. 토끼가 대답했다.

"무슨 소리입니까? 이 청년에게 멀리 있던 언덕 위 불이 그를 따뜻하게 만들 거라 하셨다면서요? 그러하면 여기 이 수프에서 저만큼 떨어져 있는 소금이라고 어째서 맛을 내지 못하겠습니까?"

여자의 부모는 아무런 대답도 할 수 없었다.

결국 상황이 역전되어 남자는 여자와 결혼할 수 있었다.

토끼 재판관의 명성은 널리 퍼져 나갔다.

어떤 사람이 소문을 듣고 그 토끼가 얼마나 똑똑한지 직접 시험해 보기로 했다. 그래서 여러 재판관들에게 다음과 같은 편지를 보냈다.

"소인이 물소를 잃어버렸습니다. 그 물소는 황소도 암소도 아니고, 작년에 잃어버린 것도 아니고 올해 잃어버린 것도 아닙니다. 도둑은 소인의 친척도 아니고 그렇다고 낯선 이방인인 것도 아닙니다. 그렇다면 그 물소는 성(性)이 도대체 무엇입니까? 그리고 누가 언제 소인의 물소를 훔쳐 갔을까요?"

어떤 재판관도 이 문제를 풀지 못해 하나같이 이렇게 말했다.

"이런 바보 같은 질문이 어디 있나? 이 편지를 쓴 놈은 돌아도 단단히 돈 게 틀림없다."

반면 토끼 재판관은 사내가 미친 것도 아니고 편지의 내용이 어리석은 것도 아니라고 생각했다. 그는 이렇게 답변을 보냈다.

"황소도 아니고 암소도 아니라면 그 물소는 거세된 소인 게 분명하다. 작년에 잃어버린 것도 아니고 올해 잃어버린 것도 아니라면 섣달그믐날 밤은 지나고 아직 새해 동이 트기 전에 잃어버린 게 틀림없다. 친척도 아니고 그렇다고 이방인도 아니라면 분명히 사위일 것이다."[49]

우화는 물론 동화와 다르다.[50]

동화는 아동문학의 서사 장르를 총칭하는 용어로 비교적 근대에 형성되었다. 영어권의 요정 이야기(fairy tale)나 독일의 메르헨(Märchen)을 기원으로 하는 장르로서, 우리의 경우 일본으로부터 영향을 받아 동화(童話)라는 명칭을 쓰기 시작했다. 동화는 흔히 전래동화와 창작동화로 나뉜다. 이 중 전래동화는 신화, 전설, 민담(옛날이야기) 따위 설화를 어린이라는 특정 대상에게 전달하기 위해 일정하게 재구성한 것을 주로 지칭한다. 예를 들어 유럽 각국에서 예부터 입에서 입으로 전승되던 설화들을 19세기 초 그림형제가『독일의 어린이와 가정의 동화』라는 이름으로 수집해서 편찬해 낸 것이 오늘날 우리가 말하는 전래동화의 시초라 할 수 있다. 이어 19세기 중엽 덴마크의 안데르센이 그런 설화에서 착상을 얻어 새롭게 어린이용 설화를 꾸며 낸 것이 이른바 창작동화의 본격적인 시초라 하겠다.

이에 반해 우화는 주로 인격화한 동식물이나 기타 사물을 주인공으로 삼아 그들의 행동을 통해 풍자와 교훈의 뜻을 나타내는 이야기를 말하며, 우리가 잘 아는『이솝우화』『라퐁텐의 우화』따위가 여기에 속한다. 인도에서는 이런 우화를 종교적 교화의 방편으로 사용했는데 부처의 전생을 다룬『자타카』가 대표적이다. 물론『판차탄트라』같은 인도의 우화집들도 중동을 거쳐 유럽으로 전파됨으로써 세계문학사에 크게 기여한 바 있다. 우리의 경우, 우화는 민담 속에 포함되어 널리 유포되었지만 정작 문헌으로 정착되어 전승되는 것은 그리 많지 않은 편이다. 조선 시대에 들어와 창작된『토끼전』『장끼전』『까치전』따위 한글 우화소설과『서옥기』등 일부 한문 우화소설이 눈에 띈다. 안국선의 신소설『금수회의록』도 우화 형식에 기댔다. 20세기 들어서는 영국의 조지 오웰이 이런 우화 형식을 빌려서 전체주의의 야만성과 폐해를 비판하는 소설『동물농장』(1945)을 써서 커다란 반향을 불러일으킨 바 있다.

많은 경우, 우화는 현대 어린이들의 세계에서 동화가 차지하는 것과 비슷한 역할을 수행한다. 무엇보다 이 둘은 (고독한 밀실의 소설가는 처음부터 포기해버린) ʻ조언ʼ을 해 줄 준비가 되어 있다. 그래서 우리는 "동화는, 신화가 우리들 가슴에 가져다준 악몽을 떨쳐버리기 위해 인류가 마련한 가장 오래된 조치 방안을 우리에게 알려 준다"는 말에 수긍할 수 있다. 그리고 가장 현명한 조언이 있다면, 그것은 "신화적 세계의 폭력을 간계와 무모한 용기로 대처하는 것"이다.[51] 여기서 ʻ신화'는 '동화'와 변별력을 보이기 위해 부정적 의미로 채택된다. 즉, 인간이 감히 범접하기 어려운 '신의 이야기'로서의 신화는 때로 인간에게 악몽일 수 있다. 이럴진대 동화, 그리고 우화가 지닌, 사물을 마음먹은 대로 해방시키는 이런 마법이야말로 아이들에게는 진정한 행복의 출발점이다.

현자 이야기

바보인가 현자인가

　트릭스터들은 꾀돌이로서 자신의 재주를 이용하여 남을 골탕 먹이거나 남과 겨루어 이기는 데 능한 캐릭터인 게 보통이다. 반면 결과적으로 이기기는 이기되 그 과정에서 트릭에 의존하는 대신 오히려 어리숙하게 보이는 독특한 캐릭터들이 있는데, 보통 사람들의 눈에는 그들이 정상적으로 보이지 않아 흔히 괴짜나 별종 취급을 받는다. 심지어 어떤 경우에는 대놓고 바보라고 손가락질을 받기도 한다. 하지만 이들이 엮어내는 서사는 『탈무드』나 『이솝우화』처럼 촌철살인의 교훈을 던져주기 일쑤이며, 많은 경우 이들은 공동체를 아름답고 건강하게 유지시켜주는 '현자'로서 꽤 긍정적인 평가를 받는다.

조희웅은 한국 트릭스터 설화의 범주를 설정할 때, 토끼, 메추라기, 김선달, 정수동 등을 주인공으로 하는 이야기들을 주로 거론했다. 전형적으로 앞에서 우리가 살펴본 '꾀돌이'를 말한다는 것을 알 수 있다. 그러나 김기호는 이와 함께 "신과 인간, 자연과 문화, 창조와 파괴, 혼돈과 질서, 총명과 우둔 따위의 양의성을 띠게 되어 자연히 양자의 중간자적 존재 혹은 매개자로 활동"하게 되는 존재를 감안하여, '꾀돌이'와 '바보'를 둘 다 트릭스터의 범주 안에 넣는 게 바람직하다는 의견을 제시한다.[52]

이슬람 세계의 괴짜 현자

나스레딘 호자-열다섯 번째 이야기

터키와 중앙아시아 이슬람 세계에서 알다르 호제와 매우 흡사한 이야기 주인공이 나스레딘 호자인데, 호자는 성이 아니라 터키어로 '선생님' 혹은 '현자'라는 뜻이다.[53] 그러므로 나스레딘 호자는 나스레딘 선생님 혹은 현자 나스레딘 정도로 번역될 수 있겠다. 이름에서 알 수 있듯이 그는 알다르보다는 윤리적으로 더 높은 평가를 받고 있는 것처럼 보인다. 사실 일각에서는 그가 13세기에 살았던 실존 인물이며 신학교를 나와 이맘[54]으로 일했기 때문에 '호자'라는 칭호가 붙었다고 주장하기도 한다. 나스레딘 호자의 실존 인물설은 자연스레 그의 국적 논쟁과 이어진다. 종교로서 이슬람을 신봉하는 중앙아시아 여러 나라나 중동이 이 논쟁에 가담하고 있다. 예컨대 아프가니스

나귀를 타고 가는 나스레딘 호자 이미지. 나스레딘은 흔히 말이
나 나귀를 타고 다니기 때문에 그를 기념하는 동상이나 그림 따
위에도 말이나 나귀와 함께 등장한다. 왼쪽은 터키에서 개최한
국제 나스레딘 호자 애니메이션 공모 포스터

탄에서는 나스레딘 호자가 아니라 물라 나스루딘이라고 하는데, 이때 '물라' 역시 주로 존경 받는 이슬람의 성직자를 뜻하는 말이다.

할레드 호세이니는 그의 소설『연을 쫓는 아이들』에서 나스레딘을 거드름을 피우는 율법학자로 소개하고 있다.『연을 쫓는 아이들』의 주인공 아미르 잔이 그의 친구이자 하인의 아들인 하산을 놀릴 때 읽어주는 것이 나스레딘 이야기였다. 하산은 글을 몰랐다.

책을 읽어주면서 가장 신났을 때는 하산이 모르는 어려운 단어가 나왔을 때였다. 나는 그를 놀리며 그가 무식하다는 것을 폭로하곤 했다. 한번은 내가 율법학자 나스루딘(나스레딘) 이야기를 읽어주고 있는데 하산이 책 읽는 것을 멈추게 했다.[55]

하인의 아들인 하산이 '우둔하다'는 단어의 뜻을 묻자 아미르는 '똑똑하고 영리하다'는 말이라고 알려주고 나서 예문을 만든다.

'단어에 관한 한 하산은 우둔하다.'

이렇듯 나스레딘은 포연이 자욱한 아프가니스탄 땅에서도 명성을 얻고 있지만, 아무래도 상대적으로 국력이 강한 터키 국적설이 힘을 많이 받고 있다는 사실 또한 숨길 수 없다. 터키에서 해마다 나스레딘 호자의 이름을 내걸고 국제 카툰 공모전을 성대하게 개최하는 것도 나스레딘 호자의 주도권을 장악하려는 일종의 귀여운(?) 시도로 볼 수 있지 않을까.[56] 어쨌든 나스레딘의 이야기는 주인공의 이름을 약간 달리하여 멀리 아프리카의 스와힐리어 사용 지역이나 인도네시아, 그리고 중국 서부의 위구르 지역까지 두루 퍼져 있다.

나스레딘 호자는 알다르 호제처럼 남을 속이는 트릭스터라기보다는 상대적으로 현자로서의 이미지가 강하다. 그가 이야기 속에서 하는 일도 이름이 보여 주듯 '트릭'이 아니라 '교육' 쪽에 가깝다. 그렇지만 그의 교육관은 성전에서 행해지는 그것과는 다른 차원에 발을 대고 있다. 그에 대해 엄격한 도덕률이 지배하던 초기 이슬람 사회에서 딱딱한 교리에 의존하기보다는 해학과 풍자에 더 많이 기대어 인생의 지혜를 전달해준 '민중의 호자'라는 평가를 내리는 것도 이 때문이다.

15 어떤 사람이 나스레딘 호자에게 물었다.

"선생님, 올해 연세가 어떻게 되십니까?"

"연세는 뭘, 마흔이지."

"아니, 선생님. 그게 무슨 말씀입니까? 제가 십 년 전에 여쭤봤을 때도 마흔 살이라고 하시지 않았습니까?"

그러자 나스레딘 호자가 버럭 화를 내며 말했다.

"남아일언중천금! 사나이는 말을 쉽게 바꾸는 게 아니야."

그 나스레딘이 제자들과 함께 사람들로 붐비는 시장을 걷고 있었다. 제자들은 스승의 한 동작 한 동작을 놓칠세라 따라하기 바빴다. 어느 순간부터 나스레딘은 몇 걸음 가기도 전에 허공에 대고 악수를 하거나 갑자기 멈춰 서서 콩콩 제자리 뛰기를 했다. 제자들도 하나같이 따라했다. 그 모습을 본 나스레딘의 오랜 벗인 한 상인이 물었다.

"나스레딘, 이 사람들이 지금 뭘 하고 있는 건가?"

"아, 이들은 내 제자들일세. 다들 깨달음을 얻으려 열심히 공부하는 중이지."

"깨달음을 얻었는지는 어떻게 알 수 있나?"

상인이 호기심을 가지고 물었다.

나스레딘은 아주 태연하게 대답했다.

"아, 간단하지. 난 매일 아침 제자들 수를 헤아린다네. 그래서 달아난 제자가 있는지 확인하지. 달아난 제자들이야말로 깨달음의 경지에 이른 거라네."

이처럼 나스레딘 호자는 원리원칙에 매달린 나머지 정작 중요한 삶의 의미를 잃어버리는 사람을 조롱하는가 하면, 어떤 때는 현자는 커녕 오히려 바보처럼 아주 엉뚱한 행위나 말을 통해 역설적인 방식으로 자신의 지혜를 전달하기도 한다.

15-1 신실한 무슬림들이 나스레딘 호자에게 불신자들의 운명에 대한 강연을 부탁했다. 초청에 응한 나스레딘은 단상에 올라가 청중에게 물었다.

"여러분, 혹시 이 주제와 관련하여 아시는 게 있습니까?"

신도들은 나스레딘에 대한 존경심의 발로에서 모른다고 대답했다. 그러자 나스레딘이 말했다.

"난 이렇게 무지한 사람들에게는 이야기하고 싶지 않습니다."

다음번에 다시 초대를 받은 나스레딘이 또 물었다. 이번에는 다들 "안다"라고 대답했다. 그러자 나스레딘이 말했다.

"다 아시면서 무엇 때문에 오셨소들? 아는 이야기, 내가 더 해 봐야 무슨 소용이 있겠소?"

신도들은 끈질겼다. 다시 나스레딘을 모셨다. 나스레딘이 또 묻자 이번에는 반반이었다. 반은 안다고 했고, 반은 모른다고 했다. 그러자 나스레딘은 또 다시 그냥 자리를 뜨며 한마디 툭 던졌다.

"아는 사람들이 모르는 사람들에게 이야기해 주시구려."[57]

여기서 이야기꾼은 나스레딘 호자를 통해 자신의 트릭스터적 속성을 드러낸다. 신자와 불신자라는 종교적 범주를 가르는 것은 이 이야기의 초점이 아니다. 중요한 것은 이야기꾼이 나스레딘 호자의 이 이야기를 통해 종교의 인위적 성격에 대해 날카롭게 흠집을 내고 있다는 점이다. 이야기꾼은 이렇듯 때로 기존 질서에 대한 도전을 통해 그 사회 또는 정치 시스템의 한계를 드러내고, 많은 경우 공동체의 정체성에 대해 활발한 토론이 이루어질 수 있는 계기를 제공한다. 발터 벤야민의 이야기꾼 역시 이런 트릭스터로서의 성격을 지닌다. 이때의 이야기꾼은 "어떤 것도 영속적인 것으로 보지 않으며, 그러나 바로 그것 때문에 다른 사람들이 벽이나 산을 마주치는 곳에서 오히려 길을 본다…… 모든 곳에서 길을 보기 때문에, 그는 갈림길에 서 있다." 따라서 트릭스터는 "경계 위에, 갈림길에, 다른 세계들 사이의 틈새에 편재하는 둔갑술사"인 것이다.[58]

아랍 세계의 똑똑한 바보

바보 주하-열여섯 번째 이야기

주하는 아랍 기담(奇談)에 자주 등장하는 캐릭터로, 특히 서민들에게 널리 사랑을 받았다. 9세기 초부터 아랍 문학에 등장하기 시작해 11세기에는 거의 전 아랍 지역에 퍼졌다. 주하의 캐릭터는 기본적으로 약간 모자라는 듯한 바보에 가깝지만, 실제 이야기 속에서는 종종 번뜩이는 기지를 발휘한다. 한마디로 주하는 앞서 살핀 나스레딘 호자(옛 터키어로는 나쓰르 알 딘 쿠자)가 터키, 이란, 아프가니스탄, 우즈베키스탄, 아제르바이잔 등 튀르크와 페르시아 문화권에서 차지하는 것과 거의 동일한 지위를 차지한다. 나아가 카자흐스탄의 알다르 호제도 주하와 유사한 캐릭터라고 할 수 있다. 아랍인들은 주하가 실존했던 인물이라고 믿고 있다. 하지만 주하를 주인공으로 한 아주 다양한 작품이 나타나는 것으로 보아 단일 인물로 간주하기는 어렵다. 익명의 대중, 특히 서민 계층이 주도적으로 참여하여 이루어내는 특유의 적층적 구조가 이 민담의 전승 과정에서도 그대로 반영되었기 때문이다. 반면 지배층의 지식인과 학자들은 종교적 도덕적 관점에서 〈천일야화〉를 소홀히 다룬 것처럼 〈주하 이야기〉도 상식에서 벗어난 내용, 말장난에 가까운 어휘 구사, 그릇된 가치판단 등을 들어 하찮은 것으로 폄훼했다. 그러나 1954년 압드 알 삿타르 알 파라즈가 최초로 수집, 편찬해낸 이래로 주하의 기담은 아랍 서민문학의 정수로 새롭게 인식되기 시작했다.[59]

16 아름다운 정원을 가진 주하의 친구가 정원을 고관에게 빼앗겼다. 친구는 주하에게 정원을 되찾아 달라고 부탁했다. 고관을 찾아간 주하는 정원에 있는 야자나무만이라도 돌려 달라고 청했다. 고관이 이를 허락하자 주하는 야자나무를 밧줄로 묶어 등에 지려고 했다.

"그게 무슨 어리석은 짓이냐?"

고관은 그게 무모한 짓이라고 말렸다.

주하가 태연히 대답했다.

"당신은 최후 심판의 날, 이 정원을 통째로 메고 갈 것이 아닙니까?"

이에 퍼뜩 깨달음을 얻은 고관은 다시 주인에게 정원을 돌려주었다.

바그다드에 작은 마을이 있었다. 인구는 적었고 모두가 서로 잘 알고 지냈다. 이 작은 마을에 맛있는 빵으로 유명한 빵집이 있었는데, 어느 날 가난한 늙은이가 이 집 앞을 지나가다가 빵 냄새를 맡았다. 그러자 빵집 주인이 그를 잡아서는 다짜고짜 빵 냄새값을 내라고 다그쳤다. 노인이 어이없어 하며 돈을 내지 않자 주인은 그를 붙잡아 판사에게 데려가려고 했다.

주하가 소동을 지켜보다가 나섰다. 그는 빵집 주인에게 다가가 물었다.

"얼마를 원하시오?"

빵집 주인이 원하는 액수를 말하자, 주하는 자기 지갑에서 그만큼의 돈을 꺼내 빵집 주인의 눈앞에서 흔들며 말했다.

"돈 소리를 잘 들으셨소? 그럼 됐죠? 이것이 빵 냄새값이라오."

나스레딘 호자와 주하의 이야기는 대개 길이가 짧고 촌철살인의 교훈을 제시하는데 초점을 맞추고 있어 대중으로부터 큰 사랑을 받아 왔다. 물론 교훈 대신 그저 시간을 때우는 재담 수준의 이야기도 많다. 이런 캐릭터들은 디지털 시대에도 여전히 그 생존력을 발휘하여 텔레비전 애니메이션이나 컴퓨터 게임의 주인공으로 등장하기도 한다.

인터넷에서는 전화를 거는 다음과 같은 현대판 나스레딘을 만날 수도 있다.

어느 날, 시집 간 딸이 눈두덩에 시퍼렇게 멍이 든 채로 아빠인 물라 나스레딘을 찾아왔다.

"무슨 일이니, 애야!"

딸은 남편과 싸운 자초지종을 말했다. 이야기를 다 들은 물라 나스레딘은 다짜고짜 딸의 뺨을 때리고 내쫓은 다음 문을 닫아걸었다. 그런 다음 사위에게 전화를 걸었다.

"난 자네가 내 딸에게 무슨 짓을 했는지 들었네. 그래서 복수를 하려고 자네 마누라를 두들겨 팼지. 와서 자네 마누라를 데려가게나."

스리랑카의 엉뚱한 현자

마하대네무타-열일곱 번째 이야기

나스레딘 같은 현자가 인도양 건너편에서는 성격과 역할이 약간 바뀐다. 스리랑카의 문화 영웅 마하대네무타는 스승이나 현자로서의 위엄보다는 엉뚱함에 더 초점이 맞춰져 있는 캐릭터처럼 보인다. 가령 다음과 같은 이야기들.[60]

17 한 수전노가 있었다. 그가 기르는 염소가 어쩌다 머리가 항아리에 끼었다. 염소가 바둥거리는 게 안 되었지만, 그렇다고 항아리를 깨기도 아까웠다. 그래서 마을 어른들한테 조언을 구했다. 하지만 아무도 그 문제를 속 시원히 풀지 못했다. 결국 마을사람들은 마하대네무타를 모셔다가 조언을 구하는 게 좋겠다고 의견을 모았다. 심부름꾼이 와서 마을을 방문해 달라고 청하자 마하대네무타는 즉시 그러마고 대답했다. 어떤 제안이든 그는 거절하는 법이 없었다.

마하대네무타는 제자들과 함께 길을 떠났다. 도중에 코끼리 부리는 추종자를 만났다.

"어디 가십니까?"

마하대네무타가 이런저런 일로 이러저러 해서 마을로 가게 되었다고 말했다. 코끼리 부리는 사람은 그런 중요한 일에 선생님이 먼 길을 걸어가시게 할 순 없다고 말하며 코끼리에 태워 주었다.

그가 마하대네무타를 코끼리에 태우고 마을로 갔다. 집 문이 작아 코끼리가 들어갈 수 없었다. 마하대네무타는 벽을 부수고 코끼리가 들어갈 수 있게 하라고 말했다.

누구의 명령인가.

"끌어당겨라."

코끼리 부리는 사람은 주저 없이 코끼리에게 명령했다. 코끼리는 코를 걸어 당겨서 단번에 벽을 무너뜨렸다.

코끼리에서 내린 마하대네무타는 수전노에게 항아리에 낀 염소를 데리고 오게 했다. 마하대네무타는 염소와 항아리 중 어느 게 더 중요하냐고 물었다. 수전노는 조금 생각하더니 항아리가 더 중요하다고 대답했다. 그러자 마하대네무타는 칼로 염소 머리를 자르라고 말했다.

"자, 이것으로 문제는 풀렸지?"

하지만 항아리 안에 들어 있는 머리를 어떻게 자르는가. 수전노가 마하대네무타를 쳐다보며 항아리 안에 있는 머리를 어떻게 자르느냐고 묻자, 마하대네무타는 항아리를 깨뜨리게 했다.

결국 항아리도 깨지고 염소도 죽었다.

모든 문제를 푼 마하대네무타는 여유 있게 다음 마을을 향해 걸음을 옮겼다. 제자들이 뒤를 따랐다.

한 점쟁이가 마하대네무타에게 말했다.

"머리가 젖게 되면 죽을 것이오."

그때부터 마하대네무타는 머리를 감지 않는 것은 물론이고 악착같이 목욕도 하지 않았다. 그러다가 어느 날 깜빡 잊고 냇물에서 목욕을 했다. 당연히 머리도 흠뻑 젖었다. 뒤늦게 사실을 파악한 마하대네무타는 제자들을 불러 장례식을 준비하게 했다. 제자들은 크게 아픈 데도 없어 보이는 스승이 갑자기 죽는다니 슬픔을 가누지 못했다.

마하대네무타는 제자들에게 죽음은 누구도 피할 수 없다는 진리를 몸으로 보여 주었다.

장례식이 시작되고, 제자들은 스승을 천으로 묶어 들것에 얹은 다음 묘지를 향해 길을 떠났다. 그런데 어느 사거리에서 어디로 가야 공동묘지가 나오는지를 두고 갑론을박이 벌어졌다.

"이 길이야."

"아냐, 이 길이야."

토론은 좀처럼 끝날 기미조차 보이지 않았다. 참다못한 '죽은 자'가 벌떡 몸을 일으켜 말했다.

"내가 아직 살아 있을 때는 이 길이 공동묘지로 가는 길이었는데……."

'죽은 자'가 말을 하자 놀란 제자들은 들것을 내팽개치고 사방으로 흩어져 달아났다. 그 뒤 스승과 제자들은 두 번 다시 만나지 않았다는데…….

마하대네무타는 스리랑카의 이야기 세계를 대표하는 '현자' 캐릭터이지만, 사람들은 종종 그의 기발한 조언에 오히려 낭패를 당한다. 그래도 사람들은 끊임없이 그에게 조언을 구하고, 그는 그대로 늘 스리랑카 서민들에게 자신의 덕과 지식을 베풀 준비가 되어 있다.

마하대네무타는 스리랑카 시골 마을에 사는데, 지팡이를 짚고 다니며 머리에는 늘 반달 모양의 빗을 꽂고 있다. 바지는 흰색, 윗도리는 검정색 옷을 즐겨 입는다. 재산이라곤 한 푼도 없다. 그렇다고 뾰족한 생계 수단이 있는 것도 아니다. 그는 가난을 수치스러워 하지 않고, 큰 욕심을 부리지도 않는다. 제자들을 다섯 명이나 두어 그들이 그럭저럭 구루(스승)를 먹여 살린다. 그는 제자들을 사랑하고 제자들도 그를 사랑한다. 안경을 쓰고 있어 한눈에도 똑똑한 사람처럼 보인다. 마을 사람들의 증언에 따르면, 올라나무 잎으로 만든 낡은 책을 갖고 있다고 한다. 과연 그는 모르는 게 없고 못 푸는 문제가 없는 현자. 그러나 객관적인 시각으로 보면 엉뚱하기 짝이 없다. 대개 그는 현자처럼 문제를 풀기보다 바보처럼 문제를 푼다. 그래도 아무도 손해를 봤다고 생각하지 않는다. 비생산적이라고 종종 오해받기도 하지만, 그의 메시지는 결국 소박하고 평화로운 삶이다. 스리랑카 사람들은 다 그를 알고 좋아한다. 물론 언론에서 무능하거나 어리석은 정치인들을 비판할 때 종종 그의 문제 해결 방식을 빗대어 말하기도 한다. 그래도 어쨌든 마하대네무타의 가르침은 단 한 가지로 요약된다고 하겠다.

"세상 사람들이여, 우리 모두 평화롭게 살자!"

사람들이 마하대네무타의 이야기를 듣는 순간만큼은 누구든 행복에 젖어 들기 때문이다. 대부분의 스리랑카 어린이들은 이 엉뚱한 현자의 이야기를 들으면서 성장한다.

참고로, 제자들은 스승보다 한 술 더 뜨는 경우가 많다. 그들은 각기 '말라깽이 긴 바늘' '삐쩍 막대기' '반쪽이 코코넛' '두꺼비 배' '얼굴 길쭉이' 등 생긴 모습에 따라 별명이 붙는다.

스리랑카에서는 궁정을 무대로 활약하는 어릿광대 안다레가 마하대네무타 못지않은 인기를 누리고 있다.

책 속의 책

한 마리 앵무새가 목숨을 걸고 들려주는
기기묘묘한 일일야화(一日夜話)
투티 나메-열여덟 번째 이야기

　시앙 미앙, 나스레딘 호자, 주하, 마하대네무타, 필란독, 토끼 재판
관 이야기 등은 하나같이 민중의 지극한 사랑 속에서 시대를 넘어 생
명력을 이어 왔다. 그런데 그 캐릭터들은 자기네가 직접 그 이야기
속에 등장하는 데 급급했지, 이야기를 어떻게 들려주는가 하는 데에
는 크게 신경 쓰지 않았다. 훗날 이 이야기들을 출판하는 사람들도,
예컨대『필란독 이야기』『주하 이야기』와 같은 식으로 다양한 판본
의 이야기들을 모아 백화점식으로 보여 주는 단조로운 방식을 취했

을 뿐이다.

이와 달리 『천일야화』나 『데카메론』처럼 이야기를 들려주는 방식에도 사뭇 신경을 쓴 이야기들도 존재한다. 주지하듯 『천일야화』의 경우 아내의 불륜을 목격한 왕이 여자에 대한 극도의 배신감으로 인해 나라 안의 처녀들을 차례대로 죽여 나가자, 대신의 딸 셰에라자드가 나서서 매일같이 재미있는 이야기를 들려주는 구조를 취한다. 말하자면 이야기 속에 또 다른 이야기들이 들어가는 서술 구조인데, 액자가 그림을 둘러싸듯 외부의 큰 이야기가 내부의 작은 이야기들을 감싸는 구조라고 해서 흔히 액자형 서술 구조라고 한다. 이런 액자형 서술 구조는 내부 이야기를 도입하고 그것을 객관화했기 때문에 신빙성을 강화할 수 있으며, 서술자의 시점도 달리하여 독자의 흥미를 이끌 수 있는 등 장점이 있다.

아랍과 중앙아시아 등지에서 고대로부터 널리 읽혀 온 고전 우화집 『투티 나메』[61] 역시 이러한 서술 구조를 취한 대표적인 우화집이다. 이 책에서는 작은 이야기들을 하나로 엮어내는 파격적이고 기발한 구성이 특히 눈길을 끈다. 독립된 여러 개의 짧은 이야기들이 전체적으로 한 편의 이야기를 구성하는 이른바 옴니버스형 구조를 띤다는 면에서 『천일야화』나 『데카메론』을 연상시키지만, 『투티 나메』는 구성이 다소 평면적인 그 책들보다 훨씬 자유롭고 입체적이다.

우리나라에는 『밑도 끝도 없는 이야기』라는 제목으로 번역·출간[62]된 바 있다. 이 책의 주인공은 페르시아의 황제 코바트와 뛰어난 지성을 갖춘 앵무새 한 마리다. 지혜로운 조언자로 황제를 보좌하던 앵무새는 황제를 독살하려 했다는 누명을 쓰고 사형을 선고받는다. 앵무새는 인생의 모든 지혜가 담긴 이야기를 들려주겠다는 조건으로 처형을 하룻밤 동안 유예받는다. 이렇게 시작된 이야기는 영리한 앵무새의 치밀한 계산에 따라 교묘한 흐름을 타며 이어진다. 앵무새의 이야기는, 이야기 속에 이야기를 담고, 그 이야기 속에 또 다시 이야기를 담으면서 한없이 이어진다. 얼핏 '밑도 끝도 없이' 이어지는 그 이야기는, 그러나 전체적으로 일관성을 유지하면서도 절묘한 짜임새를 엮어낸다.

18 처음, 이야기는 시리아의 다마스쿠스 큰 시장에서 시작된다.

한 상인이 앵무새를 파는데 아무도 사려 하지 않았다. 그러자 앵무새가 직접 나서서 자기가 얼마나 현명한지 설명했다. 사람들이 깜짝 놀라 서로 사려고 하는데, 앵무새는 자기 몸값을 금 천 냥이라고 스스로 정했다. 그 말에 사람들이 코웃음을 치며 발길을 돌렸다. 소문을 들은 코바트 황제가 천 냥을 주고 앵무새를 샀다. 과연 앵무새는 말도 잘하고 예언도 곧잘하여 황제의 총애를 받았다. 그러나 어느 날 황제는 깊은 시름에 젖는데, 의술에 능했던 어느 앵무새처럼 언젠가 꾀를 내어 그 앵무새도 고향으로 날아가버릴까 두려웠기 때문이다.

이제 그 〈의술에 능한 앵무새 이야기〉가 시작된다.

의술에 평생 몸을 바쳐온 앵무새가 어떤 나무에서 가족을 데리고 살았다. 그런데 공교롭게도 그 밑동에는 이리가 새끼들을 데리고 살고 있었다. 앵무새 새끼들은 아빠 앵무새의 말을 듣지 않고 틈만 나면 이리 새끼들과 어울려 놀았다. 걱정이 된 아빠 앵무새는 어느 신하의 아들에게 당한 원숭이 짜이렉처럼 불행해질 거라고 경고했다.

당연히, 이야기는 〈원숭이 짜이렉과 신하의 아들〉로 넘어간다.

원숭이 짜이렉이 궁전에서 신하네와 같이 살았는데, 짜이렉의 아버지는 인간과 원숭이가 처지가 다르다면서 너무 깊이 어울리지 말라고 충고했다. 짜이렉은 그 말을 듣지 않는다. 오히려 점점 더 깊이 사람들과 어울려, 나중에는 신하의 아들이 친구들을 불러 노는 장기판에도 끼게 되었다. 그런데, 신이 난 짜이렉이 번번이 이겨 버리자 신하의 아들은 얼굴이 벌게지다 결국 화가 치솟아 장기판으로 짜이렉을 후려치고 말았다.

이야기는 다시 〈앵무새 가족과 이리 가족〉에게로 넘어간다.

어느 날 아빠 이리가 자리를 비운 사이에 새끼들이 다 잡아먹혔다. 슬퍼서 울던 이리는 나무 위에서 앵무새들이 매일같이 짹짹거려서 은신처가 노출된 거라며 복수를 다짐했다. 그리하여 사냥꾼을 유인해 자기는 달아나고 앵무새들을 잡아가게 했다. 사냥꾼은 그물을 덮쳐 앵무새 가족을 몽땅 잡았다. 그 순간 앵무새 아빠는 재빨리 아이들에게 말했다.

"너희들은 죽은 척해."

사냥꾼이 그물을 열자 새끼들이 죽어 있어 전부 집어던졌다. 그 순간 그 새끼들은 하늘로 날아갔다. 화가 난 사냥꾼이 아빠 앵무새를 때려죽이려고 하자, 앵무새가 살려 달라고 사정하며 자기가 가진 재주를 말했다.

"나는 오랫동안 온갖 약초를 다 연구하여 누구든지 고칠 수가 있어요. 나를 팔면 나중에 큰돈을 벌 겁니다."

마침 그 나라의 황제가 병이 들었다. 온갖 치료를 다 해봤지만 차도가 없었다. 황제 귀에 신통한 능력을 지닌 앵무새 이야기가 흘러 들어갔다. 황제는 당장 앵무새를 불러들여 시키는 대로 했고, 병은 하루가 다르게 나아졌다. 황제는 그만큼 앵무새를 아꼈다. 그러나 앵무새는 숲 속의 가족이 그리웠다. 그리하여 꾀를 내어 궁전에서 달아났다. 황제는 그제야 자신의 실수를 한탄했다.

이상이 황제가 스스로 몸값을 천 냥이라고 매겼던 앵무새에게 들려준 또 다른 앵무새, 즉 의술에 능했다는 앵무새에 관한 이야기이다.

어쨌든 이 이야기를 들은 몸값 천 냥 앵무새가 자기는 의술에 능한 앵무새처럼 코바트 황제를 배반하지 않을 것이지만 누구든지, 어머니를 그리워하는 것처럼 가족을 찾아가는 것 또한 어쩔 수 없는 일이 아닌가, 라면서 그 좋은 사례로 〈신앙인 살리〉 이야기를 꺼냈다. 그 이야기에 감동한 코바트 황제는 앵무새에게 자유를 선사한다. 오히려 황제에게 감동한 앵무새는 일단 가족에게 날아갔다가 일 년 후에 다시 돌아와 기쁜 마음으로 황제를 모시겠다고 말했다.

고향으로 날아간 앵무새는 가족과 친지들에게 황제의 너그러움에 대해 칭송했다. 그러자 그 은혜에 감동한 앵무새들은 영생불사 열매를 맺는 생명의 나무를 가져다 드리라고 조언했다. 이윽고 앵무새는 코바트 황제에게 다시 돌아와 그 생명의 나무에서 따 온 열매 하나를 바쳤다. 황제는 〈살로모 황제와 고슴도치〉 이야기를 들려주며 마음은 고맙지만 자신은 결코 영생불사의 열매를 먹지 않겠다고 말했다.

〈살로모 황제와 고슴도치〉는 영원한 생명을 얻으려는 왕의 욕망을 고슴도치가 말리고 나서는 이야기로, 고슴도치는 주변 사람들이 계속 죽어 나갈 텐데 그 슬픔을 혼자서 어떻게 견뎌 낼 수 있겠느냐며 왕을 설득했다.

"혼자서 영원한 생명을 얻는다면 그게 대체 무슨 의미가 있겠습니까? 사랑하는 아드님이나 친구들은 나이가 들어 오늘은 이 사람 내일은 저 사람, 그렇게 하나둘씩 폐하 곁을 떠날 텐데, 폐하 혼자 남아서 어떻게 그 이별을 감당하시렵니까?"

왕은 결국 영생불사의 길을 포기했다.

그러자 몸값 천 냥 앵무새는 열매를 먹는 대신 정원에 심자고 제안했다. 그렇게 하면 영생불사는 아니더라도 장차 더 많은 사람들에게 회춘의 기회를 제공할 수는 있을 것이라고 설득했다. 황제는 그 제안을 받아들였다. 세월이 흘러 황제는 무척 연로해졌다. 신하들이 이구동성으로 그 열매를 먹으라고 제안하는데, 황제는 여전히 주저하다가 감옥에 갇혀 있는 한 늙은 사형수에게 먼저 그 열매를 먹어 보게 했다. 놀랍게도 그 열매를 먹은 죄수는 즉시 죽고 말았다. 이제까지 그게 영생불사의 열매라고 믿었던 황제의 분노는 하늘을 찔렀다.

"이 배은망덕하고 교활한 새야! 겨우 이게 내 우정에 대한 보답이란 말이냐! 독이 든 열매를 생명의 열매라고 감쪽같이 속이다니, 나를 이렇게 배신해도 되는 것이냐?"

이제 탁월한 지성을 갖춘 그 앵무새는 페르시아 코바트 황제를 독살하려 했다는 누명을 쓰고 사형을 선고받았다. 앵무새가 말하기를, 죽는 게 두렵지는 않으나 아직도 황제에게 들려주어 나라를 다스리는 데 도움이 될 좋은 이야기가 많은데 그걸 다 들려주지 못하는 게 안타깝다고 말하여 딱 하루의 말미를 얻었다. 그리하여 황제는 처형을 하루 연기하고, 이야기를 다시 듣기 시작하니…… 이야기는 꼬리에 꼬리를 물고 이어졌다.

  과연 그 앵무새의 운명은 어떻게 되었을까.

현자 앵무새가 애욕을 경계하며 들려주는 칠십 일 밤의 이야기

슈카사프타티-열아홉 번째 이야기

  그런데 우리나라에 소개된 이『투티 나메』는 페르시아의 고전 우화집을 독일인 작가가 청소년을 위해 개작한 것인데, 이와 제목은 같지만 내용은 전혀 다른『투티 나메』도 존재한다. 그『투티 나메』는 원래 12세기 이전 작품으로 알려진 산스크리트어로 된 인도의 이야기들을 모은『슈카사프타티』를 토대로 한 책이다.『슈카사프타티』는 우리말로『앵무칠십야화』라고 번역되었는데[63], 제목대로 앵무새가 칠십 일 밤에 걸쳐 들려주는 이야기 칠십 편이 수록되어 있다. 앞선『투티 나메』는 일일야화였으니, 전혀 다른 이야기임을 알 수 있다.

  19 인도의 부유한 상인 하라닷다는 오랜 보시를 통해 바라던 아들을 얻었다. 그렇게 얻어 훌륭하게 장성한 아들 마다나세에나는 결혼 후 아내 푸라바바티를 지극히 사랑한 나머지, 오직 애욕과 관능에만 탐닉할 뿐이었다.

    아름다움이 지나쳐 시타가 끌려가고

교만이 지나쳐 라바나가 패망하고

관대한 아량이 지나쳐서 발리가 잡혔다

어디에서나 언제나 정도를 지나치게 하지 말라

아버지가 아무리 가르침을 주어도 소용이 없었다.

그들은 인생 제3의 목적인 애욕을 마음껏 향락하고, 아무리 짧은 순간이라도 서로 보지 못할 때에는 몇 유가[64] 동안 보지 못하고 이별해 있는 듯 절망적인 상태에 빠지는 것이었다. 이와 같은 상태에서 인생의 다른 두 가지 목적인 바른 길을 따라 살면서(다르마) 성실하게 일해 집안을 일으키는 일(알타)[65]을 돌아보지 않는 마다나세에나는 대부분의 시간을 인생의 제3의 목적인 카나(애욕)를 즐기는 데 소비했다.

보다 못한 하라닷다가 스스로 목숨을 끊으려 할 정도였다. 다행히 그는 친구의 도움으로 수행자의 화신인 앵무새와 추로새 부부를 집에 들여와 그들로 하여금 아들의 과욕을 경계하도록 했다.

아들 마다나세에나가 앵무새의 설교를 듣고 뉘우치는 바가 생긴 차에, 아버지가 장사를 떠나려 했다. 마다나세에나는 아버지 대신 자기가 떠나겠다고 말했다. 아버지의 허락을 얻어 마침내 마다나세에나가 길을 떠나게 되자, 아내 푸라바바티의 슬픔은 이루 말할 수 없는 지경이었다. 마다나세에나도 마찬가지 심정이었지만 눈물을 머금고 아내를 이렇게 달랬다.

십만 유순[66] 떨어진 태양과

물 가운데 핀 파드마 연꽃(낮에 피는 연꽃)도

쿠무다 연꽃(밤에 피는 연꽃)도

마음에 있으면 떨어져 있지 않다

마음에 있는 사람은 멀리에 있어도 가깝게 있고,

마음에 없는 사람은 가까이 있어도 멀리 있다

그는 앵무새 부부에게 아내 푸라바바티를 잘 돌봐 달라고 부탁하
고 길을 떠났다. 그런데 푸라바바티는 지나가던 비나야간달바 왕자
와 눈이 맞아 단번에 마음이 흔들리고 말았다.

그녀는 왕자가 보낸 하녀들의 교묘한 언변에 그대로 넘어갔다.

생명이 있는 한 행복하게 살라

빚도 지고 소유도 먹어라

재가 된 육체 어디서 다시 오나

그리하여 푸라바바티는 추로새가 남편인 앵무새에게 어떻게 좀 말
려 보라고 채근하는 것을 보고 그 새를 죽여버리려고 했다. 추로새는
달아났다. 그러자 앵무새는 화를 내기는커녕 오히려 "요령껏 새로운
사랑을 하는 것보다 그 이상 행복한 게 어디 있겠습니까?" 하고 묵인
하되, 다만 "구나샤리니와 같이 곤경에 빠지고, 곤란에 떨어지는 일
이 있을 때에 벗어나는 방법을 알고 있으면 다행한 일이겠지만, 만일
모른다면 애만 쓰고 맙니다" 하고 충고했다. 귀가 솔깃해진 푸라바바

티는 이렇게 되물었다.

"구나샤리니가 누구지? 그리고 어떤 고생을 면했다는 거지? 그것을 나에게 말해다오."

푸라바바티는 저녁이면 어떻게 하든 집을 나가 왕자를 만나려 했다. 그때마다 앵무새가 그녀에게 구나샤리니 이야기(제1화 남편과 밤에 만난 이야기)부터 이런저런 교훈이 될 만한 이야기, 주로 나쁜 짓을 하다가 궁지에 빠지게 되는 이야기들을 들려주되, 해결책이 있으면 나가도 좋다고 말했다. 푸라바바티는 그때마다 곰곰이 생각하느라 날을 새우고 정작 왕자를 만나러 가지는 못하게 되었다.

이런 식으로 칠십 일 동안 앵무새와 푸라바바티의 줄다리기가 이어져서 결국 남편이 돌아올 때까지 푸라바바티는 무사(?)했다.

책의 목적 자체가 이렇다 보니 이 책은 오히려 성인용 포르노그래피처럼 읽히기도 한다. 예를 들면 제36화 「송아지 혀를 잡은 이야기」.

19-1 일 년 내내 아침에 눈을 떠서 밤에 잠을 잘 때까지 남자 생각만 하는 여자가 있었다. 남편은 그런 아내가 자기를 상대해 주지도 않는 것을 무엇보다 두려워할 뿐이었다. 어느 날 집안 식구들이 다 잠이 든 것을 확인한 아내는 집 안으로 정부를 불러들였다. 그리하여 어둠 속에서 과감히 거사를 치렀다. 그런데 너무 황홀한 나머지 교성을 질렀고, 그 바람에 옆에서 자던 남편이 깨어나 손을 뻗었다. 남편은 마침 그 정부의 '물 나오는 곳'을 잡게 되었다.

"여보, 도둑을 잡았소. 빨리 불을 켜시오."

아내는 얼른 상황을 짐작하고 말했다.

"불을 가지러 가기가 무서워요, 내가 도둑을 잡고 있을 테니 당신이 불을 가지고 오세요."

이리하여 남편은 불을 가지러 가고 그 틈에 아내는 정부를 놓아주고 대신 송아지를 집 안으로 끌어들여서 혓바닥을 잡고 있었다.

나중에 돌아온 남편은 송아지의 혓바닥을 잡고 있는 아내를 보고 말했다.

"장하오, 여보! 당신은 정말 용감한 일을 했소!"

앵무새는 이 일화를 들려주면서 무엇이라고 푸라바바티에게 말했을까.

"그러니, 푸라바바티여, 당신에게도 이런 꾀가 있다면, 그러면 안심하고 나가십시오."

이 책의 실제 용도가 바람난 여자에게 교훈을 준다는 데 있다고 하면, 도대체 이런 적나라한 이야기들을 아내에게 들려줄 남편은 몇이나 될까 싶다. 아무래도 책의 서술 목적에 슬쩍 의혹의 눈길이 가는 건 어쩔 수 없다.

하나 더.

연인의 침대에서 가장 좋은 건
양쪽 가장자리가 높고 가운데가 푹 꺼진 침대
그런 침대는 두 연인의 열정이 고동치는 것도 능히 감당한다네

그저 그런 침대는 바닥이 평평하지

거기서는 두 연인 사이에 어떤 접촉도 없이

밤이 훌쩍 지나가는 일이 흔하다네

가장 나쁜 건 가운데가 볼록하고

양쪽 가장자리가 내려간 침대

그런 데서는 그 어떤 예술적 기교를 가진 자라도 사랑을 계속할 수 없
다네[67]

인도의 구전 설화에 기원을 둔 이 책『슈카사프타티』는 14세기
페르시아 시인 낙샤비가 페르시아어로 번역하면서부터 세상에 널
리 알려지게 되었는데, 그때 이름이 바로『투티 나메』였다. 하지만
낙샤비는『슈카사프타티』원본이 아니라 조잡한 번역본을 참고했
다고 하며, 그때 수록된 이야기도 칠십 개가 아니라 오십이 개로
줄어들었다. 내용도 번역이 아니라 재창작에 가까울 만큼 상당히
많이 달라졌다고 한다. 무엇보다도『슈카사프타티』는 인도를 배경
으로 하고 있어서 사상적으로 힌두교의 영향력이 절대적인데—불
교의 영향을 받은 예화는 단 한 편—『투티 나메』는 당연히 이슬람교
의 세력권 안에 속한다.

영웅 이야기 1

초원을 누빈 오구즈 민족의 대서사시

오구즈 나메-스무 번째 이야기

앞서 말했듯이 '나메'는 페르시아어로 '책'이라는 뜻이다. 페르시아의 이야기 고전 중에는 유독 이렇게 나메라는 말이 붙는 책들이 많이 있는데, 예를 들어 중앙아시아 타지키스탄의 『바르조 나메』『아부 모슬렘 나메』 등은 각기 바르조와 아부 모슬렘이라는 사람에 관한 이야기책을 말하는 것이다. 아울러 그 책들이 페르시아 문명의 영향을 짙게 받고 있다는 증거도 된다.

우리에게는 다소 생소한 중앙아시아 투르크메니스탄의 대서사시 『오구즈(오우즈) 나메』는 말 그대로 '오구즈의 책'이라는 뜻인데,

여기서 오구즈는 6세기경 역사 기록에 처음 등장하는 중앙아시아 민족을 일컫는다. 처음 시르다리아 강변에 정착한 오구즈 민족은 주변 국가들과 전쟁을 계속하며 세력을 확장해 나갔으며, 이후 트란스옥시아나[68] 지역을 새로운 영토로 삼았다. 당시 그 지역은 아랍 이슬람 세력과의 접경이었기 때문에 자연스럽게 이슬람을 받아들이게 된다. 『오구즈 나메』는 바로 이 오구즈 튀르크족의 서사시로서, 자신들의 전설적 시조인 오구즈 칸의 탄생에 얽힌 일화를 비롯하여, 그가 인근 여러 민족과 벌인 전쟁, 그의 스물네 개 씨족과 후계자 이야기들이 주 내용을 이룬다. 오늘날의 국경 개념으로 보면 『오구즈 나메』는 비단 투르크메니스탄뿐만 아니라 아제르바이잔과 터키의 문화유산으로도 간주될 수 있다. 같은 지역에서 비슷한 유형의 서사시 『현인 코르쿠트의 서(데데 코르쿠트 나메)』도 전승된다.[69] 『오구즈 나메』와 마찬가지로 오구즈 부족의 영웅 서사시인 이 『현인 코르쿠트의 서』는 그들이 캅카스와 아나톨리아 및 이란 등지에서 생활하던 내용을 담고 있지만 튀르크족 전체의 설화라고 할 수 있다. 터키뿐만 아니라 카자흐스탄, 키르기스스탄, 아제르바이잔, 투르크메니스탄 튀르크인들의 문화유산도 포함하고 있기 때문이다. 이 작품은 오구즈 민족의 민족성, 역사, 관습 및 가치관을 담고 있어 사료적 가치를 인정받을 뿐만 아니라, 초기 튀르크 문학의 정수로 꼽힐 만큼 문학적 가치도 인정받고 있다.[70]

『오구즈 나메』는 오구즈 민족이 이슬람의 영향을 받은 이후에는 그 영향을 짙게 반영한다. 다음은 역사 기록에 등장하는 오구즈 칸의 일대기이다.

20 아불제 칸[71]의 아들 딥 야쿠이는 네 명의 아들을 낳았는데, 카라 칸도 그중 하나였다. 카라 칸은 나중에 아버지의 후계자가 되어 아들을 하나 낳았는데 사흘 밤낮 동안 엄마 젖을 빨지 않았다. 그래서 어머니가 주님(알라)에게 기도하자 젖을 빨기 시작했다.

> 아기는 엄마의 초유를 빨자마자
> 날고기와 국물과 술을 달라고 했다.
> 그는 쑥쑥 자라 걷고 놀았다.
> 그의 발은 황소의 발만 했고,
> 손목은 늑대, 등은 검은 담비, 가슴은 곰의 그것 같았다.[72]

아기는 한 살이 되자 빼어난 용모를 드러내며 제 이름을 오구즈로 지으라고 직접 말했다.

성장한 그는 숙부 쿠즈 칸의 용모가 수려한 딸과 결혼했다. 그러나 오구즈가 그녀에게 주님을 믿으라고 얘기하자, 이를 이상하게 여긴 그녀가 오구즈의 아버지에게 이르겠다고 하였다. 때문에 서로 좋아하지 않았다. 오구즈의 아버지가 또 다른 쿠즈 칸의 딸을 주어도 마찬가지였다. 아버지 카라 칸은 다시 동생 오르 칸의 딸을 배필로 정해 주었다. 그녀는 이미 오구즈에게 자신은 주님을 잘 모르지만 믿으라 하면 믿겠다고 신앙고백을 한 바 있었다. 그로부터 오구즈는 딴 부인들은 쳐다보지도 않고 오직 그녀만 찾았다. 오구즈는 이교도인 아버지와 숙부도 멀리했다.

어느 날 오구즈가 사냥을 나갔을 때, 두 부인은 시아버지 카라 칸에게 오구즈가 다른 신을 믿기 때문에 자기들을 가까이 하지 않는다고 눈물로 고해바쳤다. 아버지와 친척들은 분노하여 살려 두지 않겠노라 했다. 오구즈는 이 소식을 듣고 전투 준비를 했다. 이윽고 양측은 접전에 들어갔다. 카라 칸은 칼에 맞고 죽었다. 전쟁은 무려 칠십오 년간이나 계속되었지만, 결국 오구즈가 승리했다. 그의 영토는 탈라스에서 부하라까지 이르렀다. 그는 자신과 연합했던 종족과 숙부들에게 '위구르'라는 튀르크어 명칭을 수여했다. 이는 페르시아어로 말하면 '연합하다, 도움을 주다'라는 뜻이다. 이들은 오구즈와 항상 뜻을 같이했다. 이밖에도 오구즈와 연합했던 종족은 캉글리, 킵착, 카를룩, 칼라치, 아가체리 등이다. 그리고 오구즈의 자식들로부터 장차 스물네 개 지파가 출현하는 바, 현재 세상에 존재하는 모든 투르크멘 사람들은 이 종족들의 후손이다. '투르크멘'이라는 이름은 그들이 이란계인 타지크 사람들과 겉모습은 비슷하지만 실제로는 다르기 때문에 서로 구별하기 위해 '튀르크와 비슷한 사람들'이라는 뜻으로 부른 것이다.

오구즈 칸은 이란, 투란, 시리아, 이집트까지 정복했고, 구백 마리의 암말과 구만 마리의 숫양을 죽여서 성대한 자축연을 열기도 했다. 여섯 명의 아들이 아버지와 함께 싸웠다. 그는 위로 세 아들에게 활을 주어 군대의 우익을 맡겼고, 밑의 세 아들에게 화살을 주어 좌익을 맡겼다. 우익이 좌익보다 서열이 높았다.

그때 오구즈 칸이 여섯 아들과 스물네 명의 손자에게 말하길,

"오, 내 아들들아! 내게 그 화살을 다오."

아들들은 그에게 화살을 하나씩 건넸다. 오구즈 칸은 그것들을 받아 차례로 분질러버렸다. 그리고 다시 말했다.

"사랑하는 아들들아! 두 개의 화살을 다오."

오구즈 칸은 두 개의 화살을 받아 한꺼번에 분질러버렸다. 그리고 나서 세 명의 아들에게 화살을 달라고 해서 다시 분질러버렸다. 그 다음에 그는 여섯 명의 아들에게 화살을 달라고 해서 한꺼번에 분질러버리려고 했다.

오구즈 칸은 화살을 꺾지 못했다. 오구즈 칸은 스물네 명(오구즈 칸의 스물네 명 손자들. 동시에 스물네 개 씨족을 상징함)에게 각각 화살을 달라고 해서 함께 모은 다음 손자들을 향해 말했다.

"너희들이 모든 힘을 다해 이 화살 묶음을 꺾어 보아라. 꺾을 수 있겠느냐?"

아들들이 대답했다.

"꺾을 수 없나이다."

오구즈는 화살의 교훈을 통해 단결의 중요성을 강조했고, 장남 쿤에게 왕위를 물려줄 것을 유언으로 남긴 뒤 죽었다. 그 말에 따라 이후 쿤 칸이 칠십 년을 통치했다.[73]

『오구즈 나메』는 오잔이라는 예인들이 현악기 코푸즈 연주와 함께 구송하면서 전승해 왔다. 현재 전승되는 가장 오랜 텍스트는 페르시아 역사가 라시드 앗 딘(1248~1318)의 『부족지』에 들어 있다. 프랑스

국립도서관에는 15세기 초 위구르어 필사본이 보존되어 있다고 한다.[74]

푸른 늑대의 후손 몽골 민족

알란 고아-스물한 번째 이야기

화살과 늑대는 투르크메니스탄뿐만 아니라 다른 여러 아시아 북방 민족의 설화와 역사에서도 매우 중요한 상징이다. 예컨대 몽골 설화에서 주인공의 활과 화살은 가장 중요한 무기이고, 곧 그의 목숨을 상징한다. 그래서 그에게 적대적인 사람들이 주인공을 죽이려 하거나 위협할 때 곧잘 그의 화살을 부러뜨린다. 반대로 화살은 우정을 맺는 중요한 신표로서 기능하기도 했다. 칭기즈 칸이 어린 시절에 그의 벗 자무카와 의형제를 맺을 때 서로 자기들이 아끼는 화살을 주고받았다. 몽골 사람 이름 뒤에는 '메르겐'이라고 붙는 경우가 많은데, 바로 활 잘 쏘는 사람, 즉 명궁을 뜻한다.

몽골 민족의 역사서『몽골 비사』에는 자기네 민족의 시조 알란 고아와 관련한 일화가 소개되어 있는데, 거기서도 화살과 늑대는 가장 중요한 상징물이다.

21 사막 북쪽, 막북(漠北)은 아주 추운 곳이었다.

어느 날 막북의 왕이 딸을 낳았는데 너무나 아름다워서 사람의 눈을 멀게 했다. 용감한 장수들도 공주와 어울리면 장님이 되었다. 왕은 딸을 사람에게 시집보내는 것을 포기하고 하늘님이 데려가게 하기 위해 높은 나뭇가지에 집을 지어주었다. 공주는 그 말을 믿고 항상 문을 열어두었다. 어느 날 늑대 한 마리가 다가와 나무 밑동에 굴을 파고 들어앉아 옴짝달싹하지 않았다. 늑대는 밤마다 울었는데 그 음성이 하늘의 소리와 닮았다. 공주는 늑대가 자신의 짝이라 생각하고 결혼하여 아들을 낳았다. 아들이 아들을 낳고, 그 아들이 또 아들을 낳아 부족을 이루었는데, 사람들은 그들을 늑대 부족이라 불렀다.

깜깜한 밤, 늑대 부족이 노래를 하면 여인들은 마음이 설레었다. 흰 사슴의 딸도 늑대의 노래에 마음이 흔들려 밤마다 마을을 몰래 빠져나갔다. 그러다 둘은 바이칼 호수를 건너 사랑의 도피를 했다. 다른 부족과 정을 통하는 것이 금지되던 시절이었기 때문이다. 푸른 늑대 부족과 흰 사슴 부족은 온 막북을 찾아다녔지만 그들을 찾을 수 없었다. 보르칸 산에 살고 있다는 소문을 듣고 달려가보면 산은 어디론가 사라지고 없었다.

아무도 두 사람의 소식을 알지 못했다. 둘은 아이들을 낳았고, 그 아이들이 또 아이들을 낳았다. 몇 대가 흘렀다. 한 형제가 있었다. 형은 외눈박이 도와 소코르, 아우는 장사 도본 메르겐이었다. 외눈박이는 이마 한가운데 큼직한 눈이 있어서 사흘 앞을 내다보았고, 장사는 힘이 아주 세서 그 누구와 싸워도 지지 않았다. 형 외눈박이는 결혼해 아이를 넷이나 낳고 살았지만 동생은 혼기가 찼는데도 신붓감이 없었다. 어느 날 보르칸 산 정상에 올라 세상을 내려다보던 외눈박이가 멀리 검은 수레에 앉아 있는 여인을 보았다. 무지개 부족에서 활 쏘기를 잘하는 명사수 코릴라르타이 메르겐의 딸 알란 고아였다. 알란 고아의 아름다움은 이미 널리 알려져 있었다. 알란 고아는 명사수의 딸이라 아무도 넘보지 못했지만 형제는 힘을 합쳐 알란을 훔쳤다. 형제는 알란을 데리고 보르칸 산으로 들어가버렸다. 명사수는 보르칸 산을 찾아갔지만 산은 어디론가 사라지고 없었다.

도본 메르겐과 알란 고아는 형의 보살핌으로 행복하게 살았다. 그러나 형이 죽자 그의 자식들은 삼촌 내외를 따돌리고 집과 가축들을 이동시켰다. 사냥을 나가도 도본 메르겐 혼자서는 토끼 한 마리 잡기가 힘들었다. 어느 날 먼 길을 나와서도 사냥에 실패한 도본 메르겐이 집으로 돌아가고 있을 때였다. 어떤 남자가 고기를 굽는데 맛있는 냄새가 코를 찔렀다. 도본 메르겐이 조금만 나눠달라고 하니, 남자는 머리, 목, 허파, 염통과 가죽을 제외한 나머지를 모두 주었다. 도본 메르겐이 신이 나서 고기를 메고 걸어가는데 불쌍해 보이는 사내가 아기를 안고 울고 있었다. 사내는 아기와 고기를 바꾸자고 했다. 도본 메르겐은 뒷다리를 떼어주고 아기를 데려다 알란 고아에게 안겨주었다. 그리고 알란 고아는 아이를 낳았다. 두 사람의 아이가 젖을 떼기도 전에 도본 메르겐은 죽었다.

알란 고아는 혼자 힘으로 가족들을 먹여 살렸다. 그런데 언제부턴가 배가 불러오더니 잿빛 눈을 가진 아이가 셋이나 태어났다. 알란의 기이한 임신과 출산으로 주변에 사는 사람들은 수군거렸다. 장성한 첫째와 둘째도 이상하게 생각했다. 알란 고아는 어느 날 자식들을 모아 놓고 화살을 하나씩 나눠 주고는 꺾어보라고 하였다. 모두 쉽게 꺾었다. 다음에는 다섯 개의 화살을 한 번에 꺾어보라고 하였다. 모두 꺾을 수 없었다.

다섯 자식들에게 알란 고아는 언제부턴가 잠을 잘 때면 달빛이 사람 형상으로 변해 자기 배를 비볐다고 말했다. 해가 뜨고 달이 질 무렵이 되면 달빛 사람은 노란 개처럼 서둘러 나갔다고. 그리고 얼마 지나지 않아 배가 불러 오더라고 했다. 알란 고아는 훗날 자기 자식들 중에 위대한 왕이 나온다면 모두들 믿게 될 것이라 설명했다.

알란이 죽자 형제는 얼마 되지 않는 유산을 놓고 다투었다. 막내는 형들과는 달리 어머니를 잃은 슬픔을 못 이겨 한없이 울었다. 막내의 이름은 보톤자르 몽칵이었다. 몽칵은 영리하지 못하고 몸도 약해 말을 잘 타지 못했고 활도 잘 쏘지 못하는 울보였다. 몽칵은 형들에게 곧 따돌림을 당했다. 형들은 막내를 볼품없는 말에 태워 초원으로 내쫓았다. 몽칵은 어디로 갈지를 몰라 그저 강을 따라갔다. 그러다 삼각주 근처에 다다라 강가의 풀로 움막을 지어 살았다. 몽칵은 볼품없는 말의 말총을 뽑아서 올가미를 만들고, 새라도 잡힐까 한없이 기다렸다. 그런데 어둔한 몽칵 주변에서 안심하고 놀던 매 한 마리가 올가미에 걸리고 말았다. 몽칵은 잡아먹지 않고 매를 데리고 살았다. 몽칵은 늑대에게 쫓기는 짐승이 쓰러질 때까지 기다렸다가 잡아서 매와 나누어 먹었다.

몽칵에게 길들여진 매는 새 사냥을 해서 고기를 갖다 바쳤다. 몽칵은 새 고기를 매일 먹었다. 사람들은 영리하지 못하고 몸도 약한 몽칵이 일도 하지 않으면서 고기를 풍족하게 먹고 사는 게 신기했다.

형들 중에 마음 약한 형 하나가 걱정이 되어 몽칵을 찾아 나섰다. 시신이라도 찾으면 묻어주기 위해서였다. 형은 강을 따라가며 사람들에게 물었다. 사람들은 기러기 깃털이 하얗게 날리는 곳이 몽칵이

사는 곳이라 했다. 새를 자주 사냥해서 그 주변에는 새 깃털이 많이 흩날린다는 것이었다. 믿을 수 없었지만 직접 만나보니 몽칵은 더 이상 울보가 아니었다. 몽칵은 매가 잡아 온 새 고기를 초원의 부랑아들에게 나눠주어 따르는 사람도 많았다. 또 홀로 된 여자들을 데려다 돌보며 같이 살았다. 여자들이 몽칵의 아이를 많이 낳아 길렀다. 보톤자르 몽칵의 자손들은 후에 큰 나라를 이루었다. 그의 후손 가운데 테무친(칭기즈 칸)이 나왔다. 몽골인들은 몽칵의 어머니 알란 고아를 언제나 잊지 않았다.[75]

『몽골 비사』에는 남편도 없는 알란 고아가 자식들을 낳았다고 사람들이 수근대자, "밤마다 밝은 노란색 사람이 게르의 천창이나 문의 위 틈새로 빛으로 들어와 내 배를 문지르고, 그의 빛은 내 배로 스며드는 것이었다. 달이 지고 해가 뜰 새벽 무렵에 나갈 때는 노란 개처럼 기어나가는 것이었다"[76]라고 아들들에게 말해주는 장면이 나온다. 그러면서 그것은 장차 왕이 될 위대한 후손이 태어날 상징이라고 덧붙인다.

알란 고아가 말한 모든 자들의 왕, 그가 바로 초원의 지배자 칭기즈 칸이다.

미국의 시사 주간지 《타임》은 1999년 새로운 밀레니엄 진입을 앞두고 지난 천 년을 돌아보면서 세계사에 가장 큰 영향력을 끼친 인물로 칭기즈 칸을 뽑은 바 있다.

고구려를 세운 신궁

주몽-스물두 번째 이야기

알란 고아가 달빛의 정기를 받았다면, 우리나라의 주몽은 태양의 정기를 받았다. 신화는 하백의 딸 유화가 임신했을 때 햇빛이 졸졸 따라와 다섯 개의 알을 낳고, 거기서 고구려의 시조 주몽이 나온다고 말해준다.

앞서 살핀 오구즈 민족이나 몽골 민족에게 활은 가장 신성한 무기로 간주된다. 우리 민족에게도 마찬가지인데, 그중에서도 특히 주몽이 활과 관련한 신화의 대표적인 주인공이다. 사실 주몽이라는 이름 자체가 원래 명궁을 이르는 보통명사였다.

22 어느 날, 천제의 아들 해모수가 부여의 옛 도읍터에 무리를 이끌고 내려왔다. 이들 무리는 웅심산에 십 일 동안 머무른 뒤 산 밑 마을로 내려왔다. 옷을 화려하게 차려입은 백 명의 사람들이 고니를 타고 그 뒤를 따랐다. 해모수는 아침에는 땅에서 사람의 세상을 돌보고 날이 저물면 곧 하늘로 올라갔다.

부여의 성 북쪽 압록강에는 물의 신 하백이 살고 있었다. 그에게는 유화, 훤화, 위화라는 세 딸이 있었는데 모두 아름다웠다. 어느 날 해모수는 사냥을 하러 압록강에 갔다가 물가에서 놀고 있는 하백의 세 딸을 보게 되었다. 해모수는 그녀들을 왕비로 삼아 아들을 낳고 싶어 했다.

해모수가 채찍을 땅에 휘두르자 구리로 된 궁전이 세워졌다. 하백의 딸들은 물 밖으로 나와 물가에 세워진 궁궐을 조심스럽게 살펴봤다. 궁궐 안에는 비단 방석이 깔려 있었고, 술과 음식이 차려져 있었다. 그들은 멈칫거리다 이내 자리에 앉아 음식과 술을 먹었다. 하백의 세 딸들은 취해버렸다. 해모수는 기다렸다는 듯 세 여인 앞에 모습을 드러냈다. 깜짝 놀라 달아나던 세 딸 중 맏이인 유화가 해모수에게 잡혀 정을 통했다.

그 사실을 알게 된 하백은 화를 내며 해모수가 혼인을 하고 싶다면 중매를 통해야 하며 무조건 사람을 잡아 두는 것은 경우가 아니라고 말했다. 이 말을 전해 들은 해모수는 곧바로 하백을 만나러 갔다. 하백은 딸을 잡아 가둔 해모수가 괘씸하기는 했지만 예를 갖춰 맞이하면서 능력을 시험해보고자 했다. 곧, 하백은 잉어로 변해 물속으로 뛰어들었다. 그러자 해모수가 수달로 변해 하백을 쫓았다. 얼마 가지 않아 붙잡힌 하백이 꿩으로 변해 하늘로 날아오르자 해모수는 매로 변해 하백을 쫓았고, 하백이 사슴으로 변하자 해모수는 승냥이가 되었다. 하백은 해모수의 신통한 재주를 확인하고 기뻐하며 혼인을 허락했다.

딸과 해모수가 혼인을 했지만 하백은 해모수가 유화를 하늘로 데려가지 않을까 봐 걱정했다. 어느 날 하백은 해모수에게 술을 먹여 취하게 하고 그를 유화와 함께 가죽 주머니에 넣어 단단하게 묶은 뒤 용거에 실었다. 해모수는 술에서 깨어나 유화의 황금비녀로 가죽 수레를 찢고는 혼자 하늘로 올라갔다. 하백은 가문을 욕되게 했다는 이유로 유화의 입술을 잡아당겨 석 자나 늘인 뒤 태백산 남쪽의 우발수로 내쫓았다.

유화는 근처에 살던 어부에게 잡혀 금와왕에게 끌려갔다. 금와왕은 그녀를 딱하게 여겨 별궁에서 지내도록 했다. 유화가 궁에서 지내는 동안 햇빛이 유화를 따라다니며 비췄다. 얼마 뒤 유화는 아이를 잉태했다.

계해년, 유화가 낳은 것은 커다란 알이었다. 불길한 징조라고 느낀 금와왕은 알을 내버리라고 했다. 신하들은 알을 마구간에 내버렸다. 그런데 말들은 알을 밟지 않았다. 산에 내다버려도 짐승들이 알을 지켜주었다. 왕은 다시 유화에게 알을 돌려주었다. 얼마 뒤, 알 속에서 사내아이가 나왔다.

어느 날 아이는 유화에게 활과 화살을 달라고 했다. 유화가 대나무로 활과 화살을 만들어주자 아이는 물레 위에 있던 파리를 쏘아 맞혔다. 그래서 아이를 '주몽'이라 불렀는데, 이는 부여 사람들이 활을 잘 쏘는 사람을 이르는 말이었다. 주몽의 재능은 자랄수록 점점 더 커져 금와왕의 일곱 아들에게 미움을 받았다.

어느 날, 주몽은 금와왕의 일곱 아들과 사냥을 나갔다. 왕자들은 사슴 한 마리를 겨우 잡았지만 주몽은 혼자 여러 마리를 잡았다. 이를 질투한 태자 대소는 주몽을 나무에 묶고 사슴을 전부 빼앗았다. 화가 난 주몽은 묶인 채로 나무를 뽑아버렸다. 이 모습을 본 대소는 즉시 왕에게 달려가 주몽을 그대로 둔다면 후환이 있을 것이라고 했다.

금와왕은 고민 끝에 주몽에게 말을 기르게 했다. 천제의 손자 주몽은 마구간에서 일하게 된 자신의 처지가 부끄러웠다. 마음 같아서는 그곳을 벗어나 남쪽 땅에 나라를 세우고 싶었다. 하지만 어머니를 떠날 수는 없었다. 유화는 아들 주몽의 마음을 알고 있었다. 내색은 안

했지만 마구간에서 세월을 보내는 아들을 볼 때마다 늘 가슴이 아팠다. 유화는 주몽을 불러 놓고 어미 걱정은 말라고 말했다. 그러면서 먼 길에 준마가 필요할 거라며 마구간으로 주몽을 데리고 갔다. 유화가 채찍을 휘두르자 말들이 놀라 펄쩍펄쩍 뛰었다. 좁은 마구간은 날뛰는 말들로 난장판이 되었다. 그때, 붉은 말 한 마리가 높은 마구간 울타리를 뛰어넘었다. 주몽은 한눈에 그것이 준마라는 것을 알아봤다. 그 말을 잽싸게 붙든 주몽은 말의 혀 밑에 바늘을 꽂아 두었다. 혀가 아파 잘 먹지 못한 말은 날이 갈수록 야위었다.

어느 날, 마구간에 들른 금와왕은 말들이 모두 살찌고 튼튼한 것을 보자 기뻤다. 그리고 주몽이 딴 생각을 하지 않고 마구간 일을 열심히 한 것 같아 더욱 기분이 좋았다. 금와왕은 주몽에게 비쩍 마른 말을 선물로 주었다. 주몽이 혀에 바늘을 꽂아 놓은 말이었다. 금와왕이 돌아가자 주몽은 혀에 꽂아 놓은 바늘을 빼고 정성으로 말을 키웠다. 붉은 말은 점점 살이 오르고 튼튼해졌다.

태자 대소는 질투심이 갈수록 심해져 주몽을 죽일 계획을 세웠다. 이를 눈치 챈 유화는 주몽에게 빨리 떠나라 말했다. 그러나 주몽은 어머니와 아내 예씨를 두고 혼자 떠날 수가 없었다. 하지만 유화 부인은 새로운 땅에 나라를 세우는 데 필요한 오곡 종자를 싸주며 떠나기를 당부했다. 주몽은 아내 예씨에게 일곱 고개 일곱 골짜기 돌 위 소나무에 증표를 감추어 둘 것이니 아이가 태어나 아비를 찾거든 그것을 찾아서 자신에게 오게 하라 일러두었다.

주몽은 오이, 마리, 협보 등 세 명의 친구들과 함께 남쪽을 향해 말을 달렸다. 주몽 일행은 엄체수에 다다라 강을 건너려 했지만 배가 없었다. 그때 멀리서 쫓아오는 추격병의 모습이 보이기 시작했다. 주몽은 하늘과 강을 향해 자기가 천제의 손자이고 하백의 외손자로 죽음을 피해 여기까지 왔으니 불쌍히 여겨 도와 달라 말하고, 활로 강물을 내리쳤다. 그러자 물고기와 자라가 물 위로 떠올라 다리를 만들었다. 주몽 일행은 무사히 강을 건넜다. 주몽 일행이 건너고 난 뒤 다리가 허물어져 추격병은 더 이상 강을 건널 수 없었다.

주몽 일행은 남쪽을 향해 한참을 달려 졸본천에 이르렀다. 주몽이 주변 형세를 보니 토양이 비옥하고 산이 가파르고 강이 유유히 흐르는 것이 도읍지로 마침했다. 주몽은 이곳에 나라를 세우고 이름을 '고구려'라고 하였다. 소문이 퍼져 나가 찾아오는 사람들이 많았다. 주몽은 백성들에게 유화가 준 오곡 종자를 나누어줘 농사를 짓게 했고, 주변 오랑캐들을 내쫓아 백성들이 평안하게 살 수 있게 했다.

그러던 중 비류국의 송양이 주몽을 업신여겨 고구려를 속국으로 삼으려 했다. 송양은 주몽에게 활쏘기로 힘을 겨뤄보자고 했다. 송양은 사슴을 그려 놓고는 백 보 밖에서 활을 쏴 사슴 그림의 배를 맞췄다. 주몽은 사슴을 그려 놓은 곳에 옥가락지를 걸어 놓고 백 보를 걸어갔다. 주몽이 화살을 쏘자 옥가락지에 명중해 기왓장 부서지듯 깨졌다. 그 이후에도 송양은 틈만 나면 고구려를 침략하려 했지만 그때마다 주몽은 송양을 물리쳤다. 결국 송양은 비류국을 주몽에게 바쳤다.

주몽이 나라를 세우고 다스린 지 스무 해 쯤 되던 어느 날, 젊은이 하나가 궁궐로 찾아와 왕을 만나게 해달라고 청했다. 주몽을 만난 젊은이는 자신은 동부여에서 온 유리이며 대왕의 아들이라고 소개했다. 주몽은 젊은이에게 증표를 내보이라고 말했다. 유리는 칼 한 조각을 꺼내 보였다. 주몽이 갖고 있던 칼 조각과 아귀가 딱 맞았다. 주몽은 칼 조각을 어디서 찾았느냐고 물었다. 유리는 일곱 고개 일곱 골짜기 돌 위 소나무에서 찾았다고 대답했다. 주몽은 기뻐하며 유리를 태자로 삼았다.

그해, 마흔 살이 된 주몽은 하늘로 올라가 다시는 땅에 내려오지 않았다. 유리와 백성들은 주몽이 남긴 옥 채찍으로 대신 장사하고, 왕호를 동명성왕이라 하였다.[77]

〈주몽 신화〉는 5세기의 〈광개토대왕비〉, 12세기 초의 『삼국사기』, 13세기 이규보의 서사시 『동명왕편』, 이승휴의 『제왕운기』, 일연이 쓴 『삼국유사』 등에 두루 실려 있고, 중국의 역사서 『위서』 등에도 등장한다.

이렇듯 〈주몽 신화〉는 우리나라를 대표하는 건국신화인 만큼 이를 다른 나라 건국신화와 비교하는 연구도 활발하게 시도되고 있다. 예를 들어 김영애는 태국 역사상 최초의 독립왕조 수코타이 왕국을 세운 프라루엉 왕에 대한 신화, 즉 〈프라루엉 신화〉를 〈주몽 신화〉와 비교하는 논문을 발표했고[78], 몽골의 한 설화학자는 〈주몽 신화〉를 〈알란 고아 신화〉와 비교한 논문을 발표하기도 했다.[79] 거기서는 알란 고아가 빛에 의해 임신한 세 아이를 '순결한 허리'를 통해 낳은 것을 유화가 주몽을 왼쪽 겨드랑이로 낳은 것과 비교하거나, 보돈차르와 주몽이 둘 다 탈출할 때 형들이 버린 볼품없는 앙상한 말을 타고 도망간 것을 비교하는 등, 꽤 많은 점에서 유사점을 밝히고 있다. 그러면서 "시조모가 빛으로 임신하여 대 황제들의 조상을 비정상적으로 태어나게 하는 모티프"가 원래 몽골 지역에서 남하하여 한반도에 이른 것으로 볼 수 있다고 조심스럽게 결론을 내린다. 오은경은 우즈베키스탄의 대서사시 〈알파미시(알퍼므쉬)〉와 〈주몽 신화〉를 특히 활쏘기 모티프를 통해 비교하는 논문을 발표했다.[80] 두 주인공이 신이한 탄생 과정을 공유하며, 둘 다 기득권과 대결을 통해 영웅으로 거듭나며, 이때 특히 활쏘기가 혈통을 인정받고 새로운 질서를 창조할 수 있는 힘을 상징한다고 정리한다.

바이순 초원을 누빈 우즈베키스탄의 영웅

알파미시-스물세 번째 이야기

〈주몽 신화〉와 여러 모로 비교되는 〈알파미시〉란 어떤 작품인가.

그것은 고대 튀르크 민족의 신화에서 플롯을 따온 우즈베크 민족의 영웅 서사시로, 우즈베키스탄을 중심으로 한 중앙아시아의 대표적 영웅 서사시 중 하나이다. 최초의 플롯은 6~8세기경 알타이 산맥 인근 튀르크 민족 사이에서 유행한 이른바 '무사들의 동화'라는 형식에서 근거를 찾을 수 있다. 서사시의 남녀 주인공 알파미시와 바르친은 열여섯 개 씨족으로 이루어진 쿤크라트 부족 출신인데, 이들은 당대의 관행에 따라 태어날 때부터 정혼한 상태였다. 하지만 훗날 연구자들은 이 영웅 서사시가 족내혼이 여전히 유지되었지만 다수가 새롭게 족외혼을 선택하기 시작하던 과도기적 상황을 반영한다고 분석한다. 즉, 다반비가 자신의 통치권을 두 아들에게 반반씩 나눠주기로 결정하면서 바이순 지역은 바이사리가, 쿤그라트 지역은 바이부리가 통치하도록 한다. 그러면서 각기 자기네 지역 안에서는 결혼하지 말라고 권고하는 것이다. 이런 결정은 형제 간의 갈등도 불러오게 된다. 대부분의 판본에서는 알파미시가 칠 년간의 감금에서 빠져나와 다시 바르친을 되찾지만, 판본에 따라서는(예: 수르한 다리야 판본) 알파미시가 자기를 도와준 칼미크[81]의 공주 탑카와 사랑에 빠져 그녀와 결혼하고 아들까지 두기도 한다.[82] 이렇듯 서사시 〈알파미시〉는 적을 물리치며 마을을 구하고 아내를 지킨다는 보편적인 소재와 우즈베크 민족이 투쟁과 시련을 겪으며 나라를 세우고 유지하는 과정을 운문과 산문의 혼합 형식으로 표현한다.

서사시의 주인공은 엄밀히 말해서 결코 한 사람의 개인이 아니다. 예부터 서사시의 대상이 한 개인이 아니라 공동체의 운명이라는 사실은 서사시의 본질로 간주되어 왔다. 왜냐하면 서사시의 우주를 규정하는 가치 체계의 완결성은 지극히 유기적인 전체성을 만들어내기 때문이다. 이 속의 어떤 요소도 자신을 강하게 내세움으로써 자신의 내면성을 발견하고 하나의 독자적 인격체가 될 수는 없다.[83] 이렇게 볼 때, 우리가 소설이 아니라 서사시 〈알파미시〉에서 읽어야 할 것은 알파미시라는 한 개인의 운명 대신 당연히 우즈베크라는 민족 공동체의 운명일 것이다. 초원을 방황하며 쏟아지는 밤하늘의 별빛 속에서 홀로 고독을 씹는 알파미시는 여기에 없다.

서사시에는 답이 이미 주어져 있다. 서사시의 우주란, 루카치가 말했듯이, 인간의 지적인 진보나 역사 발전이 그 질문의 형식을 만들기 이전에 이미 대답이 주어진 공간이다.[84] 우리 앞에 펼쳐지는 중앙아시아 바이순 초원이 바로 그런 공간이다.

23 알파미시와 바르친은 어릴 적부터 결혼을 약속한 사이였다. 그들의 아버지인 바이부리와 바이사리는 터키족의 땅 쿤그라트 출신이었다. 이들에게는 오랫동안 아이가 없었는데 신에게 기도를 드린 끝에 바이사리는 딸 바르친을 얻게 되고 바이부리는 쌍둥이 딸과 아들 알파미시를 얻게 됐다. 하지만 두 형제는 지참금을 둘러싸고 싸움을 벌였다. 결국 바이사리와 그의 가족은 칼미크로 이주했다. 거기서 아름다운 아가씨가 된 바르친은 칼미크의 족장 타이차 칸 기사들의 주목을 끌게 되었다. 바르친은 칼미크 기사들의 청혼을 받고 강제적으로 결혼해야 할 상황에 처했다.

바르친은 자신의 다급한 사정을 알파미시에게 알리기 위해 전령을 보냈다.

꽉 찬 만월은 주변으로 빛을 흘려보냅니다
궁수는 자신의 가장 훌륭한 활을 전장으로 가져가지요
이 먼 이국 지역은 쓰디쓴 고통의 땅입니다
멀리 있는 그 친구는 이 바르친을 구출하러 올 것입니다
당신들이 가는 길에 나쁜 일이 없기를 바랍니다
고향 땅에 내 안부도 전해주시길 부탁해요
거기에 남겨 둔 내 동포들에게,
코카미시의 강물에, 모든 고향 땅 곳곳에 안부를
그리고 함께 뛰놀며 배우던 친구에게도 특별한 안부를 부탁해요!

나 같은 미인은 칼미크 사람들 때문에

어떤 평안도 누릴 수 없다고 말해 주세요

당신의 바르친-아이는 울면서 괴로워하고 있답니다!

나의 전령들이여, 한 가지만 부탁드립니다

밤낮으로 달리어 매일매일 전진하시길 부탁드립니다

소식을 들은 알파미시는 바르친을 구하기 위해서 칼미크인의 땅으로 출발했다. 이 사실을 알게 된 바르친은 네 가지 경기(말 경주, 활쏘기, 뱃머리에서 과녁 맞추기, 레슬링)에서 모두 이긴 승자와 결혼하겠다고 선언했다. 곧 많은 무사들이 모여 경기가 열렸고, 알파미시는 칼미크 기사인 카라얀의 도움을 받아 온갖 시련을 이겨내고 최종 승자가 되었다. 결혼에 성공한 알파미시와 바르친은 여전히 바이부리에게 화가 나 있는 아버지(바이사리)를 칼미크에 남겨 두고 고향으로 돌아왔다.

알파미시가 떠난 뒤 타이차 칸은 바이사리의 전 재산을 몰수하고 그를 양치기 노예로 만들어버렸다. 이 소식을 전해들은 알파미시는 마흔 명의 젊은 용사들을 이끌고 다시 칼미크 땅으로 향했다. 하지만 수르하일이 계책을 부려 마흔 명의 젊은 용사들을 불에 태워 죽였다. 알파미시는 진단이라 불리는 천 길 구덩이 속으로 떨어졌다. 그곳에서 알파미시는 감금된 채 칠년 동안이나 빠져나오지 못했다. 그사이 알파미시가 죽었다는 소식이 쿤그라트에 전해졌다. 바이부리에게는 여자 노예와 사이에서 태어난 울탄-타스란 아들이 있었는데, 그는 알파미시가 없는 틈을 타 권력을 차지했다. 게다가 바이부리와 알파미시의 어머니를 노비로 삼고, 바르친을 자신의 아내로 취했다.

한편, 알파미시는 자신을 우연히 발견한 목동 카이쿠바트와 칼미크 칸의 공주 타브카아임의 도움으로 자유를 얻었다.

알파미시는 칼미크 무사들을 제압하고 타이차 칸과 사악한 수르하일을 죽이고 목동 카이쿠바트를 왕좌에 앉혔다. 또 고향 쿤그라트의 소식을 듣자마자 큰 울음소리를 내어 자신의 생존을 유목민들에게 알렸다.

알파미시는 울탄-타스와 바르친의 결혼식 축하연에 변장을 하고 잠입해서 바르친을 구출하고 울탄-타스를 죽였다. 알파미시의 지도 아래 쿤그라트인들은 질서를 회복하고 화합을 이루었다.[85]

이 서사시는 우즈베크 민족의 전통 새해 축제인 나브루스에도 반영되어 축제를 더욱 풍성하게 만든다. 1999년에는 서사시 탄생 1000주년 기념의 해를 성대하게 치렀다. 물론 이런 서사시의 기원을 정확히 따지는 것은 불가능하다. '천 년'은 다만 무척 오래되었다는 뜻으로 해석하면 된다.

사랑 이야기 1

참담한 비극으로 끝난 사랑

목 없는 공주 미 쩌우 이야기-스물네 번째 이야기

알파미시는 온갖 시련에도 불구하고 영웅으로 우뚝 선다. 그는 아내 바르친도 가까스로 구해낸다. 해피 엔딩으로 영웅 서사시다운 결말이 아닐 수 없다. 하지만 아시아 설화의 광활한 대지에 비련으로 끝난 사랑의 이야기는 또 얼마나 많은가. 베트남의 옛 역사는 사랑때문에 결과적으로 조국을 배반하게 된 한 가련한 공주의 최후를 전설로 기록하고 있다.

24 지금의 베트남 수도 하노이에서 서북쪽으로 그리 멀지 않은

곳에 꼬로아라는 마을이 있다. 행정구역상으로 하노이에 속하는 이 마을에는 달팽이 모양으로 지은 성 로아타인이 있다. 현재는 희미하게 흔적만 남은 이 성에는 아주 오래된 전설이 전해져 온다.

기원전 257년 안 즈엉 브엉(安陽王)은 반 랑 국[86]을 정복하고 홍 강 유역의 평야 지대에 어우 락 왕국을 세웠다. 그는 도읍을 꼬로아로 옮기고 성을 새로 쌓아 국방을 튼튼히 하고자 했다. 그런데 아무리 성을 쌓아도 얼마 지나지 않으면 도로 무너져 내리곤 했다. 이런 일이 거듭되자 안 즈엉 브엉은 목욕재계하고 천지신명에게 지극한 정성으로 제를 올렸다. 그러자 3월 초이렛날 꿈에 홀연 한 노인이 나타나 장차 찾아올 황금거북이와 함께 성을 쌓아야 무너지지 않을 거라고 일러주었다.

얼마 후 과연 황금거북이가 성 밖에 나타났다. 안 즈엉 브엉은 거북이를 안으로 모셔 정성껏 대접했다. 거북이는 성이 자꾸 무너지는 이유를 이렇게 설명해주었다.

"반 랑 국 왕자의 넋이 이곳 산천에 달라붙어 있소. 복수를 하려는 게지요. 요 근처 여관 주인의 딸이 갖고 있는 흰 닭 또한 요귀로서 사람들을 해치는 것입니다. 내가 시키는 대로 그 흰 닭과 여관집 딸을 죽이면 성을 제대로 쌓을 수 있을 것이오."

안 즈엉 브엉은 나그네로 변장하여 거북이가 시킨 대로 하여 요귀를 물리칠 수 있었다. 성을 쌓는 일도 비로소 순조로워졌으니, 보름 만에 둘레가 천 장이나 되는 성이 완성되었다. 성을 달팽이처럼 꾸불꾸불 쌓은 것은 그만큼 적으로부터 방비를 튼튼하게 하려는 목적이었다.

안 즈엉 브엉은 크게 기뻐했다.

이후 나라에 큰 걱정이 없었다. 황금거북이는 머문 지 삼 년 만에 그만 돌아가기를 청했다. 안 즈엉 브엉은 크게 아쉬웠지만 더 이상 붙잡을 명분이 없었다. 그는 대신 장차 외침에 대비하여 방어의 비책을 청했다. 황금거북이는 자기 발톱을 하나 주면서 말했다.

"적이 쳐들어오면 이것으로 쇠뇌를 만들어 화살을 쏘십시오."

황금거북이는 그 말을 남기고 동해로 돌아갔다.

그 후, 찌에우 다(趙佗)가 지금의 중국 땅 남쪽 광둥성 일대에 남 비엣(南越)을 세우고 중원을 장악한 한과 맞섰다. 그는 한고조의 위협에도 굴하지 않았으며 남으로 세력을 더욱 확장하려 했다. 그리하여 마침내 안 즈엉 브엉이 다스리는 어우 락을 넘보게 되었다.

찌에우 다의 대군이 물밀듯 몰려왔다. 그러나 꼬로아 성은 끄떡없었다. 황금거북이가 주고 간 발톱을 이용해 만든 신령한 쇠뇌로 화살을 쏘아대니 적군은 추풍낙엽처럼 쓰러졌다. 찌에우 다는 번번이 물러서고 말았다.

얼마 후, 찌에우 다는 갑자기 안 즈엉 브엉에게 화친의 뜻을 보내왔다.

"이제 우리는 더 이상 어우 락을 침략할 의사가 없소. 화친의 뜻으로 내 미욱한 아들을 보내 브엉의 공주와 부부의 연을 맺게 하고 싶소."

안 즈엉 브엉에게는 미 쩌우라는 이름의 실로 아름답고 마음씨 착한 공주가 있었다. 안 즈엉 브엉은 찌에우 다의 뜻을 받아들여 미 쩌우 공주를 쫑 투이 왕자와 혼인시켰다.

그러나 그것이 찌에우 다의 계략이었음을 안 즈엉 브엉도 미 쩌우 공주도 알 리 없었다. 어느 날 쫑 투이는 공주를 시켜 쇠뇌를 빼내 오게 했다. 그런 다음 황금거북이의 발톱으로 만든 것을 가짜 발톱으로 만든 발사 장치와 바꿔치기했다. 쫑 투이는 부모를 보러 가겠다고 하면서 미 쩌우에게 작별을 고했다. 미 쩌우 공주는 몹시 슬퍼하면서 자기가 덮고 자는 이불에 든 거위 깃털을 뽑아 뿌리면 그것으로 신표를 삼으라고 당부했다.

아들 쫑 투이가 목적을 이루어 귀국하자, 찌에우 다는 크게 기뻐하며 곧바로 꼬로아 성을 공격하기 시작했다. 이에 안 즈엉 브엉은 태연히 바둑을 두면서 조금도 두려워하지 않았다. 황금거북이의 발톱으로 만든 쇠뇌를 단단히 믿었기 때문이었다.

"찌에우 다는 그렇게 당하고도 내 쇠뇌가 두렵지 않느냐?"

안 즈엉 브엉은 병사들에게 쇠뇌를 쏘라고 명령을 내렸다. 그러나 이게 어찌 된 일인가. 쇠뇌는 이미 전의 신령한 쇠뇌가 아니었다. 그 사이 적군은 폭포수처럼 화살을 퍼부어댔다. 마침내 성문이 부서졌다.

안 즈엉 브엉은 필마에 몸을 싣고 달아나는 수밖에 없었다. 그는 마지막 순간에 사랑하는 딸 미 쩌우를 뒤에 태울 수 있었다.

"걱정하지 말거라. 내 너만큼은 꼭 구해줄 것이다."

하지만 미 쩌우의 마음은 쫑 터이에게 가 있었다. 그녀는 아버지의 등 뒤에 앉아 달아나면서도 쉬지 않고 거위 깃털을 뿌렸다. 쫑 터이의 군대는 뿌려진 거위 깃털을 보고 안 즈엉 브엉을 쫓았다. 추격의 발길이 점점 가까워졌다. 하지만 안 즈엉 브엉 부녀의 눈앞에는 오직 막막한 바다가 놓여 있을 뿐이었다.

안 즈엉 브엉은 목 놓아 부르짖었다.

"하늘이시여, 정녕 나를 버리시나이까? 황금거북이님은 어디에 계십니까?"

애타게 부르는 소리에 황금거북이가 물 위로 모습을 드러냈다.

"적은 바로 당신 뒤에 있거늘! 그 자를 베어야 당신을 구해주리다."

안 즈엉 브엉은 비로소 깨달았다. 뒤를 돌아보니 딸이 뿌린 거위 깃털을 보고 적군이 먼지바람을 일으키며 쫓아오고 있었다. 안 즈엉 브엉은 분노의 칼을 하늘로 치켜들었다.

미 쩌우는 아버지의 칼끝을 피할 마음이 없었다. 그녀는 이렇게 외쳤다.

"소녀가 만일 반역의 마음을 품어 아버지를 해할 생각이 추호라도 있었다면 죽은 다음 티끌이 되게 하소서. 그러나 만일 소녀가 귀가 얇아 속아서 이렇게 되었다면 죽어서 진주가 되게 해주소서. 내 진주가 되어서라도 원수를 갚으리다!"

안 즈엉 브엉의 칼이 떨어졌다. 미 쩌우 공주의 피가 바다로 흘러들어 갔다. 황금거북이는 바다에 길을 내어 안 즈엉 브엉을 안내했다.

얼마 뒤, 쫑 투이는 목 잘린 미 쩌우의 시신을 붙잡고 통곡했다. 조국을 위해 사랑을 배신한 자신을 크게 저주했다. 그는 슬픔에 잠겨 아내의 장례를 치러주었는데, 시신이 홀연 진주로 변했다. 쫑 투이는 끝내 견디지 못하고 스스로 우물에 뛰어들었다.[87]

남중국에서 나라를 세워 북베트남 지역을 병합한 찌에우 다는 스스로 중국으로부터 독립된 국가의 황제임을 선언했다. 홍 강 유역의 베트남인들이 북베트남 지역의 토착 세력인 어우 락을 병합한 남 비엣을 큰 저항 없이 받아인 것도 이 때문이다. 13세기에 편찬된, 독립 베트남의 가장 중요한 역사서인 『대월사기』에서도 찌에우 다의 남비엣을 진정한 의미에서 베트남 역사의 시작이라고 적고 있다.[88]

어쨌거나 황금거북이가 도움을 주었지만 내부에서 배신자가 생기게 된 변고를 막을 수는 없었다. 이를 두고 최귀묵은 "금빛 거북의 신이함을 부정하지 않으면서 조타(찌에우 다)에게 패한 역사적 사실 또한 바꿀 수 없었기에 미주(미 쩌우)라는 비극적 희생양이 필요했다"라고 해석한다.[89] 우리나라의 〈낙랑 공주와 호동 왕자〉를 연상시키는 이 전설을 모르는 베트남인은 없다. 지금 꼬로아에 가면 목 없는 공주 미 쩌우의 넋을 기리는 사당을 만날 수 있다. 물론 조잡한 유리관 너머 목 없는 미 쩌우 공주의 좌상에서 지난 시절의 비련을 느껴보는 일이 그리 쉽지만은 않을 것이다.

베트남의 한 지식인은 이렇게 이야기를 매듭짓는다.[90]

미 쩌우와 쫑 투이는 베트남 사람들의 의식과 문학예술 속에 상징적인 연인이 되었고 서로 다른 수많은 가치판단과 평가를 낳았다. 그들에 대한 책망도 있고, 비난도 있고, 동정도 있고, 용서도 있다. 조국이 끊임없는 전쟁에 시달리고 외세의 침략 앞에 국가와 민족의 존망을 최우선 과제로 두거나 안보 의식의 고취가 필요했던 시기에는 미 쩌우가 악인의 이미지로 간주되곤 했다.

나는 그 옛날 미 쩌우 이야기를 말하려네
심장이 잘못하여 머리 위에 놓이니

어처구니없게도 신의 석궁이 적의 손에 넘어가

국가의 사명이 바다 속 깊이 가라앉았네

-또 흐우의 시

평범한 일상으로 돌아오자 다시 사랑으로 심장이 고동치고, 사람들은 증오 대신 애정을 필요로 하게 되었으며, 미 쩌우도 가련하고 애처로운 존재로서 공감할 수 있는 인물로 존중받게 되었다. 사랑은 흔히 어리석고 실수를 하기 마련이지만 그래서 또 그것이 사랑인 까닭이다.

사랑을 위해 비극적 운명을 선택한 여인

마후아-스물다섯 번째 이야기

방글라데시에도 비극적인 사랑을 그린 이야기들은 많다. 그중에서도 〈마후아 이야기〉는 신파적인 내용 때문에 서민들의 눈물샘을 쉽게 자극한 작품으로 유명하다.

25 마후아는 눈부시게 아름다운 집시 처녀로, 홈라 베데가 운영하는 곡예단의 인기 스타였다.

홈라 베데는 마후아가 육 개월밖에 안 된 갓난아기였을 때 브라만 계급 부모로부터 납치해 양딸로 키웠다. 바만칸다의 미남 왕자인 나데르 찬드는 홈라 곡예단이 찾아와 공연을 펼쳤을 때 마후아에게 마음을 빼앗겼다. 그와 마후아는 곧 운명적인 사랑에 빠졌다.

어느 날 밤 찬드가 지나가다가 혼자 있는 마후아를 보고 강가에서 만나자고 약속했다. 이튿날 밤, 둘은 만났다.

"오, 처녀여, 당신은 얼마나 아름다운지! 나를 보고 웃어주오. 말도 해줘요. 우릴 보는 사람은 아무도 없어요. 당신의 아버지, 어머니는 누구인가요? 여기 오기 전에는 어디서 살았나요?"

"왕자님, 제겐 부모님이 안 계신답니다. 형제자매도 없구요. 나는 시냇물에 흔들리는 갈대와 같답니다. 나는 내 마음을 열어 보여 줄 이가 아무도 없어요. 왕자님, 왕자님은 집이 있어서 얼마나 행복하신가요."

왕자는 마후아와 함께 도망갈 마음이 있다고 말했다. 마후아는 그것이 자기를 조롱하는 말이라고 대답했다. 왕자는 마후아가 강물이라면 자신이 기꺼이 그 안에 빠지겠노라, 다짐했다.

하지만 훔라가 두 연인이 밀애하는 장면을 발견하고는 마후아를 나데르 찬드로부터 떼어 놓기로 작심했다. 그래서 단원들을 데리고 몰래 도망쳤다. 그 속에는 물론 마후아도 들어 있었다.

한 달이 흘렀다. 두 달이 흘렀다. 석 달이 흘렀다. 그렇지만 마후아가 어디로 갔는지 흔적조차 찾을 수 없었다. 찬드는 미친 사람처럼 마후아를 찾아 헤맸다. 그는 나그네에게, 목동에게 묻고 또 물었다.

"아, 내 사랑 그녀를 만질 수만 있다면 당장 이 강물에 빠져 죽어도 좋으려만!"

10월, 두르가 여신을 경배하는 달이 왔어도 찬드는 여전히 깊은 슬픔에 빠져 있었다. 그리고 다시 11월, 12월, 아직 매서운 추위가 닥치지는 않았는데, 찬드는 홀연 마후라 일행을 찾아냈다. 그것은 마치 갈라 터진 혓바닥에 다디단 물방울이 떨어진 것과 같았다. 아니라면,

만개한 연꽃 향기를 맡고 미친 벌떼가 달려든 것과 같았다.

이를 눈치 챈 홈라는 마후아에게 독을 묻힌 칼로 나데르 찬드를 죽이라고 명령했다.

"나는 너를 십육 년이나 키워줬다. 이제 너는 내게 보답을 해야 한다. 이 칼로 강가에 가서 찬드를 죽여라. 나를 믿어라. 그는 우리 적이야. 이 칼을 그의 심장에 꽂아 넣어라."

달도 없고, 반짝거리던 별들도 사라졌다. 마후아는 칼을 가지고 찬드가 있는 곳으로 다가갔다. 그녀의 눈에서 굵은 눈물이 뚝뚝 떨어졌다. 그녀는 미친 사람 같았다. 달아날 구멍은 어디에도 없었다.

그녀는 칼을 들었다가 놓고 들었다가 놓고, 마침내 떨어뜨리고 말았다.

"오, 당신은 어찌 이리 깊은 잠에 빠지셨나요? 내 아버지의 심장은 돌로 만들어졌어요. 아버지의 명령은 마치 사형선고나 같아요. 하지만 나는 아버지의 말씀을 들어야 해요. 칼날에는 독이 묻어 있어요. 하지만 내가 어찌 당신을 죽일 수 있단 말입니까?"

결국 마후아는 찬드를 깨웠다. 두 사람은 홈라의 마구간에서 훔쳐낸 가장 좋은 말을 타고 함께 도망쳤다. 불행히도 두 연인 앞을 거친 강이 가로막았다. 그때 항해 중이던 한 상인이 마후아의 간청을 받아들여 두 연인을 배에 태워주었다.

그러나 그녀를 보고 흑심을 품은 상인은 나데르 찬드를 배 밖으로 던져버렸다. 절체절명의 위기에서 마후아는 상인과 선원들을 꾀어 치명적인 독이 묻은 빈랑 잎을 건넸다. 그런 다음 배에서 뛰어내려 반대편 강가로 헤엄쳐 가서 숲 속으로 탈출하는 데 성공했다.

그녀는 피로와 굶주림에 지칠 대로 지쳤다. 큰곰들이 지나갔지만 불쌍한 그녀를 잡아먹지 않았다. 희미한 불빛이 비쳤다. 거기, 다 쓰러져 가는 사원이 있었다.

그녀는 그 사원에서 의식을 잃고 쓰러져 있는 찬드를 발견했다. 그는 이미 기력이 쇠하여 목숨이 위태로운 상태였다. 한 은자가 그녀의 간청에 응하여 그녀의 연인을 소생시켜주었다. 하지만 얼마 후 그 은자 역시 천상의 선녀 같은 그녀를 탐하려 했다. 마후아는 핑계를 대어 그를 막았다. 기회를 틈타 그녀는 아직도 걸을 힘이 없는 나데르 찬드를 자기 어깨에 기대게 한 채 함께 도망갔다. 지난한 도주의 단계는 나데르 찬드가 원기를 회복하여 둘이 숲 속에서 살게 되면서 끝이 났다. 그러나 황홀한 행복의 시간은 오래 가지 못했다. 그동안 두 연인의 뒤를 줄기차게 밟아 온 홈라와 그의 일당이 사나운 개떼를 앞세워 두 연인을 따라잡았던 것이다.

사방에 온통 사냥개들이었다. 홈라의 손에는 독이 묻은 칼이 들려 있었다.

"마후아야, 만일 살고 싶으면 이 칼로 저 자를 죽여라. 그런 다음 우리에게로 오너라."

"아버지, 내가 어떻게 저 사람을 죽일 수 있습니까?"

마후아는 단호히 거부했다. 그러자 홈라의 명령에 따라 집시들이 달려들어 찬드를 죽였다. 이제 막다른 골목에 이르렀다고 판단한 마후아는 칼로 스스로 목숨을 끊었다.

홈라는 탄식하며 찬드와 마후아를 한 무덤에 묻어주라고 명령했다. 무덤이 만들어지자 마후아의 친구 팔랑카는 일행을 따라 가지 않왔다. 그녀는 며칠 동안 무덤을 지키면서 꽃을 따다 바쳤다. 이따금 미친 여자처럼 노래도 불렀다.

"내 친구야, 왜 너는 이렇게 오래 잠을 자고 있니? 집시들은 돌아갔 단다. 이제 일어나서 다시 한번 아름다운 집을 꾸미려무나. 아무도 네 앞길을 막지 않을 거란다. 나와 함께 네 사랑을 위해 꽃다발을 만 들어주자꾸나."

팔랑카는 매일같이 무덤 위로 눈물을 뿌렸다.[91]

〈마후아 이야기〉는 멜로드라마 형태를 띠는 약 755행의 발라드로 서, 17세기 무렵 실존했던 수드라 카스트의 승려 드비자 카나이가 썼 다고 알려져 있다. 그가 쓴 마이만싱가 기티카 중 하나인데, 기티카 는 민요의 일종으로 글을 모르는 음유시인들이 실화에 바탕을 둔 이 야기를 노래로 만들어 전승시킨 장르였다. 특히 방글라데시 북부 미 멘싱 지역에서 유행했다. 승려 드비자 카나이가 연기자들을 모아 자 신의 경험에 바탕을 둔 이 신파극을 공연에 올렸다고 한다. 이 멜로 드라마는 힌두교 세력이 점점 강력해지고 브라만 사상이 영향력을 확대함에 따라 점점 위축되어 천민 계급이나 다른 종교인들에 의해 서 겨우 명맥을 유지할 수 있었다. 그래도 방글라데시에서 종종 영화 로 만들어지고 노래로도 만들어지는 것으로 미루어 짐작할 수 있듯 이, 말하자면 우리의 〈춘향전〉과 같은 고전의 반열에 올라 있는 것만 큼은 여전한 사실이다.

이 작품은 중층적 구성, 남녀 주인공의 위용, 그들이 모든 역경을 헤쳐 나가며 끈질기게 자유를 추구한다는 주제 의식, 스릴과 낭만이 교차하는 극적인 상황 전개 등으로 방글라데시 문학사에서 독보적인 위치를 차지하고 있다. 이 작품은 신파적이고 다분히 낭만주의적이지만, 빠른 극적 전개를 통해 청중이나 독자들로 하여금 사치스러운 환상에 젖어들 여유를 주지 않는다. 이 작품을 영어로 번역하고 출판한 편자는 구성의 완벽함, 낭만적 상황, 현실적 사건의 풍요로움, 간결함, 파급력, 그리고 문학적 위엄 등으로 볼 때 방글라데시에서 이 작품에 견줄 만한 작품이 많지 않다고 단언한다. "성스러운 강의 제방 위 사원에서 흘러나오는 불빛처럼 성스럽게" 사람들의 가슴을 적신다고 사뭇 시적인 평가를 내리기도 한다.[92] 아울러 지은이로 알려진 드비자 카나이의 출신 성분으로 인해 이 작품은 사회에서 버림받고 억압받는 하층 카스트 민중의 이상과 염원을 반영한 것으로 해석되기도 한다. 예를 들어 민중은 지배계급의 지시에 수동적으로 따라가기만 하는 존재가 아니며 자신들 스스로 의지로 얼마든지 운명을 개척할 수 있는 존재라는 점이 마후아의 결단을 통해 잘 드러난다. 그녀가 당시의 지배적인 결혼 관습을 거슬러서 스스로 남편감을 선택한다는 결정도 특기할 만하다.

펀자브를 울린 비련의 로망스

소흐니와 마히왈-스물여섯 번째 이야기

한때 방글라데시와 파키스탄은 같은 국가였다. 1940년 인도 내 무슬림 지도자 진나가 이끄는 인도 무슬림연맹은 인도로부터 파키스

탄의 분립을 결의한다. '파키스탄'이라는 이름은 예전부터 존재했던
게 아니다. 영국 케임브리지대학교에 유학 중이던 인도 학생들 중에
서 일단의 무슬림 그룹이 펀자브(P), 아프간(A), 카시미르(K), 신드(S)
에 나라를 뜻하는 '스탄'을 붙여서 만든 합성 조어였다. 이제 그 이름
이 1947년 인도가 영국으로부터 독립한 직후 곧바로 자기 나름의 육
체성을 갖기 시작했다. 역시 무슬림 인구가 지배적이었던 동뱅골은
그 당시 동파키스탄으로 편입되었다. 그러다가 1971년 제3차 인도
파키스탄 전쟁이 일어난 뒤 동파키스탄은 방글라데시로서 분리 독
립을 선언한다.

  아래 이야기 역시 불행한 사랑을 다루고 있는데, 무대는 바로 파키
스탄이라는 국명의 두 문자 중에서도 제일 앞을 차지하는 P, 즉 펀자
브 지방이다. 펀자브 지방은 원래 인더스 강의 다섯 개 지류가 흐르
는 유역으로 예부터 땅이 기름지고 물산이 풍부했다.

  옹기장이 툴라의 딸 소흐니와 부하라(현재 우즈베키스탄)에서 온 상
인 마히왈(원이름은 이자트 바이그) 간의 비극적인 사랑을 그린 이야기
이다.

26 아름다운 처녀 소흐니는 펀자브 지방 체납 강변에 사는 옹기
장이의 딸로 항아리에 꽃 그림을 새겨 넣는 작업을 했다. 그 마을은
델리와 중앙아시아 사이에 있어 예부터 교역이 활발한 곳이었다. 이
자트 바이그는 부하라에서 힌두스탄(북인도 평야)으로 온 부유한 상
인으로, 소흐니를 보자마자 사랑에 빠졌다. 그리하여 장사는 뒷전이
고 매일같이 소흐니의 항아리를 샀다. 함께 온 캐러반이 마을을 떠나

는데도 이자트 바이그는 도저히 소흐니를 두고 떠날 수 없었다. 그는 동료들에게 먼저 가라고, 자기는 나중에 뒤따라가겠다고 말했다. 소흐니도 사랑에 빠져, 둘은 몰래 만나 사랑을 키웠다. 하지만 이자트 바이그는 돈도 다 떨어져서 여기저기서 험한 일을 마다않고 해야 했다. 사람들은 그런 그를 '황소'라는 뜻에서 마히왈이라고 불렀다. 어느새 두 사람에 대한 소문이 퍼지기 시작했고, 상류계급에서는 자기네 고장 사람이 이방인과 결혼할 수 없다며 적극적으로 방해하고 나섰다. 소흐니의 부모는 딸을 다른 옹기장이에게 시집보내려고 서둘렀다. 소흐니가 결국 그 지방 사람과 결혼하자 마히왈은 생의 의욕을 잃고 방황하며 강 건너편에서 은자처럼 살았다. 그는 자기 고국이며 고향, 자기 나라 말도 다 잊을 지경이었다. 그러다가 두 사람은 강에서 몰래 만나기 시작했고 그때마다 함께 밤을 지샜고 소흐니는 새벽에 돌아왔다. 소흐니는 옹기항아리를 타고 강을 건넜다. 이 사실을 눈치 챈 시누가 집안에 알려서 가문의 명예를 지킨다는 명목으로 덜 구어진 허술한 항아리로 바꿔치기해 놓았다. 결국 소흐니는 물에 빠지고 말았다. 그날따라 홍수의 여파로 물살은 더욱 거셌다. 소흐니는 돌아갈 수도 있었지만 약속을 지키려고 끝내 앞으로 나아갔다. (영화에서는 마히왈이 그녀를 구하러 가다가 함께 빠져 죽는다.)

〈히르 란자〉〈미르자 사히반〉〈사씨 푼누〉와 더불어 펀자브 지방 4대 로맨스 중 하나로 수많은 가수들이 노래로 만들어 불렀다. 인도에서도 여러 차례 영화로 제작되었는데, 이러다보니 실은 '파키스탄'이라고 국적을 못 박는 게 겸연쩍은 일이기도 하다. '펀자브'를 울린

비련의 로맨스라는 표현이 더 정직할 것이다. 앙숙 관계의 두 나라도
이야기의 소통만큼은 어쩌지 못하리라.

하늘도 감동한 설역(雪域)의 사랑

롭쌍 왕자-스물일곱 번째 이야기

미 쩌우와 쫑 투이, 마후아와 찬드, 그리고 소흐니와 마히왈의 사
랑은 비극으로 끝맺는다. 사랑에 눈이 멀어 조국의 운명에 대해 숙고
하지 못한 죄로 미 쩌우는 목이 잘리고, 마후아의 아름다움은 찬드
왕자의 지극한 사랑을 얻는 만큼 다른 이들의 끝없는 탐욕까지 불러
일으켜 마침내 스스로 목숨을 끊음으로써 그 질긴 탐욕의 그물을 끊
도록 만든다. 〈소흐니와 마히왈〉에서 약속을 지키려고 거센 물살을
헤치고 나아가는 소흐니를 보는 것도 고통스러운 경험이다.

반면, 티베트 설원에서는 온갖 난관을 물리치고 사랑을 되찾는 왕
자의 이야기가 아름답게 펼쳐진다. 해마다 쇼뙨이라는 축제(요구르트
축제)를 통해 화려한 연극 라모 여덟 마당이 펼쳐지는데, 그 연극 축
제에서 가장 중심이 되는 이야기가 바로 〈롭쌍 왕자 이야기〉이다.

라모는 원래 티베트어로 '여신'을 가리키는데, 전통극에 여신이 주
요 등장인물이기 때문에 라모는 곧 전통극을 가리키는 용어로도 쓰
인다고 한다. 보통 라모는 티베트 3대 축제 중 하나인 쇼뙨 축제 때
집중적으로 상연된다. 데뿡 사원의 대형 탕카 쇄불제가 열린 후, 장
소를 라싸 시내의 노블링카 여름 사원으로 옮겨 일주일 동안 공연을

전개한다. 라모 공연은 보통 무대를 여는 서막에 해당하는 왼빠뗀(1시간), 본격적인 공연인 슝(6~7시간), 극을 마무리 짓는 축복 의식인 따시(4,50분)로 이루어진다. 그러나 중국의 동화정책이 강화된 지금 티베트 본토에서는 티베트인들의 참여가 예전만큼 활기차지 못하다. 반면 달라이 라마가 망명정부를 이끌고 있는 인도 다람살라에서는 전통적인 라모 공연이 활발하게 이루어진다. 달라이 라마도 어린 시절 일주일이나 지속되는 쇼뙨 축제에서 라모 공연을 가장 좋아했다고 회상한다.[93]

〈롭쌍 왕자 이야기〉는 티베트 문화권에서 가장 오래되고 유명한 설화이며 또한 가장 대표적인 연극으로 〈롭쌍 법왕 전기〉 〈운쪼 라모 선녀와 롭쌍 왕자 이야기〉 〈의락선녀(意樂仙女) 이야기〉 등 여러 이름으로 불린다.

27 사바세계에 서로 이웃한 남국과 북국이 있었다.

평화롭던 차에 남국에 탐욕스런 왕이 등극했다. 그는 마술사의 점괘에 따라 호국신룡을 잡아 와서 나라를 부흥시키려고 했다. 신령스런 '하늘호수' 뻬마남초에 간 마술사 일행은 술법으로 용왕과 그 가족들을 그물에 가두었지만, 미리 용왕의 부탁을 받은 사냥꾼 방레진빠가 나타나 마술사 일행을 죽이고 용왕을 구했다. 용왕은 방레진빠에게 보답으로 여의보주를 주었다. 동굴에 사는 신통한 도사 게오리추에 의하면 그 여의보주는 금은보화를 얻을 수 있는 엄청난 신물(神物)이었다. 그러나 동굴 뒤편 호숫가에서 목욕하는 건달바의 여식들, 일곱 선녀를 본 방레진빠는 여의보주보다 그 선녀들을 낚을 수 있다는 '하늘그물망'이 갖고 싶어서 용왕에게 달려가 당장 바꿨다. 그 뒤 보름날이 되자 선녀들 중 가장 아름다운 큰언니 운쪼 라모(운쪼 선녀)를 그물에 가두었지만 도사의 설득에 마음을 비웠다. 그는 선녀를 롭쌍 왕자에게 보내 인연을 맺어주기로 했다.

결혼한 롭쌍 왕자와 운쪼 라모 사이에 사랑이 깊어 갔지만, 큰부인인 왕자비와 후궁들의 시기도 커졌다. 그들은 작당하여 주술사를 통해 계략을 꾸몄다. 계략은 이랬다. 주술사가 북방 황무지의 야만인을 소탕해야 나라가 온전할 수 있다고 거짓으로 고하는 것이었다. 왕자는 출정해야 했다. 떠나기 전 왕자는 원래 운쪼 라모의 것이던 진주 비녀(하늘을 날 수 있는 비녀)를 왕후에게 맡기며 위급할 때에 운쪼 라모에게 주라고 했다. 왕자가 떠나자 주술사들은 왕을 병들게 한 다음 반은 인간, 반은 신선인 운쪼 라모의 심장과 간을 제물로 바쳐야 왕이 낫는다는 계략을 꾸몄다. 왕후는 운쪼 라모와 더불어 도망치지만 더 이상 방법이 없자 운쪼 라모에게 진주비녀를 건넸다. 운쪼 라모는 비녀를 쪼개어 왕후에게 한쪽을 주며 왕자에게 정표로 주라고 한 뒤 하늘로 날아올랐다. 그녀는 게오리추 동굴의 도사에게 자초지종을 설명했다. 그리고 왕자가 자신을 찾아오면 비취반지를 전해주고 천궁에 오르는 방법 등을 일러주라고 부탁한 다음 하늘나라로 올라갔다.

한편 롭쌍 왕자는 사막을 건너 야만국에 도착했지만, 어디에도 전쟁의 기미는 보이지 않았다. 불길한 생각에 서둘러 귀국한 왕자는 사랑하는 운쪼 라모를 찾을 수 없었다. 궁전의 모든 사람들이 함구한 채 사실을 알려 주지 않았다. 왕자는 결국 왕후에게서 사건 내막을 듣고, 운쪼 라모의 비녀 조각도 전해 받았다.

운쪼 라모를 찾아 나선 롭쌍 왕자는 동굴의 도사로부터 비취반지를 건네받고 천궁으로 가는 길을 전해 들었다. 왕자는 삼 년의 고난 끝에 마침내 천궁에 도착했다. 그는 운쪼 라모의 목욕 물통에 몰래 비취반지를 넣었다. 그로써 운쪼 라모는 롭쌍 왕자가 찾아왔음을 알게 되었지만 운쪼 라모의 부모는 자기 딸이 인간과 다시 맺어져서 불행해지는 것을 원치 않았다. 그러다가 부모는 할 수 없이 공개경쟁으로 신랑감을 정하는 데 동의했다. 활쏘기 등 몇 번의 까다로운 시합을 통과한 롭쌍 왕자는 결국 사윗감으로 인정받고 운쪼 라모와 함께 다시 인간세계로 내려왔다. 그는 아버지로부터 왕위를 물려받아 가난하고 억울한 사람이 한 명도 없는 행복만이 가득한 이상적인 나라, 즉 사바세계의 샴발라(티베트 불교에서 말하는 유토피아)를 구현했다.[94]

라모 〈노르상 왕자〉의 공연 대본[95], 그리고 불교 설화 〈킨나라 공주와 선재 왕자의 사랑〉의 플롯도 이와 크게 다르지 않다. 그러나 가령 운쪼 라모가 이톡, 혹은 에츠이로 나오는 등 판본에 따라 이름이 달라지기 때문에, 그리고 약간씩 차이가 존재하기 때문에 자칫 혼동할 수 있다—킨나라 공주에 관해서는 다음에 나올 스물아홉 번째 이야기 참고.

한 자리에서 비교하면 다음과 같다.

이야기 / 비교 항목	롭쌍 왕자 이야기 (혹은 롭쌍 왕자와 운쪼 라모)	노르상 왕자 이야기	킨나라 공주와 선재 왕자의 사랑
나라	-	-	한샤라
북쪽 나라	-	에단빠	-

남쪽 나라	–	리단빠	
용왕	용왕	–	묘생(妙生)
사냥꾼	방레진빠	방레진빠	하라카
북쪽 왕자 (주인공)	롭쌍	노르상	선재(善財)
연못	동굴 뒤편 호수	뻬마남초	범계(梵階)
하늘나라	천궁	천상계(긴나라)	킨나라(긴나라)
하늘나라 왕		건달바	
선녀(여주인공)	운쪼(운쪼 라모)	이톡(이쵸)	에츠이
사냥꾼이 용왕에게서 처음 얻는 보물	금은보화를 얻을 수 있는 여의보주	재물을 가져다주는 구슬 괴되꾼중	불공견색
동굴	게오리추	게오리추	–
사냥꾼이 동굴 도사와 바꾸는 물건	선녀들을 낚을 수 있는 하늘그물망	신을 잡는 밧줄 된외샤빠	–
왕자가 출정하면서 어머니(모후)에게 맡긴 아내의 물건	진주비녀	–	상투머리 구슬과 여신 옷
선녀가 하늘나라로 되돌아가면서 남긴 징표	비녀 반쪽과 비취반지	비취반지	반지
하늘나라의 시험	활쏘기 등 몇 번의 까다로운 시험	–	기예와 무예, 그리고 천 명의 여자들 중에서 에츠이를 찾아내라는 시험
한글판 주요 참고 출전	김규현,『티베트 문화 산책』, 정신세계사, 2004.	박성혜,『티베트 연극, 라모』, 차이나하우스, 2009.	한국불교설화연구회, 「긴나라 공주와 선재 왕자의 사랑」,『불교의 설화 제행무상』, 글로 북스, 2011.

박성혜는 이 작품이 표면적으로는 노르상(롭쌍)과 이톡(운쪼)의 애정을 그리고 있지만, 이면에는 남북 왕국의 뵌교와 이톡으로 대표되

는 새로운 사상으로서 불교의 대립을 보여주며, 궁극적으로 불교를 도입해서 나라를 안정시킨다는 주제를 담고 있다고 말한다.[96] 뵌교는 티베트에 불교가 전파되기 이전 특히 티베트 고원 서부 지역에서 성행한 토착 종교였다. 불교는 티베트에서 자리를 잡기까지 정령을 숭배하던 이 뵌교와 오랜 투쟁을 벌여야 했다. 김선자에 따르면, 뵌교의 사제들은 종교의식을 거행할 때 그들이 모시는 신들을 위한 노래를 부르며 티베트 신화의 전승자 역할을 했다. 그러나 뵌교가 불교와의 투쟁에서 패배하면서 신화는 불교식으로 각색되었으며 신들의 성격도 모두 바뀌었다. 그들을 둘러싼 가장 장엄한 자연, 거대한 설산의 산신들은 티베트 불교의 호법신(護法神)이 되었다.[97] 김규현은 원래 이 〈롭쌍 왕자 이야기〉가 인도 서북부에서 성행했던 붓다의 본생담『자타카』의 일부분인데, 티베트에 유입된 뒤 개작되어 가장 티베트적인 희곡으로 변화되고 마치 원작이 설역의 것인 양 완전히 동화되었다고 말한다.[98] 이 작품은『티베트 대장경』에 수록된 후 티베트 전역에 빠르게 퍼져 나갔다.

인도 산스크리트 연극의 최고봉

샤쿤탈라-스물여덟 번째 이야기

〈롭쌍 왕자 이야기〉는 티베트를 대표하는 희곡이다. 쇼뙨 축제 때 수많은 관중들의 뜨거운 열기 속에 상영되곤 했다. 그렇지만 그것이 누구의 작품인지 알려지지는 않았다. 다만 긴 세월에 걸쳐 이야기를 전승하는 과정에서, 그리고 그것을 연극으로 상연하는 과정에서 많은 사람들이 어떤 형태로든 개입하여 오늘의 형태를 갖추게 되었을 것이라고 짐작할 따름이다.

반면 인도의 고대 산스크리트 희곡을 대표하는『샤쿤탈라』는 그 작자가 칼리다사라고 분명히 밝혀져 있다. 인도의 평론가들은 이 작품을 가장 우수한 인도 희곡 중 하나라고 여긴다. 1789년 영어로 처음 번역되는 등 서양에도 일찍 소개되어 많은 이들의 사랑을 받았다. 특히 괴테와 헤르더 등 독일 시인들이 크게 감동했다는 일화가 있다.[99] 괴테가『파우스트』를 쓸 때 서막은 이 음악극의 형식을 차용했다고도 한다.

> 젊은 시절의 영광, 노년의 결실을 원한다면,
> 황홀한 기쁨과 마력에 빠지고, 만족과 자양분을 받게 하라
> 천상과 지상을 하나의 이름으로 파악하길 원한다면,
> 내『샤쿤탈라』를 권하노라. 거기, 모든 것이 다 들어 있으니[100]

칼리다사는 생존 시기가 분명치 않은데 최소한 기원전 1세기에서 최대한 4세기 사람으로, 서정 시집『메가두타』와 서사시『라구밤샤(라구왕사)』, 그리고『(아비쟈나) 샤쿤탈라』[101]를 포함한 세 편의 희곡을 발표했다.『샤쿤탈라』의 경우, 칼리다사가 원래〈마하바라타〉안에 소략한 형태로 전승되던 이야기에다 살을 붙이고 희곡으로 재구성함으로써 새삼 그 독자적인 생명력을 입증한 것이다. 이 희곡에서 칼리다사는 섬세한 감정과 따뜻한 눈으로, 자연과 다르지 않은 아름

다운 숲 속 처녀 샤쿤탈라와 군주이되 겸손한 왕 두샨타의 더없이 맑고 깨끗한 사랑 이야기를 수채화처럼 그리고 있다.[102] 원래 희곡은 7막으로 구성되어 있다.

28 두샨타 왕이 사슴을 쏘려는 순간 선인(仙人)이 나타나 제지했다. 그곳이 수도원이니 사슴을 죽여서는 안 된다는 것이었다. 이어 선인은 가까운 곳에 칸바 대종사의 수도원이 있으니 그곳을 방문하기를 권했다. 수도원에서는 대종사 대신 그의 딸인 샤쿤탈라가 손님을 맞이하고 있다고 했다. 왕은 대종사에게 어찌 딸이 있는지 의아하게 생각했다. 수도원 초입의 숲에서 왕은 아름다운 소녀들을 발견하는데, 그중에서도 샤쿤탈라의 미모가 가장 뛰어났다. 숨어서 소녀들을 훔쳐보던 왕은 기어이 모습을 드러내곤 샤쿤탈라가 어떻게 해서 대종사의 딸인지 연유를 물었다. 그는 샤쿤탈라가 어떤 라자르쉬(왕족 성자)가 낳은 딸로 대종사가 그녀를 거두어 양녀로 길렀다는 대답을 들었다. 왕은 벌써 그녀에게 마음을 빼앗겼지만 샤쿤탈라는 무정하게도 친구들과 함께 돌아갔다.

왕은 풀이 죽은 채 위두샤까[103]를 붙잡고 샤쿤탈라에게 반해버린 제 심정을 토로했다. 그때 수도원에서 젊은 수행자들이 찾아와 왕에게 며칠 머물 것을 요청했다. 왕은 기꺼이 승낙했다. 한편, 샤쿤탈라 역시 이미 사랑의 열병에 빠져버린 상태였다. 그녀는 친구들과 함께 들판에서 놀며 사랑을 고백했다. 그러자 친구들은 샤쿤탈라로 하여금 앵무새 배처럼 부드러운 연잎에 손톱으로 글자를 새겨 편지를 쓰게 했다. 샤쿤탈라가 친구들 앞에서 수줍게 그 편지를 읽자 숨어 있던 왕이 모습을 드러내고 자신도 마찬가지라고 사랑을 고백했다. 친구들이 자리를 피해 주자 왕은 샤쿤탈라에게 다가가서 연잎으로 부채질을 해줄까, 아니면 샤쿤탈라의 다리를 자기 무릎에 올려놓고 어루만져서 피로를 풀어줄까 하고 물어보았다.

샤쿤탈라: 못 가. 날 혼자 내버려두지 마.

두 친구: (웃으면서) 너 혼자 있어. 세계를 호령하는 왕이 너하고 있으시겠다니.(퇴장)

샤쿤탈라: 제 친구들은 갔나요?

왕: (둘러본다) 걱정하지 마시라, 아름다운 샤쿤탈라여. 여기에 친구들을 대신할 하인은 누가 없어 문제인가요? 그렇다면 내게 말해주시오.

　　　내가 축축한 연꽃잎을 얻을 수 있을까요?
　　　당신의 피로와 슬픔을 날려버릴 수 있도록 말입니다.
　　　아니면 당신의 백합 같은 발을 내 무릎에 얹으세요.
　　　당신이 훨씬 편해질 때까지 어루만져주리다.

샤쿤탈라: 제가 명예를 빚지고 있는 분들을 실망시킬 수 없습니다. (그녀는 힘없이 일어나 걸어가려고 한다)

왕: (붙든다) 날이 너무 더워요. 아름다운 샤쿤탈라여, 이러다 쓰러지겠소.

　　　꽃방석을 떠나지 마시오.
　　　이 한낮의 더위 속에서 어디로 간단 말이오?

당신의 가슴에 연꽃잎을 얹고

열이 오른 손과 비틀거리는 발로.

(손을 샤쿤탈라에게 얹는다)

샤쿤탈라: 오, 안돼요. 이러지 마세요. 나는 당신의 여자가 아닙니다. 난 도
와줄 친구 하나 없는 상태잖아요. 그런데 내가 뭘 어떻게 할 수 있겠어
요?

샤쿤탈라가 계속 품위를 지키라고 요구하지만 왕은 꽃처럼 부드러
운 아랫입술을 벌처럼 부드럽게 빤 다음에야 보내겠다며 샤쿤탈라
의 고개를 들어 올렸다. 샤쿤탈라는 저항했다. 그때 샤쿤탈라의 친구
들이 나타났다.

이후 샤쿤탈라가 사랑의 열병에 걸려 손님이 온 것도 모르자, 화가
난 두르와싸 선인은 "샤쿤탈라는 지금 생각하는 사람을 잊지 못하지
만 그 사람은 샤쿤탈라를 잊을 것"이라고 저주를 퍼부었다. 이에 놀
란 그녀가 용서를 구하자, 결국 상대가 기억할 만한 장신구를 보면
저주가 풀릴 것이라고 말해주었다. 그제야 샤쿤탈라는 왕이 떠나기
전에 준 반지를 기억하고 조금 안심했다. 돌아온 가스야빠 선인은 샤
쿤탈라가 이른바 '간다르바 결혼'[104]을 한 것을 축하했다. 이제 그녀
는 왕이 있는 하스티나푸라로 갔다.

샤쿤탈라가 궁전으로 왕을 찾아가 약속을 상기시키지만, 왕은 도
대체 무슨 말이냐며 자신은 결혼한 사실이 없다고 대답했다. 이에 친
구들이 샤쿤탈라에게 반지를 보여주라고 하는데, 샤쿤탈라는 그제

야 반지가 없어진 사실을 깨달았다. 왕은 그녀를 비웃었다.

왕의 처남인 포도대장과 두 명의 포졸이 한 사람을 잡아 와서 취조하며 어디서 왕의 이름이 새겨진 반지를 얻었냐고 캐물었다. 그는 자기가 어부인데 강에서 잡은 물고기 배에서 그 반지가 나왔다고 대답했다. 포도대장이 그 반지를 왕에게 가져가 보여주자 그제야 왕은 옛일을 기억했다. 하지만 이미 떠나버린 샤쿤탈라를 찾을 길은 막막했다. 왕은 비탄에 잠겨 하루하루를 보냈다.

마침 인드라가 왕의 도움을 청했다. 왕은 즉시 달려가 인드라를 도와 악마들을 물리쳤다. 그렇게 하늘나라를 방문하고 돌아오는 길에 왕은 황금액을 내뿜는 여명의 구름이 두른 산을 보고 그곳을 찾았다. 왕은 아이 같지 않은 힘을 지닌 한 아이가 어미 사자의 젖을 반쯤 빤 새끼 사자를 끌어당기며 이빨 좀 세어 보게 입을 벌리라고 말하는 모습과 그 아이 곁에 있는 두 고행녀의 모습을 보았다. 왕은 인간이 들어올 수 없는 이곳에 어찌 오게 된 것인지 연유를 캐묻다가 아이의 엄마가 선녀와 관계가 있어서 천신들의 고행처인 그곳에서 아이를 낳았다는 대답을 들었다. 그러다 한 고행녀가 아이에게 진흙 공작을 가져와서 "샤쿤탈라완야(숲의 아름다움)"를 보라고 말했다. 왕은 설마 하고 의심했다. 그때, 아이에게서 부적이 떨어졌다. 왕이 잡으려 하자 고행녀들이 아버지 이외에 다른 사람이 부적을 만지면 뱀으로 변한다고 주의를 주었다. 그 소리를 들은 왕은 그 아이가 자기 아이라 확신하고 아이를 끌어안았다.

여인들은 아이의 어머니 샤쿤탈라에게 이 소식을 전했다. 샤쿤탈라는 왕이 의도적으로 자신을 버린 게 아님을 알고 안심했다. 왕도 자신이 샤쿤탈라를 버린 게 아님을 알고 죄책감에서 벗어났다. 마리짜 선인은 두 사람의 오해를 풀어준 다음 왕의 아들이 전륜왕이 될 것이며, 그의 이름이 바라타로 불릴 것이라고 말했다.[105]

바라타는 바로 인도의 대서사시 〈마하바라타〉의 주축을 이루는 가문의 이름이다.

앞서도 언급했듯이 칼리다사는 이 에피소드를 당시에도 널리 알려진 대서사시 〈마하바라타〉의 첫 번째 장에서 빌려 왔다. 하지만 그 내용과 표현은 많은 차이가 난다. 임근동에 따르면, 〈마하바라타〉에서 두샨타 왕은 "아름다운 샤쿤탈라를 처음 보고는 아무리 간다르바의 결혼이 크샤트리아의 다르마에 합당한 것이라 하여도 그 자리에서 황금목걸이, 옷들, 귀걸이, 순금 장식 그리고 왕국으로 당장의 남녀 관계를 유혹하는 육체적인 욕망에 사로잡힌 남성이며, 군대를 보내어 자신의 거처로 샤쿤탈라를 부른다고 약속하고는 육체적인 욕망을 채운 후 구 년이란 세월이 지나도 샤쿤탈라를 부르지 않고, 마침내 태어난 자신의 아들과 함께 왕궁으로 찾아온 샤쿤탈라를 화냥년이라 욕하며 부인하는 사랑의 배신자"이다.[106] 반면 『샤쿤탈라』의 주인공 두샨타는 〈마하바라타〉의 두샨타와는 그 인물의 성격에서 현격한 차이를 드러낸다. 『샤쿤탈라』의 두샨타는 〈마하바라타〉의 부정적인 두샨타보다는 훨씬 긍정적인 인물로 그려진다. 그는 왕임에도 애틋한 사랑의 포로가 되기도 하며, 설사 과거를 잊었다 하더라도 나중에 고통 속에 그 잘못을 기억하고 반성하는 면모를 보여 준다.

산스크리트 연극 특유의 미학 원리인 이른바 '라사'[107]를 관철시키고자 노력했던 칼리다사의 노력을 여기서 산문체로, 그것도 줄거리만 요약하는 것이 몹시 아쉽다.

날개와 꼬리가 달린 아름다운 요정

수톤과 마노라-스물아홉 번째 이야기

앞서 살펴본 〈롭쌍 왕자 이야기〉는 기본적으로 불교적 색채를 짙게 띤다. 설화의 다른 판본이 〈킨나라 공주와 선재 왕자의 사랑〉인 데서 더욱 분명하게 알 수 있는 바, 거기서는 주인공 롭쌍 왕자의 이름이 아예 선재 왕자로 바뀐다. 선재(善財)는『화엄경』에 나오는 젊은 구도자의 이름으로, 깨달음을 얻기 위하여 쉰세 명의 선지식을 차례로 찾아갔는데, 마지막으로 보현보살을 만나 진리의 세계에 들어갔다는 인물이다. 흔히 선재동자라고 부른다.

〈롭쌍 왕자 이야기〉에서 운쪼 라모로 등장하는 킨나라 공주는 긴나라(緊那羅), 즉 불교에서 말하는 팔부중(불법을 지키는 여덟 신장)의 하나로, 원래 인도의 힌두교 신화에서 악기를 연주하고 노래하며 춤추는 신이다. 사람의 머리에 새의 몸 또는 말의 머리에 사람의 몸을 하는 등 그 모습이 일정하지는 않지만, 대개 인도에서는 반인반수, 동남아시아에서는 반인반조의 생물로 형상화된다. 특히 동남아시아에서는 여성 킨나라(킨나리)가 전형적인데, 성산 메루의 힘마판 숲에 사는 것으로 전해진다. 여성의 몸뚱이에 날개가 있으며 꼬리는 백조와 같다. 여성적 우아함과 아름다움을 상징하며 춤, 노래, 연극, 광고 등에 자주 등장한다. 버마에서는 케인나야, 캄보디아에서는 케나르(여성은 킨나리), 태국에서는 특히 마노라(혹은 마노하라)로 불린다.

태국에는 다음과 같은 〈수톤과 마노라〉[108] 이야기가 전해 내려온다.

29 우던판차라는 나라에 아주 정의로운 아팃윙 왕과 아름다운 잔테위 왕비가 살았다. 둘 사이에서 수톤이라는 왕자가 태어났다. 왕자는 누구와 견줄 수 없을 만큼 훌륭하게 잘 자랐다.

그때 타오 칫촘푸라는 이름의 나가(뱀)의 왕이 있었는데, 그는 아팃윙 왕이 정의로운 것을 보고 마법을 사용하여 우던판차에 융성과 풍성한 비가 오기를 기원해주었다.

우던판차 옆에는 난타라지 왕이 다스리는 나꼰 마하판찰라라는 나라가 있었다. 이 나라는 우던판차와 달리 왕이 포악하여 백성들은 큰 고통을 받고 있었다. 설상가상으로 해마다 가뭄도 끊이지 않았다. 살다 못한 백성들 중에는 아예 우던판차로 달아나는 사람도 많았다. 그 때문에 난타라지 왕은 아팃윙 왕과 그에게만 비를 내려주는 타오 칫촘푸를 미워했다.

그는 나가보다 마법이 더 센 한 늙은 브라민(사제 계급)을 고용하여 나가 타오 칫촘푸를 죽일 음모를 꾸몄다. 브라민은 나가가 사는 연못으로 가서 주술로 연못을 요동치게 만든 다음 숲으로 가서 나가를 묶을 나무뿌리를 찾았다. 나가는 마치 온몸에 불이 붙는 듯한 공포를 느꼈다. 그는 연못 위로 떠오르다가 위험을 느끼고 곧바로 젊은 브라민으로 변신했다. 그는 숲에서 분이라는 이름의 사냥꾼을 만났다. 사

방콕의 Wat Phra Kaew에 있는 킨나라(남성) 조각상.

냥꾼이 늙은 브라민을 활로 쏴서 죽였다. 모습을 드러낸 나가는 분에게 감사를 표하며 연못 밑에 있는 자기 왕국에 언제든 오라고 초청했다.

어느 날 분은 깊은 숲 속에서 카싸파라는 은자를 만났는데, 그는 분에게 아주 아름다운 킨나리들이 클라이라스 산에 있는 복카라니 호수에 목욕을 하러 내려온다는 이야기를 들려주었다. 분은 그중 한 킨나리를 잡아서 수톤 왕자에게 드려야겠다고 생각했다. 분은 나가 왕 타오 칫촘푸를 찾아가 도움을 요청했다. 나가는 망설였다. 죄를 짓는 일이기 때문이었다. 하지만 분이 자기 목숨을 구해주었기에 결국 마법을 가르쳐주었다.

마노라는 클라이라스 산을 다스리는 타오 툼마라지 왕의 일곱 명 공주 중 막내였다. 분은 마법으로 마노라를 잡아서 수톤 왕자에게 바쳤다. 수톤과 마노라는 눈이 마주치자마자 누가 먼저랄 것도 없이 사랑의 불꽃이 타올랐다. 국왕 부부도 그녀를 좋아했다. 수톤과 마노라는 결혼했다.

모든 이들이 그 결혼을 축하했지만, 왕의 대신 한 사람만은 마노라를 증오했다. 그는 자기 딸을 수톤에게 시집보내려고 생각했던 것이다. 복수의 기회만을 노리던 그는 팟찬타나콘 나라가 자기 나라를 공격하도록 음모를 꾸몄다. 수톤 왕자가 그들의 침략을 막기 위해 전장에 나갔다.

어느 날 왕은 웬 거인이 와서 자기 심장을 가져가려 하는 꿈을 꾸다가 잠에서 깨어났다. 왕은 대신을 불러 해몽을 부탁했다. 좋은 기회라고 판단한 대신은 적이 쳐들어와서 왕을 죽인다는 꿈이라 말했다. 왕이 걱정하자 신하들은 이런저런 대책을 건의했다.

그때 한 책사가 달려와 수톤 왕자가 전투에서 패했다는 소식을 전하며, 나라의 불운을 막기 위해 반은 새이고 반은 인간인 생물을 희생물로 삼아 제사를 지내야 한다고 말했다. 국왕 부부는 마노라 대신 다른 짐승을 쓰겠다고 했지만 대신과 미리 짠 책사는 마노라를 희생물로 써야 한다고 완강히 주장했다.

마침내 장작더미에 불이 붙고 죄 없는 마노라가 끌려 나왔다. 마노라는 자기 부모와 수톤 왕자를 부르며 울부짖었다. 그러면서 왕에게 마지막으로 킨나리 춤을 추게 해달라고 부탁했다. 왕이 눈물을 흘리며 승낙했다. 마노라는 아주 아름답게 춤을 추기 시작했다. 사람들이 넋을 잃고 바라보는 사이 마노라는 하늘로 날아올랐다.

얼마 후 수톤 왕자가 전쟁에서 개선했다. 실은 그가 큰 승리를 거두었던 것이다. 사정을 전해 들은 수톤은 간신들을 처형한 다음 마노라를 찾으러 나섰다. 왕자는 분과 함께 호수로 가서 은자를 만났다. 은자는 너무 위험하니까 마노라를 찾아갈 생각은 하지 말라고 말했다. 그는 왕자에게 마노라가 부탁한 머리띠와 반지를 건네주었다. 왕자는 더욱 큰 슬픔에 잠겼다. 그 모습을 본 은자는 동정심을 느껴 왕자에게 신비한 약초 가루를 주었다.

수톤은 혼자서 긴 여행을 시작했다. 인간이 들어갈 수 없는 숲에는 독이 묻은 과일이 너무 많았다. 그때마다 왕자는 어린 원숭이들이 먹는 것만 골라 먹었다. 독으로 가득 찬 칡넝쿨이 습격해 왔을 때 왕자는 머리띠를 사용해서 물리쳤다. 입이 코끼리 몸통처럼 생긴 새가 왕자를 낚아채서 나무 꼭대기에 있는 둥지로 데려갔다. 새가 다른 먹이를 찾으러 간 사이에 왕자는 탈출했다. 어딘가에서는 두 산이 서로 싸우는 통에 도무지 뚫고 지나갈 수가 없었다. 왕자는 은자가 준 신비한 약초 가루를 써서 지나갔다.

수톤은 거대한 새들의 보금자리에 도착했다. 그는 어떤 큰 나무 둥지 구멍에 몸을 숨기고 새들이 하는 소리를 들었다. 그것은 마노라에 관한 이야기였다. 마노라가 인간 세상에 나간 지 칠년 칠개월 칠일이 되는 내일 인간의 냄새를 지우는 의식을 거행하는데 거기 초대받았다는 것이었다.

수톤은 몰래 나무꼭대기로 기어올라 가서 그 거대한 새의 깃털 속에 몸을 숨겼다. 이튿날 그는 무사히 클라이라스 산에 도착했다. 숨어서 지켜보니 킨나리들이 마노라에게 아노닷 연못의 물을 끼얹어주고 있었다. 수톤은 반지를 몰래 물항아리 속에 집어넣었다. 마노라가 그걸 발견했다. 마노라는 뛸 듯이 기뻐했다. 둘은 그렇게 해서 다시 만났다.[109]

그 다음은 어떻게 되었을까. 둘이 아무런 제지 없이 다시 인간 세상으로 돌아갔을까. 이런 경우 많은 민담은 마지막 난관을 예비해두는 것을 잊지 않는다. 왕은 수톤이 온갖 어려움을 이기고 찾아온 사실을 높이 평가하면서도 마지막 시험 문제를 냈다.

"자, 이제 춤을 추는 일곱 명의 공주들 중에서 마노라를 찾아내라."

춤이 시작되었다. 숨이 막힐 듯 아름다운 반조반인의 킨나리들이 똑같은 동작으로 춤을 추었다. 왕자는 당혹스러웠다. 누가 누구인지 도무지 가려낼 수 없었다. 그때, 인드라 신이 그의 귀에 대고 말했다.

수톤의 얼굴이 갑자기 환하게 펴졌다. 그는 파리가 얼굴에 붙어 있는 킨나리를 정확히 지적했다. 우레와 같은 함성이 일었다.

어떤 판본에서는 수톤이 마노라의 손가락에 낀 반지를 보았다고 말하기도 한다. 나라와 사람 이름을 비롯한 고유명사가 아예 다른 판본도 있다. 세부도 조금 차이가 난다.

마노라의 아버지와 어머니는 수톤 왕자의 용기와 변치 않는 마음에 탄복해 수톤 왕자를 그들의 왕궁으로 불러들였다. 왕은 수톤 왕자의 능력을 시험하고 싶어 남자 천 명이 겨우 들어 올릴 수 있는 활과 돌을 들어보라고 했다. 수톤 왕자는 쉽게 들어올렸다. 그러자 왕은 수톤 왕자의 마음을 시험해보고 싶어 일곱 명의 공주를 똑같이 치장하게 하여 그중 마노라를 찾게 했다. 그때 하늘에서 그 모습을 보고 있던 인드라 신이 내려와 금빛 파리로 변신해서 마노라의 머리에 앉았다. 왕자는 마노라를 쉽게 찾을 수 있었다. 그렇게 둘은 다시 만나게 되어 오래오래 행복하게 살았다.[110]

이 설화는 팔리어 불교 경전에 소개되어 있는데, 한국의 〈선녀와 나무꾼〉, 중국의 〈곡녀(鵠女) 전설〉, 일본의 〈우의(羽衣) 전설〉, 몽골의 〈호리투메드 메르겐〉[111], 서양의 〈백조처녀 설화〉, 베트남의 〈아 측 창 응어우〉[112], 인도네시아의 〈조꼬 따룹과 일곱 명의 선녀〉〈천녀의 사랑〉 등의 설화와 밀접한 관련이 있다. 사실 이 유형의 설화는 오스트레일리아를 제외한 전 세계에 두루 퍼져 있다고 한다. 한편 사냥꾼이 올가미를 써서 목욕하러 내려온 킨나리를 잡는 장면이나 힘마판

산으로 킨나리를 찾아간 왕자가 시험을 통과하고 마침내 아내를 찾는 장면 등은 이 설화가 궁극적으로 앞에서 살핀 티베트의 〈롭쌍 왕자 이야기〉와 기원을 같이한다는 증거로 읽힌다. 이 설화가 환생에 관한 불교 〈자타카〉로 읽힐 수 있다는 말이다. 클라이라스 산 혹은 힘마판이라는 성스러운 산(숲)에 사는 한 기묘한 생물에 관한 설화이기 때문에 이야기 자체가 매우 흥미롭게 전개된다. 태국의 팔리어 판본 불전(佛典) 설화집『빤얏 차독』에 나오는 오십 개의 이야기 중 하나인 〈프라 쑤톤〉에서 연유한 〈프라 쑤톤과 낭 마노라〉는 석가모니의 〈자타카〉이며, 태국의 민담 형성 과정과 그 내용에도 많은 영향을 주었다고 한다.[113] 이 설화는 태국 사람들에게 가장 대중적인 설화 중 하나로서 초등학교 상급 학년부터 중학교 저학년까지 교과서에 수록되었다. 텔레비전 시리즈로도 여러 차례 선보였기 때문에 대부분의 태국 사람들이 줄거리를 알고 있다. 태국의 모든 지역에서 고전 민속무용으로 공연되기도 한다. 태국의 왕은 이 이야기를 바탕으로 직접 발레곡을 작곡하기도 했다.

변신과 괴물 이야기

노래를 불러 잠이 들면 돌로 만들어 버리는 전설의 새

이봉 아다르나-서른 번째 이야기

반인반수, 혹은 반인반조에 대한 신화나 설화는 동서양에 두루 펴져 있다. 하지만 그것들에 대한 기본적인 인식은 차이가 나는 바, 서양에서는 흔히 반인반수가 인간성에 대립되는 것으로서 심지어 위험한 것으로까지 간주되었다. 예를 들어 그리스로마 신화의 반인반마 켄타우로스는 처음부터 그 야만성을 지적받으며, 머리카락이 온통 뱀인 메두사는 저주받은 운명의 담지자일 뿐이다. 반면 동양에서는 중국 『산해경』의 무수한 반인반수가 증명하듯 인간과 동물의 차이가 두드러지지 않는다. 즉, 동물이 반인반수를 거쳐서 인간으로 변한다든지 하는 차별적 인식은 동양적 사고방식과 거리가 멀다. 동양에서 반인반수는 비루에서 존엄으로 가는 도정에 있는 게 아니다. 동양에서 그것은 인간과 동물의 형체를 공유함으로써 신과 통할 수 있다는 심리가 투사된 형상물로서 의미를 지닌다.[114]

필리핀에는 반인반조의 킨나리와는 조금 다르지만 병을 치료할 때마다 각기 다른 멜로디로 노래하는 전설적인 새에 관한 신이담(神異談)이 내려온다. 중병에 걸린 왕이 세 아들을 시켜 전설의 새를 구해오게 한다는 이야기로서, 위의 두 형은 막내를 따돌리려고 했으나 성공하지 못한다. 그들은 욕심을 부리다가 새의 주술에 걸려버린다. 사람들이 그 새의 노래를 듣다가 잠이 들면 돌로 변해버리는 것이다. 이 새 이봉 아다르나에 관한 이야기는 전통 운문 형식의 하나인 '꼬리도'로 구전되어 오다가 19세기 말 20세기 초에 타갈로그어로 처음 출판되었다. 꼬리도는 원래 멕시코의 전통 운문 발라드 형식 중 하나로 지배층의 압제와 민중의 역사, 농민들의 일상, 사회 개혁 등을 소재로 다루었다. 15세기에 출현하여 지금까지도 대중적 인기를 끌고 있는데, 20세기 멕시코혁명과 니카라과혁명 당시 널리 애용된 바 있다. 이런 성격 때문에 꼬리도 〈이봉 아다르나〉는 장구한 기간 식민지 상태였던 필리핀에서도 학교 교육을 통해 주요하게 다루는 문학작품이다. 총 1,722연(1연=4행, 1행=8음절) 분량이다.

30 베르바니아의 페르난도 왕에게는 세 명의 아들 페드로, 디에고, 후안이 있는데, 왕은 막내를 가장 총애했다. 어느 날 왕이 꿈을 꾸었다. 위로 두 아들이 막내를 모함한다는 내용이었다. 왕은 크게 놀

라 병에 걸렸고, 어떤 의사도 치료를 하지 못했다. 사람들은 아다르나라는 새가 왕의 건강을 회복시키고 평정심을 되찾아 줄 거라고 말했다. 왕은 장남 페드로를 보내 이 탐나는 새를 찾아오게 했다. 페드로는 깊고 울창한 숲 속을 며칠간 헤맨 끝에 지쳐 쓰러진 자리에서 다이아몬드 나무를 발견했다. 그는 아다르나가 밤을 보내곤 하는 나무가 바로 그 나무라는 사실을 전혀 눈치 채지 못했다. 밤이 되자 아다르나가 날아와서 일곱 개의 노래 중 첫 번째 노래를 불렀다. 페드로는 그 부드러운 멜로디에 홀딱 빠져서 깊은 잠이 들었다. 일곱 번째 노래를 부른 뒤에 그 새는 잠자는 왕자에게 똥을 누어 그를 돌로 만들어버렸다. 일 년이 지나도록 페드로가 돌아오지 않자, 초조해진 왕은 둘째 아들 디에고 왕자를 보냈다. 디에고 역시 같은 어려움과 우여곡절을 겪은 끝에 페드로가 돌로 변한 매혹적인 나무 밑에 이르렀고 결국 똑같이 돌로 변했다.

다시 막내 후안이 길을 떠났다. 후안은 다행히도 그의 훌륭한 태도와 품성에 감명 받은 어떤 늙은 은자를 만나 그 교활하고 위험한 새로부터 자신을 보호할 방법을 터득했다. 첫째, 은자는 아다르나가 부르는 노래의 일곱 개 멜로디에 빠져들어서 어쩔 수 없이 잠이 드는 것을 막으려면 일곱 개의 상처를 몸에 내고 그 상처에 레몬즙을 짜넣어 그 고통으로 잠을 쫓아야 한다고 말했다. 그 다음에는 그 새가 싸는 어떤 똥이든 피하라고 충고했다. 마지막으로 은자는 일곱 번째 노래가 끝난 뒤 새가 잠이 들면 그때를 틈타서 그 새를 포로로 만들 수 있을 거라고 가르쳐주었다. 은자는 새를 묶을 황금밧줄과 돌로 변한 두 형을 환생시킬 물약을 주었다. 후안은 그렇게 하여 새를 잡고 두 형과 함께 고향으로 돌아갈 수 있었다.

하지만 귀환 도중, 자기들은 실패했는데 후안은 성공했다는 사실을 시기한 두 형이 동생을 따돌릴 음모를 꾸몄다. 페드로는 그를 죽이자고 했으나 디에고는 때리는 것만으로도 충분하다고 주장했다. 결국 두 형은 자기들의 목숨을 구해준 동생을 두들겨 팬 뒤 길에 내버린 채 귀향했다. 둘은 왕에게 아다르나를 바쳤다. 그런데 놀랍게도 후안 왕자가 없는 상태에서 새는 노래를 부르지 않았다.

이번에도 다행스럽게 길에 쓰러져 있는 후안을 은자가 발견하여 치료해주었다. 후안은 무사히 왕국으로 돌아왔고, 그제야 새는 만족하여 노래를 불러 왕을 치료했다. 모든 사실을 알게 된 왕은 분노하여 두 아들을 죽이라고 명령했다. 그러나 마음씨가 착한 후안이 탄원하여 두 형은 목숨을 구했고 왕국은 평화를 되찾았다.

어느 날 후안이 잠든 사이 두 형이 다시 음모를 꾸몄다. 황금새장에 넣어 둔 아다르나를 풀어주어 아버지를 곤궁에 빠뜨렸다. 후안은 아다르나를 찾아서 숲으로 갔다. 왕은 페드로와 디에고를 시켜 새와 후안을 찾아오도록 명령했다. 아무리 찾아도 새는 보이지 않았다. 세 형제는 어떤 우물가에서 우연히 만나, 그곳을 더 뒤져 보기로 결정했다. 페드로가 밧줄을 타고 우물 안으로 들어갔다. 그러나 채 삼분의 일도 못 가서 겁이 난 그는 끌어올리라고 말했다. 디에고도 반밖에 가지 못하고 돌아왔다. 후안은 바닥까지 내려갔다. 거기서 그는 두 개의 매혹적인 궁궐을 발견했다. 하나는 거인에게 붙잡힌 후아나 공주의 궁궐이고, 다른 하나는 머리가 일곱 개 달린 왕뱀에게 사로잡힌 레오노라 공주의 궁궐이었다. 후안은 거인과 뱀을 죽인 후 두 공주와 함께 땅 위로 올라왔다. 그런데 페드로는 후아나 공주를, 디에고는 레오노라 공주를 원했다. 헤어지기 전에 레오노라 공주는 우물 깊숙한 곳에 반지를 떨어뜨렸다는 사실을 깨달았다. 후안이 내려가서 건져 오는데 두 형은 중간에서 그를 떨어뜨렸다.

얼마 지나지 않아 왕국에 결혼식을 알리는 종소리가 울려 퍼졌다. 페드로는 후아나와 결혼했다. 그러나 레오노라 공주는 디에고 왕자에게 칠 년간 결혼을 미뤄 줄 것을 요구했다. 그 기간 동안 후안을 다시 만날 기회를 갖고자 했기 때문이다. 후안은 우물에서 발견한 레오노라의 마법 반지 덕분에 그가 예전에 상처를 치료해 준 늑대의 도움을 받게 되었다. 늑대는 그에게 치료 약물을 가져다주었다. 그리고 마침내 깊은 우물에서 꺼내주었다. 아다르나를 발견할 희망을 이미 다 포기한 후안은 궁궐로 돌아가기로 마음먹었다. 도중에서 그는 크리스털 호수에 이르렀다. 그 호수는 근처 왕국의 막강한 권력을 지닌 왕의 세 딸이 때가 되면 찾아와 목욕을 하는 곳이었다. 후안은 남아서 기다렸다. 시간이 되자 후안이 평생 본 적이 없을 만큼 아주 아름다운 세 명의 공주가 크리스털 호수에 풍덩 뛰어들었다. 그는 그 세 벌의 옷 중 하나를 몰래 감추었다. 한 공주가 상황을 알아차렸을 때, 두 언니는 이미 가버린 뒤였다. 후안은 서둘러 그녀에게 다가가서 무릎을 꿇은 뒤 감추었던 옷을 돌려주면서 열정적으로 사랑을 고백했다. 공주 또한 금세 사랑에 빠졌다. 그러나 그녀는 자기 아버지가 알아차리기 전에 달아나는 게 나을 거라고 충고를 해주었다.

왕자는 공주의 경고에도 불구하고 왕 앞에 모습을 드러냈다. 왕은 보통 사람이라면 풀지 못할 문제들을 풀어내는 그의 지략과 침착함에 크게 감명을 받았다. 첫 번째 문제는 왕이 준 두 개의 바구니에 담긴 밀을 산꼭대기에 심어, 이튿날 그 밀로 왕과 문무백관의 아침 식사용 빵을 만들어내라는 것이었다. 두 번째는 왕궁 앞에 있는 산을 뒤로 보내 차가운 바람이 불어오도록 길을 내라는 문제였다. 세 번째는 하루 만에 바다에 빠진 흑인 남녀들을 모아서 그들을 큰 병 속에 집어넣으라는 것이었다. 네 번째는 군대와 탄약을 갖춘 성을 바다 위에 세워 다음 날 왕의 순시를 받으라는 것이었다. 다섯 번째이자 마지막 문제는 왕이 끝도 없이 깊은 바다에 반지를 던지면 그걸 찾아내라는 것이었다. 후안은 이 모든 문제를 풀어냈다. 부친의 마법을 나누어 가진 도나(공주) 마리아가 준 부적 덕분이었다.

그러나 공주는 부친이 그들의 행복을 뒤집어버릴 새로운 계략을 쓸지도 모른다는 두려움 때문에 왕자에게 마구간 왼쪽에서 일곱 번째에 있는 가장 좋은 말을 골라 그날 밤 안으로 달아나자고 말했다. 불행히도 후안 왕자가 서두르는 바람에 일곱 번째가 아닌 여덟 번째 말을 골랐다. 그들의 도주를 알아챈 왕은 일곱 번째 말에 올라 직접 그들을 쫓아와 금세 따라잡힐 것 같았다. 위기일발의 순간에 공주는 자기 머리핀을 떨어뜨려 가시덤불을 만들었다. 그 덕분에 집요한 추격의 발길을 따돌릴 수 있었다. 그 다음 공주가 땀방울을 뿌리자 땀방울은 갈고리로 변해 왕의 발길을 한동안 붙잡아 둘 수 있었다. 마지막으로 공주가 마법의 물을 땅에 뿌리자 그 물은 곧 급류로 변해 넘어올 수 없는 장벽을 이루었다.

그들은 베르바니아 왕궁의 정문에 거의 다 이르러서야 안전해졌다. 왕자는 공주가 지위에 마땅한 대접을 받으며 입궁해야 한다고 판단하여 곧 돌아오겠다고 약속하고 혼자 안으로 들어갔다. 그러나 왕자는 즐거운 생활에 젖어서 그만 도나 마리아에 대한 사랑을 잊어버리고 말았다. 게다가 그가 없는 동안에 한결같이 그를 기다린 아름다운 레오노라 공주가 그의 마음을 사로잡았다. 후안은 그녀와 결혼했다.

도나 마리아는 뒤늦게 후안의 배신을 깨닫게 되었다. 그녀는 갖고 있던 부적을 사용하여 가장 아름다운 옷으로 치장하고 여덟 마리 말이 이끄는 마차를 탄 채 두 사람의 결혼식에 초대 받은 양 모습을 드러냈다. 결혼 피로연에서는 춤 경연대회가 열렸다. 도나 마리아는 상대방으로 후안을 불러내어 그에게 그들이 함께 겪은 수많은 우여곡절을 상기시켰다. 왕자는 도나 마리아에게 용서를 구하며 손을 내밀어 모든 사람들 앞에서 그녀가 자기 아내라고 선언했다. 두 여인이 동시에 왕자 후안을 갈망한다는 사실을 알게 된 그의 아버지 페르난도 왕은 도나 레오노라 공주더러 후안의 형 디에고와 결혼하라고 애원했다. 그녀가 마침내 승낙하여 두 쌍의 결혼식이 열리게 되었다. 왕국은 다시금 평온을 되찾았다.[115]

훗날 이 이야기는 다른 많은 필리핀의 설화나 민요가 그렇듯, 새의 부드러운 멜로디에 홀려 수동적이고 무기력하게 되어버린 존재의 이미지가 외세 식민주의자들이 내건 약속을 말하는 데 사용되면서 정치적인 색채를 띠기도 한다.[116] 수백 년간 외국의 침략과 지배를 받아 온 필리핀에서는 설화가 이런 식으로 민중 속에서 정치적으로 재창조되거나 재해석되어 전승되는 사례가 적지 않게 발견된다. 이

때 애초 로망스에서 유래한 '꼬리도'라는 운문 형식은, 멕시코혁명에서도 그랬던 것처럼, 사회적 매스미디어가 발달하기 이전 시대의 프로파간다 기능을 훌륭하게 수행했다.

마법의 주머니를 풀어 거인과 싸우다

황금오이-서른한 번째 이야기

동서양을 막론하고 '마법의 주머니'는 설화의 꽃이다. 많은 경우, 그것은 설화를 설화답게 만들어주는 그야말로 마법의 주머니인 것이다. 〈이봉 아다르나〉에서 후안 왕자가 도나 마리아와 함께 왕의 마법에 맞서 싸우는 장면은 손에 땀을 쥐게 할 만큼 흥미진진하다. 만일 영화나 애니메이션으로 극화한다면, 그 장면에서 얼마나 많은 이들의 비명과 탄성이 터져 나올지! 물론 많은 설화들은 캐릭터들이 쉽게 목적을 달성하는 것을 허락하지 않는다. 그때 '시험'이 아주 흥미있는 최후의 관문으로 작용하기도 한다. 〈롭쌍 왕자 이야기〉에서 롭쌍 왕자는 아내를 찾으러 하늘로 올라가 새삼 어려운 시험을 통과하며, 〈이봉 아다르나〉에서 후안 왕자는 자기 몸이 잘리는 고통까지 참아가며 시험에 응한다. 그래도 적대적 캐릭터는 여전히 막강한 위력을 발휘하는 바, 〈이봉 아다르나〉에서는 공주의 아버지가 무시무시한 마법을 사용하면서 숨 가쁜 추격전을 벌인다. 이때 공주의 마법이 효력을 발휘한다. 위기일발의 순간에 공주는 첫째, 자기 머리핀을 떨어뜨려 가시덤불이 되도록 만들었고 둘째, 땀방울을 뿌려 갈고리로 변하게 했고, 마지막으로 마법의 물을 땅에 뿌리자 그것이 곧 급류로 변해 넘어올 수 없는 장벽이 되게 했다.

인도네시아의 설화 속 어린 소녀 티문 마스(혹은 티문 이마스)에게도 마찬가지 상황이 벌어진다.

31 농사꾼 부부가 숲 가까이 어느 마을에 살았다. 그들에게는 아이가 없었다. 그들은 매일같이 아이를 갖게 해달라고 기도를 했다. 어느 날 거인이 그곳을 지나가다 기도 소리를 들었다. 거인은 자기가 기도를 들어주면 무엇을 해주겠느냐고 물었다. 아내는 무엇이든 하겠다고 대답했다. 거인은 나중에 아이가 열일곱 살이 되면 자기에게 데려오는 조건으로 오이씨 하나를 주었다. 아내는 나중 일은 그때 가서 생각하기로 하고 거인의 말을 대수롭지 않게 여겼다. 그래서 거인과 약속하고 오이씨를 받아 심고 정성껏 가꿨다. 이내 열매를 맺었는데, 놀랍게도 딱 하나 열린 오이 속에서 아주 예쁜 아이가 태어났다. 부부는 아이에게 티문 마스, 즉 '황금오이'라는 이름을 지어주었다. 세월이 흘러 티문 마스가 열일곱 살이 되었다. 얼마나 예쁘게 잘 자랐는지 부부는 보기만 해도 마음이 흐뭇할 정도였다. 티문 마스가 열일곱 살 생일이 되는 날, 놀랍게도 거인이 찾아왔다. 거인과 한 약속을 까마득히 잊고 있던 부부는 사색이 되었다. 거인은 부부에게 약속대로 티문 마스를 달라고 요구했다. 부부는 거인을 달래기 시작했다. 아내는 몰래 티문 마스를 불러 옷가방을 주며 그것을 갖고 무조건 달아나라고 말했다. 티문 마스는 부부가 거인에게 음식을 대접하는 동안 뒤도 안 돌아보고 달아났다. 나중에 사실을 알아챈 거인은 화가

나서 집을 다 부숴버렸다. 그런 다음 성큼성큼 티문 마스를 뒤쫓아 가기 시작했다. 거의 잡히게 되었을 때 티문 마스는 옷가방에서 소금을 꺼내 거인에게 뿌렸다. 그러자 갑자기 거대한 바다가 생겨났다. 거인은 헤엄을 치느라고 정신이 없었다. 거인이 다시 쫓아오자 티문 마스가 이번에는 고춧가루를 꺼내 뿌렸다. 그러자 나뭇가지가 쑥쑥 자라고 가시 덩굴이 자라나 거인의 발길을 가로막았다. 거인은 고통에 울부짖었다. 그러나 이내 또 거인이 쫓아왔다. 티문 마스는 오이 씨를 뿌렸다. 갑자기 온 들판에 오이밭이 생기고 오이가 지천으로 널렸다. 티문 마스를 쫓아오느라 배가 고팠던 거인은 허겁지겁 오이를 먹어 치웠고, 먹고 나자 배가 고파서 쿨쿨 잠을 잤다. 그렇지만 티문 마스는 또 다시 잡힐 지경이 되었다. 티문 마스는 마지막으로 새우 가루를 뿌렸다. 그러자 놀랍게도 진흙벌이 생겼다. 거인은 그 속에 빠져 허우적거렸다. 그 사이 티문 마스는 부모한테로 달아날 수 있었다.

다른 판본에서는 부부가 아니라 음복 사르니라는 과부가 황금오이 라는 아이를 얻는 설정이다. 거인은 오이씨를 주면서 육 년 후에 아이를 자기에게 달라고 조건을 내걸었다. 오이는 금세 자라 두 주일 만에 아이가 나왔다. 모녀는 더없이 행복하게 살았다. 그런데 아이가 여섯 살이 되었을 때 거인이 찾아오자, 음복 사르니는 아이가 아직 자라지 않았다는 핑계로 이 년 후에 오라고 부탁한다. 거인은 다짐을 받고 돌아갔다. 그때부터 음복 사르니는 고민에 고민을 거듭했다. 어느 날 꿈속에서 산에 사는 은자를 찾아갔다. 꿈에서 깨자마자 음복 사르니는 황금오이더러 산에 사는 은자를 찾아가게 했다. 사정을 들은 은자는 황금오이에게 각기 씨앗과 바늘과 소금과 새우젓이 든 작은 가방들을 주었다. 그 후는 차례차례 숲이 생기고, 대나무밭이 생기고, 바다가 생기고, 마지막으로 진흙벌이 생겨 거인은 죽고 말았다.

또 다른 판본에서는 남편의 이름이 카르토이다. 내용은 똑같지만 덧붙는 이야기가 있다. 거인을 죽인 후 숲 속에서 헤매고 있는 황금오이를 정갈라 왕국의 라덴 푸트라 왕이 사냥하러 나왔다가 발견하고 데려가서 깨끗이 씻긴 뒤 좋은 옷을 입혀 놓고 보니까 너무 아름다워서 결혼했다는 이야기.[117]

어떤 판본이든 〈황금오이〉는 인도네시아에서 가장 대중적인 민담이다. 특히 어린이들로부터 많은 사랑을 받고 있으며, 애니메이션으로도 자주 재구성되고 있다. 짧지만 매우 흥미진진한 마법담이다. 티문 마스를 쫓아오는 거인은 러시아와 동유럽 민담에 자주 출몰하는 절굿공이 마녀 바바야가를 연상시킨다.

이런 마법담에 대해 논리적 잣대를 들이대어 비현실성을 지적하는 것은 아무런 의미가 없다. 프로이드 이후 꿈의 비논리적 형상이 놀라운 상징적 의미를 지닌다는 것은 이제 상식이 되었다. 꿈은 말 그대로 꿈의 논리를 따른다. 마법의 세계는 어쩌면 우리의 무의식 속에 잠재되어 있는 어떤 욕망과 충동을 고스란히 표현하고 있는 것인지도 모른다. 침대 맡에서 〈황금오이〉를 듣고 잠이 든 아이는 그날 밤 악몽을 꿀 수도 있다. 하지만 그런 악몽조차 아이의 성장에는 필수 불가결한 경험을 형성한다. 아이는 그런 '고난의 서사'를 겪으면서 정신적으로 한 걸음 더 성장한다. 민담의 상상력은 현실의 그것하고 달라서 날것 그대로의 상상력, 즉 원형적 상상력이다. 거기에서는 상징, 역설, 반어, 비약, 과장이 거침없이 전개된다. 그것을 굳이 현실의 논리로 재단할 필요는 없다. 진실은 한 가지 형태로 존재하지 않기 때문이다. 민담은 현실의 이면에 숨은 심층적인 진실에 다가가는 길 혹은 그래야 할 필요성을 우리에게 제기하고 있는 것이다.

〈황금오이〉의 심층적 진실은 무엇일까. 철저히 주관식 문제이고, 오답은 없다. 문제를 제기한다는 것 자체가 이미 하나의 답이기 때문이다.

말할 때마다 황금꽃이 나오는 소녀

피쿨-서른두 번째 이야기

태국에서도 짧지만 매우 인상적인 소녀에 관한 이야기가 널리 사랑을 받고 있다. 말할 때마다 입에서 황금꽃이 나오는 소녀에 관한 이야기이니 분명히 마법담의 범주에 들어간다. 그러나 마귀할멈이 나오는 여느 마법담하고는 달리 그렇게 무섭지는 않다. 오히려 어디선가 들어봤음 직하게, 아니면 어린 시절 나도 그래봤으면 하고 누구나 한 번쯤 역할 바꾸기 놀이의 대상으로 삼았음직하게 친근한 느낌을 주는 이야기로서, 후반부는 마치 〈신데렐라〉나 〈콩쥐팥쥐〉를 연상시킨다.

32 피쿨이라는 이름의 아주 예쁜 여자아이가 살았다. 어려서 엄마를 여의었기 때문에 아버지는 새로 장가를 들었고 계모가 자기 딸

말리와 함께 들어왔다. 계모와 새언니 말리는 피쿨을 못살게 굴었다. 어느 날 가까운 호수로 물을 길러 가던 피쿨은 길에서 노파를 만났다. 노파가 목이 마르다고 해서 피쿨은 물을 주었다. 그런 다음 얼굴을 씻을 물까지 주었다. 노파는 피쿨에게 고맙다고 말하면서 보답을 했다. 피쿨이 말할 때마다 황금꽃이 나오게 해준 것이다. 그 말과 함께 노파는 어디론가 사라졌고, 그제야 피쿨은 그 노파가 천사였다는 사실을 깨달았다. 집에 오자 계모는 늦었다면서 피쿨을 때렸다. 피쿨이 노파를 만난 사실과 보답에 대해서 말했다. 그러자 집 안은 어느새 황금꽃 천지가 되었다. 피쿨의 계모는 그 꽃들을 모아서 시장에 가져다 팔아 큰돈을 벌었다. 계모는 그것으로 만족하지 못했다. 피쿨로 하여금 끝없이 말을 하게 만들었다. 그러다 보니 피쿨은 어느 날더 이상 말을 못하게 되었다. 당연히 입에서 황금꽃도 나오지 않았다. 그러자 계모는 자기 딸 말리를 시켜 연못에 가서 물을 길러 오라고 보냈다. 도중에서 말리는 아주 아름다운 부인을 만났다. 그러나 말리는 그 여자가 노파와 똑같은 천사인 줄 모르고 함부로 대했다. 부인은 말리를 저주하며 그곳을 떠나갔다. 말리가 집에 돌아와서 엄마에게 사실을 말하자 이번에는 황금꽃 대신 징그러운 벌레들이 마구 쏟아져 나오기 시작했다. 계모는 자기 딸의 불행이 피쿨의 탓이라며 화를 냈다. 그러면서 아예 피쿨을 집에서 쫓아내버렸다. 길에서 헤매던 피쿨은 백마를 탄 잘생긴 왕자를 만났다. 왕자는 피쿨에게 왜우느냐고 물었다. 피쿨이 사정을 이야기하자 입에서는 다시 황금꽃이 나오기 시작했다. 왕자는 피쿨에게 반해서 청혼했다. 두 사람은 결혼해서 행복하게 살았다. 그러는 동안에도 말리의 입에서는 징그러운 벌레가 끊임없이 쏟아져 나왔다.

이 이야기를 달리 〈피쿨통〉이라고도 한다.

비현실적인 '마법'은 디지털 시대에 오히려 더 생명력을 확보하고 있다. 『반지의 제왕』과 『해리포터』를 군이 예로 들지 않더라도 마법은 이미 우리 문화생활에 가장 널리 또 깊이 파고들어 온 새로운 문화 아이콘이다. 인터넷 서점에는 마법에 관한 책들이 넘쳐 난다. 어렸을 때부터 일본 만화영화에 노출된 아이들은 성년이 되어서도 환상과 현실을 넘나들며 자기만의 세계를 만들어 간다. 게임은 그런 소년 소녀들에게 마법의 환상을 가장 확실하게 심어준다. 이제 그들은 아날로그의 세계에서 더 이상 끙끙거리며 생을 '낭비'하려고 하지 않는다. 힘들면, 언제든지 스마트폰을 통해 마법의 공간으로 탈주할 수 있기 때문이다. 이런 경향이 우리 사회의 총체적 불안 혹은 전망 부재에 대한 역설적 탐닉이라고 볼 수도 있을 것이다. 누군가는 자못 우려하는 목소리를 낼 수도 있겠다.

그러나 마법은 죄가 없다.

개구리 왕자가 죄가 없고, 피쿨통이 죄가 없듯이.

마법은 현실로부터 도피하기 위한 수단만은 아니다. 마법은 우리에게 전혀 새로운 현실에 대한 희망도 주기 때문이다. 로지 잭슨은 '환상'에 대해 철저히 현실주의적 시각을 견지한다. 즉, 환상은 실재적인 것을 재결합하고 전도시키지만 그것으로부터 도피하는 건 아니라고 말한다. 환상은 오히려 실재적인 것에 기생하거나 공생하는 관계 속에서 존재한다는 것이다.[118]

예컨대 시간에 대해 생각해 보자.

처음 시간을 재기 시작하면서 인간은 시간에 대해 통제할 수 있다고 생각했을지 모른다. 바야흐로 시간의 공간화가 이루어진 셈이다.[119] 말하자면 눈앞의 보이는 공간에 일정한 발걸음마다 표시해두는 것처럼 보이지 않는 시간에 대해서도 이런 식의 표시가 가능하다는 사실을 알았을 때, 최초의 그 인간은 얼마나 의기양양했을 것인가. 그리고 세월이 흘러, 더욱이 기계로 작동하는 시계가 나오면서는 추상적인 시간을 눈앞에서 확실하게 붙잡아 맬 수 있다고 생각했을 것이다. 그러나 그것이 시간을 정복하는 게 아니라 오히려 자신이 시간에게 정복 당하는 것이라는 점을 인간은 쉽게 깨닫지 못했다. 적어도 자본주의가 자신의 거대한 음모를 지배적으로 관철시키기 전까지는. 찰리 채플린의 〈모던 타임스〉에 나오듯, 시간은 이제 거대한 자본주의를 굴리는 가장 중요한 톱니바퀴가 되었다. 시간은 곧 화폐이기 때문에, 시간을 거스르는 모든 움직임은 가차 없이 제어되고 봉쇄되고 추방된다.

유목민이 초원에서 경험하던 순환적 시간 같은 것은 진작 사라진 지 오래다. 가축을 몰고 계절에 따라 이동하던 게으른 시간들…… 농경적 사회가 형성되면서 힘든 노동이 추가되었지만, 시간에 대한 생각은 쉽게 달라지지 않았다. 시간은 둥근 원을 따라 끝없이 순환하는 것. 누구도 감히 그것을 거스른다는 발상을 하지 않았다. 그렇다면 자칫 고여서 썩을지도 모르는 이 무덤 같고 늪 같은 시간에 생명을 불어넣은 것은 무엇이었을까.

도로 젊어지는 샘물.

거꾸로 가는 시간.

말할 때마다 입에서 튀어나오는 황금꽃!

마법은 고인 시간을 되살리는 윤활유 이상의 무엇이지 않았을까. "문화의 인식론적이고 존재론적인 틀의 한계"를 검증하는 하나의 탈주선으로서, 그것은 아마 한 세계에서 다른 세계로 마음대로 오고가는 승차권 같은 것이 아니었을까. 예를 들어 물활론적 사고, 즉 존재하는 모든 것은 생명을 가졌다고 여기는 어린이들에게는 땅이 꽃을 키우니까 땅이 꽃의 엄마가 되는 것은 당연한 일이지 않겠는가.[120]

마법을 단지 즐거운 오락거리로 생각하지 않았던 시대, 그 시대에 대해서 헝가리의 게오르그 루카치는 이렇게 쓴 바 있다.

별이 빛나는 창공을 보고, 갈 수가 있고 또 가야만 하는 길의 지도를 읽을 수 있던 시대는 얼마나 행복했던가. 그리고 별빛이 그 길을 환히 밝혀주던 시대는 얼마나 행복했던가. 이런 시대에 있어서 모든 것은 새로우면서도 친숙하며, 또 모험으로 가득 차 있으면서도 결국은 자신의 소유로 되는 것이다. 그리고 세계는 무한히 광대하지만 마치 자기 집에 있는 것처럼 아늑한데, 왜냐하면 영혼 속에서 타오르는 불꽃은 별들이 발하는 빛과 본질적으로 동일하기 때문이다. 다시 말해서, 세계와 자아, 천공(天空)의 불빛과 내면의 불꽃은 서로 뚜렷이 구분되지만 서로에 대해 결코 낯설어지는 법이 없다. 그 까닭은 불이 모든 빛의 영혼이며, 또 모든 불은 빛속에 감싸여져 있기 때문이다. 이렇게 해서 영혼의 모든 행위는 의미로 가득 차게 되고, 또 이러한 이원성 속에서도 원환적 성격을 띠게 된다.[121]

눈물을 참으면, 세계는 다시 빳빳한 직선의 시간, 한번 지나가면 절대 다시 오지 않는 '크로노스'를 우리 앞에 들이밀 것이다. 아버지 우라노스의 성기를 낫으로 잘라버린 저주를 피하고자 자기 자식들이 태어나는 족족 집어삼킨 비정한 티탄족의 시간!─그들은, 우리 시대의 티탄족인 서구인들은 인도인들처럼 사십삼억 이천만 년을 대주기(마하유가)로 우주가 바뀐다는 생각을 받아들일 수 없었으리라. 그들에게 시간은 '심판의 날'을 향해 일직선으로 나아가는 것이 아니라면 의미가 없을 터였다.[122] 따라서 그것이 아니면 역사란 것도, 문명이란 것도 존재하지 않았다. 인도에, 아프리카에, 아시아에! 식민지는 그런 인식 위에 차곡차곡 정당화되었을 것이다. 1963년 아프리카의 식민지 국가들이 속속 독립하는 과정에서도 영국의 보수주의 역사학을 대표하던 휴 트레버-로퍼 옥스퍼드대학교 교수는 BBC 텔레비전 방송을 통해 중계되던 한 강연에서 "미래에는 아마 아프리카에 대해서 가르칠 만한 역사가 있을지 모르겠습니다. 그러나 지금까지는 없습니다. 있다면 오직 아프리카에서 유럽인의 역사만 있을 뿐이죠. 나머지는 암흑입니다. 그런 암흑은 역사의 주제가 아닙니다"라고 말했다.[123] 상황이 이렇기 때문에 우리 시대에 '마법'은 오히려 그 자체로 의미 있는 기회, 즉 '카이로스'의 영역에 속할지도 모른다.

어쨌거나 가끔 어린 피쿨통이 가엾기도 하다. 말을 할 때마다 황금꽃이 나오면, 한번은 좋지만 글쎄, 그래서 어떻게 살아가지?

도깨비들에게 항복을 받아낸 복숭아 소년

모모타로-서른세 번째 이야기

〈황금오이〉와 〈피쿨통〉이 인도네시아와 태국 어린이들이 가장 좋아하는 마법담이라면, 일본에서 그 자리를 차지하는 것은 아마 〈모모타로〉가 아닐까 싶다. 모모타로(桃太郎)는 복숭아를 뜻하는 '모모'와 일본의 남자 아이 이름에 흔히 붙는 '타로'가 합쳐져 만들어진 이름으로, 복숭아 소년, 또는 복숭아 동자 정도로 번역하여 부를 수 있다. 이야기는 무척 단순하다.

33 커다란 복숭아가 땅에서 불쑥 솟아올라 강을 따라 떠내려갔다. 빨래를 하던 할머니가 복숭아를 발견하고 간신히 집까지 안고 왔다. 복숭아를 잘라 먹기 위해 칼을 대자마자 저절로 반으로 갈라졌다. 복숭아 안에는 사내아이가 들어 있었다. 자식이 없었던 노부부는 기뻐하며 복숭아 동자라는 뜻에서 모모타로라는 이름을 지어주었다. 아이는 눈 깜짝할 사이에 키가 크고 힘이 세졌다. 그때 마을에서는 심상치 않은 일이 벌어지고 있었다. 바다 건너 오니가 섬에 사는 도깨비들이 찾아와서 약탈을 일삼았다. 모모타로는 도깨비들을 처단하기 위해 길을 떠났다. 할아버지는 그를 위해 갑옷과 깃발을 만들어주었고, 할머니는 수수경단을 만들어주었다. 모모타로는 길에서 말하는 개와 원숭이, 꿩을 만나 부하로 삼았다. 오니가 섬으로 꿩이 날아올라 도깨비들을 살피고 왔다. 개가 코를 킁킁거리며 섬을 한 바퀴 돌아 지름길을 알아냈다. 원숭이가 도깨비들이 세워 놓은 울타리

에 올라가 자물쇠를 풀었다. 흥청망청 취해 있던 도깨비들은 침입자를 발견하고 덤벼들었지만 날랜 모모타로를 잡지 못했다. 도깨비들은 개에 물리고 원숭이에 걸려 넘어지고 꿩의 부리에 쪼였다. 그때 도깨비 대장 우라가 나타났다. 모모타로는 날쌔게 우라의 등에 올라타 목을 졸랐다. 도깨비들에게 항복을 받아낸 모모타로는 섬으로 끌려온 사람들을 풀어주고 재물들을 가지고 집으로 돌아왔다.

〈모모타로〉는 지역에 따라 여러 가지 판본이 있는데, 어떤 지역에서는 모모타로가 바구니, 하얀 복숭아, 또는 빨간 복숭아로 떠내려왔다고 한다. 시코쿠와 주고쿠 지역의 이야기에서는 또 다른 민담인 〈원숭이와 게의 싸움〉에서 온 등장인물이 뒤섞이기도 한다.

어떤 판본이든 모모타로의 신이한 탄생 과정과 놀라운 성장 과정, 그리고 두려움 없이 섬으로 건너가서 도깨비들을 물리친다는 결말까지, 이 이야기는 일본 어린이들, 특히 남자 어린이들이 좋아할 만한 요소를 두루 갖추고 있다. 그만큼 모모타로는 일본 전설의 대중적인 영웅으로서, 책과 영화, 만화, 애니메이션 등에 주인공으로 자주 등장한다. 실제로 애니메이션에 등장하는 모모타로를 보면 저절로 씩씩해지는 느낌을 받기도 한다.

그러나 불행히도 우리로서는 이 유쾌한 설화를 마냥 즐거운 마음으로 받아들이기 어려운 처지에 있다. 심지어 몇몇 학자들은 〈모모타로〉를 대할 때 자못 긴장을 늦추지 말 것을 요구하고 있다. 예를 들어 김환희는 〈모모타로〉가 일본 군국주의의 지배 이데올로기를 선전하는 도구로 이용되었다고 주장한다. 특히 메이지 시대부터 일본 정부가 소학교 교과서에 〈모모타로〉를 수록해서 일본 아이들의 마음속에 민족 자긍심 고취를 핑계로 제국주의 기상을 심어 주려고 했다는 것이다. 일본의 평론가 고모리 요이치 역시 〈모모타로〉 이야기가 "침략적 내셔널리즘의 선전 매체가 되었을 뿐만이 아니라 근대 학교 교육을 통하여 나오게 된 '어린이', 특히 남자 어린이인 '소년'들의 이데올로기적 지주가 되었다"라고 보았다.[124] 일제강점기 교과서에 실린 〈모모타로〉 설화를 시기별로 비교 분석하는 한 논문은 후기로 갈수록 모모타로의 영웅성이 강조되고 영토 확장을 위해 침략을 공인하는 식의 태도마저 강조하게 된다고 비판한다.[125]

〈모모타로〉를 도깨비의 입장에서 새롭게 바라보고자 했던 아쿠타가와 류노스케의 관점에 주목하는 견해도 있다.[126] 한 마디로 그는 〈모모타로〉가 메이지 시대를 거치면서 점차 국가이데올로기를 강하게 반영하게 되었다고 본 것이다. 그리하여 아쿠타가와 류노스케는 기존의 틀을 깨고 모모타로를 침략자로, 도깨비들을 피해자로 새롭게 묘사했다. 아쿠타가와 류노스케의 이러한 시도는 특히 관동대지진을 겪은 이후 당시 잔악한 행위를 자행했던 일본 국민들을 깨우치기 위한 목적이었다.

반면, 모모타로의 이야기가 당대 민중들의 삶을 괴롭게 하는 탐관오리나 자기 욕심만 채우는 권력에 반격을 가하는 민중의 담론이라는 정반대 견해도 존재한다. 예를 들어 김민웅은 영웅으로 나타났다가 민중에게 포악한 지배자로 변모해버리길 반복하는 무수한 권력자들의 모습을 모모타로가 거부한다고 말한다. 영주나 쇼군(將軍) 등이 난세를 극복하고 영웅으로 자기를 내세우지만 결국 민중들의 피를 빼는 도깨비가 되어버리는 사태에 대해, 수수경단을 개, 원숭이, 꿩과 나누어 먹는 모모타로 이야기를 통해 일격을 가하고 있다고 해석한다.[127]

한 편의 설화를 설화 자체로 읽으려는 자세가 필요할 수 있겠지만, 어쨌든 〈모모타로〉가 식민지 시대에 일본 군국주의의 이데올로기로 어떻게 활용되었는지 살펴보는 노력까지 거부할 필요는 없을 것이다. 실제로 일제는 1940년대에 국책 애니메이션 〈모모타로 바다의 신병(桃太郎, 海の神兵)〉을 통해 〈모모타로〉를 제국주의 침략 전쟁의 이데올로기 첨병으로 획책한 바 있다. 이 영화에서 일본인은 원숭이, 개, 돼지 등 전통적인 일본 동물로, 남양의 원주민은 코끼리, 코뿔소 등 이국적인 동물로 그려지는데, 유일한 인간으로 등장하는 모모타로는 머리에 뿔이 달린 도깨비처럼 보이는 서구인들과 맞서 최전선에서 싸운다. 그는 처음 등장할 때 복숭아 모양이 새겨진 비행기를 타고 내려옴으로써 하늘이 내린 '신병'으로서의 이미지를 강조한다. 모모타로는 결국 평화로운 섬을 혼란에 빠뜨린 서구 침략자를 물리치는 데 결정적인 역할을 한, 동양의 우방을 대표하는 존재로 신격화된다.[128] 따라서 그는 새로운 침략자가 아니라 해방자가 되는 것이다. 마지막 장면에서 쏟아지는 대공포에도 불구하고 욱일승천기를 질끈 동여맨 채 낙하산을 타고 뛰어내린 모모타로는 쓸데없이 키만 큰 서양 군인들을 간단히 제압하고 협상장에서 최후의 승리를 확인한다. 협상장에서 서양 군인들이 보여주는 초라하고 비굴한 모습에 비해 모모타로의 그것은 얼마나 힘차고 당당한가!?

새로운 세상에 대한 간절한 기원

아기장수-서른네 번째 이야기

> CsO는 소리친다. "그들이 나를 유기체로 만들어 버렸다!
> 부당하게도 나는 접혀지고 말았다! 내 몸을 도난당하고 말았다!"[129]

〈모모타로〉는 한국의 〈아기장수〉 이야기와 유형을 같이한다. 하지만 아기장수가 부모와 가족으로부터 버림을 받은 상태에서 콩과 팥, 좁쌀 같은 식물 군사와 연대를 맺는 것과 달리, 모모타로는 동물 군사들, 즉 개와 원숭이와 꿩을 만나 연합한다.[130] 물론 한국의 아기장수가 결국 좌절하는 데 반해 일본의 모모타로는 성공담의 주인공이 된다는 점에서 가장 큰 차이가 있다.

이렇듯 〈아기장수〉 전설은 비극적 결말이 두드러지는 이야기다. 하지만 사실 이 이야기는 비극성보다 아기장수가 다시 살아날 것이라는 희망에 더 큰 의미를 둔다. 아기장수 전설은 각지에서 조금씩 변형된 형태로 널리 전승되고 있다. 이것은 이 전설이 패배와 좌절을 이야기하고 있으면서도 민중들의 미래지향적인 세계관을 포기하지 않고 있기 때문이다.

34 옛날 어느 산자락 외진 마을 가난한 백성의 집에 아들이 하나 태어났다. 아이의 울음소리가 어찌나 큰지 마치 천둥소리 같았다. 울음소리만 요란한 게 아니었다. 부모가 탯줄을 자르려고 가위와 작두를 대보고, 도끼로 내리찍어도 끊어지지 않았다. 부모는 열

굴이 사색이 되었다. 그때 마을의 꼬부랑 할머니가 찾아와 말했다.

"아이가 장수인 것 같으니, 억새풀을 뜯어오시오."

아비가 억새를 뜯어와 탯줄을 긋자 드디어 잘렸다.

아이는 태어난 지 삼 일만에 천장과 벽을 타고 돌아다녔다. 괴이쩍게 생각한 부모가 아이의 몸을 잘 살펴보자 겨드랑이에 날개가 달려 있었다.

부모는 아이가 크면 세상을 발칵 뒤집는 자가 되어 집안을 망칠까 두려워서 아이의 날개를 잘랐다. 하지만 두려움이 완전히 가시지 않아 결국 아이를 돌로 눌러 죽여버렸다. 아기는 유언으로 콩 다섯 섬과 팥 다섯 섬을 같이 묻어달라 했다. 부모는 그렇게 해주었다. 얼마 뒤 아기장수가 태어났다는 소문을 들은 관군이 부모의 집을 덮쳤다. 부모는 벌벌 떨며 무덤이 있는 곳을 가르쳐주었다. 관군이 무덤을 파보니 콩은 말이 되고 팥은 병사가 되어 막 일어나려 하고 있었다. 아기장수는 관군의 손에 다시 죽게 되었다. 그런 뒤 용마가 나타나 주인을 찾아 울며 헤매다 용소에 빠져 죽었다.

다른 판본에서는 아기장수가 좀 더 성장한다.

아이는 무럭무럭 자라나 힘이 더욱 세졌다. 그러던 어느 날 장수가 태어났다는 소문이 임금의 귀에 들어갔다. 임금은 후환을 없애기 위해 군사를 보냈다. 아기장수는 어미에게 콩 백 알로 갑옷을 지어달라고 말했다. 콩을 볶던 어미는 배가 고파 콩 한 알을 먹었다. 아기장수는 콩으로 만든 갑옷을 입고 화살이 빗발치는 곳에 나아갔다. 하지만 어미가 콩 한 알을 먹는 바람에 갑옷은 그 한 알만큼 구멍이 뚫려 있었다. 아기장수는 그곳에 화살을 맞았다. 아기장수는 죽어가며 콩 서 되 팥 서 되 좁쌀 서 되를 함께 묻어달라고 말했다.

그 후로 삼 년이 흘렀다. 아기장수가 살아날 것이라는 소문이 세상에 퍼졌다. 이번에는 임금이 직접 나섰다. 부모를 협박해 아기장수 묻은 곳을 알아냈다. 커다란 바위 밑이었다. 임금은 어미가 억새풀로 아기장수의 탯줄을 잘랐다는 것을 알아내고 바위를 억새풀로 갈랐다. 바위 안에서 아기장수는 콩, 팥, 좁쌀로 병사와 무기, 말을 만들고 이제 막 거병을 하려는 참이었는데, 삼 년 중 딱 하루가 모자란 그날 바위가 열려 모든 게 사라지고 말았다. 아기장수 역시 임금의 손에 죽게 되었다. 바로 뒤 아기장수를 태우려고 용마가 나타났다. 용마는 주인을 찾아 헤매다 슬피 울며 용소에 빠져 죽었다.

한국의 아기장수는 "다른 사람에게는 없는 날개를 단 모습으로 세상을 마주한 고독"이 무척 인상적인 설화이다. 이는 일본(모모타로, 잇 슨보시), 베트남(지엉 장수)의 아기장수 유형 설화와 비교할 때 유독 한국 경우만 실패담인 사실과 연관되어 더욱 그렇다. 베트남의 지엉 장수는 오히려 나라가 열망했던 영웅이다. 세 살이 되도록 누워만 있던 아기가 외적이 침략하자 쇠말뚝과 쇠갑옷 따위를 요구하며 분연히 떨쳐 일어난다. 그는 강대한 외적과 맞서 싸워야 한다는 베트남 민족의 열망을 반영한다. 한국의 아기장수는 상황이 다르다. 보수적인 사회 내부에서 신선한 생명력을 지닌 개혁 세력의 출현을 기대하는 열망이 이런 설화를 출현시켰을 것이다. 하지만 견고한 지배 체제의 벽을 뚫지 못한 채 민중의 영웅은 죽는다. 물론 그것이 끝은 아니다. 아기장수는 죽었지만 그 후 나타난 용마의 그림자가 희망을 이어 준다. 즉, 용마가 머물러 있던 바위와 못이 남아 있는 한, 아기장수에 대한 기대는 전승자의 기억 속에 영원히 남아 있기 때문이다.[131]

수백 년 세월이 흘러 황석영의 「객지」에서 주인공 동혁은 여전히 이렇게 말한다.

"꼭 내일이 아니라도 좋다."

그 내일이 언제 어떤 모습으로 찾아올지는 사람마다 다 다를 것이다. 떠돌이 노동자 동혁의 내일은 노동자가 객이 아니라 주인이 되는 날, 그리하여 객지를 더 이상 떠돌지 않아도 되는 세상과 함께 찾아올 것을 의미한다.

우리 역사 속에서 궁예는 미래의 부처님, 즉 석가모니 부처님이 열반한 지 오십육억 칠천만 년 되는 때 찾아올 미륵부처의 세상을 현세에서 이루고자 했던 열망의 일단을 대변한다.[132] 후고구려를 세운 궁예의 개혁 의지는 결국 실패한다. 미륵보살을 자처한 그의 후반생은 더욱 파탄이었다. 고려의 정사 『삼국사기』는 그를 일러 "궁예는 스스로 불경 이십여 권을 지었는데 그 말이 요망하여 모두 경에서 어긋나는 것이었다"라고 비판했다. 하지만 민중은 당대적 삶의 질곡과 한계 속에서도 더 나은 생에 대한 열망을 현실화하려는 의지를 결코 포기하지 않는다. 싫든 좋든, 미륵 부처님에 대한 기대가 궁예를 낳았다. 〈아기장수〉 설화 역시 마찬가지—시대가 어려울수록 새로운 영웅에 대한 기원은 간절해진다.

소설가 최인훈은 1970년 〈바보온달〉 설화에 바탕을 둔 희곡 「어디서 무엇이 되어 만나랴」를 쓰고 난 후, 1976년 다시 희곡 「옛날 옛적

에 휘어이 훠이」를 발표한다. 이 작품은 바로 〈아기장수〉 설화에 바
탕을 둔 것으로 한국적인 신화와 전설이 어떻게 현대적으로 개편 가
능한지 심도 있게 탐색한 시도로 높게 평가 받는다.

다음은 마지막 장면이다.[133]

마을 사람들 여럿과 포졸들 여럿 들어선다.

마을 사람 1 : 여보게.

포졸 하나, 다짜고짜로 문고리를 나꿔챈다.

포졸 1 : 어딜 갔나?

포졸 2 : 분명하겠지?

마을 사람 1 : 예, 경기를, 일으켜서, 간밤에.

포졸 3 : 흠.

마을 사람 1 : 산에, 가져다, 묻고 오는, 길이더라군요.

마을 사람 2 : 저것 보게, 저기.

사람들 : 아니, 저 세 식구가 말을 타고 하늘로 올라가는군. 꽃을 던지는군.
　가거든 옥황상제께 여쭤 주게. 우리 마을에 다시는 장수를 보내지 맙시사
　구.

사람들이 한 마디씩 하자 하늘에서

하늘에서 우리 애기 / 착한 애기

사람들 : 훠이 다시는 오지 말아, 훠어이 훠이. (밭에서 새 쫓는 시늉을 하며)

하늘에서 젖 안 먹고 / 크는 애기…….

사람들 : 훠이 다시는 오지 말아, 훠어이 훠이.

사람들, 어느덧 손짓 발짓 장단 맞춰 춤을 추며, 어깻짓 고갯짓 곁들여, 굿

춤추듯, 농악 맞춰 추듯, 춤을 추며

하늘에서 ……보채면서 / 자란 애기 / 흉년 들면…….

사람들 : 훠어이, 훠이, 다시는 오지 말아, 훠어이 훠이.

점점 신명이 난 / 하늘과 땅이

서로 주고받는 사이에 / 천천히(막)

표면적인 비원(悲願)과 가슴에 감춘 간절한 비원(秘願) 사이에 미묘한 긴장감이 흐른다. 한국적 한이 그저 슬픔이나 고통으로 끝나는 게 아니라는 점을 새삼 절감하게 하는 장면이다.

쏙독새로 태어난 왕자의 사랑과 모험 이야기

흰 쏙독새-서른다섯 번째 이야기

티문 마스는 오이에서 태어나고, 모모타로는 복숭아에서 태어난다. 한국의 아기장수는 날개를 달고 태어나고, 일본의 잇슨보시(일촌동자)는 엄지손가락만한 크기로 태어나 오히려 비범하다. 인도의 어떤 신화에서는 아예 갑옷을 입고 태어나는 장수도 있다. 설화에서는 이런 상황이 아주 자연스러운데, 예를 들어 라오스의 설화에서는 사람이 악어, 거북이, 두꺼비, 앵무새 등 동물 아이를 낳는 것도 흔한 일이다. 불교의 윤회 사상이라는 관점에서 볼 때는 자연스러운 일이다. 『브아 홍 브아 히에오』는 새가 주인공으로 등장하는 라오스 운문소설이다. 거기서는 세 왕자가 모험을 나섰다가 마녀에게 붙잡혀 오히려 변신술을 익혔다. 셋은 앵무새로 변해 날아가다가 아주 아름다운 정원에 내려앉았다. 그 새들이 너무 예뻐 정원지기가 왕에게 고해 바치자, 왕은 사냥꾼을 보내 그 새들을 잡아 왔다. 그리하여 세 형제 새들을 공주에게 주는데, 다음 날 첫째를 제외한 두 형제 새는 달아나버렸다. 공주는 남은 그 새를 아주 좋아했다. 공주가 새의 목에 걸린 목걸이를 풀어주자 원래의 늠름한 왕자로 돌아왔다. 둘은 즉시 사랑에 빠졌고, 이후 공주는 임신을 했다. 왕은 기가 막혀 범인을 찾는데, 그의 앞에 스스로 바라나시 왕국의 왕자라고 밝히는 청년이 나타났다. 왕은 기뻐하며 두 사람의 결혼을 승낙했다. 이런 식으로 달아난 두 형제도 자기 운명을 개척했다. 둘째는 보기만 하면 돌이 되는 공주와 결혼했고, 셋째는 사람을 보기만 하면 머리가 아파 오는 공주와 결혼했다.[134] 이렇듯 동물로 태어난 보살이 겪는 시련을 추적하는 것이 불교 국가 라오스의 고전 운문소설이 내보이는 전형적인 내용이다.

이제 소개하는 『흰 쏙독새』는 874연의 비교적 짧은 라오스 고전 운문소설인데, 여기서는 주인공이 업보 때문에 제목처럼 흰 쏙독새로 태어난다.

35 먼 옛날 바라나시 왕국에 왕이 살고 있었다. 그는 무엇 하나 부러울 것 없이 행복하게 살고 있었는데, 어느 날 갑자기 자기 왕위를 물려받을 자손이 필요하다는 사실을 깨달았다. 그에게는 수마와 빔바라는 두 명의 왕비가 있었다. 두 왕비는 각기 자기가 아이를 낳아 왕의 총애를 받게 해달라고 삼십삼천을 지배하는 인드라(제석천)

에게 기도했다. 인드라는 둘 중 하나에게만 아이를 점지하는데, 두 왕비에게는 그것이 꿈속에서 각기 다른 전조로 나타났다. 즉, 한 사람에게는 휘황하게 빛나는 별이 다가오다가 사라진 반면, 다른 한 사람은 자기 손안에 그 별이 다가와 안기는 것을 보고 미친 듯이 기뻐했다.

첫째 왕비 수마는 자기가 아이를 배지 못할 거라는 사실을 깨닫고는 점쟁이의 도움을 받아 계략을 꾸몄다. 젊은 왕비 빔바는 아이를 임신해서 출산을 하게 되었을 때 관습대로 피를 보고도 아픔을 느끼지 않게끔 눈가리개를 했다. 그 결과, 젊은 왕비는 사람이 아니라 흰 쏙독새를 출산한다. 그러자 점쟁이는 엄마와 아이를 쫓아내야 한다고 왕을 부추겼다. 결국 빔바는 아이와 함께 궁궐에서 쫓겨났다. 그녀는 궁궐의 모든 이들에게, 심지어 자기가 누워 자던 침대에게까지 장황하게 작별을 고했다. 그녀는 자기 앞날에 무엇이 기다리고 있는지 알지 못한 채 무거운 발길을 옮겼다. 그녀는 그게 전생의 업보라고 여길 뿐, 누군가 다른 이의 탓으로 생각하지는 않았다. 그녀에게 앙심 같은 건 없었다.

"업보가 나를 잡았구나. 이 모든 게 다 내 나쁜 행실 탓이려니 누굴 탓하리오."

그녀의 얼굴에서 눈물이 그치지 않았다.

그녀는 숲길을 걸어갔다. 뻐꾸기의 노래를 듣기도 하고 어린아이의 울음소리가 온 숲에 퍼지는 것을 듣기도 했다. 그러나 동시에 그녀는 나무가 울창한 숲 속이 야수와 사람을 잡아먹는 거인들이 가득 찬 소굴이라는 사실에 겁을 집어먹었다. 하지만 그녀와 아이가 자는 동안 나무의 정령들이 지켜주었다.

두 사람은 마침내 어느 나라에 이르러 공원을 관리하는 노부부를 만났다. 빔바는 행복한 날을 꿈꾸며 그들을 따라갔다. 알고 보니 그 공원은 그 나라 왕 무앙 센의 유일한 딸인 부아 카이 공주가 자주 놀러 오는 곳이었다. 부아 카이 공주는 세상에서 제일 예쁜 공주였다. 그녀는 흰 쏙독새를 보고서 한눈에 반해 아버지에게 데려다 키울 수 있게 해달라고 부탁했다. 왕은 한 마리 작은 새가 무슨 해를 끼칠까 싶어 허락했다. 쏙독새도 그녀를 처음 본 순간부터 사랑에 빠져버렸다. 그 쏙독새가 자기 죄를 속죄하는 나이 열여섯 살이 되었을 때, 인드라가 곤궁에 처한 그에게 다가와서 사랑스러운 미소를 지어보였다. 그때부터 그는 깃털을 벗어 던진 채 늠름한 왕자로 변했다. 두 사람은 앞뒤 가리지 않고 사랑에 빠졌다.

그러자 그때까지 모든 이들에게 숭배의 대상이었던 그녀의 황금빛 살결이 생기를 잃기 시작했고, 배는 하루가 다르게 점점 불러왔다. 소문이 퍼져 나갔다. 왕은 범인이 누구인지 잡으려고 했지만 잡을 수 없었다. 왜냐하면 그는 낮에는 새의 모습으로 돌아갔기 때문이었다. 마침내 공주는 아이를 낳게 되었다. 왕은 자기 딸이 아버지 없는 아이를 낳았다는 사실에 크게 실망했다. 그러다가 결국 자기 딸에게는 남편이, 그리고 손자에게는 아버지가 필요하다고 생각하게 되었다. 왕은 전국 방방곡곡에 방을 붙여 아이의 아버지는 스스로 모습을 드러내라는 명령을 내렸다. 쏙독새가 나타나자, 왕은 불같이 화가 나서 자기 딸을 공원지기 부부에게 쫓아버렸다.

얼마 후 왕국이 외적의 침입을 받는데, 왕은 왕국을 제대로 지킬 수 없었다. 적들은 왕에게 나흘의 말미를 주었다. 절망에 빠진 왕은 나라를 구할 용사를 구했다. 아무도 선뜻 나서는 이가 없었다.

그러자 흰 쏙독새가 평범한 사내의 모습으로 변해 왕 앞에 나섰다. "당신의 신하가 외적과 맞서 싸우겠나이다."

젊은이는 싸움이 벌어지자 용감하게 나섰다. 그는 칼과 활을 빼들고 싸움터로 뛰어들었다. 그가 화살을 쏘기 무섭게 적들은 고꾸라지기 시작했다. 적군은 혼비백산해서 달아나기 바빴다. 마침내 젊은이가 왕을 도와 승리를 거두었다. 왕은 그 젊은이가 쏙독새라는 것을 깨닫고 크게 기뻐하며 그에게 왕위를 물려주었다.[135]

사람과 자연의 거리가 그다지 멀지 않던 시절, 운문체로 쓰인 이고전소설은 이야기꾼이 끊임없이 개입하여 청중의 주의를 환기시키는 방식으로 구연되었다. 그것을 기록한 라오스어 최초 저본의 구연자가 누구인지 알려지지 않고 있지만, 정황상 19세기에 라오스를 떠나 시암(태국)에서 공부를 하던 라오스인으로 추측할 수 있다. 그는 타국에서 느끼던 향수를 이 소설을 구연하며 달랬음이 틀림없다.

배경이 인도의 바라나시 왕국인 것 역시 이 소설에 특유한 점은 아니다. 다른 라오스 고전소설은 물론이고, 많은 동남아시아 문학작품이 이와 같은 배경을 취함으로써 독자들에게 이국적인 호기심을 불러일으킨다. 뒤에 가서 다시 살피겠지만, 인도가 동남아에 미친 영향은 굉장히 넓고 깊다.

징그러운 뱀의 외형마저 뛰어넘은 사랑과 효성

뱀 왕자-서른여섯 번째 이야기

동서양을 막론하고 이야기의 세계에서 변신은 예부터 매우 중요한 모티프였다.

〈단군신화〉에서 곰과 호랑이는 쑥과 마늘만 먹으면서 햇빛을 보지 않고 백 일을 견디며 사람이 되는 시험을 받는다. 변신에 성공한 이는, 그리하여 신화의 세계에서 역사의 세계로 전이에 성공한 것은 곰이었다. 변신은 고통스럽지만 그 열매가 달다는 사실이 확인된 것이다. 그림 형제의 동화에 나오는 〈개구리 왕자〉 이야기는 욕지기마저 일 정도로 징그러운 모습을 한 존재가 오히려 새로운 운명을 개척해준다는 플롯의 전형이다. 이런 점에서, 세계적인 신화학자 조셉 캠벨이 자신의 저서 『천의 얼굴을 가진 영웅』 제1장 첫머리를 바로 이 〈개구리 왕자〉 이야기로 시작하는 것은 자못 의미심장하다 하겠다. 베텔하임 역시 대부분의 동물 신랑 이야기들이 어린이들에게 성적인 성숙을 포함하여 자아의 독립에 대한 의식을 심어준다고 말한다. 예를 들어 〈개구리 왕자〉에서 징그러운 개구리에게 약속을 지키라고 강요하는 아버지에게 화가 난 공주는 벽에다가 개구리를 패대기치는데 그 순간 개구리는 왕자로 변한다. 베텔하임은 개구리가 가까이 다가올수록 공주의 감정은 격해지지만 이것은 그만큼 인간적이 되는 것을 의미하며, 나아가 잔인하게 벽에 개구리를 패대기치는 행위는 아버지의 명령을 어김으로써 오히려 자신의 존재를 확인하는 과정을 의미한다고 분석한다.[136] 즉, 그제야 비로소 엄마, 아빠 무릎에 앉아 칭얼대던 미성숙한 자아가 독립을 받아들일 수 있게 된다는 뜻이다.

그리스로마 신화에서도 이 변신 모티프가 즐겨 사용된다. 그리스로마 신화를 다룬 오비디우스의 명저가 제목을 『변신 이야기』라고 달고 있는 것도 이와 무관하지 않을 것이다. 제우스와 함께 있다가 헤라가 나타나자 이오는 제우스의 술수에 의해 소로 변하고 눈이 백 개나 달린 괴물 아르고스에게 괴롭힘을 당한다. 거기에서는 속임수뿐만 아니라 징벌이나 구원 등에 의한 변신도 자주 일어난다. 변신이 꼭 동물의 형태로만 일어나는 것은 아니어서, 에로스의 심술에 의해서 졸지에 사랑을 거부하는 납화살을 맞고 만 다프네는 끝내 월계수 나무로 변신하고 만다. 사실 동서양을 가릴 것 없이 세상의 수많은 꽃, 수많은 별이 이런 변신의 결과물이다.

나아가 변신은 현대에도 이어져, 카프카의 「변신」에서 그레고르 잠자가 자고 일어났더니 벌레로 바뀌었을 때처럼 현대인의 의식 세계나 사회적 존재로서의 위상 변화 따위를 반영하는 아주 중요한 모티프로 작용하기도 한다.

이와 관련하여 들뢰즈-가타리는 소수적인, 그래서 사뭇 혁명적인 해석을 내놓는다.[137] 그는 카프카의 소설에서 집요하게 인간의 이른바 '동물-되기'를 읽어 내는 바, 이때 '동물-되기'는 흔히 분석하듯 결코 동물의 수준으로 돌아가는 퇴행이 아니라 오히려 창조적이며 동시적인 역행이다. 인간을 무엇인가로 규정하는 이제까지의 관행이 인간이 다른 것일 수 있는 가능성들을 차단하기 때문에 오히려 '차이'의 생산적인 역능에 주목할 필요가 있고, 따라서 인간의 '탈인간-되기가 필요하다는 것이다. 들뢰즈-가타리는 박물학이 보여주는 (원형적) 계열화나 (상징적) 구조화에는 관심이 없다. 외적 유사성과 내적 상동성에도 관심을 기울이지 않는다. '되기'는 유비나 모방, 더군다나 동일화가 아니다. 동시에 그것은 꿈이나 환상도 아니다. 따라서 이들이 말하는 인간의 '동물-되기'는 인간이 변해서 되는 동물이 실재하지 않더라도 실재적이다.[138]

이런 점에서는, 카프카의 관심이 사실은 벌레를 통해 무엇을 지시하거나 상징하는 데 있지 않다. 실제로 카프카는 "은유는 나를 절망하게 만드는 것 중의 하나"라고 말하며, 모든 지시는 물론 모든 은유, 모든 상징주의, 모든 의미화를 필사적으로 제거하려 한다. '동물-되기'는 은유와 아무런 관계도 없다. 그것은 어떤 상징성과도 어떤 알레고리와도 관계가 없다. 그는 그야말로 진짜 벌레가 되려고 했던 것이다. 인간과 벌레 사이에는 차이가 없다. 있다면 오직 '강렬도'의 차이만 있을 뿐이다. 기온 10도와 30도처럼. 화가 프랜시스 베이컨(1909~1992)이 얼굴에서 '기관'들을 제거함으로써, 즉 '탈영토화'함으로써 무정형의 새로운 신체(CsO=기관 없는 신체)를 창조한 것과 마찬가지로, 카프카는 벌레의 흉내를 내려고 했던 것이 아니라 자신의 신체적 강렬도의 분포를 변화시켜 진짜 '벌레-되기'를 시도했던 것이다. 물이 온도가 0도 이하로 내려가면 어느 순간 전혀 다른 양태로 변화하듯이!

그런데 카프카는 왜 벌레가 되려 했던 것일까.

그것은 그가 '벌레-되기'를 통해 새로운 출구인 동시에 새로운 접속을 시도하기 때문이다. 이때 새로운 출구-접속은 가령 복종과 대

립하는 자유, 즉 아버지라는 권위의 그늘에서 벗어나는 자유 따위가
아니라 하나의 완벽한 탈주선을 의미한다. 생생한 탈주선!

"그렇습니다. 저는 자유를 원치 않았습니다. 단지 하나의 출구만을 원했
습니다. 왼쪽이든 오른쪽이든 관계없이."

「학술원에 드리는 보고」

물론 그의 이런 시도는 실패한다. 아버지는 그에게 사과를 던지고,
거기에 깔려 죽음으로써 결국 벌레는 '오이디푸스'로 재영토화된다.

베텔하임과 들뢰즈, 어느 쪽에 좀 더 무게를 주고 해석하든 변신이
이야기의 세계에서 그만큼 중요한 기능을 하는 것은 새삼스러운 일
이 아닐 것이다. 하지만 그리스로마 신화에서 그토록 중요한 비중을
차지하던 변신이 일신교로서의 기독교가 확립된 이후에는 급속히
설화의 영역에서 사라진다. 자연을 지배의 대상으로 여기고 동물을
저급한 단계의 정복 대상으로 간주하는 사고방식에서는 영혼이 인
간 이외의 다른 형태로 변신하는 이야기가 생겨날 수 없었기 때문이
다.[139]

생육하고 번성하여 땅에 충만하여라. 땅을 정복하여라. 바다의 고기와
공중의 새와 땅 위에서 살아 움직이는 모든 생물을 다스려라.

창세기 1:20-28

아시아의 경우, 동물은 두려운 동시에 친근한 존재이기도 했다. 사

냥의 대상인 동시에 숭배의 대상이었다. 동물에 대한 이러한 양면적 감정이 인간의 영혼이 불멸한다는 관념과 합쳐져 가령 중국의『산해경』에 보이듯 반인반수 형상의 신들을 무수히 창조해내기에 이른다.[140]

예부터 버마에서 뱀은 신성시되는 동물이었다. 따라서 뱀을 등장시키는 설화도 적지 않게 존재해 왔다. 아래는 뱀이 왜 버마에서 신성시되는지 알려주는 중요한 민담이면서, 동시에 아시아에서 '변신'이라는 모티프가 어떻게 설화로서 정착되는지 관찰할 수 있는 좋은 사례라 하겠다. 예컨대 기독교『성서』에 나오는 뱀의 역할이나 길가메시가 어렵사리 얻은 회춘의 약초를 훔쳐내는 뱀의 역할과 비교해 보는 것도 흥미롭다.

36 세 딸을 둔 과부가 매일같이 산에 가서 땔감을 하고 열매를 주워서 생활을 꾸려 나갔다. 어느 날 그녀가 아끼는 무화과나무에 무화과가 하나도 없었다. 그녀는 어느 도둑놈이 다 훔쳐 갔느냐고 화를 냈다가, 나무 위에 똬리를 튼 큰 뱀 나가를 보았다. 그녀는 얼른 사과하면서 자기 딸들하고 결혼하고 싶으면 무화과 하나씩을 내라고 말했다. 나가는 무화과 세 개를 주었다. 그러더니 몸을 흔들어 나머지 무화과도 다 떨어뜨려주었다. 과부는 그것들을 몽땅 주워 바구니에 담은 다음 서둘러 집으로 달려갔다. 그러면서 만나는 나무 그루터기, 흙더미, 돌무더기에게 뱀이 만일 자기를 찾으면 못 봤다고 대답해 달라고 하면서 무화과 하나씩을 주었다. 하지만 나가는 그런 속임수에 넘어가지 않고 집까지 와서 항아리 속에 숨었다. 과부가 쌀을 꺼내려

고 할 때 나가는 과부를 꽁꽁 감아 버렸다. 과부는 자신은 딸들을 소개시켜주려고 한 것이었다면서 위기를 모면했다. 그녀는 자기 딸들에게 차례로 나가하고 결혼할 것인지 물었는데, 위로 두 딸은 절대 안하겠다고 말했다. 막내 마 흐트웨는 기꺼이 결혼하겠다고 했다. 그날 밤 막내는 이상한 꿈을 꾸었다. 키 크고 잘생긴 왕자가 와서 자기를 꽉 껴안는 꿈이었는데, 사흘 내리 같은 꿈을 꾸었다. 그 꿈은 좋은 징조라고 과부가 말했다. 그러면서 막내 방에 몰래 들어가서 장롱 뒤에 숨었다. 밤이 되자 바구니에서 잘생긴 청년이 나오더니 침대 속으로 들어가서 막내딸을 꽉 껴안았다. 과부는 둘이 완전히 곯아떨어지기를 기다렸다가 바구니를 들고 방을 빠져나왔는데 그 안에는 뱀의 허물이 있었다. 그녀는 그 허물을 부엌에 가지고 가서 불에 태워버렸다. 그 순간, 왕자가 고통에 겨워 울부짖으면서 제발 껍질을 돌려달라고 부탁했다. 그 소리를 듣고 막내딸도 달려왔다. 막내딸이 물을 뿌리고 기름을 발라주어 왕자는 간신히 살아남았다. 그는 자신이 나가였는데 껍질이 타버렸기 때문에 이제 사람처럼 살고 사람처럼 죽을 운명이 되었다고 말했다.

두 언니가 막내를 시기했기에 막내와 나가는 집을 따로 지어 나가 살았다. 그들은 행복하게 살면서 아들을 하나 낳았다. 나가는 갈대를 꺾고 마 흐트웨는 그걸 시장에 내다 팔아 살림을 꾸려 나갔다. 그러다 나가는 무역을 해서 돈을 벌겠다고 먼 길을 떠났다. 떠나기 전 그는 쌀과 땔감을 많이 비축하고 커다란 물탱크도 만들어두었다. 왕자가 떠났다는 소식을 듣자 두 언니는 막내를 죽이고 자기들이 왕자를 차지할 계책을 세웠다. 그래서 매일같이 찾아와서 시장에 가자고 했지만 그때마다 막내는 다 준비해둔 게 있다며 거절했다. 나흘째 되는 날에 언니들은 즐겁게 노래를 부르며 놀다가 그네를 타러 간다고 말했다. 막내는 옛날 생각에 젖어 언니들을 따라갔다. 차례가 되자 막내는 아들을 꼭 안고 그네에 탔는데, 언니들이 거칠게 떠밀어서 그만 바다에 풍덩 빠지고 말았다. 언니들은 막내가 아들과 함께 파도에 휩쓸려 가는 걸 보고 즐거워하면서 돌아갔다. 그러나 운이 좋게도 큰 황새가 지나가다가 그들 모자를 물어서 자기 둥지로 데려갔다. 황새는 막내를 자기 아내로 삼으려고 했다. 막내가 나가를 그리워하는 가사의 자장가를 부르자 황새는 화를 내면서 자기 노래를 부르게 했다. 그렇게 몇 달의 시간이 흘렀다. 배를 타고 돌아오던 나가가 이상한 노랫소리를 들었는데 단번에 그게 아내의 목소리라는 걸 알아차렸다. 나가가 아내를 구하려고 육지로 뛰어내리자 나무 꼭대기에서 막내가 소리쳤다. 황새가 자기 생명을 구해준 것이니까 서로 싸우지 말라고. 나가는 물고기 오백 마리를 주고 두 모자를 구해낼 수 있었다. 마침내 그들이 마을에 도착하자 두 언니가 치장을 하고 나와 나가를 맞이했다. 나가가 막내의 행방을 묻자 물에 빠져 죽어서 자기들도 슬프다고 말했다. 그러면서 자기들을 새 아내로 맞이하라고 부탁했다. 나가는 아내를 새로 얻을 마음은 없으며 다만 막내를 위해 가져온 보물 궤짝이 있으니 그걸 가장 가까운 혈육인 당신들이 가져가라고 말했다. 온 동네 사람들이 지켜보는 가운데 신이 난 언니들이 궤짝을 개봉하는 순간 막내와 아들이 퐁 하고 튀어나왔다. 마을 사람들은 깔깔거리고 웃었다. 두 언니는 부끄러움에 몸 둘 바를 몰랐다. 막내는 그런 언니들을 너그럽게 받아들였다.[141]

우리나라에도 〈뱀 신랑〉 이야기가 많이 전해 내려온다. 〈구렁덩덩 신선비〉라고도 하는데, 내용이 위의 설화와 유사한 점이 많다. 어느 할머니가 자식을 바라 뱀 아들을 보았는데 이웃집 셋째 딸만 혼인에 응하는 부분이나 첫날밤 허물을 벗고 잘생긴 남자가 되는 부분 등이 그렇다. 우리 〈뱀 신랑〉의 경우 신랑이 낮에는 뱀, 밤에는 사람으로 지내다가 과거를 보러 떠나면서 허물을 맡기며 절대로 남에게 보여주지 말라고 당부한다. 그런데 막내는 이를 어기고 두 언니에게 보여준다. 두 언니가 그 뱀 허물을 태워버려 남편은 정처를 잃고 헤맨다. 이제 내용은 셋째가 남편을 찾으러 떠나 지하 세계에까지 찾아간다는 내용으로 바뀐다. 거기서 이미 딴살림을 차린 남편을 두고 남편의 새 각시와 내기를 하여 남편을 도로 찾아온다는 결말로 이어진다. 〈뱀 신랑〉의 이러한 설정에 대해, 변신이 진정한 자아를 찾아가기 위한 전 단계라고 파악할 수도 있다. 금기를 어겨 남편을 잃은 셋째가 지하 세계로 남편을 찾아가는 험난한 과정이나 내기를 통해 결국 남편을 되찾는 과정은 인간이 스스로 진정한 자아를 찾는 게 그만큼 힘들고, 따라서 그만큼 보람이 있다는 사실을 말해준다는 것.[142] 헌 각시인 셋째 딸은 호랑이 눈썹을 구하면서 내기에서 승리자가 된다. 특히, 분석심리학자들은 〈뱀 신랑〉 이야기를 여성의 무의식 속에 존재하는 부정적 아니무스(여성의 마음속에 있는 남성)가 시련을 통해 순화되고, 마침내 여성의 자아를 찾아가는 이야기로 해석하기도 한다.[143]

변신을 다룬 민담 중에서 특히 뱀과 관련된 게 많은 까닭은 뱀이 허물을 벗는 동물이기 때문일 것이다. 이때 허물벗기는 비단 자아를 찾는 과정일 뿐만 아니라, 부활 혹은 재생의 통과의례일 수도 있다.

뱀은 세계 어디에서나 '부활'과 관련 있는 동물로 간주되기 때문이다. 필멸의 인간이 불멸을 꿈꾸면서 변신이 설화의 주요 주제로 등장하는데, 이 경우 특히 고통을 참아내는 '탈피'는 인간으로서의 한계를 벗어나 장생불사의 영역으로 들어가는 과정인 것이다.[144] 우리의 경우에도 동물 변신 설화 가운데 뱀이 가장 많고, 이어 여우, 호랑이 순이다.[145] 그만큼 우리 민족의 삶과 맞닿는 교감의 면적이 넓은 동물이었기 때문이다.

콩쥐팥쥐 이야기

아시아의 콩쥐팥쥐, 아시아의 신데렐라

자매는 셋이고, 형제도 셋이다. 대개 하나가 착하고 둘은 못난 성격을 지녔다. 앞서 살펴본 필리핀의 〈이봉 아다르나〉에서 위로 두 형제가 그러했고, 방금 살펴본 버마의 〈뱀 왕자〉에서 위로 두 언니가 그러했다. 물론 두 형제나 자매, 혹은 두 남매만 나오는 이야기도 많다. 둘은 대개 성격이 천양지차인데, 그래서 이야기를 더욱 풍요롭게 만드는지 모른다. 우리나라의 〈콩쥐팥쥐〉도 이 분야에서 뒤로 가면 서러워할 만큼 잘 짜인 전형적인 이야기이다. 계모의 구박과 이복형제의 질시를 물리치고 '꽃신'을 통해 끝내 신분 상승을 이룬다는 플롯이 예부터 많은 이들의 마음을 사로잡았다. 세계 각국에는 이런 식의 이른바 '신데렐라 이야기'가 천여 종 넘게 존재한다는 보고가 있는데, 아시아 각국에도 비슷한 구조를 지닌 이야기들이 많이 있다.[146] 중국의 〈섭한 아가씨〉, 이라크의 〈가난한 소녀와 암소〉, 필리핀의 〈마리아〉, 베트남의 〈카종과 할록〉〈떰과 깜〉, 인도네시아와 말레이시아의 〈바왕 푸티흐(마늘)와 바왕 메라흐(양파)〉, 태국의 〈쁠라 부텅〉[147] 등이 그러하다. 이중에서 우선 중국, 일본, 베트남의 경우를 살펴보자.

중국의 콩쥐팥쥐

섭한 아가씨(葉限姑娘)-서른일곱 번째 이야기

37 동방에 한 마을이 있었는데 주인이 오(吳) 씨 성을 지닌 사람이므로 사람들이 그곳을 오동(吳洞)이라고 불렀다. 오 씨는 장가를 두 번 들었다. 전 부인이 섭한(葉限)이란 딸을 두고 작고하였는데, 섭한은 슬기롭고 총명하여 부친의 사랑이 대단하였다. 후에 부친이 죽으매, 계모에게 학대를 받아서 항상 험한 곳에서 나무를 하고 깊은 곳에서 물을 긷게 되었다. 한번은 손가락 두 마디쯤 되는 지느러미가 붉고 눈이 금빛인 물고기를 한 마리 얻어서 동이에다 기르는데, 날마다 우쩍우쩍 자라서 연방 그릇을 갈되 미처 따를 수가 없었다. 그리하여 뒤란 연못에 던지고 제가 먹는 밥을 남겨서 그 고기를 길렀더니, 이 색시가 가면 고기가 나와서 고개로 못가를 베고 누웠으되 다른 이는 가도 나오는 일이 없었다.

계모가 이를 알고서 하루는 새 옷을 섭한에게 입혀서 수백 리 먼 샘으로 물을 길러 보내고, 제가 섭한의 헌 옷을 입고 못가로 가서 고기를 부르니, 고기가 곧 고개를 내밀거늘 감추어 가지고 갔던 도끼로 그 고기를 쳐 죽이고, 그 살로 반찬을 해 먹고 그 뼈를 뒷간 밑에 넣어버렸다.

날을 지내고 섭한이 돌아와서, 못가에 가서 고기를 불러도 감감하여 대답이 없으매, 들 밖에 나가서 엉엉 우니, 문득 머리를 풀고 검은 옷을 입은 사람이 하늘에서 내려와서 이 색시를 위로하되 "우지 말라, 너의 어머니가 그 고기를 죽였느니라. 그 뼈가 똥 밑에 들었으니 네가 돌아가서 그것을 꺼내어 방에 가져가 두고, 소용되는 물건이 있거든 거기 찾으면 원대로 나오리라" 하였다. 색시가 이 말대로 하여 금은보화며 먹고 입는 것을 마음대로 얻어 썼다.

동리에 잔치가 있으매, 계모가 제 딸만 데리고 가며, 섭한은 뜰의 과수나무를 지키라고 하였다. 그러나 섭한은 계모가 멀리 가는 것을 보고는 좋은 옷을 입고 금신을 신고 몰래 잔치에 참석하였다. 계모가 낳은 딸이 보고 암만해도 섭한일시 분명하다 하매, 계모도 그럴싸하게 알거늘 섭한이 들킨 줄 알고 얼른 돌아오는데, 급한 통에 신 한 짝을 떨어뜨려서 마을 사람 누군가가 얻은 바가 되었다. 계모가 돌아와 보매 섭한이 나무를 안고 졸고 있으므로 다시 염려를 하지 아니하였다. 그 동네의 이웃은 해도(海島)라는 섬이요, 섬 안에 타한국(陀汗國)이란 나라가 있어, 군사가 강하여 수십 개 섬의 왕 노릇을 하고, 경계가 수천 리에 이르노니, 마을 사람이 그 신을 가져다가 타한국에 팔아서 왕의 손에 들어가니, 왕이 좌우에게 신겨 보매 맞는 이가 없고,

온 나라의 부인에게 모조리 신겨 보되 또한 그러하며, 신의 가볍기가 털 같아서 돌을 밟아도 소리가 없으매, 타한 왕이 아무래도 마을 사람이 옳지 못한 방법으로 얻은 것이라 하여 드디어 옥에 가두어 주리를 틀되 마침내 그 근본을 알지 못하다가, 나중에는 그 마을을 집집이 뒤져서 섭한을 잡아내는데, 섭한이 좋은 옷에 신을 신고 나서니, 홀란하여 천사와 같으니, 왕이 섭한과 물고기 뼈를 다 싣고 돌아가서 섭한으로 상부(上婦)를 삼고 물고기 뼈로 나라의 구차한 것을 피게 했다. 계모와 그 딸은 날아온 돌에 맞아서 죽었다.

얼마 뒤에 물고기 뼈가 신통력을 잃어서 다시 보배를 낳지 못하매, 왕이 이것을 나루에 묻고 구슬 백 말로 덮어 두고 나라에 긴급한 일이 있을 때에 쓰려 하였더니 파도의 씻어 간 바 되었다.[148]

일찍이 육당 최남선이 우리말로 정리한 판본이다.

9세기에 기록된 〈섭한 아가씨〉는 문자로 기록된 〈신데렐라〉 계열 이야기 중에서 완전본으로서는 가장 오래된 것이다. 이 이야기가 1932년 서양에 본격적으로 소개된 이후 〈신데렐라〉 연구에 획기적인 한 획을 그었다고 한다. 〈신데렐라〉와 많은 점에서 비슷하지만, 특히 물고기 뼈가 보물을 준다는 점은 서양 판본과 확연히 차이가 나는 부분이다. 이것은 오히려 베트남 낀족의 〈떰과 깜〉, 참족의 〈카종과 할록〉과 유사한 설정이다.[149]

일본의 콩쥐팥쥐

강복미복(겨순이와 쌀순이)-서른여덟 번째 이야기

38 강복(糠福), 즉 겨순이는 전실 소생이요, 미복(米福), 즉 쌀순이는 후실 소생인데, 하루는 계모가 자매더러 산에 가서 밤을 주워 오라고 명하면서 겨순이에게는 바닥 없는 망태기를 주고, 쌀순이에게는 바닥 막힌 망태기를 주었다. 겨순이가 형이니 앞서서 줍고 쌀순이는 아우이니 뒤에서 주으라고 일러 보냈다. 둘이 산에 가서 밤을 주을새 형은 아무리 주워 담아도 바닥 없는 망태기라 그대로 온통 새어 버리고, 아우는 뒤를 따라가면서 새어 떨어지는 밤을 주워 담아 금세 망태기가 가득 찼다. 점심때가 되어서 둘은 언덕으로 올라가서 점심밥을 먹으려 하다가 밥 덩어리가 떨어져서 개울 바닥으로 내려가, 그것을 쫓아 내려가 본즉 거기 조그만 집 한 채가 있었다.

들어가 본즉 할멈 하나가 앉았다가 너희들 무엇 하러 왔느냐고 하거늘, 밥 덩어리를 찾으러 왔노라 한즉, 할멈의 말이 그 밥은 내가 집어먹었으니 뒤좇아 물어 놓으려니와, 도대체 여기는 너희 올 곳이 아니니라, 고대 이 집의 형제가 돌아오면 너희들을 잡아먹을 것이니 냉큼 내 궁둥이 밑으로 들어가서 숨어 있으라 하므로 그대로 한즉, 그 집의 형과 아우가 돌아와서 "어머니, 사람 냄새가 나오, 사람내가 웬일이오?" 하매, 할머니가 "사람이 왜 있다는 말이냐? 내가 고대 새를 잡아서 볶아 먹었더니 그 냄새인 게지. 그것은 어찌 갔든지 어서 나가서 사슴이나 사냥해 가지고 돌아오려무나." 하고 형제를 도로 내보내었다. 그리고 할머니가 궁둥이로서 두 아이를 나오라 해서, 날이 저물기 전에 어서 집으로 가거라 하고 겨순이의 망태기 밑을 막아서 밤을 넣어주고, 또 "얘들아, 고리짝을 하나씩 줄 터인데, 가벼운 것으로 주랴, 무거운 것으로 주랴" 하거늘, 쌀순이는 "나는 쌀이니 무거운 것을 가지겠어요" 하고, 겨순이는 "나는 겨이니 가벼워도 좋아요" 하여, 둘이 원대로 할머니에게서 고리짝 하나씩을 받아 가지고 산으로서 내려왔다.

거의 동리로 와서 쌀순이가 저의 짊어지고 오는 고리짝이 너무 무거우므로 무엇이 들었는지 열어 보자 하는데, 겨순이는 집으로 다 가기까지 열어보지 않겠다고 하였다. 쌀순이는 기어이 열어보겠다고 하여 뚜껑을 열고보매, 그 속에 지렁이–뱀–지네–쇠똥이 하나 가득 들었는지라, 혼이 나서 그것을 내던지고 형의 것을 보자 하거늘, 형은 그러나 듣지 않았다. 겨순이가 집으로 와서 밤에 가만히 열어 보매, 좋은 비단 옷이 수북하게 들어 있는지라 몰래 광 한구석에 감추어 두었다.

장자(長者: 큰 부자) 집에 큰 놀이가 벌어져서, 계모가 쌀순이는 구경을 데려가는데, 겨순이는 구경을 갈 수 없어서 훌쩍훌쩍 울고 있더니, 동넷집 할머니가 와서 "너 왜 구경도 가지 아니하고 울고 있느냐" 하거늘, 겨순이가 "그런 것 아니라 구경이 가고 싶지마는 물을 일곱 동이 긷고 명주실 일곱 틀이나 감고 피를 일곱 절구 찧어 놓으라고 해서, 시방 실을 감고 있어요" 하였다. 할머니가 "그런 일은 내가 다 해줄 것이니, 어서 구경을 가거라" 하므로, 겨순이가 아주 기뻐서 낯을 씻고 분을 바르고, 광에 들어가서 산 할머니에게서 받아온 좋은 옷을 입고 나갔다.

놀이터로 가매 쌀순이가 겨순이를 보고 "어머니, 저것 보오. 겨순이가 왔소" 한대, 계모가 "어떻게 온단 말이냐. 다른 사람이지" 하였다. 쌀순이가 "그럼, 어디 떡 조각을 던져보리까?" 하고 쌀순이가 떡한 조각을 내어 던지매, 겨순이가 그것을 덥썩 받아먹는지라 "저거봐요, 저 애가 겨순 언니가 분명하오" 하여도, 계모는 "니 형이 저런 훌륭한 옷이 어디서 나서 입는단 말이냐. 아니다, 아니다" 하고 다투다가, "그러면 집으로 돌아가서 보자" 하고 모녀가 집으로 돌아왔다. 겨순이가 이 모녀보다 앞질러 집으로 돌아와서 묵은 옷을 도로 입고 얼굴에 검정을 바르고 물을 긷고 있은즉, 계모가 돌아와서 "저것 보아라, 겨순이가 저기 저렇게 있지 않느냐" 하는 참에 장자 집에서 겨순이를 며느리로 데려가겠다고 중매가 왔다. 계모가 쌀순이를 데려가라 하여도 중매가 싫다고 하므로, 어쩔 수 없이 겨순이를 보내기로하였다. 겨순이가 예쁘게 단장을 하고 훌륭한 옷을 꺼내 입고 방울주렴 단 말을 타고 덜그렁절그렁하며 장자 집으로 시집을 갔다. 쌀순이가 이것을 보고 나도 시집을 보내달라고 울고 보채매, 어미가 하는수 없이 "너는 달라는 사람이 없으니 절구에다 태워 아무 데로 가자" 하고 우렁이 껍질을 주워다가 절구에 달아서 대그럭대그럭 소리를내면서, 논길로 끌고 가다가 절구가 찌그러져서 쌀순이가 논바닥으로 떨어져버렸다. 그리고 "어머니, 나는 우렁이나 되어버리겠소" 하고 논바닥의 우렁이가 되었다.[150]

일본에서는 이 설화가 주인공의 이름을 조금 달리하여 〈고메후쿠아와후쿠(米福粟福)〉로도 많이 알려지고 있다. 이때 '아와후쿠(粟福)'는 최남선 식으로 하면 '조순이' 정도가 된다. 이 경우 미복이, 즉 고메후쿠의 역할은 전처 소생으로 〈강복미복〉의 쌀순이 미복과는 정반대이다. 내용은 거의 동일하다. 어쨌든 우리의 『콩쥐팥쥐』와 달리 일본의 이 〈겨순이 쌀순이〉류 설화는 결혼 후일담이 나오지 않는데, 즉 팥쥐가 콩쥐를 유인해서 살해하고 나중에 철저한 응징을 당한다는 설정이 없는 게 특징이다. 딸이 미꾸라지, 계모가 거머리가 되는 판본도 있는데, 어쨌든 〈콩쥐팥쥐〉와는 결말을 맺는 방식에서 차이를 드러낸다.[151]

베트남의 콩쥐팥쥐

떰과 깜-서른아홉 번째 이야기

〈떰과 깜〉은 우리의 〈콩쥐팥쥐〉와 아주 유사한 민담으로 베트남에서 가장 큰 민족인 비엣족(낀족)의 대표적인 민담이기도 하다. 물론 참족, 크메르족, 마이족, 타이족, 메오족 등 소수민족 설화에서도 유사한 형태를 발견할 수 있다.[152]

39 착하고 아름다운 떰이란 소녀가 있었는데, 어머니가 죽자 아버지는 다른 여자와 결혼하였다. 계모는 자기 딸인 깜만을 어여삐 여기고 떰은 미워하여 항상 구박하고 힘든 일을 시켰다. 어느 날 떰과 깜이 고기를 잡으러 갔는데, 깜은 계속 놀다가 마지막에 떰을 속여 그녀가 잡은 고기를 훔쳐 갔다. 떰은 이대로 집에 가면 매를 맞을 것

이 뻔하였기에 강가에 주저앉아 울었다. 그러자 자비의 여신이 나타나 멋진 물고기를 주고 우물에 넣어 키우라고 하였다. 똠은 정성스럽게 물고기를 키웠다. 똠의 행동을 수상하게 여긴 계모가 물고기를 발견하여 잡아먹어버렸다. 똠이 슬피 울자 다시 여신이 나타나 그 물고기의 뼈를 찾아내 침대 밑에 묻고 소원을 빌라고 말했다. 하지만 똠은 뼈를 쉽게 찾을 수 없었다. 이때 수탉 한 마리가 다가와 쌀을 조금 주면 찾아주겠다고 했다. 똠이 쌀 한 움큼을 주자 닭은 약속대로 물고기 뼈를 찾아주었다. 똠이 소원을 빌었더니 과연 아름다운 옷과 장신구들이 나타났다. 똠은 옷과 장신구를 걸치고 축제에 가고 싶었으나, 계모는 어마어마한 양의 두 종류 콩을 큰 바구니에 섞어 넣고 그걸 모두 갈라놓을 때까지 가지 못한다고 엄포를 놓았다. 똠은 다시 울었다. 그러자 또다시 여신이 나타나 파리들을 제비로 바꾸어 순식간에 콩을 갈라 놓았다. 축제에 간 똠은 계모와 깜을 만났고, 두려워서 도망치다 신발 한 짝을 흘리고 말았다. 그 신발을 왕이 주웠는데, 왕은 이 신발이 딱 맞는 여자와 결혼하겠다고 했다. 신발은 오직 똠에게만 딱 맞았다. 왕은 똠과 결혼했다. 이를 시기한 계모는 똠이 집에 온 틈을 노려 사고로 위장해 그녀를 죽이고 깜을 왕비로 들였다. 똠은 나이팅게일로 변하였고, 왕은 이 새를 매우 사랑하였다. 깜이 다시 나이팅게일을 죽이자 똠은 나무로 변하여 아름다운 열매를 맺었다. 한 노파가 지나가다가 먹지 않고 보기만 하겠으니 열매를 달라고 하자 정말로 열매가 떨어졌다. 노파가 열매를 집에 두었는데 집을 비울 때마다 누군가가 집을 청소하고 음식을 준비했다. 알고 보니 열매 속에서 아름다운 여인이 나와서 그렇게 한 것이었다. 노파는 즉시 그 여인을 딸로 삼았다. 사냥을 나갔던 왕이 우연히 노파의 집에 묵었다가 노파의 딸이 사실은 떰인 것을 알고 그녀를 다시 왕비로 맞이했다. 깜은 떰이 아름다워서 왕의 사랑을 받는다 생각하고 그 비결을 물었으나, 이번엔 떰도 깜을 속여서 죽여버렸다. 깜이 죽은 것을 안 계모도 시름시름 앓다가 죽었다.

한국, 중국, 일본, 그리고 베트남의 설화를 비교해 보면 비슷한 점도 많지만, 조금씩 다른 점도 눈에 띈다. 판본에 따라 다르고 육당 최남선의 느릿느릿한 번역 문체 탓이기도 하겠지만 일본의 〈강복미복〉에서는 이복동생의 강짜가 그다지 심하지 않고, 마지막에 자포자기하여 우렁이나 되자는 설정은 오히려 측은지심마저 불러일으킨다. 베트남의 이야기는 〈콩쥐팥쥐〉에 〈우렁각시〉를 섞어 놓은 듯한 느낌으로 읽힌다. 박연관은 〈떰과 깜〉을 〈콩쥐팥쥐〉와 비교하여, 1) 결손가정의 발단, 2) 계모의 학대, 3) 조력자 출현, 4) 잔치 집 또는 연회 방문, 5) 조력자 출현과 꽃신 획득, 6) 신발 분실, 7) 분실자 탐색과 혼인, 8) 주인공 살해(고난), 9) 주인공 환생, 10) 재회, 11) 응징이라는 플롯이 아주 유사함을 밝히고 있다.[153] 물고기 뼈에 관한 설정은 중국의 〈섭한 아가씨〉와 똑같다. 그런데 무엇보다 눈길을 사로잡는 것은 맨 마지막에 가서 착한 떰도 견디다 못해 깜을 속여서 죽여버린다는 설정이다.

왜 이런, 일견해서 끔찍해 보이는 결말이 나왔을까.

원님과 결혼한 콩쥐를 팥쥐가 물에 빠뜨린다. 이에 원님이 팥쥐를 잡아다가 젓갈로 만들어 계모에게 보내는 우리나라의 〈콩쥐팥쥐〉나

황금신발의 주인공을 찾아낸 타한왕이 돌로 계모와 딸을 쳐서 죽인다는 〈섭한 아가씨〉, 그리고 페로가 아니라 그림 형제의 〈신데렐라〉는 〈떱과 깜〉과 마찬가지로 복수의 감정을 숨기지 않는다. 학자들은 정신분석학의 도움을 받아 이를 개인의 내면에 잠재하고 있는 어두운 그림자로 읽어내기도 한다. 즉, 계모와 의붓언니를 제거한다는 복수는 실제적인 게 아니라 상징적이며, 그것조차 직접적이 아니라 (대리인을 통한) 간접적인 방식으로 행하는 복수라고 설명한다.[154] 그럼 이런 민담을 듣는 어린이들은 어떻게 될까.

최근 베트남에서는 학부모들 사이에서 너무 잔인한 부분은 들려주지 않는 풍조가 있다고 한다. 우리나라에서도 이런 민담을 끔찍하게 생각하는 것은 마찬가지일 텐데, 학자들 중에서는 이것이 근대 교육의 영향인 탓이 크다고 말하기도 한다. 〈콩쥐팥쥐〉의 경우, 우리나라에는 1918년 임석재가 전북에서 최초로 채록한 이후 지역에 따라 다양한 판본이 확인되어 왔다. 그러나 대개 전반부의 결말은 행복한 결혼을 통한 신분 상승으로 끝나고, 후반부는 끔찍한 살해와 그에 대한 징벌이 특징이다.

전반부 에피소드: 결손가정의 발단→과제 부여→조력자→참여 행사→과제 부여→조력자(꽃신 선물)→신발 한 짝 분실→지체 높은 남자와 결혼
후반부 에피소드: 거짓 유인과 살해→악한 이 대리 행세→원혼의 변신과 환생→악행의 탄로→악인의 징벌

이 설화를 바탕으로 쓴 전래동화 열두 편을 분석한 한 연구[155]에서

는 대상 연령에 따라 차이가 나긴 하지만 대부분의 판본이 전반부에 대해서는 충실히 서사 단락을 좇아가는 반면, 후반부는 아예 생략하거나 모호하게 처리하는 경우가 상대적으로 많다는 사실을 밝혀낸다. 즉, 마치 우리가 흔히 아는 〈신데렐라〉식의 행복한 결말에 초점을 맞추고 대신, 살해-죽음-환생-응징이라는 모티프는 축소되거나 생략되고 있다는 것이다.

다른 연구에 따르면[156] 아동기에 읽은 동화가 일생에 걸쳐 가치관과 태도 형성에 중대한 영향을 끼치는데, 대학생의 사분의 삼이 전래동화가 편견을 형성한다고 밝혔다고 한다. 그들은 서구 동화를 더 많이 읽었으며, 특히 계모에 대해서 부정적 편견을 갖게 되었다는 공통점을 보였다. 이를 통해서 보더라도 근대 교육에서 설화를 어떻게 다루어야 하는지가 매우 중요한 문제라는 점을 알 수 있다.

어린 시절 잔혹한 계모가 등장하는 민담을 들려주는 문제에서 베텔하임은 어린아이의 능력에 손을 들어주고 있다. 즉, 아이들은 동화 속의 고약한 늑대 할머니나 계모를 실제 동화를 들려주는 어머니나 할머니와 분리시켜 수용할 수 있으며, 진짜 어머니와 할머니가 곧 돌아와서 자신을 구해주리라 믿는다는 것이다.[157] 나아가 사악한 계모의 환상은 오히려 착한 엄마의 이미지를 때 묻지 않게 보존할 뿐만 아니라 엄마에게 자칫 분노의 감정, 사악한 소망을 가졌던 일에 대한 죄의식을 없애줌으로써 엄마와 원만한 관계를 유지할 수 있게 해 준다고 한다. 따라서 계모형 설화에서는 징벌조차 반드시 필요할 수 있게 된다는 것이다.

어린이는 자기가 꼭 들어야 할 말을 안다. 일곱 살 먹은 어린이에게 〈백설공주〉 이야기를 들려주며 혹여나 아이의 마음을 혼란스럽게 할까 불안하여 백설공주의 이야기를 결혼으로 끝맺는다. 그러자 그 이야기를 아는 어린이가 즉시 요구한다.

"나쁜 여왕을 죽이던 빨갛게 달군 쇠 신발은 어떻게 됐어?"

그 어린이는 결말에서 사악한 자가 처벌되어야만 세상이 평안하고 그 안에 사는 자기도 안전할 수 있다고 느끼는 것이다.[158]

조현설 역시 샤를 페로식 손쉬운 거짓 화해보다 간접적 복수의 민담을 있는 그대로 들려주길 추천한다. 조금 무서울지 몰라도 아이들은 이내 그 민담을 듣거나 읽으며 자기 내면에 있는 어두운 그림자들을 응시하면서 그것을 어떻게 조절해 나갈 것인지를 스스로 판단하고 터득할 수 있다. 결국 민담의 간접화된 복수는 자아가 심리적 균형을 찾아가는 과정의 산물이라는 것이다.[159]

그래도 '젓갈'은 좀 무섭다.

어리석은 형제들의 협력이 가져다 준 성과, 그리고 놀라운 반전
세 왕자-마흔 번째 이야기

거듭 말하지만, 많은 설화에서 형제, 자매들은 서로 질시한다. 콩쥐 팥쥐, 떡과 깜처럼 이복형제인 경우에는 더욱 그러한데, 반면 서로 힘을 합쳐 난관을 돌파하는 기특한 피붙이들도 없지 않다.

아랍의 이 설화 주인공들은 하나같이 못난이 바보 왕자들이지만 열심히 목표를 추구해 나름대로 진기한 보물을 얻어낸다. 나아가 서로 협력하여 그런 보물들을 아주 유효적절하게 사용한다. 하지만 이야기의 반전이 기다리니, 속단은 금물이다. 최후의 승자는 과연 누구일까.

40 결혼 적령기에 이른 공주에게 이웃나라에서 세 명의 왕자가 찾아왔다. 각기 젠체하고 더럽고 골이 비어서 다 마음에 들지 않았다. 왕은 딸을 몹시 사랑했지만 이웃나라를 모욕하여 전쟁을 일으키고 싶지는 않았다. 그래서 생각한 끝에 일 년하고도 하루 안에 세상에서 가장 진기한 것을 가져오는 왕자를 사위로 삼겠다고 선언했다.

길을 떠난 세 왕자는 일주일 후 우물가에서 세 갈래 길을 만났다. 그들은 거기서 일 년 후 성으로 돌아가기 꼭 일주일 전에 다시 만나기로 하고 각자 다른 길을 갔다. 약속한 일 년 일주일 전날, 세 왕자는 우물가에서 다시 만나 서로 자기가 무엇을 구해 왔는지 자랑했다.

첫째: "나는 세상을 다 들여다볼 수 있는 크리스털 구슬밖에 못 구했어."

둘째: "별 거 아냐. 하늘을 나는 양탄자야."

셋째: "모든 병을 치료해주는 마법의 오렌지라더군. 바로 이게."

세 왕자는 이제 공주가 무엇을 하고 있는지 알고 싶어서 크리스털 구슬을 들여다보았다. 이게 어찌 된 일인가. 공주는 중병에 걸려 오늘 내일 하고 있었다. 막내가 탄식했다. 자기 마법 오렌지를 가지고 가기에는 시간이 너무 부족했다. 그러자 둘째가 마법 양탄자를 펼쳤다. 세 왕자는 공주가 죽기 딱 일 분 전에 왕궁에 도착하여 마법의 오렌지를 공주에게 먹일 수 있었다. 그러자 공주는 언제 그랬냐는 듯 자리를 떨치고 일어났다.

그날 밤, 세 왕자는 저마다 자기 공을 내세웠다. 왕은 난처했다. 사실 어느 한 왕자의 보물이 없었다면 공주는 살아남지 못했을 것이기 때문이다. 이튿날 대신들과 회의를 했다. 그래도 쉽게 해답을 얻을 수 없었다.

왕은 과연 어떤 선택을 할 것인가.

공주는 과연 자기 뜻대로 신랑을 선택할 수 있을 것인가.[160]

답은 이렇다. 원래 사우디아라비아 판본인 이 이야기에서 세 왕자는 각기 크리스털 공, 하늘을 나는 양탄자, 그리고 마법의 치료제인 오렌지를 써서 공주를 구해낸다. 그리고 공주가 그중 셋째 왕자를 선택한다. 여성이 스스로 배우자를 선택한다는 게 극히 드문 아랍 사회에서 이런 식의 결정은 자못 놀라운 일이다.

하지만 다음과 같은 식의 전개는 어떠한가.

러시아에서 온 아주 훌륭한 늙은 현자가 있는데, 대신들은 설사 그가 어떤 결정을 내려 왕자들이 화가 나더라도 공격의 화살은 우리가 아니라 러시아에 돌아갈 거라고 말했다. 왕이 그 제안을 받아들였다. 왕은 세 왕자가 모인 가운데 그 러시아 현자를 불러 의견을 물었다. 그는 자기네 나라에서는 당사자의 의견을 중시한다고 하면서 공주의 의견을 구했다.

공주는 놀랍게도 그 늙은 현자를 결혼 상대자로 선택했다. 사람들 중에는 기절하는 이들도 나왔다. 왕도 안 된다고 크게 소리를 질렀다. 공주는 잽싸게 '마법의 연고'를 현자의 손등에 발랐다. 그러자 늙은 현자는 금세 잘생기고 건강한 청년으로 바뀌었다. 그제야 왕과 세 왕자는 공주의 선택을 존중해 주었다.[161]

이것은 러시아 시베리아 지역에 전승되는 비슷한 내용의 민담을 섞어 현대적으로 재구성한 것이다. 치료의 능력을 지닌 마법의 오렌지가 '연고'로 바뀌었고, 무엇보다 공주가 주체적으로 세 왕자가 아닌 다른 남자를 선택한다는 식으로 변형되었다. 스토리텔링과 문화콘텐츠의 비중이 엄청나게 높아진 우리 시대의 요구를 반영하여, 이런 식의 전래 민담 재구성 작업이 어떤 의미를 지니는지 한번쯤 생각해 볼 필요도 있을 것이다.

아시아의 민담 비교 연구에 대하여

앞서 〈콩쥐팥쥐〉 이야기류가 아시아 전역에 두루 비슷한 내용의 설화로 존재한다는 사실을 확인했다. 일찍이 최남선도 이런 사실에 주목하여, 가령 〈흥부전〉이라든지 〈견우직녀〉 같은 이야기들이 아시아 여러 나라에 두루 존재한다는 사실을 밝혀낸 바 있다. 그 후에도 설화연구의 영역에서는 당연히 이런 식의 비교 연구가 꽤 중요한 작업으로 자리를 잡았다.

최인학은 한·중·일 아시아 삼 개국만을 대상으로 한 비교 연구를
통해 모티프가 유사한 민담들을 목록으로 만든 바 있다.[162](표 참고)
이를 통해서도 우리는 아시아 각국이 굉장히 많은 유사 설화를 공유
하고 있음을 짐작할 수 있다.

<h3 style="text-align:center">〈한·중·일 삼개국 유사 민담비교표〉</h3>

한국의 민담	중국의 민담	일본의 민담
4. 모기의 혼	84. 모기(蚊子)	78. 모기의 기원
50. 호랑이보다 무서운 곶감	10. 우루(雨漏)를 걱정(파루 怕漏)	33AB. 옛집(古屋)이 샌다
122. 호랑이의 보은	16-17. 호랑이의 보은	286. 여우의 출산
200. 구렁이 신랑	31. 뱀 신랑	142A. 뱀 아들
202. 두꺼비 아들	43. 두꺼비 아이	135. 두꺼비 아들
205. 나무꾼과 선녀	34. 백조처녀(天鵠處女)	118. 하늘 선녀
206. 우렁이 아가씨	35. 우렁이 아가씨	112. 조개 부인
220. 홍수 이야기(나무 도령)	47. 대홍수 48. 최초의 인간들의 남매혼	127. 벌의 원조 205A. 미복속복(米福粟福)
255. 도깨비가 나오는 집	176. 뱀이 들어 있는 항아리	124. 갈거미 부자(蛸長子)
272. 쌀구멍	62. 쌀구멍(泉)	203. 삿갓(笠) 지장보살
284. 지하국의 괴도	122. 운중(雲中)으로부터 신발이 떨어짐	257. 원숭이의 경립(經立)
313. 저승에의 여행	145. 명계의 방문	
419. 셋째 딸과 숯장수	193. 거지와 결혼하는 딸	149A. 숯부자
450. 콩쥐팥쥐	32. 신데렐라(灰姑娘)	205. 쌀복속복(米福粟福)
457. 흥부와 놀부	24. 제비의 보은	191. 혀 잘린 참새 192. 허리 꺾인 참새
471. 새의 말을 알아들음	8. 새의 말을 이해하는 사람	164A. 듣다(聽耳)

475. 금도끼 은도끼	20. 나무꾼	226AB. 황금의 도끼
500. 처음 거울을 보는 사람	소화7. 어리석은 여자	319. 송산경(松山鏡)
521. 방귀 며느리	소화8. 방귀	377. 방귀 며느리

우리의 경우, 특히 한·중·일 등 동아시아 삼국을 비교 연구하는 작업은 상대적으로 많이 진행되고 있다. 나아가 만주와 몽골, 티베트, 오키나와, 아이누까지 그 지역적 범위를 넓혀 설화를 연구하는 경향도 꾸준히 확대되고 있다. 그중에서도 몽골의 약진은 눈부실 정도이다. 하지만 우리의 작업은 아직까지 동아시아라는 지리적 영역 바깥으로 크게 그 대상을 넓혀 나가지 못하고 있다. 무엇보다도 해당 언어를 통한 접근이 쉽지 않고, 해당 지역 문화에 대한 이해가 부족하기 때문이다. 그래도 베트남어, 인도네시아어, 아랍어, 이란어, 태국어, 힌디어, 산스크리트어, 페르시아어, 버마어, 우르두어, 터키어 등의 언어권에서 어려운 여건에도 고군분투하면서 설화를 포함한 고전서사 전반에 걸쳐 비교 연구의 새로운 영역을 개척하려 애쓰는 학자들이 없지 않다.

이제 우리는 왜 동아시아라는 지역을 넘어서서 아시아의 다른 지역에까지 설화 연구에 대한 관심을 넓혀 나가야 하는지 진지하게 고민할 필요가 있다. 이때 특히 인도에서 발생한 원천 이야기가 어떻게 국경을 넘어가서 어떤 방식으로 정착하고 전승되는지 살펴보면 적잖이 도움을 받을 것이다. 아시아 고대 문명의 발상지로서 인도가 지니는 위치가 그만큼 크기 때문이다. 앞서『투티 나메』나『슈카사프타티』등을 통해서도 이미 인도 설화의 힘을 느꼈지만, 그 밖에도 세계적인 우화 집성『판차탄트라』라든지 석가모니 부처님의 전생 이야기를 다룬 불교 본생담『자타카』도 그 뿌리를 인도에 두고 있다.

『상대적이며 절대적인 지식의 백과사전』의「문명과 문명의 만남」이라는 항목에서 저자 베르나르 베르베르는 인도를 이렇게 설명한다.

인도는 모든 에너지를 흡수해 버리는 나라다. 인도를 무력으로 정복한 자들이 인도인들을 길들이려 했지만 모두 제풀에 지쳐 나가떨어졌다. 인도 안으로 파고들수록 그들은 인도 물이 들었으며 호전성을 잃고 세련된 인도 문화에 푹 빠져 버렸다. 인도는 모든 것을 흡수해 버리는 스펀지 같았다. 인도를 손아귀에 넣으려고 온 자들을 오히려 인도가 정복해 버렸다.[163]

인도를 대표하는 대서사시들을 접하면, 베르베르의 이런 설명에 대해 확실히 수긍할 수 있을 것이다. 여기서는 우선 〈마하바라타〉로부터 출발하려 한다. 왜냐하면 〈마하바라타〉 스스로 말하기를, "세상에 있는 것들은 모두 〈마하바라타〉에 있고 〈마하바라타〉에 없는 것은 이 세상에 없다"라고 하기 때문이다. 이 도저한 자신감이 어디에서 비롯한 것인지 살펴볼 차례이지만, 워낙 방대한 이야기이기 때문에 부득이 몇 가지 중요한 '이야기 속 이야기'들로 나누어 살펴보기로 한다.

마하바라타[164]

주사위 놀이와 드라우파디의 수모

마하바라타(1)-마흔한 번째 이야기

여성은 여성-되기를 해야만 한다.[165]

〈마하바라타〉는 〈라마야나〉와 더불어 인도를 대표하는 2대 대서사시이다. 〈마하바라타〉는 약 십만 송(16음절 2행=1송) 분량의 방대한 서사시에 인도 고대 문명의 거의 모든 것을 다 담았다고 해도 과언이 아닐 정도이다. 내용은 바라타족의 친족 간 전쟁에 관한 것이 중요한 줄기를 이룬다. 무엇보다 풍부한 상상력을 바탕으로 신화, 전설, 역사, 문학, 예술, 법제, 풍속, 종교, 철학 등 다양한 분야에 걸쳐 인도인의 자부심이 되고 있다. 〈라마야나〉와 마찬가지로 동남아시아 여러 나라에도 큰 영향을 미쳤다.

아시아 최초로 노벨상을 받은 라빈드라나트 타고르는 1927년 동남아시아를 여행한다. 타고르는 네덜란드의 식민 지배를 받고 있던 발리에서 카랑아셈 왕국의 전 라자(왕)를 만났는데, 그는 자신을 비슈누의 후계자라고 소개하면서 자기가 〈마하바라타〉의 모든 장을 다 외우고 있다고 말해 타고르를 놀라게 만들었다. 타고르는 도처에서 인도 문화가 화려하게 꽃을 피우고 있는 현장을 목격했다. 특히 편지에서는 〈마하바라타〉의 주인공 아르주나가 그곳 사람들의 이상형이라는 말을 전했다.[166]

그런데 〈마하바라타〉가 그 이전 시기를 지배한 브라만 계급의 엄숙주의 경전 『베다』와 『우파니샤드』에 대한 반역의 증거물이기도 하다는 의견도 만만치 않다. 따라서 크샤트리아 무사 계급이 스스로 자신들의 다르마[167] 역시 브라만 계급의 그것에 못지않게 중요하다는 자기 인식을 선언한 것이라고 파악한다. 그리고 그들의 이런 선언은 대중적으로 확고한 지지를 획득하는데, 이때 〈마하바라타〉가 결정적인 구실을 하게 된다.

이제 그 〈마하바라타〉의 장엄한 세계 속으로 들어가보자.

히말라야 산맥 주변에 쿠루족의 나라가 있었다.

왕족이며 수행하는 현자 비치트라비르야와 암발리카 사이에서 왕자 드리타라슈트라와 판두가 태어났고 이복형제 비두라가 태어났다. 하지만 장님인 장남 드리타라슈트라가 왕위를 받을 수 없어 둘째 왕자 판두가 왕위에 오른다. 판두는 몇 년 후 왕권을 드리타라슈트라에게 넘겨주고 두 왕비와 더불어 숲으로 떠난다. 판두의 두 왕비는 왕자 다섯 명을 낳았다. 드리타라슈트라 왕은 백 명의 왕자를 낳았다. 〈마하바라타〉는 판두 왕의 다섯 명 왕자 판다바들과 드리타라슈트라 왕의 백 명의 왕자 카우라바들이 벌이는 처절한 싸움을 다룬다. 그 싸움의 시작은 주사위 놀이이다.

41 하스티나푸라를 수도로 하는 쿠루족의 왕위가 드리타라슈트라에게 돌아가게 되었다. 그렇지만 그는 장님이라, 관례에 따라 그의 동생 판두가 권력을 승계했다. 판두는 사냥을 나갔다가 사슴으로 변신한 성자를 잘못 알고 쏘아 죽였다. 그 벌로 인해 그는 여인과 잠자리를 함께하면 죽게 되는 저주를 받았다. 이후 판두는 숲으로 들어가 금욕 생활을 철저히 지켰다. 아직 자식이 없던 그는 지난 날 성자가 주었던 만트라의 도움으로 첫째 왕비 쿤티에게서 유디스티라, 비마, 아르주나 삼형제를, 둘째 왕비 마드리에게서 사하데바와 나쿨라 쌍둥이를 얻었다. 모두 판두 부부가 잠자리를 같이 하지 않고 신의 도움으로 낳은 것인데, 이 다섯 아들을 세상에서는 흔히 판다바 형제라 불렀다.

그러나 어느 봄날 판두는 춘정을 못 이겨 둘째 왕비 마드리를 침대로 끌어들이다가 저주가 실현되어 죽고 말았다. 왕권이 판두의 장남인 유디스티라에게 넘어가게 되었지만, 판두의 장님 형님 드리타라슈트라에게 이미 백 명의 아들이 있어 문제가 발생한다. 특히 장남 두르요다나는 어린 시절부터 힘이 센 말썽꾸러기 사촌 비마로부터 놀림을 많이 받았기 때문에 더욱 감정이 좋지 않았다. 그는 결국 카우라바 동생들과 함께 음모를 꾸며 왕위를 찬탈하려 했다. 비마에 견줄 장사와 아르주나에 견줄 무사가 없던 카우라바 형제들은 어느 무술 대회에 홀연 나타난 카르나를 끌어들여 세력을 강화했다.

두르요다나를 비롯한 카우라바 형제의 음모는 계속 이어졌다. 판다바 형제로 하여금 다른 나라에서 열리는 축제에 국빈 자격으로 참가하라고 했지만, 그게 두르요다나의 계략임을 모르는 사람은 없었다. 판다바 형제들은 상황이 불리하여 어쩔 수 없이 하스티나프라를 떠나야 했다. 그들은 숲에서 두르요다나가 미리 만들어 둔 밀납 집에 들어가 묵게 되지만 그 집이 불씨만 당기면 쉽게 타들어 가는 인화성 재료로 만들어졌다는 사실을 눈치채고 몰래 땅굴을 파서 탈출하는 데 성공했다.

그 후 이리저리 떠돌던 판다바 형제는 판찰라 왕국의 공주 드라우파디의 스바얌바라(신랑을 뽑는 경주 대회)에 참가했다. 거기서 카르나를 대표로 내세운 카우라바 형제와 마주쳤다. 드라우파디는 판찰라 왕국의 왕 두루파다의 딸로 그 아리따움이 미의 여신 락슈미와 같았다. 그런 만큼 전국에서 날고 기는 용사들이 모두 참가했다. 그 대회에서 다른 참가자들은 무거운 활을 아예 들지도 못하는데, 아르주나는 손쉽게 들어 올리는 것은 물론 다섯 개의 화살을 연속으로 쏘아 두 개의 관문을 통과시키는 과제에서도 카르나를 꺾고 우승했다. 사실은 두루파다 왕이 내심 아르주나를 사위감으로 정해 놓고 있던 차였다. 그래서 천하의 신궁 아르주나만이 통과할 수 있는 화살 경기를 마지막 관문으로 남겨두었던 것이다.

판다바 형제가 어머니 쿤티 왕비에게 승전보를 고하자, 쿤티는 미처 다 듣기도 전에 어떤 재물과 금은보화라도 다섯 형제가 똑같이 나누라고 말했다. 이는 형제 간에 장차 있을지도 모르는 분쟁을 피하라는 뜻에서 한 경계의 말이었지만, 일단 입 밖에 나간 말은 도로 주워 담을 수 없었다. 할 수 없이 그들 다섯 명의 판다바 형제는 드라우파디 공주를 공동의 아내로 삼는 희귀한 결정을 내렸다. 그리하여 그녀는 첫날 첫째 왕자 유디스티라와 혼례를 치르고 다음 날부터 비마, 아르주나, 나쿨라, 사하데바와도 차례차례 혼례를 치렀다.

그들은 이제 큰아버지 드리타라슈트라가 내어준 반쪽 땅 인드라프라스타에 수도를 정하고 새로운 왕국을 건설했다. 폐허처럼 버려진 밀림과 사막뿐인 인드라프라스타였지만 많은 사람들이 그들을 따랐다. 판다바 왕국은 곧 풍요의 땅이 되었다.

두르요다나는 삼촌 사쿠니를 불러들여 또 다른 음모를 꾸몄다. 판다바의 맏이 유디스티라가 주사위 놀이를 무척 즐긴다는 사실을 알고 있었기 때문에 그를 주사위놀이에 끌어들였다. 주사위 놀이는 관례상 거절할 수 없게 되어 있으므로 유디스티라는 참가했다. 하지만 사쿠니는 주사위의 달인이었다. 그는 흥분한 유디스티라에게 내기를 걸어 보석에서 시작하여 전차, 말은 물론이고 하인, 코끼리, 군대, 소, 양, 마을, 도시 등을 모조리 따버렸다. 눈이 뒤집힌 유디스티라는 자신은 물론 마침내 판다바 형제의 공동 아내 드라우파디까지 내걸어 깡그리 잃고 말았다.

두르요다나가 사람을 보내 드라우파디를 하녀로 데려가려 하자 사정을 전혀 알지 못했던 드라우파디는 그 기막힌 상황에 대해 도움을 요청했다. 하지만 아무도 그녀를 돕지 못했다. 그녀는 두르요다나의 동생 두사사나에게 머리채를 잡혀 홑겹 옷차림으로 군중 앞에 끌려 나왔다. 다른 카우라바 형제와 카르나는 판다바 형제의 웃옷을 다 벗기는 모욕을 주었다. 심지어 드라우파디의 옷마저 벗기는데, 남편인 판다바 형제 중 누구도 감히 나서서 말리지 못했다. 공동 아내인 그녀는 분노에 떨다가 그만 정신을 잃고 마는데, 다행히 크리슈나(비슈누 신의 화신) 신의 은혜로 아무리 옷을 벗겨도 자꾸 새 옷이 생겨나 모욕을 면할 수 있었다. 그 광경을 지켜본 비마는 눈물을 삼키며 카우라바 일족의 멸문을 다짐했다.

드라우파디는 회당에 모인 장로들과 주사위 놀이를 주최한 드리타라슈트라 왕에게 주사위 놀이의 부당함과 비도덕성에 대해 항의하지만 모든 남자들이 꿀 먹은 벙어리처럼 입을 다물었다. 드라우파디의 분노와 고통의 흐느낌만 회당에 울려 퍼졌다.

일이 험악하게 되어가자, 드리타라슈트라가 중재에 나서서 더 이상의 파국은 막았다. 하지만 두르요다나는 유디스티라를 다시 한 번 주사위 놀이에 끌어들여 이번에는 십사 년간 귀양살이하는 내기를 걸었다. 내기에서 이기면 판다바 형제가 왕국을 돌려받는다는 조건이었다. 하지만 결과는 다시 유디스티라의 패배였다. 결국 판다바 형제는 숲으로 망명을 떠나게 되었다. 이때 전쟁에 나갔다가 뒤늦게 소식을 들은 전차 몰이꾼 크리슈나는 드라우파디가 당한 모욕을 설움에 복받친 당사자의 입을 통해 직접 듣게 되었다.

"나는 수많은 사람들 앞에 끌려 나갔습니다. 그들은 차마 옮길 수 없을 정도의 말로 나를 모욕했습니다. 나를 하녀로 취급했습니다. 드리타라슈트라를 비롯한 어른들도 아무도 나서서 말려주지 않았습니다. 마치 모르는 사람처럼 행동했습니다. 천하장사 비마도, 신궁 아르주나도 소용없었습니다. 유디스티라는 이 모든 악행의 원흉입니다. 자기들의 아내가 그 참기 어려운 모욕을 당하는데 천하의 영웅 다섯 형제 어느 누구도 손가락 하나 까딱하지 않았습니다. 게다가 당신, 크리슈나마저 저를 버렸습니다."

드라우파디는 하염없이 눈물을 쏟으며 말했다. 그녀의 온몸에 경련이 일 정도였다. 크리슈나가 드라우파디를 위로하며 다짐했다.

"다짐하건대, 당신을 모욕한 자들은 모조리 싸움터에서 피를 쏟으며 죽을 것입니다. 눈물을 닦으세요. 나는 약속합니다. 당신의 억울함은 충분히 보상받을 것입니다. 하늘이 내려앉고 히말라야가 둘로 쪼개져도 나는 반드시 약속을 지킬 것입니다."

특히 이 부분은 두 가문의 전쟁에 직접적인 도화선이 되는 주사위 놀이 사건을 소재로 하고 있는데, 카우라바 형제들의 비열함은 초점이 아니다. 그보다는 오히려 평소 덕망이 높고 용맹을 자랑하던 판다바 형제들이 자신들의 명예(약속)를 지키기 위해 공동의 아내 드라우파디가 수모를 당하는데도 남의 일처럼 바라본다는 점에 초점이 있다. 드라우파디가 자신이 수모를 당하는데도 아무런 항의를 하지 못하는 다섯 남편에 대해, 그리고 그런 광경을 무능하게 바라보는 다른 많은 덕망 높은 원로들에 대해 신랄한 비판을 가하는 이 장면은 현대 페미니스트들로부터 큰 주목을 받는다.

탈식민주의 페미니스트 비평가로 유명한 가야트리 스피박은 같은 인도 벵골 지역 출신의 작가 마하스웨타 데비의 작품에 대해 지극한 관심을 가졌다. 미국에서 활동 중인 스피박은 당시 미국 문단에 유행처럼 번졌던 비서구권 여성 작가들의 작품 번역과 출판 현상에 대해 그것이 기본적으로 동정주의적 태도나 호기심의 차원을 벗어나지 못한다고 비판했다. 말하자면 그런 관심은 '불쌍한' 아시아 작가들, 그리고 그들이 그려내는 아시아 여성들의 삶에 대한 피상적인 동정이나 호기심을 문학 시장에서 소비하는 현상에 지나지 않는다는 것이었다. 대신 스피박은 "스스로 말하지 못하는" 이른바 서발턴(Subaltern)에 대해서 관심을 기울였다. 그것은 단순한 하층민이 아니라, 민족이나 계급, 젠더 등으로도 쉽게 포착되지 않는 다양한 종속적 처지를 아우르는 개념이다. 예컨대 인도를 포함한 많은 제3세계 여성들은 기왕의 엘리트주의적이고 민족주의적인 역사가 그들의 존재를 외면하고 누락하는 사이 점점 더 깊은 침묵 속에 빠져들 수밖에 없는 비참한 처지였다. 그것을 극복하는 가장 중요한 방식은 '젠더화 된 서발턴'으로서 그들이 스스로 발언할 수 있게 하는 것일 텐데, 스피박이 특별히 마하스웨타 데비의 작품에 관심을 기울인 것도 이 때문이었다.[168]

예를 들어 마하스웨타 데비의 단편소설 「드라우파디」[169]는 드라우파디(돕디 드라우파디)라는 이름의 여주인공을 직접 내세워 탈식민주의적 관점에서 가부장적 국가 체제가 강요하는 질서를 전복시킨다. 이 소설에는 정부군이 1960년대 말 서벵골 지역에서 일어난 낙살라이트 농민운동의 지도자들을 체포하는 장면이 나오는데, 드라우파디도 붙잡혀 끔찍한 육체적 성적 고문을 당한다. 이 소설에서 군대의 원로 정보 장교 세나나약은 부하들에게 그녀를 '처치'할 시간을 준다.

스와얌바라:판찰라의 공주 드라우파디를 얻기 위한 신랑경연대회 그림

집단 성폭행 끝에 그녀는 "허벅지와 음모가 말라붙은 피로 범벅이 된 채" 남자 앞에 서지만 오히려 옷 입기를 완강하게 거부한다. 이는 명백히 정치적 저항의 의사 표시인데, 이때 성적으로 잔인하게 유린된 그녀의 육체는 그 자체가 가부장적 국가 체제의 권위에 대한 도전이다.

고대 인도의 서사시인 〈마하바라타〉에서 드라우파디의 위엄과 명예는 힌두교의 남성 신인 크리슈나의 신성한 개입으로 지켜지지만, 현대 인도의 여성 작가 마하스웨터 데비는 이러한 개입을 의도적으로 거부했다.[170] 그리하여 사람들 앞에 드라우파디 스스로 벌거벗은 모습을 고집하도록 만들어 크리슈나 식의 고전적 개입을 완벽하게 차단시킨다.

소설 속 드라우파디는 자기를 유린하도록 사주한 남자 세나나약에게 이렇게 말한다.

"옷이 무슨 소용이람? 네가 맘대로 내 옷을 벗길 수 있는데. 하지만 내게 다시 옷을 입힐 수 있을까? 네가 남자라고?"

스피박은 심문자와 피심문자의 언어가 뒤바뀐 이 장면에 주목한다.

"여기는 내가 부끄러워 할 남자라곤 없어. 나는 네가 내게 옷을 입히도록 놔두지 않을 거야. 네가 더 이상 무엇을 할 수 있겠어?"

이리하여 스피박이 보기에 판두 왕의 다섯 아들과 결혼하여 남성의 영광을 입증하는 데 이용된 드라우파디는 전혀 새로운 인물로 다시 태어나는 것이다.

바가바드기타: 우리 안의 두 본성이 벌이는 싸움

마하바라타(2)-마흔두 번째 이야기

42 주사위 놀이에서 진 유디스티라는 동생들을 이끌고 약속대로 숲으로 향했다. 판다바들은 십삼 년 동안 숲 속에서 유배 생활을 해야 했다. 마지막 일 년 동안은 숲에서 나와도 되지만 그 대신 누구에게도 들켜서는 안 되며, 만약 사람들 눈에 띄면 다시 열두 해를 숲에서 살아야 하는 조건이었다. 유배지에서 판다바의 일부는 이 모든 것들이 신이 정해 놓은 운명이라고 생각하지만 다른 일부, 특히 드라우파디와 비마, 아르주나는 자신들이 겪은 치욕에 분해하며 카우라바들에 대한 보복을 다짐했다. 유디스티라는 자기 때문에 어려운 상황에 처한 데 대해 부끄러워하는 한편, 분노를 쉽게 삭이지 못하는 동생들과 아내를 다독였다. 비마와 아르주나가 낙심하고 있을 때 현자인 비야사데바가 나타나 두르요다나와 그 형제들에게 이길 방법을 알려주었다. 그것은 히말라야 산맥으로 가서 신들의 무기를 받아오는 것이었다. 아르주나가 그 일을 맡았다.

우여곡절 끝에, 떠난 지 다섯 해가 지나서야 아르주나가 신의 무기를 선물로 받아 돌아왔다. 이후 쿠베라의 성에서 사 년을 더 머무르며 약속한 시간을 채운 판다바들은 신분을 숨기고 살기 위해 산을 내려왔다. 추방된 지 이미 열두 해, 드리타라슈트라는 판다바들이 굶주림과 비바람에 시달려 피폐해 있다는 말을 듣고 자신이 판다바에게 저지른 행동을 후회했다. 하지만 드리타라슈라의 큰아들 두르요다나와 그의 형제들은 달랐다. 그들은 판다바들과 전쟁이 불가피하다고 보고 부대를 결집시키며 결전에 대비했다.

판다바들은 사람들 눈에 띄지 않고 평화롭게 머물 수 있는 장소를 찾다가 바라타 왕국인 마트스야를 지목했다. 그들은 이름까지 바꾸면서 바라타의 궁에서 마지막 유배 생활을 했다.

어렵사리 유배 기간이 끝나자 판다바들과 카우라바들은 각기 전쟁 준비에 박차를 가했다. 크리슈나의 힘을 두려워한 드리타라슈트라는 산자야를 보내 평화를 모색했다. 유디스티라는 인드라프라스타를 돌려주지 않으면 전쟁을 할 것이라고 대답했다. 두르요다나는 아버지가 전쟁에 대한 두려움에 사로잡혀 있는 걸 보고 두사사나와 함께 카르나를 설득했다. 산자야와 비두라는 전쟁이 시작되면 쿠루족이 파멸될 거라며 드리타라슈트라에게 간절히 고하나 늙은 왕은 어떤 결정도 내리지 못했다.

판다바들은 전쟁에 앞서 크리슈나에게 이 전쟁이 옳은 것인지 그른 것인지에 대해 자문을 구했다. 크리슈나는 직접 평화의 사절로 하스티나프라를 찾기로 했다. 만약 두르요다나가 그의 조언을 받아들인다면 평화롭게 해결하자고 말했다. 이 말을 들은 드라우파디는 자신이 당한 모욕을 떠올리며 반드시 복수해 줄 것을 요청했다. 크리슈나가 하스티나푸라를 찾았을 때 두르요다나가 그를 회유하기 위해 환대하나 크리슈나는 냉정하게 거절했다. 협상은 결렬되고 크리슈나는 하스티나프라를 떠났다.

판다바들의 어머니인 쿤티는 전쟁의 소식이 들리자, 카르나를 만나러 갔다. 쿤티는 자기가 결혼 전에 카르나를 낳아서 버렸노라 고백하며 결국 판다바들과는 형제인 셈이니 싸우지 말 것을 요청했다. 출생의 비밀에 대한 충격으로 카르나는 비탄에 빠지지만 두르요다나를 배반할 수 없다며 쿤티의 요청을 거절했다.

유디스티라는 드리슈타디움나를 총사령관으로, 두르요다나는 비슈마를 총사령관으로 세우고 출정 준비를 했다. 마침내 비슈마와 드리슈타디움나가 만나서 전쟁의 규칙을 확인했다. 전사는 반드시 자신과 대등한 전사와 대등한 무기로 겨루어야 하며, 경고 없이 상대를 공격해서는 안 되며, 먼저 도전을 알려야 한다. 힘을 잃은 상대나 달아나는 상대를 공격해서는 안 된다. 무기나 비품을 나르는 하인들은 죽여서는 안 된다는 등의 내용이었다.

바야흐로 대회전이 전개되려고 하는 때, 아르주나의 눈앞에 갑자기 적을 이끄는 장수들의 모습이 크게 보였다. 그들은 결국 자기 친척들이 아닌가. 어떻게 피붙이에게 칼을 겨눈단 말인가. 하다못해 악독한 두르요다나마저 가련하게 여겨졌다. 그는 이제 곧 자기가 맞이할 골육상쟁의 전율할 운명에 대해 비탄하며 자기 전차의 몰이꾼을 자청한 크리슈나를 향하여 고통을 호소했다.

"오, 크리슈나여! 저기 싸우려고 모여 있는 사람들이 모두 나의 친구와 친족들입니다. 저들을 보니 맥이 빠지고 입이 바싹바싹 마르며 온몸이 떨립니다. 살갗이 타들어 가는 듯하고 손에 힘이 빠져 활이 미끄러져 떨어집니다. 버티고 서 있을 수도 없고, 마음은 혼란스럽습니다. 도대체 이번 싸움에서 이긴다고 해도 친척과 친구들을 죽인 다음에 그게 무슨 즐거움이 되겠습니까? 저들이 탐욕에 사로잡혀서 가족을 죽이고 친구를 해치면서도 그것을 악이라고 생각하지 않는다고 할지라도 어찌 우리까지 그런 짓을 할 수 있겠습니까? 법도가 무너진 집의 사람들은 반드시 지옥에 떨어진다고 들었습니다. 그런데 우리는 지금 왕권에 대한 욕심으로 친족을 죽이려 하고 있습니다. 이건 엄청난 죄악입니다. 차라리 저들이 무기도 지니지 않고 저항도 하지 않는 나를 공격하여 죽인다면 그게 더 행복하겠습니다."

아르주나는 양쪽 진영 한복판에서 이렇게 말하고 나서 전차 위에 털썩 주저앉았다. 크리슈나는 그런 아르주나를 보고 도리어 벙긋이 웃으면서 말했다.

"그대 말은 그럴 듯하다. 하지만 그대는 슬퍼할 이유가 없는 것에 대해 슬퍼하고 있다. 지혜로운 사람은 산 자를 위해서도 슬퍼하지 않고 죽은 자를 위해서도 슬퍼하지 않는다. 그대와 나와 여기 모여 있는 왕들은 항상 존재하고 있었으며, 앞으로도 영원히 존재할 것이다. 한 사람이 소년의 몸과 젊은이의 몸과 늙은이의 몸을 거쳐 가듯이, 죽은 다음에는 죽은 다음의 몸을 입는다. 지혜로운 사람은 이런 변화에 미혹되지 않는다. 사람은 감각기관과 감각 대상의 접촉에 의하여 차가움과 뜨거움, 즐거움과 괴로움을 경험한다. 그러나 이런 경험은 흘러가는 것이다. 일시적으로 왔다가 가는 것들이니 참고 견뎌라. 황소처럼 강인한 정신력으로 이 사실을 깨닫도록 하라. 존재하지 않는 것은 생겨날 수 없고, 존재하는 것은 없어지지 않는다. 이 사실을 깨달은 사람은 궁극적인 진리를 깨달은 사람이다. 우주만물 속에 충만하게 깃들어 있으며 결코 없어지지 않는 실재를 깨닫도록 하라. 이 영원한 실재는 어떤 힘으로도 없애버릴 수가 없다. 육체는 사라져 없어지지만 육체 속에 내재하는 측량할 수 없는 이 실재는 영원히 죽지 않는다. 그러니 아르주나여, 아무 염려 말고 나가서 싸워라."

크리슈나는 아주르나에게 거듭, 조금도 주저하지 말고 전투에 돌입하기를 주장했다.

"그대의 의무는 그대가 해야 할 일을 하는 것이다. 행위의 결과는 그대가 관여할 부분이 아니다. 행위의 결과에 대한 기대를 가지고 그것을 목적으로 행위해서는 안 된다. 아르주나여! 진정한 그대 자신 안에 머물면서 성공과 실패를 평등하게 여기고, 이기적인 욕망에 대한 집착을 버리고 그대의 의무를 수행하라. 그러면 어떤 상황에서도 마음이 흔들리지 않고 절대 평정을 유지할 수 있을 것이다."

크리슈나는 이어 영혼의 존재에 대해 이야기하고, 진리를 아는 것이 무엇인지, 지혜를 가지고 행동하는 것이 무엇인지 등에 대해 소상히 가르쳤다. 크리슈나의 가르침을 듣고 난 후 아르주나는 "나의 각오는 결정되었다. 의혹은 이미 사라졌다"라고 말하면서 흔연히 전장에 진출했다. 크샤트리아 계급의 최고의 의무는 주재자에게 봉사를 다하는 것이며, 크리슈나의 가르침대로 행동하면 물질적 사슬에서 벗어나 영원한 안식을 얻게 될 것이라는 걸 믿어 의심치 않았다.

그리하여 마침내 아르주나는 선봉에 서서 카우라바 진영을 향해 돌진했다.

전쟁을 앞두고, 크샤트리아 계급의 의무와 존경하는 두 어른 비슈마와 드로나, 피붙이인 친척들과 싸워야 하는 현실 사이에서 번민하는 아르주나에게, 크리슈나가 행동의 필요성을 설파하는 이 장면은 아르주나의 인간적인 고뇌가 가감 없이 드러나는 명장면이다. 물론 그로 하여금 싸우도록 만든 크리슈나의 설법 내용에 대해서는 오늘날까지도 많은 해석과 논란이 존재한다.[171] 하지만 이 장면은 바로 그 점 때문에라도 인도인들에게 자신들의 삶에 대해 다시금 되돌아보게 하는 거울로 기능하게 된다. 이 부분을 독립시켜『바가바드기타』라고 한다.

마하트마 간디가 이 경전을 아침저녁으로 읽으며 죽을 때까지 품 안에 지니고 다녔던 것도, '싸우는 평화주의자' 함석헌이『바가바드기타』의 해석에 큰 힘을 기울였던 것도 그만큼 이 장면이 갖고 있는 철학적 비중이 엄청나기 때문이다. 실제로 간디는 스무 살 때, 아직 고기를 먹고 있을 때, 그렇게 함으로써 장차 있을 영국과의 싸움에 대비해야 한다고 스스로 믿고 있을 때, 처음『바가바드기타』를 읽는다. 그러나 그것은 자신이 읽고 싶어 해서가 아니라 두 영국인 친구가 함께 읽자고 권유했기 때문이었다. 산스크리트어에 약한 그는 자존심이 상했지만 에드윈 아놀드가 번역한 판본을 그들과 함께 읽어 나갔다. 그리고 거기에 곧장 빨려 들어갔다. 그는『바가바드기타』가 사촌들 사이에서 벌어지는 전쟁이 아니라 우리 안에 있는 두 본성, 즉 선과 악 사이에 벌어지는 전쟁을 서술한다고 믿었다. 그는 특히 제2장의 열아홉 줄에 큰 감동을 받았으며, 그 열아홉 줄 속에 '다르마'의 실체가 다 들어 있다고 보았다. 그리하여 그는『바가바드기타』의 문자에 매달리지 말고 그 정신과 의미를 전체 맥락 안에서 이해해야 한다고 말한다.

비아사가 그토록 아름다운 서사시를 쓴 것은 전쟁의 무용함을 서술하기 위해서였다. (중략) 시속 육십 킬로미터 이상으로 달리는 기차를 타고 여행하던 사람이 갑자기 여행에 싫증이 났다고 해서 열차 밖으로 뛰어내린다면 그것은 자살행위에 지나지 않는다. 아르주나가 그와 비슷한 처지였다. (중략) 나는 두르요다나와 그의 측근들은 우리 속에 있는 악마적인 충동을 드러내 보여주고 아르주나와 그의 지지자들은 신적 충동을 보여준다고 생각한다. 그와 같은 문제를 경험으로 잘 알고 있는 시인-선지자가 우리 안에 영원히 계속되고 있는 투쟁을 충실하게 서술하고 있는 것이다. (중략) 우리의 이성을 훼방하는 이 세상에 폭력은 언제나 있을 것이다. 『기타』는 우리를 그 폭력에서 벗어나게 하는 길을 보여준다. 그러나 겁쟁이처럼 도망치는 것으로 거기에서 벗어날 수는 없다고 말한다.[172]

1940년 식민지 조선의 한 지식인이 인도 방문 중에 캘커타로 간디를 찾아간다. 그는 대화 중에 간디가 〈라마야나〉와 〈마하바라타〉를 탐독한다는 사실을 알게 된다. 간디는 매일 새벽 네 시에 일어나 『기타』를 한 장씩 읽고, 또 일주일에 전체를 한 번씩 다시 읽는다고 했다. 그가 간디에게 『바가바드기타』의 가르침이 과연 비폭력주의인지 잘 모르겠다고 하자, 간디는 이렇게 대답한다.[173]

"『바가받드 기타』에 제2장은 물론 알쥬나의 무상해주의에 대한 번민인데 제7장 끝에 가선 전부 무상해주의의 교훈입니다. 그것은 끝으로 '아'(我)를 죽이지 않는 자에게 승리가 없다는 말을 보드래도 진정한 싸움 '아'의 욕(慾)에 대한 싸움으로 악에 대한 도전 때문에 크리시나가 싸움을 장려한 것입니다. 그것은 전혀 정신적 의미로 그 이상 아무것도 없읍니다."

크룩셰트라 전투: 세상에서 가장 처절한 18일간의 전투

마하바라타(3)-마흔세 번째 이야기

프랑스의 저명한 작가이자 드골 치하에서 문화부 장관을 지낸 앙드레 말로는 청년 시절 앙코르와트 유적에 반한 나머지 도굴꾼이 되었다. 반테이 스레이는 붉은 사암을 건축 재료로 했기 때문에 사원 전체가 불붙는 듯한 느낌을 던져준다. 앙드레 말로는 그 감동을 자신의 장편소설『왕도로 가는 길』[174]에서 이렇게 쓴 바 있다.

이번에는 나뭇잎 사이에 돌로 새긴 새 조각이 클로드의 눈에 띄어 날개를 활짝 펴고 부리가 앵무새처럼 생긴 것을 분간해볼 수 있었다. 그 새 다리에 강렬한 햇살이 부딪쳐 부서지듯 비치고 있었다. 방금 북받치던 분노도 그 자그마한 눈부신 공간 속에서 눈 녹듯 단번에 사라져버렸다. 벅찬 기쁨이 온몸을 뒤흔들 듯 치밀었다. 누구에게, 무엇에 대한 것인지도 모를 감사였다. 환희는 곧 자기도 모를 눈물겨운 감동으로 변하는 것이었다.

-102쪽 중에서

말로가 눈독을 들이고 훔쳐내려 했던 물건은 반테이 스레이 사원 유적에 있는 두 무녀상(압살라상)이었다. 그는 "그가 알고 있는 가장 아름답고 순수한 조각 중에 낄 수 있는 그 두 무녀상"(116쪽)을 망치와 끌을 사용하여 인정사정없이 쪼고 때리고 깎아서 떼어낸 다음, 물소 달구지를 이용하여 밀림 밖으로 반출을 시도하다가 체포되어 수

감된다. 1923년의 일이었다.

앙코르와트 유적에는 반테이 스레이의 압살라상들 이외에도 앙드레 말로가 반할 만한 예술작품들이 헤아릴 수 없이 많이 존재한다. 그런데 그런 조각이나 부조들은 대개 일정한 스토리를 내포하고 있다. 아시아 미술을 전공한 서양의 한 학자는 앙코르와트 유적에는 당대 크메르인들의 일상사(바욘 사원)나 크메르의 역사(왕의 행렬, 참족과의 전쟁)도 반영되어 있지만, 힌두교와 불교의 신화나 설화, 그리고 무엇보다도 인도의 두 대서사시 〈마하바라타〉와 〈라마야나〉의 내용이 예술적으로 잘 형상화되어 있음을 밝힌다.[175] 특히 앙코르와트의 서쪽 회랑 남쪽 날개에는 〈마하바라타〉의 대미를 장식하는 이른바 크룩셰트라 전투가 무려 오십 미터 길이의 판 하나에 정교하게 부조되어 있어 관람객들의 탄성을 자아낸다.

세상에서 가장 처절한 전투로 일컬어지는 크룩셰트라 전투는 과연 어떤 전투였을까.

43 이제 쿠루족의 두 형제 가문 카우라바와 판다바가 크룩셰트라 들판 양쪽에서 군대를 대치시키고 피비린내 나는 살육전을 벌이려는 극적인 상황이 전개되었다. 판다바의 셋째이며 천하의 명궁 아르주나는 동족과 스승을 살해할 수 없다며 번민하지만, 그의 전차병으로 현신한 크리슈나는 후세에 『바가바드기타』로 알려진 유명한 대화를 통해 아르주나를 설득하는 데 성공했다.

크룩셰트라 평원을 사이에 두고 각국의 지원 병력을 포함하여 판다바가 일곱 개 군단, 카우라바가 열한 개 군단으로 사상 유례없는 규모의 대부대가 대치했다. 한 개 군단은 이만 천팔백 대의 전차와 같은 수의 코끼리와 그 세 배수의 말과 다섯 배수의 보병으로 구성되니, 평원은 풀포기 하나 새로 꼽을 틈조차 없었다. 판다바의 총사령관은 제 누이이자 다섯 형제의 공동 아내인 드라우파디의 모욕을 갚아주겠노라 십삼 년간 절치부심했던 드리슈타디움나. 카우라바는 천하의 맹장 비슈마가 총사령관을 맡았다. 비슈마는 크샤트리아의 의무를 지키기 위해 비록 전쟁에 나서기는 해도 한 할아버지의 손자인 판다바 형제들을 죽이는 일은 결코 하지 않을 거라 미리 선언했다. 아울러 그를 끔찍이 싫어한 용장 카르나 역시 그가 살아 있는 한 참전을 거부하겠노라 밝혔다. 이제 판다바의 장남 유디스티라가 비무장 상태로 적진에 가서 비슈마와 드로나 두 어른에게 예의를 갖춰 전쟁을 허락해 달라고 부탁하는 것으로 본격적인 전투가 시작되었다.

북, 나팔, 고동, 북이 미친 듯 발악하는 가운데 말은 울고 코끼리는 지축을 흔들며 김을 뿜어댔다. 화살은 불타는 유성인 듯 평원을 갈라, 아버지와 아들이, 삼촌과 조카가, 형과 아우가 혈연조차 무시한 채 서로 적이 되어 죽고 죽이는 미치광이 전쟁이 마침내 시작되었음을 알렸다. 대접전으로 인한 함성과 비명이 허공을 갈랐다.

전투는 첫날부터 치열했다.

제1일: 카우라바의 압승.

제2일: 아르주나가 본격적으로 전투에 나섰다. 크리슈나가 모는 그의 전차는 번갯불이 가지를 치면서 구름을 쪼개 듯 동에 번쩍 서에 번쩍 적진을 유린했다. 적병들은 그의 신출귀몰한 그림자를 쫓기에도 눈이 어지러웠다. 비슈마의 화살 한 발이 크리슈나의 가슴에 박히

자 그는 녹색 팔라사 나무에 진홍색 꽃들이 만발한 듯 처절한 아름다움마저 자아냈다. 화가 난 아르주나가 더욱 분기탱천, 화살비를 사정없이 퍼부었다. 전세 역전.

제3일: 피는 개울을 이루고 먼지는 하늘을 가렸다. 아르주나는 늙은 맹장 비슈마를 차마 공격하지 못했다. 참다 못한 크리슈나가 무기를 들지 않겠다던 약속을 어기고 대신 싸움에 나서려 했다. 그러자 비슈마의 눈빛이 황홀하게 빛났다. 그는 기꺼이 크리슈나의 손에 죽을 준비가 되어 있음을 말했다. 제발 저를 데려가 주십시오. 아르주나가 만류하지 않았으면 그는 소원대로 크리슈나의 원반에 희생되었을 것이다. 결과는 판다바의 대승.

제4일: 죽어 땅에 쓰러진 코끼리들은 마치 언덕들이 누워 있는 듯했다. 카우라바들의 아버지이자 판다바들의 큰아버지인 장님 드리타라슈트라는 하스티나프라에서 전황을 보고 받고 또 다시 고통과 깊은 슬픔에 휩싸였다. 그에게 이미 승패는 상관없었다.

제5일: 아르주나는 이날 수천의 적병을 죽였다.

제6일: 피아를 구분하기 힘든 대혼전. 해가 떨어지고도 한 시간이나 더 전투가 이어졌다.

제7일: 팽팽한 접전.

제8일: 아르주나의 아들 이라반 전사. 분노가 극에 달한 아르주나, 또 다시 무의미한 전쟁에 대해 한탄했다. 이 비참한 죄악에 적극적으로 참여하고 있는 우리는 얼마나 나쁜 죄인인가!

제9일: 카우라바의 맏형 두르요다나는 비슈마 총사령관이 최선을 다하지 않는다고 비난했다. 비슈마는 크샤트리아의 운명을 받아들여 싸울 뿐, 이 전쟁이 잘못된 전쟁임을 누차 말해 왔음을 상기시켰다. 그는 판다바 형제들은 혈육이기 때문에, 그리고 시칸디는 여자이기 때문에 결코 죽이지 않겠다는 말을 덧붙였다. 아르주나가 다시 그런 비슈마를 죽일 기회가 왔으나 주저하자 다시금 크리슈나가 나섰다. 기쁘게 죽음을 기다리는 비슈마. 오, 당신의 손에 저의 육체와 영혼이 둘로 나눠진다면 영광입니다. 황급히 막아서는 아르주나.

제10일: 아무리 사태가 급박해도 시칸디와는 싸울 수 없다며 버티는 비슈마. 그의 몸에 화살이 꽂히기 시작했다. 아르주나 또한 이를 악물고 비슈마의 갑옷 중에서 약한 부분에 대고 화살을 쏘아댔다. 비슈마의 온몸에는 더 이상 화살이 꽂힐 구석조차 없었다. 그가 전차에서 굴러 떨어지자 하늘에서 이 싸움을 내려다보던 신들이 합장을 하며 미풍을 보내주었다. 겸손하고 용맹한 크샤트리아의 모범 비슈마는 몸에 너무나 많은 화살이 박혀 땅에 닿지도 못했다. 그는 다가온 아르주나에게 전사의 베개를 해 달라고 부탁했다. 아르주나는 화살 석 대를 꺼내 비슈마의 머리를 받쳐주었다. 비슈마는 당분간 자신의 영혼이 육신을 떠나지 않을 것임을 밝혔다. 모두들 영웅에게 예를 표했다. 그와 앙숙이던 카르나마저 무릎 꿇고 용서를 빌었다.

제11일: 드로나가 총사령관직을 이어받아 유디스티라를 생포하려 했다. 실패했다.

제12일: 아르주나의 무서운 맹공에 카우라바를 지원 나온 트리가르타 왕국의 자살특공대가 처절하게 죽어 나갔다. 싸움터는 절단된 사지며 목 없는 몸뚱이며 부릅뜬 눈 등으로 아비규환의 지옥. 너무 늙어서 이마의 피부가 쪼글쪼글해졌기 때문에 수건으로 눈을 못 가리게 하고 나온 카우라바 쪽의 맹장 바가다타가 코끼리를 몰고 판다바 군대를 무찔렀다. 그러나 아르주나가 화살을 쏘아 수건으로 눈을 덮자 그는 힘없이 쓰러지고 말았다.

제13일: 드로나의 진영을 깨기 위해 아르주나의 아들 아비만유가 나섰다. 그는 적진에 들어갈 수는 있으나 나올 수는 없었다. 따라서 뒤를 받쳐주지 않으면 고립될 터였다. 그래도 그는 출진하여 용맹하게 싸웠다. 신두의 왕 자야드라타의 결사적인 항전으로 응원군이 없는 사이, 두사사나의 아들들이 몰려들어 아비만유를 죽였다. 크리슈나는 아버지 아르주나를 위로했다. 그의 아들은 크샤트리아 계급 최고의 영예를 얻은 것이라고. 아르주나는 아들의 죽음 앞에 맹세했다. 다음 날 해가 지기 전까지 반드시 자야드라타를 죽이겠다고.

제14일: 카우라바 군에서는 총력적으로 자야드라타를 보호했다. 카르나가 길을 막았다. 그는 비마를 죽일 기회가 있었지만, 판다바 형제들 중에서 하나만 죽이겠다고 어머니에게 한 약속이 있어서 그를 살려주었다. 그의 목표는 오직 아르주나 하나뿐이었다. 어느덧 날이 지고 자야드라타는 그때까지 멀쩡했다. 판다바 군대는 사기가 꺾였고, 카우라바는 환호를 질렀다. 그때 아르주나의 화살이 긴장을 늦춘 자야드라타의 목을 꿰뚫었다. 알고 보니 어둠은 크리슈나가 잠시 눈속임을 위해 만들어 놓았던 것. 해는 졌으나 싸움은 그치지 않았다. 이제 신성한 전쟁의 규칙들은 하나하나 다 깨져버렸다.

제15일: 크리슈나가 속임수를 써서 적장 드로나를 죽여야 한다고 제안했다. 아무도 그런 비겁한 짓을 하려고 하지 않는데, 장남 유디스티라가 나섰다. 그는 드로나에게 아들이 죽었다고 거짓말을 했다.

교묘하게 말끝을 흐려 아들이 죽었다는 건지 아들이 탄 코끼리가 죽었다는 건지 확실하게 말하지는 않았다. 유디스티라의 말을 전적으로 신뢰하는 드로나는 갑자기 삶의 의욕을 잃고 스스로 요가 자세를 취했다. 그 순간 비마가 달려들어 그의 목을 쳤다. 이로써 비마는 크샤트리아 계급의 명예를 잃었다. 아울러 유디스티라도 거짓말을 한 속물임이 증명되었기에 이제까지 늘 땅 위에 떠다니던 그의 전차는 땅에 바퀴가 닿았다.

제16일: 카르나가 사령관이 되었다. 비마는 십삼 년 전의 모욕을 갚기 위해 두사사나의 팔을 뽑아버렸다.

제17일: 카르나는 아르주나와 일대 격전을 벌였다. 카르나의 전차가 진창에 박혔다. 그는 크샤트리아의 명예를 내세워 잠시 휴전을 제의하지만, 크리슈나는 아르주나를 부추겨 화살을 쏘게 했다. 마침내 천하의 맹장, 날 때부터 갑옷을 입고 태어난 카르나가 죽었다.

제18일: 지휘자를 잃은 카우라바 군대는 궤멸당했다. 모두들 도망가기 바빴다. 두르요다나만 홀로 남았다. 그는 일대일 싸움을 제안했다. 어느 순간, 비마가 그의 하체를 공격했다. 그리하여 두르요다나의 두 다리가 잘려 나갔다. 크샤트리아의 싸움에서 하체 공격이란 있을 수가 없는 일, 오히려 두르요다나가 땅에 쓰러져 죽어 가면서도 큰소리를 쳤다. 자기는 이제 의기양양하게 하늘나라로 갈 수 있게 되었다고. 과연 판다바 형제들은 전쟁에 이겼지만 오히려 비난을 면치 못했다. 드로나의 아들 아스와타마는 전쟁이 끝났다고 생각하여 밤에 편히 잠을 자던 판다바 진영을 습격했다. 아버지의 복수를 위해서라지만, 이는 명백히 교전 수칙을 위반한 전대미문의 비겁한 공격이었다. 어쨌든 기나긴 전쟁은 끝났다. 이것이 평화인가. 카우라바의 백 명의 아들 중 살아남은 것은 단 한 명이었다.

앙코르와트 회랑의 크룩셰트라 부조는 전투의 참혹함을 이해하는 데 더할 나위 없이 생생한 추체험을 할 수 있게 해준다. 크리슈나와 아르주나의 전차라든지, 카우라바의 총사령관 비슈마가 머리가 땅에 닿지도 않을 만큼 무수한 화살을 맞고 쓰러진 장면에 대한 묘사는 그중에서도 압권이다.

크룩셰트라 전투는 처음 크샤트리아 계급의 명예를 내걸고 교전 수칙을 지켜가며 전개되나 전투가 격화되면서 하나하나 교전 수칙을 어기는 과정이 적나라하게 드러난다. 크샤트리아로서의 품위도 비열한 간계 앞에 무너지는데, 그래도 끝까지 인간에 대한 희망과 예의를 지키려고 애쓰는 비슈마와 같은 등장인물들이 있어 독자들은 위안을 받는다. 이런 점들 때문에 〈마하바라타〉는 그저 꿈같은 신화로 머무는 것이 아니라 오히려 우리 현실을 끊임없이 반추시키는 기능도 하는 것이라 하겠다.

크룩셰트라 전투 이후 〈마하바라타〉는 어떻게 전개되는가.

다시 왕국을 되찾은 판다바들은 조상을 기리고 백성들을 돌보며 평안한 삶을 꾸려 갔다. 그러던 어느 날, 사냥꾼이 사슴으로 오인해서 쏜 화살에 크리슈나가 갑자기 죽음을 맞이하게 되고, 다섯 형제는 드라우파디와 함께 인드라 신의 천국을 향해 먼 길을 떠났다. 가는 도중 개 한 마리가 나타나 형제들을 따랐다. 그 길에서 드라우파디와 형제들이 차례차례 쓰러지고 오직 유디스티라만이 천국의 문에 도달했다. 거기까지 개는 따라왔다. 유디스티라는 인드라에게 시험을 받았다.

"천상에는 개를 위한 자리는 없다. 개를 남겨둔다고 해서 죄가 되지는 않는다."

이에 유디스티라가 대답했다.

"두려움에 떨며 내게 피난처를 구하는 존재를 포기하지 않겠노라 약속했습니다. 이 피조물을 두고 나 혼자만 천상에 올라갈 수는 없습니다."

순간, 유디스티라를 따라온 개가 정의의 신 다르마로 변했다.

그렇게 마지막 관문을 통과한 유디스티라는 천상에 올라가 형제들과 드라우파디를 다시 만나고 해탈을 얻었다.

궁금증이 남는다.

유디스티라와 형제들은 하늘로 올라갔지만, 크룩셰트라 평원에서 목숨을 잃은 저 헤아릴 수도 없이 많은 병사들은 어떻게 되었는가. 그들의 시신은 도륙당하고 썩고 불에 탔다. 누가 있어 그들의 시신을 거두어주기나 했을까. 그리고 그들이 살아 돌아오기만을 애타게 기다렸을 여인들은? 그들은 과부로서 저 험한 세상을 어떻게 헤쳐 나갔을까.

그리고 또 평원에서 죽은 저 수많은 코끼리들은 누가 위로해주었을까!

신궁 이야기

하늘의 태양 아홉 개를 쏘아 떨어뜨린 전설의 신궁

예(羿)-마흔네 번째 이야기

아르주나의 활솜씨는 상상을 초월해서, 천상에서 내려다보던 신들마저 환호한다. 그는 활을 잘 쏘는 것만 아니라 애착도 대단했다. 크룩셰트라 전투 제17일째 되는 날, 아르주나는 칼을 뽑아 들고 형 유디스티라를 죽이겠다고 달려든다. 그것은 약속한 대로 전쟁을 일찍 끝내지 못했다고 비난받아서가 아니라, 그 과정에서 형이 하필이면 자신의 간디바 활을 걸고 넘어갔기 때문이었다. 사실, 그는 예전에 누구라도 그 활을 비난하면 용서하지 않겠노라 다짐을 한 바 있었던 것이다.

"내게 간디바를 포기하라고 하는 자는 누구든지 간에 목을 베어 버리겠다고 맹세했습니다. 아무리 형님이라고 해도 용서할 수 없습니다. 형님의 목을 베고 내 맹세를 지키겠소."[176]

평소 형이 죽으라고 하면 죽는 시늉도 마다하지 않았던 아르주나가 아니었던가. 그런만큼 이것은 활이 아르주나에게 어떤 의미인지 여실히 보여주는 일화라 하겠다.

어쨌든 신궁은 크룩셰트라 평원에만 존재하는 게 아니다. 중국 대륙에는 갑자기 나타나서 산천초목을 말려 죽이는 아홉 개의 해를 활로 쏘아 없앤 전설의 신궁 예(羿)가 있었다.

44 요 임금 때 하늘에 갑자기 해가 열 개나 솟아올랐다. 태양은 원래 천제 제준(帝俊)의 아들들로서 하루에 하나씩 번갈아 가며 천공에 떠오르는 게 원칙이었다. 그런데 어느 날 장난기가 도진 아들 열 명이 나란히 손을 잡고 한꺼번에 떠오른 것이었다. 지상에는 난리가 났다. 수많은 사람과 가축들이 폭염에 쓰러졌고, 산천초목이 빨갛게 타들어 갔다.

인간들의 원망이 하늘에 뻗치자 천제는 책임감을 느꼈다. 그리하여 활 잘 쏘는 예를 지상에 내려보내기로 했다.

"내 아들놈들이 더 이상 장난치지 못하도록 따끔하게 혼내게."

예는 아름다운 아내 항아(姮娥)와 함께 지상으로 내려왔다.

천제의 명은 장난꾸러기 아들들을 야단치라는 것이었는데, 지상에 내려온 예는 실상을 접하자 화가 치솟았다. 사람들이 쇳물처럼 시뻘건 열 개의 태양 아래 숨도 제대로 못 쉰 채 픽픽 쓰러져 가고 있었기 때문이다. 예는 천제가 준 활로 그 말썽쟁이 태양을 차례로 쏘았다. 예가 한 대씩 쏠 때마다 하늘에서 불덩어리가 펑펑 폭발하면서 곤두박질쳐 내렸다. 알고 보니 예가 차례차례 쏘아 맞추어 빛을 잃고 떨어지는 태양은 심장에 화살이 박힌 세 발 달린 까마귀, 즉 삼족오(三足烏)였다고도 한다. 사람들은 환호성을 질렀지만, 분기탱천한 예의 기세가 어디까지 뻗어 갈지 아무도 예측할 수 없었다. 태양이 다 사라지면 큰일이었다. 요 임금이 급히 사람을 보내 예의 화살통에 남은 화살 중 하나를 몰래 뽑아 오게 시켰다. 그 덕분에 마지막 태양 한 개는 하늘에 남게 되었다.

이어서 예는 괴수들을 퇴치하러 다녔다. 그 역시 처음 지상에 내려올 때 천제가 내린 명령이었다. 예는 거침없이 화살을 날렸다. 소처럼 붉은 몸뚱이에 어린아이 울음으로 상대를 현혹시킨 뒤 잡아먹는 괴물 알유(猰貐), 끌 모양의 이빨이 달린 괴물 착치(鑿齒), 머리가 아홉 개 달린 물과 불의 괴물 구영(九嬰), 한 번 날개를 움직일 때마다 폭풍이 이는 거대한 새 대풍(大風), 코끼리까지 삼킨다는 거대한 구렁이 수사(修蛇), 사람과 가축을 잡아먹고 농사를 망치는 커다란 산돼지 봉희(封豨)를 차례로 없애버렸다.

이로써 예는 천제가 내린 명령을 모두 수행할 수 있었다.

문제는 격정에 찬 예가 이미 천제의 아들들을 아홉 명씩이나 죽여버린 데 있었다. 아무리 잘못을 저질렀다고 해도 그들은 자기 자식들이 아닌가. 천제는 장난을 치지 못하도록 야단만 치라는 당부를 허술히 여기고 기어이 자기 아들들을 다 죽여버린 예를 용서할 수 없었다. 그리하여 천제는 예와 그의 아내 항아가 하늘로 올라오는 것을 거부했다.

그 뒤 예는 어떻게 되었을까.

예는 워낙 신화적인 인물이라 이야기를 많이 남겼다. 일관된 이야기가 존재하지는 않지만, 후세 사람들은 즐겨 이야기를 보태 나갔다. 『회남자』에서는 항아가 불사약을 훔쳐 먹고 달로 도망친다. 예가 서왕모(西王母)를 찾아가 얻어 온 불사약은 두 사람이 나눠 먹으면 불로불사할 것이고 한 사람이 먹으면 하늘로 올라가 신이 될 수 있는데, 항아는 혼자 신이 되는 길을 택한 것이다. 『맹자』에서는 예에게서 활을 배운 봉몽(逢蒙)이 스승을 질시한 나머지 몽둥이로 쳐서 죽인다. 그 몽둥이가 복숭아나무로 만든 것이라 이후 우리든 중국이든 제사 때 복숭아를 상에 올리지 않는다. 예는 죽어서도 영웅의 풍모를 잃지 않았다. 그는 집안의 재앙을 물리치는 귀신의 우두머리 종포신(宗布神)이 되었다.

분명한 것은 지상에 남게 된 영웅의 형편이 참으로 곤고해졌다는 사실이다. 중국 근대문학의 아버지 루쉰이 그런 예의 이야기를 냉정하게 소설로 다시 쓴다.

예는 활쏘기의 명수지만 제대로 사냥을 못해 오자 아내인 항아에게 멸시를 당했다. 하루 종일 발품을 팔아도 사냥감을 구경하는 것조차 쉽지 않았다. 제 재주만 믿고 닥치는 대로 다 잡아버렸기 때문에 근동에 길짐승이며 날짐승이 남아나지 않았던 것이다. 태양을 아홉이나 쏘아 떨어뜨린 그 좋은 활솜씨로 씨암탉을 쏘아 죽여 이웃집 노파로부터 비웃음을 받기도 했다. 하나밖에 없는 제자 봉몽도 그를 배반했다. 과거의 영광이 아득하기만 한 예는 틈만 나면 한숨을 쉬곤 했다. 그러던 어느 날 매일같이 먹던 까마귀 짜장면에 지친 항아는 기어이 선약을 마시고 달나라로 도망쳐버렸다. 화가 치솟은 예는 달에 대고 화살을 날렸다. 그러나 제대로 적중시키지 못했다. 세 곳에 상처가 났지만 달은 더 부드럽고 밝은 빛을 내며 태연자약하게 천공에 걸려 있었다. 달은 그를 아는 척도 하지 않았다. 그는 깊은 자탄에 빠졌다. 전사 같다느니, 예술가 같다느니 하는 하녀들의 위로도 허허로운 마음을 채워주지 못했다. 그저 배가 고파, 잡아 온 닭고기와 떡으로 저녁을 먹고 푹 자고 싶은 생각뿐이었다.[177]

루쉰이 이야기하지 않은 부분에는 예가 물의 신 하백의 아내와 불륜에 빠진 이야기가 들어 있다. 항아가 달나라로 달아난 것은 바로 그런 이유 때문이라고 한다. 물론 이 역시 또 하나의 이야기일 뿐. 어쨌거나 중국 사람들은 달나라에 토끼와 함께 두꺼비가 살고 있다고 믿었다. 그 두꺼비는 예를 버려두고 혼자 달아난 부인 항아가 변신한 모습이라고 생각했다. 옳든 그르든 남편을 두고 달아난 것이 부끄러워서 그렇게 변했다고.

2007년 최초로 발사된 중국의 달 탐사 위성의 이름이 바로 항아였다.

예의 신화에 등장하는 삼족오라든지 하백은 우리 신화하고도 밀접한 관련을 맺고 있다. 그래서 학자에 따라서는 이 신화를 동이의 신화로 간주하기도 한다.[178]

부끄러움에 땅굴에 사는 타르바간이 된 신궁

에르히 메르겐-마흔다섯 번째 이야기

몽골 설화에는 구전 자료나 문헌 자료를 막론하고 특히 활과 신궁에 관한 이야기가 무척 많다. 북두칠성 신화의 주인공 알하이 메르겐은 활시위를 잡아 아침 해 뜰 무렵부터 저녁까지 당기고, 열 손가락 끝에서 피가 날 때까지 당기고, 시위에서 푸른 불이 일어나도록 당겨 쏘았는데, 화살은 일곱 고개를 넘어 일곱 번째 벌판 저쪽에서 황금바늘의 바늘귀를 지나 산 하나를 태워버린다.[179] 영웅 서사시 『게세르』에서는 조로(영웅 게세르의 어린 시절 이름)가 로그모 고와를 아내로 취하기 위해 삼십 명의 용사들과 활쏘기 시합을 벌이는 장면이 나온다. 여기서 조로가 하늘을 향해 쏜 화살은 오후를 지나 저녁이 되어서야 땅으로 떨어졌다.

〈알하이 메르겐〉의 한 이본에서도 명궁이 나온다.

한 사람이 누워서 하늘을 쳐다보고 있다. 그에게 왜 그렇게 하늘을 쳐다보느냐고 묻자 이런 대답이 돌아왔다.

"내가 쏜 화살이 별과 함께 떨어질 것이기 때문입죠."

실제로 얼마 지나지 않아 여러 개의 별과 성단이 쏟아져 내리고, 이어 화살까지 떨어졌다는 것이다.[180] 몽골에는 이렇듯 명궁을 가리키는 '메르겐'이라는 이름을 가진 주인공 또는 영웅이 많은데, 설화의 주인공이든 역사책을 장식하는 인물이든 당연히 이들은 활에 관한 한 일가를 이룬 위인들이다.[181]

에르히 메르겐도 그 명궁 반열에서 제외할 수 없는 위인이다.

45 오랜 옛날 이 세상에 일곱 개의 태양이 나타나 심한 가뭄이 들었다. 그때 에르히 메르겐이란 명궁이 나타나 태양을 활로 쏘아 없애기로 했다. 에르히 메르겐은 태양을 모두 떨어뜨리지 못한다면 엄지손가락을 잘라버리고 남자일 것을 포기하며, 물도 마시지 않고 마른 풀도 먹지 않고 어두운 땅굴 속에서 살아갈 것이라고 맹세했다. 과연 에르히 메르겐은 화살 하나에 태양을 하나씩 손쉽게 없애 나가 여섯 개의 태양을 없애는 데 성공했다. 하지만 일곱 번째 태양은 때마침 지나가던 제비가 시야를 가려 제비 꼬리만 맞추고 말았다. 에르히 메르겐은 얼룩말을 타고 제비를 쫓아가 죽이기로 했다. 말은 제비를 잡지 못한다면 자기 관절을 꺾고 안장을 얹은 말이 되길 포기하겠다고 맹세했다. 그러나 말은 제비를 따라잡지 못했다. 화가 난 에르히 메르겐은 말의 앞다리 두 개를 잘라서 얼룩 망아지로 만들어버렸다. 천하의 에르히 메르겐 또한 맹세를 지켰다. 그는 해를 보기가 창피하다며 동굴 속으로 들어갔다. 그는 활을 쏘던 엄지손가락을 잘라버렸다. 그때부터 타르바간은 발가락이 네 개가 되었다고 한다. 한편 하늘에 남은 단 하나의 해가 에르히 메르겐을 피해 산 저편으로 숨은 다음부터 이 세상에는 낮과 밤이 교차하게 되었다고 한다.[182]

에르히 메르겐은 명궁으로 자만심이 강했다. 일곱 개의 태양을 모두 활로 맞추어 떨어뜨리겠다고 장담했지만 실패했다. 그래서 스스로 부끄러움을 느껴 땅굴 속에 사는 타르바간이 되었다. 이렇게 보면 이 설화는 비단 한 사람의 명궁에 관한 이야기일 뿐만 아니라 타르바간이라는 동물에 대한 아주 흥미로운 기원 설화이기도 한 셈이다. 이를 북두칠성 전설의 알하이 메르겐과 비교해서 읽는 것도 재미있겠다. 이 설화는 타르바간의 기원을 말해 주는 설화인 동시에, 해와 달이 왜 생겼는가를 말해주는 기원 설화이기도 하다. 또한 제비 꼬리가 어째서 그렇게 갈라졌는가 말해주는 기원 설화로서도 손색이 없다.

타르바간은 쥐목 다람쥐과의 포유류로 건조한 초원에서 서식하는 작은 설치동물이다. 오소리와 비슷하게 생겼다. 몽골 사람들은 타르바간을 잡아 내장을 꺼낸 다음 '사람 고기'라는 겨드랑이와 어깨 부근은 에르히 메르겐의 살이라 하여 먹지 않는다고 한다. 설화가 얼마나 민간의 생활과 밀접한 관련을 맺어 왔는지 잘 알 수 있다.

하늘에 떠 있는 해를 쳐다보니, 문득 에르히 메르겐과 그의 턱없는 견결성에 미안해진다.

기원 설화

백년보다 긴 하루: 세상에서 가장 잔인한 고문
만쿠르트 혹은 도녠바이 전설-마흔여섯 번째 이야기

또 다른 기원 설화를 찾아서 길을 떠난다.

몽골에서 초원과 사막, 산맥과 강들을 가로질러 가면 중앙아시아의 초원이 나타난다. 지리학 교과서에서 흔히 스텝이라고 부르는 지역이다. 거기 하늘에 "도녠바이, 도녠바이" 하고 우는 새가 있다. 특히 스텝과 맞닿은 사로제끄 사막에서 밤에만 날아다니는 그 새가 우는 소리를 들어보면 절로 가슴이 찢어질 듯하다고 한다.

중앙아시아 초원의 작은 나라 키르기스스탄은 세계적인 작가 친기즈 아이뜨마또프[183]를 낳았다는 것만으로도 축복받았다. 그가 쓴 『백

넌보다 긴 하루』는 세상에서 가장 슬픈 전설을 토대로 쓴 장편소설
이다. 만쿠르트 전설, 혹은 바로 그 도넨바이 새의 전설.

　유달리 슬프디 슬픈 아시아의 초원에서도 이보다 슬픈 기원 설화
를 만나는 것은 쉽지 않다.

46 사로제그 사막은 '스텝의 잊혀진 역사책'이다.

　츄안츄안 부족은 스텝의 다른 부족들을 잔인하게 정복했다. 그들
은 생포된 젊은이들의 머리를 빡빡 밀고 '사리'라는 암낙타의 유방 가
죽(낙타 한 마리에서 다섯 개가 나온다)을 모자처럼 씌운다. 그런 다음 포
로의 손발을 묶어 족쇄를 채우고, 머리를 땅에 대지 못하도록 큰칼을
씌운 채 풀 한 포기 하나 없는 사막으로 데려가서 살을 태우는 태양
아래, 물도 음식도 주지 않고 내버린다. 가죽이 마르면서 접착제처럼
머리를 옥죈다. 그 고통이 얼마나 큰지, 그들은 끊임없이 비명을 지
른다. 뻣뻣하고 잘 구부러지지 않는 머리카락이 자라다가 낙타 가죽
에 막혀 거꾸로 머리를 파고들기 때문이다. 아무리 강한 사내라도 그
런 비명을 끊임없이 듣다 보면 그것 자체가 또 다른 고문이 된다. 사
나흘간 그런 일이 계속되면 대여섯 명 중에서 고작 한둘만이 살아남
게 마련이다. 그러나 그렇게 해서 살아남은 포로들은 이미 살아 있는
사람이라고 볼 수가 없다. 왜냐하면 고통도 고통이지만 그들은 결국
모든 기억을 송두리째 잃고 말기 때문이었다.

　츄안츄안 부족이 노린 것도 그것이었다. 기억을 상실한 노예—그
들은 자기가 어디에서 왔는지, 아버지가 누구인지, 어머니가 누구인
지 전혀 기억하지 못하는, 한마디로 스스로 인간인 줄 인식하지 못하

는 노예 '만쿠르트'가 되는 것이다. 어떤 노예 주인에게든 노예가 반란을 일으킬지 모른다는 게 가장 큰 두려움이지만, 이것도 만쿠르트에게는 예외였다. 그들은 살아 있으되 이미 '인간'이 아니기 때문이었다. 그래서 만쿠르트의 원래 부족도 자기 동료가 그렇게 되었다는 사실을 알면 아예 찾기를 포기하고 말았다. 찾아봐야 아무것도 기억하지 못하는 그는 그저 몸만 살아 있는 시체, 좀비에 지나지 않기 때문이다.

그러나 졸라만의 어머니는 아들을 결코 포기하지 않았다. 츄안츄안 부족의 포로가 된 아들 졸라만을 찾아 어미는 스텝을 헤맸다. 그리고 마침내 아들을 만났다. 졸라만은 한적하고 너른 초원에서 양을 치고 있었다. 졸라만의 어머니 나이만-아나는 천신만고 끝에 아들을 만났지만, 졸라만이 어머니를 기억할 리 없었다.

"너는 졸라만이야. 나는 네 어머니고. 네 아버지가 네게 활 쏘는 법을 가르쳤어. 너는 명궁이야."

그러는 사이 츄안츄안 부족이 왔고, 어머니는 낙타를 타고 도망쳐야 했다. 어머니는 자기 아들이 만쿠르트가 되었음을 알고 울부짖었다.

저들이 네 머리를 집게로 호두를 깨듯이 짓누르고, 말라 가는 낙타 가죽의 더딘 뒤틀림으로 네 두개골을 조이며 너의 기억을 앗아 갔을 때, 공포에 질려 눈물로 채워진 네 안구에서 눈을 뽑아내려고 그 보이지 않는 고리로 네 머리를 조였을 때, 사로제끄의 타는 목마름이 너를 찢는데도 하늘에서 네 입술을 축일 빗방울 하나 떨어지지 않았을 때, ― 그때 네게는 어찌 모든 사람들에게 생명을 준 태양이 우주 만물 중에서도 가장 가증스럽고, 무지막지하고 사악한 것이 아니었겠느냐? (중략) 어둠의 그늘이 고통으로 갈가리 찢긴 네 영혼을 영원히 덮어 갈 때, 억지로 부서진 네 기억이 지난날과의 연상을 영원히 잃어 갈 때, 거친 몸부림 속에서 네 어미의 모습과, 네가 어릴 적 뛰어놀던 산중의 개울물 소리를 잊어 갈 때, 네 황폐한 의식 속에서 네 자신의 이름과 네 아버지의 이름을 잊고 네가 둘러싸여 자랐던 사람들의 얼굴이며 네게 얌전히 미소 짓던 처녀의 이름마저 희미해져 갈 때 ― 그때 너는 어찌 바닥 모를 망각의 구렁텅이 속으로 떨어져 내리면서 고작 이런 날을 살게 하려고 너를 자궁 속에 품었다가 신의 빛 속으로 내질렀다며 가장 지독한 욕설로 네 어미를 저주하지 않았겠느냐?[182]

츄안츄안 부족이 누구냐고 묻자 졸라만은 "자기가 내 어머니라 하더라"라고 대답했다. 츄안츄안 부족은 활을 주며 여자가 또 오면 쏴죽이라고 명령했다.

다음 날 졸라만이 혼자 있을 때 어머니 나이만-아나가 다시 나타났다. 졸라만은 활을 겨눴다. 어머니는 쏘지 말라며 소리쳤다.

"난 네 에미야. 네 아버지는 도녠바이였어. 우리 부족 최고의 명사수였지. 네 아버지 도녠바이는 너를 우리 부족 최고의 명사수로 가르쳤어. 넌 우리 부족의 자랑이었어."

하지만 화살은 이미 시위를 떠났다. 쓰러지는 나이만-아나의 머리에서 떨어진 하얀 스카프가 한 마리 하얀 새가 되어 날아가면서 이렇게 지저귀었다.

"네가 누구 자식인 줄 아니? 네가 누구지? 네 이름이 뭐지? 네 아버지는 도녠바이였어. 도녠바이, 도녠바이, 도녠바이, 도녠바이……."

지금도 사로제끄 사막에서는 나그네들이 나타나면 그 새가 가까이 다가가서 이렇게 속삭인다고 한다.

"네가 누구 자식인 줄 아니? 네가 누구지? 네 이름이 뭐지? 네 아버지는 도넨바이였어. 도넨바이, 도넨바이, 도넨바이, 도넨바이……."

밤이면 사로제끄 사막을 울며 날아다니는 이 새를 사람들은 도넨바이라고 했다.[185]

세상에서 가장 잔인한 고문이 무엇일까. 물론 세상에는 아주 잔인한 육체적 고통을 가하는 고문이 헤아릴 수 없을 정도로 많다. 그러나 육체적 고통과 아울러 정신적 고통을 병행하는 고통이야말로 가장 잔인한 고통이 아닐까. 남영동에서 죽음보다 더한 고문을 당하고 나온 김근태는 자신은 죽어가고 있는데 라디오에서 흘러나오던 아나운서의 수다가 참으로 미웠다고 했다. 중앙아시아의 소국 키르기스스탄의 정신적 지주였던 친기즈 아이뜨마또프의 소설 『백년보다 긴 하루』에 등장하여 세계의 독자들에게 큰 충격을 던져준 고문도 바로 그런 사례가 될 것이다.

끔찍한 고문을 받은 끝에 모든 기억을 상실한 채 좀비와 같은 노예로 전락한 자기 아들에게 나이만-아나는 살해당한다. 이 전설은 매우 잔인하지만, 사실 이것이 뜻하는 바는 고문 그 자체가 아니라 기억의 소중함, 고향과 어머니의 사랑의 소중함을 역설적으로 보여주는 것이리라. 물질적으로 아무리 풍요로운 삶을 산다 해도 기억이 없으면 인간은 무엇일 수 있을까. 이 전설은 다시 한 번 우리 현대인에게 묻는다. 키르기스 민족의 집단적 상황(소비에트연방 해체 이후 부딪친

조속한 국가 정체성의 확립 문제)을 통해서 우리가 확인할 수 있듯이 이 전설은, 한 개인을 넘어서서 민족의 특정한 집단적 기억이 소중함을 새삼 강조하고 있다. 소설에서 인간보다 더 발달한 외계의 선진 문명에 접속하는 것을 차단하고 방해하는 위성들의 존재 역시 '기억'과 관련하여 의미를 지닌다.

'만쿠르트'라는 용어는 자신의 문화적 뿌리와 기원에 대해 기억하지 못하는 사람을 가리킬 때 사용된다. 오늘날에는 구소련 독립국가연합에서 자신의 모국어나 문화를 기피하고 러시아어나 러시아 문화만 고집하는 이를 지칭하기도 한다.[186] 터키에서는 서구 문화에 전적으로 침윤된 이를 가리키기도 한다.

실제 이 전설의 공간적 배경은 사로제끄 사막과 스텝으로서 그곳의 원주민은 키르기스인이 아니라 카자흐(카자흐스탄)계 민족이다.

정령의 토사물을 먹고 힘이 세진 싱가포르의 천하장사

바당-마흔일곱 번째 이야기

기원 설화 중에는 특히 지명과 관련된 것도 적지 않다. 우리나라 산천 어디에서나 그와 연관된 전설을 쉽게 찾을 수 있는 것과 다르지 않다.

작은 도시국가인 싱가포르에는 상대적으로 이런 지명에 얽힌 기원 설화도 많지 않다. 그런 만큼 강가에서 발견한 돌 하나에도 자신들이 사랑하는 영웅에 얽힌 전설을 오롯이 새겼다. '강가에서 발견한 돌

하나'라는 표현은 전혀 문학적인 수사가 아니다. 실제로 1819년 싱가포르 강 어귀에서 발견한 돌로, 표면에 오십 줄의 고대 문자가 새겨진 명문석이다. 흔히 '싱가포르 돌'이라고 부르는 이 돌의 유래에 대해서는 그 명문을 여전히 판독하지 못해 의견이 분분하다. 고대 자바어 아니면 고대 산스크리트어라고 추정할 뿐이다. 그렇지만 사람들은 돌이라기보다 바위에 가까운 이 유적[187]에 대해서 언제부턴가 천하장사 바당의 전설을 겹쳐 이야기하기 시작했다.

47 바당은 오늘날로 치면 말레이시아 조호르 지방 출신의 가난한 소년이었다. 그는 수마트라 섬(인도네시아) 아체에 있는 부잣집에서 하인으로 일했다. 바당은 또래 중에서 체구가 가장 작고 약했다. 잡목 숲을 개간하여 새 밭을 만들어내는 게 임무였다. 죽어라 일을 해도 돈은 고사하고 겨우 입에 풀칠만 하는 형편이었다. 그래서 배가 고픈 바당은 매일 밤 개울에 그물을 쳐서 물고기를 잡아 영양을 보충해야 했다.

어느 날 바당은 그물이 비어 있고 거기에 뼈와 비늘만 남아 있는 걸 발견했다. 며칠 동안 그런 일이 반복되자 화가 났다. 친구들은 가뜩이나 몸이 약한 바당을 조롱했다. 그게 어떤 짐승의 짓이라고 생각한 바당은 채찍을 들고 몰래 지켜봤다.

그는 물고기를 잡아먹는 짐승이 바로 어떤 동식물로든 자유자재 변신할 수 있는 물의 정령 한투 아이르라는 걸 알아차렸다. 그것은 집보다 더 컸고, 허리까지 오는 긴 머리에, 가슴까지 덮는 수염을 하고 있었다. 머리에 두 개의 뿔이 있고, 어금니가 삐져나왔으며, 팔과

다리가 온통 털투성이었다. 한투 아이르는 바당의 그물 속에 걸린 물고기를 다 잡아먹은 다음 쿨쿨 잠을 잤다. 화가 난 바당은 두려움도 잊었다. 그는 살금살금 기어가서 빈 그물을 정령의 머리에 뒤집어씌운 뒤 바위에 묶었다.

정령은 금세 겁을 집어먹고 목숨을 구걸했다. 그 대가로 무엇이든 소원을 들어주겠다고 제안했다. 바당은 여러 가지로 생각했다. 안 보이게 된다면? 그래도 남들에게 사냥을 당할 수 있을 것 같았다. 부자가 된다면? 주인에게 다 빼앗길 것 같았다. 그래서 결국 그는 힘을 달라고 부탁했다. 괴물은 그렇게 되려면 자기가 뱉어내는 걸 다 먹어치워야 한다고 말했다. 괴물이 그동안 먹은 물고기를 다 토해냈다. 바당은 그것들을 꾸역꾸역 먹어치웠고, 괴물의 말대로 힘이 장사가 되었다.

당장 그는 힘을 발휘하여 숲을 다 치워버렸다. 주인은 신이 나서 바당을 노예에서 해방시켜주었다.

어느 날 바닷가에서 삼십 명의 장정이 배를 옮기느라고 낑낑거렸다. 바당이 돕겠다고 하자 그들은 코웃음을 쳤다. 왕은 다시 삼백 명을 보냈으나 소용이 없었다. 마침내 바당에게 기회가 찾아왔다. 바당은 혼자서 가볍게 일을 처리했다.

왕은 그를 왕궁으로 불러 제 곁에 두었다. 왕은 그에게 수마트라 섬에 가서 향기로운 쿠라스 잎을 따오라고 명령했다. 바당은 혼자 가서 거대한 바위를 두 동강 낸 다음 그 잎을 구해 왔다. 물론 털끝 하나 다치지 않았다. 그의 소문이 사방에 퍼지자 인도 왕이 그의 힘을 시험하기 위해 장사를 보냈다. 화물선 일곱 척을 건 내기가 시작되었다. 둘은 여러 경기를 벌였는데 그때마다 무승부였다. 마침내 거대한 바위를 들어 올리는 자가 최종적으로 승리한다고 약속했다. 인도 장사는 그 바위를 자기 무릎까지 들어 올렸다가 떨어뜨렸다. 바당은 머리까지 들어 올려 그걸 바다 쪽으로 내던졌다. 그 바위는 싱가푸라(싱가포르) 강 입구에 떨어졌다. 결국 바당이 이겨 배 일곱 척을 벌었다.

바당은 싱가포르에서 수년 동안 수많은 외국의 도전자들을 물리치고 살았다. 나중에는 수마트라 섬으로 돌아가서 여생을 거기서 보냈다.

사람들은 19세기 초 싱가푸라 강 입구에서 발견한 명문석을 바당이 시합 때 내던진 돌이라고 믿고 있다.

거인과 천하장사 이야기

육 개월 동안 잠만 자는, 세상에서 가장 큰 거인을 깨우다

쿰바카르나-마흔여덟 번째 이야기

> 왜 물구나무 서서 걷고, 뼈에 숭숭 난 구멍으로 노래하고,
> 피부로 보고, 배로 호흡하지 않는가.[188]

바당은 힘을 충분히 자랑할 만한 장사였다. 그러나 그런 그도 아마 쿰바카르나 앞에서라면 쥐구멍을 찾아야 했을지 모른다.

나중에 본격적으로 소개할 인도의 대서사시 〈라마야나〉에서 가장 치열한 싸움에 나타나는 라바나의 괴물 동생 쿰바카르나는 그 존재만으로도 독자들의 기를 죽이고 그 때문에 엄청난 흥미를 불러일으

킨다. 육 개월 동안 잠만 자는 그를 깨우는 과정이 마치 소인국에 간 걸리버를 연상시킬 정도로 흥미진진하다. 그의 가공할 위력에는 전사(前史)가 있다.

쿰바카르나는 무지무지하게 에너지가 넘쳤던 모양이다. 보다 못한 어머니는 자기 아들의 지나친 활동이 염려되어 시바 신에게 기도했다. "내 아이는 활동이 너무 지나쳐 필요한 시간의 반이면 모든 일을 해치웁니다. 그래서 일을 마치자마자 다시 파괴하기 시작합니다. 신이시여, 그러니 제발 그를 멈추게 해주십시오"라고. 시바 신은 곧 그 어머니의 기도에 응답했다. 그날부터 쿰바카르나는 일 년의 반만 깨어 있고 나머지 육 개월은 쿨쿨 잠만 잤다고 한다. 그를 깨우기 위해서 사람들이 그의 배 위에서 쿵쿵거리고 심지어 코끼리가 지나가도록 해도 실패했다. 그러다가 음식 냄새를 풍기자 그제야 몸을 일으켰다나.

48 라마 왕자가 원숭이 장군 하누만을 앞세워 바다를 건너갔다.

랑카의 전투가 벌어지고 전황이 불리해지자, 라바나는 지하 동굴로 사신들을 보내 쿰바카르나를 깨우게 했다. 하지만 동굴 안에 들어서자마자 엄청난 굉음에 귀청이 떨어져 나갈 정도였다. 그것은 바로 쿰바카르나가 코를 고는 소리였다. 게다가 그가 자면서 내뿜는 숨결은 웬만한 물건들을 횡횡 날려버렸다. 쿰바카르나의 몸은 마치 거대한 산 같았다. 그는 천상의 보물들로 그득한 동굴 안에서 세상모르고 잠을 자고 있었다.

궁리 끝에 사신들은 그의 곁에 영양과 멧돼지 등 엄청난 양의 고기와 맛난 음식을 진설해 놓았다. 따로 피를 가득 채운 거대한 통도 마련해두었다. 사신들은 아름다운 시구를 읊어 그를 칭송했다. 이어 다른 사신들이 나팔을 불고, 북을 울리고, 사자처럼 고함을 질렀다. 그 소리가 워낙 크다 보니 짐승들은 사방으로 달아났고, 새들도 혼비백산하여 하늘로 날아올랐다. 그러나 쿰바카르나는 꿈쩍하지 않았다. 사신들은 철퇴, 곤봉, 표석 등을 집어 들고 거대한 괴물의 사지를 후려치기 시작했다. 하지만 사신들은 쿰바카르나가 숨을 쉴 때마다 쏭쏭 날아가버리기 일쑤였다.

화가 난 사신들은 쿰바카르나의 머리카락을 뽑아버리기도 했다. 귀를 깨물기도 했다. 수백 통의 물을 얼굴에 부었다.

쿰바카르나의 몸뚱이를 향해 천 마리 코끼리를 내달리게 했다. 마침내 반응이 왔다. 그가 눈을 뜨고 기지개를 켜자 수백 명의 사자들이 땅바닥으로 굴러떨어졌다. 그의 입은 거대한 동굴 같았다. 그의 형형한 눈은 반짝이는 두 개의 행성 같았다. 쿰바카르나는 일어나자마자 주변의 음식부터 먹어 치우기 시작했다. 모든 고기와 피를 남김없이 먹어 치웠다. 그런 다음에야 사신들의 우두머리가 사정을 설명할 기회가 찾아왔다.

쿰바카르나는 크게 놀라지도 않았다. 그는 원숭이 군대를 단번에 해치우겠다고 장담했다. 마침내 그가 일어서서 동굴을 빠져나갔다. 걸음을 뗄 때마다 지진이 인 것처럼 지축이 흔들렸다. 그가 형 라바나를 돕기 위해 전쟁터에 도착했을 때, 원숭이 부대는 경악을 금치 못했다. 쿰바카르나는 자기 형 라바나에게 화를 냈다. 성자들의 충고를 듣지 않고 시타를 유괴해 분란을 일으킨 것이라고. 그러자 라바나의 신하 마호다라가 나서서 라바나를 옹호했다. 모든 존재는 행복을 추구하게 마련이라고. 따라서 라바나가 무슨 수를 써서라도 아름다운 시타를 훔친 것은 정당한 일이라는 것이었다. 라바나는 그런 따분한 설교를 중지시켰다. 이윽고 싸우러 나간 쿰바카르나. 벌써부터 오줌을 지리고 달아나는 원숭이가 수천이었다. 장수들이 독전했으나 소용이 없었다. 라마는 그 거대한 거인을 물리치기 위해 화살을 집중적으로 퍼부었다.

쿰바카르나는 과연 어떻게 될까.

다른 판본에 따르면, 쿰바카르나는 신들과의 전쟁에서 인드라와 다른 신들을 물리쳤다. 게다가 고행을 통해 그는 더욱 엄청나게 힘이 세졌다. 그는 그 힘을 이용해 살아 있는 생명을 수도 없이 먹어 치웠다. 그가 만일 정상적으로 식사를 한다면 지구상에 있는 모든 것을 먹어 치우지 않을까 우려하지 않으면 안 될 정도였다. 그러자 창조자 브라흐마도 고민을 거듭 하지 않을 수 없었다. 브라흐마는 자기의 배우자이며 지혜와 음악의 여신인 사라스바티를 불러 쿰바카르나의 마음에 환영을 만들어 놓도록 부탁했다. 그 환영 때문에 쿰바카르나는 육 개월 동안 동굴 안에서 잠을 자고 겨우 하루만 깨어 있게 되었다는 것.

또 다른 판본에서는[189] 쿰바카르나가 브라흐마를 위해 참회와 지독한 고행을 한다. 그 결과 브라흐마로부터 보답을 받게 되는데, 그때 그를 질시한 인드라가 개입한다. 인드라는 자기가 직접 나서는 대신 사라스바티를 시켜 쿰바카르나가 "인드라사나"(인드라의 권좌)라고 말할 부분에서 "니드라사나"(잠을 잘 침대)라고 말하게끔, 그리고 "니르데밧밤"(데바들의 척결)이라고 말할 대목에서 "나드라밧밤"(잠)이라고 말하게끔 해서 결국 한없이 잠을 자게 되었다는 것. 하지만 이게 실질적으로는 축복이 아니라 저주이기 때문에 형인 라바나가 브라흐마에게 부탁해서 타협한 결과 육 개월은 잠을 자고 다른 육 개월은 깨어 있게 되었다. 깨어 있는 동안에는 쉴 새 없이 주변에 있는 것들을 집어삼켰다.

쿰바카르나는 악귀 라바나의 동생이며 랑카 전투에서 수도 없이 많은 원숭이들을 잡아먹지만, 기본적인 성정만큼은 또 다른 동생 비비샤나 못지않게 착하다.(여든네 번째 이야기 참고)

히말라야 산맥의 고봉 칸첸중가(팔천오백팔십육 미터)로 가는 길에 높이 칠천칠백십 미터의 쿰바카르나(혹은 잔누) 산이 있다. 세계에서 가장 오르기 어려운 히말라야 거벽 중 하나로, 워낙 기상 조건이 좋지 않아 맑은 날을 보기 힘든 게 마치 쿰바카르나가 육 개월 만에 겨우 깨어나는 것과 비슷하다고 해서 그런 이름이 붙었다.

뛰는 놈 위에 나는 놈

이 톤 장사-마흔아홉 번째 이야기

설화의 세계에는 상상을 초월하는 엄청난 장사들이 수두룩하다. 천하의 쿰바카르나도 감당하지 못할 장사들이 있다면 쉽게 믿기 어려울 것이다. 하지만 믿거나 말거나 섣불리 힘자랑을 하다가 망신을 당하는 이야기는 국경을 초월한다. 바당도 쿰바카르나도 함부로 발을 들여놓지 말아야 할 나라가 방글라데시이다.

49 엄청난 괴력을 자랑하는 장사가 있었다. 언젠가 야생 코끼리가 마을을 침범하자 꼬리를 붙잡고 빙빙 돌려 숲으로 내동댕이친 적도 있었다. 사람들은 그를 이 톤 장사라고 불렀다. 한 노인이 이웃 마을에 사는 삼 톤 장사 이야기를 들려주니 그는 당장 일합을 겨루기 위해 길을 떠났다. 도중에 목이 말라 연못의 물을 훌쩍 다 마셔버렸다. 밤이 오자 이를 닦기 위해 나무를 뽑아 이쑤시개로 썼다. 그러나 삼 톤 장사도 만만치 않았다. 그가 걸을 때마다 지진이 난 것처럼 땅이 흔들렸다. 둘은 만나자마자 밀고 당기는 씨름을 시작했다. 좀처럼 승부가 나지 않았다. 때마침 한 노파가 양 수천 마리를 몰고 오다가 거대한 자루를 꺼내 그 양떼를 집어넣었다. 그런 다음 두 장사를 번쩍 들어 양어깨에 얹어 놓고 집으로 걸음을 옮겼다. 때마침 거대한 독수리가 획 다가오더니 그 노파를 낚아채서 하늘로 날아올랐다. 왕궁에서 하늘을 바라보던 공주가 갑자기 '아야' 소리를 질렀다. 눈에 무엇인가가 들어간 것 같았다. 공주의 비명을 듣고 왕이 나섰다. 의사를 불렀지만 소용없었다. 그래서 어부를 불렀다. 어부가 보트를 가지고 와서 겨우 그물을 치기 시작했다. 혼자서는 불가능해서 친척들도 다 불러서 같이 작업을 했다. 그렇게 칠일 밤 칠일 낮 동안 꼬박 그물질을 한 결과 마침내 그들은 문제의 '이물질'을 건져 낼 수 있었다. 코딱지만 한 노파와 양떼 수천 마리가 들어 있는 자루와 노파의 양 어깨에 앉아서 여전히 옥신각신하고 있는 사내들을 독수리 한 마

리가 꼭 붙잡고 있었던 것이다. 공주는 자기 눈 속에 얼마나 많은 이물질이 들어 있었는지 확인하고 깔깔 웃었다.[190]

이 정도의 허풍이라면 독일의 저 유명한 뮌하우젠 남작과 겨뤄도 결코 뒤지지 않을 것이다. 허풍선이 남작으로 더 잘 알려진 그의 허풍 목록에는 다음과 같은 것들이 포함된다.

말을 타고 가다가 늑대의 습격을 받아 말을 잃었다. 그는 늑대에게 말가죽을 씌워서 타고 목적지까지 도착했다.

포탄을 타고 날아가 적진을 정찰하고 다시 적이 쏜 포탄을 타고 돌아왔다.

숲에서 곰을 만났는데 입에다가 부싯돌 한 개를 던져 넣었다. 그리고 곰이 멈칫해 있을 때 항문으로 다른 한 개를 던져 넣었다. 잠시 후, 두 부싯돌이 만나서 불을 냈고 곰은 그 자리에서 통구이가 되었다. 그 곰 통구이를 들고 집에 와서 가족과 만찬을 즐겼다.

그의 조수 아돌프스는 명사수로 터키에서 오스트리아까지 총을 쏴서 맞추었다.

하지만 이런 허풍이 아무에게나 통용될 리는 없는 법. 현대의 정신과 의사들은 그와 같은 증세를 나타내는 이들을 일러 '뮌하우젠 증후군'이라고 부른다. 1951년 미국의 정신과 의사 리처드 애셔가 처음 제시한 이 증후군은 주로 있지도 않은 신체적인 징후나 증상을 의도적으로 만들어내서 자신에게 관심과 동정을 이끌어내는 정신적 질

환을 말한다. 한마디로 '꾀병'이라 하겠다.

　몽골 초원에도 꽤 귀여운 '이 톤 장사'들이 여럿 돌아다닌다. 한 사람이 두 산 중간에서 한 번은 오른쪽 산을, 다른 한 번은 왼쪽 산을 들었다 놓았다 하고 있었다. 지나가던 나그네가 궁금해서 물었다.

　"지금 뭘 하시는 겁니까?"

　"아, 그저 뭐… 손목에 관절통이 와서 좀 풀어주고 있습니다."

　몽골 북두칠성 전설에 나오는 한 장면인데, 이본에서는 이렇게 말한다.

　"이전에 우리 아버지는 산을 들어 올리는 사람이었습니다. 산이 매우 무겁다고들 합니다만, 해보니 나도 들어 올릴 수 있을 것 같습니다."[191]

　아시아의 광막한 초원에 살던 이런 참 겸손한(?) '이 톤 장사'들이 일곱 명 모여 전설을 만들고 결국 하늘의 별자리 북두칠성이 된다.

스리랑카의 귀여운 천하장사

시기리스 신노-쉰 번째 이야기

　'랑카' 섬에 사는 거인 쿰바카르나 이야기를 언급했지만, 사실 인도의 서사시 〈라마야나〉에서는 한 번도 '스리랑카'라는 지명을 말하지 않는다. 그럼에도 누구든지 그 '랑카'가 어디를 가리키는지 모르지 않는다. 어쨌거나 그 스리랑카에는 상대적으로 귀여운(?) 천하장사도 산다. 그를 불러내는 일은 쿰바카르나를 깨우는 일만큼 힘들지는 않

다. 그의 이름은 시기리스 신노. 두주불사, 술을 엄청 좋아하는 술꾼
이다.

50 술을 워낙 좋아해서 온 재산을 다 날리고 알거지가 된 시기리
스가 코코넛을 먹다가 파리를 한꺼번에 스무 마리나 잡았다. 그는 갑
자기 좋은 생각이 떠올라 타밀어와 신할리즈어로 판에 글을 써서 목
에 걸고 다니기 시작했다.

'나는 스물이나 죽였다!'

사람들은 무서워서 슬슬 피했다. 타밀족 사람들이 그를 찾아와서
왕의 거인하고 싸워서 이기면 돈을 많이 받고 재상도 된다고 부추기
자 응낙한다. 왕의 거인은 자기가 여드레나 쉬지 않고 헤엄칠 수 있
다고 겁을 주었다. 그러자 시기리스는 자기는 여덟 달에서 열 달까지
헤엄칠 수 있다고 허풍을 쳤다. 왕은 둘이 일대일로 맞붙어 싸우라고
했다. 시기리스는 한 달 동안 잘 먹인 다음 싸우게 해달라고 요청했
다. 그래서 둘은 각기 옆방에 갇힌 채 매일 잘 먹었다. 그동안 시기리
스는 긴 손톱을 이용해 벽을 조금씩 파고들어 갔다. 싸우기 전날, 그
는 옆방의 거인에게 담배 좀 달라고 했다. 거인이 벽 때문에 안 된다
고 하자 주먹으로 부수라고 꼬였다. 거인이 벽이 두꺼워서 불가능하
다고 하자, 시노리스는 한 주먹에 벽을 뚫어버렸다. 거인은 기가 팍
죽었다. 그 다음 날 경기장에서 거인은 어떻게 하면 달아날까 하는
궁리뿐이었다. 그건 시기리스도 마찬가지였지만, 그는 꾀를 내어 큰
소리로 사람들에게 피하라고 말했다. 놀란 거인은 꽁지가 빠져라 달
아나기 시작했다. 결국 승리는 시기리스의 몫이었다. 그는 약속대로

돈도 받고 재상이 되었다.[192]

　스리랑카는 1815년 영국의 직할 식민지로 편입되었던 실론이 1948년 2월 영연방의 정식 회원국으로 독립한 나라로서, 인구는 천구백삼십오만 명 정도. 그 가운데 불교계 신할리즈족이 칠십오 퍼센트 정도로 다수를 차지하고, 힌두계 타밀족이 십팔 퍼센트로 소수를 차지한다. 두 민족은 언어와 종교도 다르다. 신할리즈족은 신할리즈어를 사용하며 종교는 불교, 타밀족은 타밀어를 사용하며 힌두교를 믿는다. 이 때문에 영국으로부터 독립한 이후에도 갈등이 이어졌고, 1960년대 이후 치열한 내전으로까지 번졌다. 2009년 5월 18일, 마힌다 라자팍세 스리랑카 대통령은 의회 연설에서 이십육 년간 지속되어 팔만여 명의 사망자를 낸 내전이 종식되었음을 공식적으로 선언했다. 타밀 반군은 항복했다.

이어지는 이야기

섬나라 동티모르의 탄생 설화

악어 섬 동티모르-쉰한 번째 이야기

동티모르 역시 2002년 인도네시아에서 독립한 섬나라다.

대항해시대 이후 사백여 년 동안 포르투갈의 식민지로 있다가 1977년 인도네시아의 무력 침공으로 인도네시아령 동티모르주로 편입되었는데, 그때부터 샤나나 구스망이 이끄는 해방전선이 끈질긴 저항을 전개했다. 1991년 인도네시아군이 무차별 발포하여 이백칠십한 명이 살해당한 산타쿠르즈 대학살 이후 국제사회의 관심을 받기 시작했고, 인도네시아의 정정 불안을 틈타 1999년 국민투표를 통해 분리 독립을 결정했다. 이후 한국군이 유엔평화유지군으로 주둔

하기도 했다.

동티모르인들은 스스로를 현지어인 테툼어로 티모르 로로사에라고 부르기도 한다.

동티모르는 생긴 모양 자체가 악어처럼 보여 악어 섬이라는 별명이 붙어 있다. 거기에는 다음과 같은 기원 설화가 내려온다.

51 옛날, 아주 늙은 악어가 살았다. 너무 늙어서 더 이상 고기를 잡아먹을 수도 없었다. 어느 날 악어에게 강변에 나온 돼지를 잡아야지 하는 욕심이 생겼다. 뙤약볕 아래서 하루 종일 기회를 엿보았으나 뜻을 이루지 못했다. 이제는 지칠 대로 지쳐서 물속으로 돌아갈 기운도 없었다. 한 소년이 악어의 탄식을 들었다.

"걱정 마. 내가 도와줄게. 내가 이래 보여도 너를 강으로 돌려보낼 만큼은 힘이 세다구."

소년이 악어를 친절하게 물로 돌려보냈다. 그러자 악어가 그 보답으로 소년을 등에 태우고 어디든지 데려가겠다고 말했다. 그날 이후 둘은 종종 함께 여행을 했다.

하지만 이따금 배가 고플 때면 악어는 소년이라도 잡아먹고 싶은 충동이 일었다. 그래서 친구인 독수리에게 의견을 물어봤다. 독수리는 단번에 말도 안 되는 생각이라고 꾸짖었다. 풀이 죽은 악어는 이번에는 멧돼지한테 물어봤다. 그 역시 생명의 은인을 잡아먹는다는 것은 말도 안 되는 일이라며 펄쩍 뛰었다. 마지막으로 악어는 그의 가장 오랜 친구 거북이에게 물어보았다. 거북이 역시 똑같이 비난하면서 만일 소년을 먹는다면 영혼이 죽어버릴 거라고 말했다.

얼굴이 시뻘게진 악어는 너무나 부끄러운 나머지 아무도 모르는 먼 곳으로 떠나서 새로운 삶을 살자고 생각했다. 그렇게 하자니 너무 외로울 것 같았다. 그래서 다시 소년을 찾아왔다.

"파도 저 너머에 황금접시처럼 생긴 땅이 있대. 나하고 함께 찾아가자."

악어는 그곳이 태양이 뜨는 곳에서 아주 가깝고, 거기서라면 영원히 행복할 거라고 소년을 설득했다.

둘은 곧 여행을 시작했다. 동쪽으로, 동쪽으로 나아갔다. 하지만 바다는 끝이 없었다. 늙은 악어는 더 이상 헤엄칠 힘이 없었다.

"힘들어. 이제 여기서 좀 쉬어야겠어."

그 순간 악어의 몸이 갑자기 아주 아름다운 섬으로 바뀌었다. 소년도 갑자기 어른이 되어버렸다. 소년은 그게 바로 악어가 그토록 꿈꾸던 황금접시 땅이라는 것을 깨달았다.

섬에는 온갖 동물들과 나무들이 있었다. 소년은 악어가 마치 헤엄치는 듯한 형상을 한 그 섬에 정착했다. 그것이 바로 오늘날 티모르 섬이다.

실제로 티모르 섬을 보면 악어 형상으로 보이기도 한다. 동티모르에서 발행한 우표에는 바로 이렇게 악어 형상을 한 티모르 섬을 일러스트레이션으로 그린 게 있다.

판본에 따라서는, 늙은 악어가 아니라 어린 악어가 뜨거운 날씨와 굶주림에 힘을 잃고 물로 돌아가지 못하는 것을 소년이 도와주는 이야기로 달라진다. 거기서는 자신을 구해준 소년을 잡아먹으려고 생각했던 사실을 부끄러워 한 악어가 소년을 태우고 바다로 나가 스스로 죽어 섬이 됨으로써 은혜에 보답한다. 티모르 섬이 홀쭉한 건 바로 그 악어가 너무 굶주렸기 때문이라고.

불효막심, 이 사람을 보라!
말린 쿤당-쉰두 번째 이야기

동티모르 기원 설화에서 악어는 염치와 도리를 아는 동물로 그려지고 있다. 물론 악어는 너무 배가 고파서 제 본능에 따라 행동하려 했는데, 무엇인가 마음에 걸리는 게 있었는지 자기를 구해준 소년을 먹어도 되는지를 주변에 물어본다. 자문을 구하는 그 행위 자체가 말하자면 악어의 품성을 말해준다. 다른 판본에서는 아예 스스로 죽음을 선택함으로써 소년에게 보은한다는 식으로까지 나아간다.

악어도 이런데 하물며 사람의 거죽을 쓰고서야!

이런 소리를 들음직한 인간이 없지 않았으니, 말린 쿤당도 그중 하나였다.

52 돈을 벌러 떠난 아버지가 돌아오지 않는 사이 말린 쿤당의 어머니가 죽어라고 일을 해서 하루하루 먹고 살았다. 그러나 말린 쿤당은 도무지 버릇이 없어 함부로 동네 닭을 잡아먹는가 하면 온몸에 상처가 끊일 날 없이 말썽을 피웠다. 청년이 되어서는 겨우 마음을 잡았는지 선원이 되어 외국을 돌아다녔다. 중간에 해적을 만나 짐이 모

두 털리고 선원들은 다 죽었지만 말린은 가까스로 목숨을 구했다. 조난당한 섬에서 말린은 부자가 되었다. 거기서 아내도 얻고 행복하게 살았다. 우연히 그 소식을 전해 들은 말린의 엄마는 하늘에 감사하고 매일같이 아들의 행복을 기원했다.

오랜 세월이 흐른 후, 마침내 말린은 고향에 들르기로 결정했다. 아내와 자식을 데리고 크고 아름다운 배를 타고 고향에 도착한 날, 그는 부두에서 자기를 기다리는 엄마를 보았다. 그러나 아내가 그녀를 엄마냐고 묻자 그는 완강하게 고개를 저으며 아니라고 말했다. 허름한 옷을 입은 데다 이미 늙고 등이 꼬부라진 엄마가 창피했기 때문이었다. 말린은 고향에 내리지도 않고 가버렸다. 얼마 후 말린의 배는 폭풍을 만나 좌초되었고 말린은 점점 몸이 굳어서 결국 산호초가 되고 말았다.

인도네시아 서부 수마트라 섬(미낭카바우) 파당 시 북쪽 아이르 마니스 해변에 이 전설의 산호초가 아직 남아 있다. 마치 뒤늦게 자신의 불효를 뉘우친 말린 쿤당이 해변에 엎드려 어머니께 용서를 구하는 듯한 형상을 하고 있다. 보르네오 섬에도 비슷한 모양의 돌이 남아 있는데, 현지에서는 '부키트 삼푸라가'라고 부른다. 물론 주인공 이름만 다를 뿐 전설의 골자는 똑같다. 이런 식으로 동남아시아 많은 지역에 비슷한 유형의 돌이 남아 있고 거의 비슷한 전설이 전해진다. 예를 들어 브루나이에서는 말린 쿤당 대신 나코다 마니스에 관한 전설로 남아 있는데 바위는 '종 바투'라고 하며, 말레이시아에서는 '시 탕강(혹은 시 텡강)' 전설로 알려지고 있다.

어쨌든 말린 쿤당 이야기는 인도네시아에서 가장 대중적인 전설의 하나이며, 아이들에게 효를 가르칠 때 흔히 이 이야기를 들려준다고 한다. 당연히 교과서에도 수록되었다.

무대에서 만나는 이야기

인생을 살아가는 데 필요한 네 가지 덕목

네 개의 꼭두각시-쉰세 번째 이야기

〈말린 쿤당〉은 분명한 목적의식을 지닌 교훈담이다. 가부장적 봉건사회에서 충효는 나라와 가정의 기틀을 이루는 가장 기본적인 덕목으로 아무리 강조되어도 지나치지 않았다. 심청은 아버지의 눈을 뜨게 하기 위하여 인당수에 몸을 던졌고, 화살을 맞아 죽어 가면서도 "내 죽음을 알리지 말라!" 했던 충무공의 최후는 누대에 걸쳐 귀감으로 전해 내려왔다. 문제는 시대와 주어진 환경에 따라 무엇이 가장 올바른 가치인가 하는 데 대한 관념도 달라질 수 있다는 것.

버마에서는 다음과 같은 민담을 통해 인생을 살아가는 데 있어 가장 중요한 덕목 네 가지를 가르치기도 한다.

53 꼭두각시 인형을 만드는 아버지에게 아웅이라는 이름의 아들이 있었다. 아웅은 아버지의 바람과 달리 꼭두각시 일을 하고 싶지 않았다. 그는 자신의 운명을 찾아 먼 길을 떠나기로 했다. 아버지는 아들에게 네 가지 꼭두각시를 주면서 각기 그것들이 가지고 있는 가치 즉, 지혜와 힘, 지식과 선에 대해 말해주었다. 그리고 덧붙이기를, 지식과 힘은 언제나 지혜와 선을 위해서만 써야 한다고 말했다.

다음 날 아웅은 밀림에서 밤을 보내게 되었다. 그는 그곳이 안전한지 알고 싶어서 장난스럽게 지혜를 상징하는 첫 번째 꼭두각시 '신들의 왕'에게 물었다. 놀랍게도 꼭두각시가 살아나서 맹수들이 사는 밀림이라고 알려주었다. 그 '지혜' 덕분에 그는 호랑이를 피해 땅바닥이 아니라 나무 위에 올라가 잠을 잤다.

이튿날 그는 수레 가득히 재물을 싣고 가는 상인들을 보았다. 그는 자기도 그렇게 부자가 되었으면 싶었다. 그래서 '힘'을 상징하는 '푸른 얼굴의 마귀'에게 물어보았다. 그 꼭두각시는 힘이 있으면 무엇이든 가질 수 있다고 대답하며 그 자리에서 펄쩍 뛰어 산사태를 일으켰다. 상인들은 수레를 버리고 내빼기 바빴다. 수레의 보물들은 전부 아웅의 것이 되었다. 그런데 수레 하나에서 울음소리가 들려왔다. 알고 보니 말라라는 이름을 가진 상인의 딸로 아웅과는 동갑내기 여자애였다. 아웅은 금세 말라에게 반해버렸다. 그래서 말라에게 "걱정마, 내가 너를 지켜줄게" 하고 말했다. 말라는 화를 벌컥 냈다. "흥! 너는 힘이면 못 하는 게 없는 줄 아나 보지? 꺼져!" 말라는 더 이상 아웅하고 말을 안 하겠다고 했다.

그날 저녁, 그들은 도시에 이르렀다. 아웅은 보물들을 어떻게 해야 할지 몰랐다. 그는 지식을 상징하는 꼭두각시 '마법사'에게 물어보았다. 마법사는 재산을 불리기 원한다면 자연의 비밀을 알아야 한다고 충고했다. 그러면서 아웅을 데리고 하늘로 날아올라 어떤 땅이 농사 짓기에 좋고 어떤 산에 금과 은이 많은지 알려주었다.

아웅은 도시에 가서 상인이 되어 큰돈을 벌었다. 그는 자기와 말라를 위해 큰 궁궐을 지었다. 하지만 말라가 말을 하지 않기 때문에 아웅은 전혀 행복하지 않았다. 아무리 훌륭한 보석 왕관을 씌워주어도 말라는 거부했다. 아웅의 마음은 타들어 갔다.

다음 날 그는 꼭두각시들에게 말라 아버지를 찾아 재물을 나눠주겠다고 했다. 그러자 '마법사'와 '푸른 얼굴의 마귀'는 그럴 필요가 없으며 이미 시간도 늦었다고 말했다. 아웅은 실망했지만, 그에게는 꼭두각시가 하나 더 남아 있었다. 그는 '선'을 상징하는 마지막 꼭두각시 '성스러운 은자'에게 자문을 구했다. '성스러운 은자'는 아웅에게 진정한 행복은 재물이 아니라 그 재물로 무엇을 하느냐에 달려 있다고 말해주었다. 그제야 아웅은 아버지가 지식과 힘은 오직 지혜와 선으로 써야 한다고 말한 것을 기억해냈다.

그날부터 그는 자기 재산을 좋은 일에 쓰기 시작했다. 불탑도 세우고, 가난한 이들에게 음식도 나눠주었다. 어느 날 그는 자신을 찾아온 방문객 중에 낯익은 얼굴이 하나 있는 것을 보았다. 그의 아내 말라였다. 말라의 곁에는 그녀의 아버지가 있었다. 아웅은 그들에게 무릎을 꿇고 사죄했다. 장인은 그를 용서했다. 아웅은 말라와 함께 행

복하게 살았다. 아웅은 필요할 때마다 꼭두각시들을 꺼내 자문을 구하곤 했다.[193]

이 민담은 '타빈' 혹은 '요크 타이'라고 불리는 버마의 꼭두각시를 소재로 한 이색적인 이야기이다. 버마에서는 15세기부터 꼭두각시 인형극이 시작되어, 특히 18세기에는 왕실의 후원 아래 크게 성행했다. 19세기에는 꼭두각시 연극이 가장 대중적인 예술 장르로 발돋움했다. 그때 인형 극단의 중요한 주제는 부처의 오백오십 가지 전생을 다룬 본생담 〈자타카〉로, 저녁에 시작해 다음 날 아침에 마칠 때까지 쉬지 않고 공연했다. 물론 초기에는 예술 장르를 넘어서 버마 봉건사회의 의사소통 수단으로 기능하기도 했다. 한 예로 궁전에서 듣기 힘든 나쁜 소문일지라도 인형극을 통해서라면 얼마든지 전달이 가능했다. 왕은 왕대로 가족이나 측근에 대해서 얼굴을 붉히지 않고 인형극으로 교훈을 줄 기회를 찾기도 했다.

이 설화는 꼭두각시극이 지니는 이러한 특징을 잘 반영하고 있다.

버마의 인형 극단은 전통적으로 인형극 조종사, 설창자, 악사 등으로 구성되었으며 불교 우화, 역사적 전설, 민담 등을 토대로 하여 이야기를 꾸려나갔다. 꼭두각시는 작게는 삼십 센티미터에서 큰 것은 일 미터까지 크기로 만들어졌다. 꼭두각시에는 여러 동작 부위에 열일곱 개의 줄이 달린다. 인형극에는 줄로 하는 꼭두각시극뿐만 아니라 장갑인형극, 막대인형극 등도 있다.

이 민담에 나오는 꼭두각시들은 각기 이름과 역할이 있다.

첫 번째 꼭두각시: '신들의 왕(타갸르민 혹은 인드라)'→지혜

두 번째 꼭두각시: '푸른 얼굴의 마귀(난 벨루 혹은 타우 벨루)'→힘

세 번째 꼭두각시: '마법사 혹은 연금술사(자귀)'→지식

네 번째 꼭두각시: '성스러운 은자(야테이크 혹은 보 다우)'→선

다른 판본에서는 아웅은 망 탓, 그리고 네 꼭두각시는 각기 '낫' '베루' '자귀(마법사)' '성스러운 승려'로 나온다. 이때 '낫'은 버마 전통 사회에서 가장 중요한 민간신앙의 상징인 정령을 말한다.[194] 실제 인형극에서는 이밖에도 왕과 왕비, 왕자, 우리나라 전통극에서 말뚝이 역할을 하는 인물들, 힌두교 신화 속의 가루다(새)나 나가(뱀), 인도 서사시 속의 주인공들, 그리고 호랑이, 말, 코끼리, 앵무새 따위도 함께 등장한다. 일반적으로 꼭두각시의 수는 스물여덟 개로 정해져 있는데 이는 인간의 몸을 구성하는 요소를 그렇게 간주했기 때문이라고 한다.

인도네시아 민중과 함께 울고 웃어 온 그림자 인형극

와양

인도네시아에는 와양이라는 예술 장르가 독자적으로 발전해 왔다. '와양(Wayang)'은 자바어로 원래 '그림자'를 뜻하지만, 현대 인도네시아에서는 인형 혹은 인형극을 통칭하는 말로 쓰이기도 한다. 따라서 와양은 특히 그림자 인형극을 포함하여 여러 가지 형태의 인형극을

두루 가리키는 개념이라 하겠다. 이 와양은 예부터 인도네시아인들의 생활 속에 깊이 뿌리내려 왔는데, 섬나라의 특성상 지역에 따라 독특한 형태의 와양이 발전되어 왔다.

다음과 같은 종류의 와양이 특히 유명하다.

1. 와양 쿨리트: '쿨리트'는 '피부'라는 뜻. 피부처럼 얇은 그림자 인형을 가지고 하는 일반적인 그림자 인형극을 말한다. 재질은 가죽이다. 인도네시아 그림자 인형극을 대표하는데 물론 지역에 따라 인형의 형상과 극 내용도 달라진다.

2. 와양 골렉: '골렉'은 '인형'이라는 뜻. 특히 나무로 깎아 입체적으로 만든 인형을 말한다. 주로 서부 자바 지역의 순다 문화 영향권 안에서 성행한다.

3. 와양 토펭: '토펭'은 '마스크' 혹은 '가면'이라는 뜻.

4. 와양 푸르와: '푸르와'는 '원형'이라는 뜻. '와양 골렉 푸르와' 같은 형식으로 불리기도 한다.

5. 와양 웡(혹은 오랑): '웡'은 '왕', '오랑'은 '사람'이라는 뜻. 말 그대로 (인형 대신) 사람이 직접 나와서 극을 공연한다.

6. 와양 게독: '게독' 역시 '가면'이라는 뜻. 다만 와양 게독은 〈라덴 판지(빤지)와 칸드라(쩐드라) 공주〉 같은 판지 계열의 극을 공연할 때 주로 사용한다.

7. 와양 클리틱: '골렉'과 '쿨리트'의 중간 정도 되는 형태를 띠고 있다. 모양은 '쿨리트'처럼 만드나, 지지대는 가죽 대신 골렉처럼 나무로 만들어 붙인다. 물론 와양 쿨리트처럼 그림자극에 사용된다.

8. 와양 베베르: 족자와 같은 그림을 가지고 하는 극을 말한다. 중세 유럽의 그림극과 유사하다. 처음에는 족자를 말았다가 펼쳐 보이며 공연을 했는데, 현재는 그 원형이 많이 남아 있지 않다. 직접 칠해서 만든 그림과 수를 놓아 만든 그림 등 두 종류가 있다.

와양의 내용은 대개 두 종류로 나눌 수 있는데, 하나는 인도에서 전래되어 온 대서사시 〈라마야나〉와 〈마하바라타〉이며, 다른 하나는 아미르 함자나 라덴 판지와 같은 영웅들의 이야기이다. 식민지 시대에는 이 그림자극을 이용하여 독립정신을 고취하고 반역자들을 비판하는 이른바 '혁명와양', 즉 '와양 레볼루시'가 은밀히 퍼지기도 했다. 현재 자카르타의 국립 와양 박물관에는 각 지역의 와양들이 고루 전시되어 있는데, 거기에서 '와양 레볼루시'도 볼 수 있다.

보편적인 와양 구성은 다음과 같다.

1. 달랑: 인형 조종사
2. 배경막: 스크린
3. 호롱불
4. 무대: 인형을 늘어놓는 공간
5. 바깥쪽부터 안쪽으로 큰 인형부터 작은 인형 순으로 인형 전시
6. 통바나나 나무 2개, 인형을 위한 시렁으로 사용[195]

여기에 전통 악기들로 구성된 일종의 관현악단 '가믈란'이 가세함으로써 와양이 비로소 시작될 수 있다.[196] 예술적으로 볼 때 와양은

연극, 회화, 조각, 문학, 목소리, 악기 연주 등 다양한 장르가 합쳐져서 새로운 미를 창조해낸다. 전통적으로는 와양이 매우 다양한 인간상을 구현한다고 간주하는데, 인형이 약 사백여 개나 존재하는 것도 이 때문이다.

자, 이렇게 해서 마침내 와양의 밤이 다가왔다.

어둠 속에서 벌레들은 까불거리는 호롱불 주변으로 진작 몰려들었다. 무대에 설치한 커다란 흰색 장막 위로 휘황한 불빛이 내비친다. 천으로 만든 장막 아랫단에는 아름다운 가죽 인형들이 가지런히 준비되어 있다. 그 인형들의 몸을 지탱하는 지지대는 바나나 나무줄기에 빳빳하게 꽂혀 있다. 물론 장막보다는 아래쪽에. 오른편에는 좋은 나라 인형들, 왼편에는 나쁜 나라 인형들이 놓여 있다. 그 둘 사이의 약 오륙 미터 쯤 되는 빈 공간이 바로 무대라 할 것이다. 바로 거기서 인형들은 생명을 얻고, 실제 사람들처럼 자기가 가야 할 길을 갈 것이다.[197]

무대 바깥에는 이미 남녀노소 할 것 없이 수많은 관람객들이 몰려들었다. 그리하여 음악소리와 함께 이윽고 와양 공연이 시작되는데…….

와양은 인도네시아 인들의 삶과 떼려야 뗄 수 없는 관계를 맺고 있다. 와양은 서구의 오랜 식민 지배에도 굳건히 살아남았으며, 디지털 시대 세계화 시대에 접어든 오늘날에도 여전히 인도네시아인들로부터 큰 사랑을 받고 있다.

와양 골렉(Wayang Golek): 〈마하바라따〉의 드라우파디(데위 드루빠디) 인형

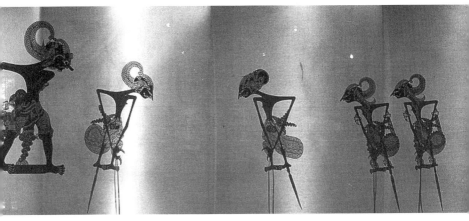

위) 와양 쿨리트(Wayang
Kulit): 〈마하바라따〉의 판다
바(빤다와) 형제들

아래) 와양 클리틱(Wayang
klitik): Batara Guru의 인형

와양(그림자극)을 통해 보는 인도네시아판 마하바라타

마하바라따[198]-쉰네 번째 이야기

　인도의 대서사시 〈라마야나〉와 〈마하바라타〉가 국경을 넘어 특히 동남아시아 각국에 전승된 것은 어쩌면 자연스러운 일이었다. 그러나 나라마다 그것을 받아들이는 방식에는 차이가 있을 수밖에 없었다. 무엇보다 정치체제와 종교, 생활감정 등에 어긋나지 않아야 했기 때문이다. 그렇더라도 힌두교에 뿌리를 둔 서사시가 불교나 이슬람교 등과 특별한 마찰 없이 융합된 것은 놀랄 만한 일이 아닐 수 없다.

　〈마하바라타〉의 경우, 7세기경 힌두교와 함께 인도네시아에 처음 전래된 것으로 추정하고 있다. 이후 전승 과정에서 특히 이슬람교, 불교, 토속신앙, 자이나교 등과 결합하면서 새로운 내용이 가미되고 많은 변형이 이루어졌다. 무엇보다 장르로서 성격에 커다란 변화가 발생했는데, 서사시로서 구전되기보다는 특히 와양을 통해 완전히 인도네시아판 〈마하바라따(혹은 바라따 유다[199])〉로 정착되는 과정을 겪는다.

　〈마하바라따〉 역시 내용은 빤두족(판두족)과 꾸루족(쿠루족) 사이에서 왕위를 둘러싸고 벌어지는 갈등과 반목, 그리고 그로 인해 벌어지는 피비린내 나는 전쟁을 모티프로 하고 있다는 점에서는 〈마하바라타〉와 다르지 않다. 그렇더라도 주요 등장인물들의 이름부터 차이가 나기 때문에 처음 접하는 사람은 꽤 생소한 느낌을 받는다. 〈마하바라타〉와 비교해 가면서 천천히 〈마하바라따〉의 세계 속으로 새로운 발걸음을 내디뎌보자.

54 소르갈로까에서 신들의 연회가 열렸다. 그때 바람이 불어 강가 여신의 옷이 말려 올라가고 속살이 보였다. 모든 신들은 고개를 숙여 예를 지켰다. 그러나 마하비사 왕은 고개를 든 채 그 모습을 다 지켜보았다. 화가 난 신들의 스승 향 브라마는 마하비사 왕을 지상으로 추방했다. 강가 여신도 함께 쫓겨나는 처벌을 받았다. 마하비사 왕은 쁘라띠빠 왕의 왕자 산따누로 환생했다.

언젠가 쁘라띠빠 왕이 아직 아이가 없었을 때 강변을 산책하다가 한 아름다운 공주를 만나 결혼해줄 것을 요구받았다. 왕은 자기 대신 장차 태어날 자기 아들과의 결혼을 약속했다. 과연 산따누 왕자가 자라 결혼할 나이가 되었을 때 다시 그 공주가 나타났다. 왕자는 그녀에게 홀딱 빠져 청혼했고, 그녀는 승낙하면서 한 가지 조건을 내걸었다.

"훗날 내가 어떤 행동을 하더라도 간섭하거나 막지 마셔야 합니다."

왕자는 기꺼이 승낙했다. 세월이 흘러 왕자는 왕이 되었고, 둘 사이에 아이가 태어났다. 그러나 왕비는 그 아이를 강물에 내버렸다. 왕은 약속한 바가 있어서 보고도 못 본 척할 수밖에 없었다. 그렇게 일곱 명이나 되는 아이가 번번이 강물 속에 던져졌다. 참다 못한 왕이 아내의 행동을 제지하고 나섰다. 그러자 왕비는 비로소 자신의 정체를 밝혔다. 그녀는 바로 천상에서 마하비사 왕과 함께 쫓겨난 강가 여신이었던 것이다. 그녀는 성스러운 소를 훔쳐 벌을 받은 여덟 명의 와수(신의 계급) 이야기를 들려주었다. 그들이 바로 강가 여신의 아이들로 환생했던 것이고, 여신은 태어나자마자 물에 버려 달라는 그들의 간청을 받아들였던 것이다. 윤회의 사슬에 얽매이지 않으려는 바람이었다.

"하지만 여덟 번째 이 아이만은 죽지 않을 것입니다. 아이는 자라나 오래오래 살 것입니다."

이렇게 말한 강가 여신은 하늘로 올라갔다.

그 아이의 이름은 비스마(비슈마). 그는 어려서부터 아주 용맹했고 모든 무기에 능통했다.

홀아비가 된 산따누 왕은 레시 빠라사 섬에 사는 어부의 딸로 천사처럼 아름답고 착한 두르간디니(혹은 사요자나간디)에 관한 소문을 들었다. 그래서 직접 찾아가 보고서는 단번에 마음을 빼앗겼다. 그녀는 원래 몸에서 생선 비린내가 났으나 산따누 왕을 만났을 때는 오히려 향기로운 냄새만 났다. 왕이 그녀의 아버지 다사발라에게 청혼을 하니, 다사발라는 나중에 둘 사이에서 태어나는 아들로 하여금 왕위를 잇게 하면 허락하겠다고 말했다. 산따누는 이미 큰아들 비스마가 있었기 때문에 거절할 수밖에 없었다.

부친의 실망을 알아챈 비스마가 직접 다사발라를 찾아가 자신은 왕위에 욕심이 없다고 밝혔다. 그제서야 다사발라는 두르간디니와 산따누 왕의 결혼을 허락했다. 둘 사이에서 두 아들 찌뜨라가다(치트랑가다)와 위찌뜨라위드야(비치트라비르야)가 나왔다.

산따누 왕이 세상을 뜨자 장남 찌뜨라가다가 왕위에 올랐다. 그러나 그는 데위 암비까(암비카) 왕비로부터 아이를 얻지 못한 채 죽고 말았다. 왕위는 산따누 왕의 둘째 아들이며 찌뜨라가다의 동생인 위찌뜨라위드야에게 넘어갔다. 그는 데위 암발리까(암발리카)를 왕비로 맞이했다. 하지만 그 역시 형처럼 아들을 얻기도 전에 세상을 뜨고 말았다.

두 아들이 모두 아들도 없이 일찍 세상을 뜨자 후계를 걱정한 산따누 왕의 왕비 두르간디니는 배다른 아들 비스마를 불러 의논했다. 두 사람은 위야사(비야사)를 불러 왕위를 잇게 하기로 결정했다. 위야사는 어머니 두르간디니가 레시 빠라사 섬에 있을 때 다른 이와 사이에서 낳은 아들로 일찍이 수행하고자 섬을 떠났는데, 그는 언제든지 어머니가 주문을 외면 돌아오겠노라 약속한 바 있었다.

두르간디니가 주문을 외자 과연 위야사가 나타났다.

그는 어머니의 약속에 응하되, 수행을 좀 더 하고 일 년 후에나 결혼하겠다고 답했다. 그때는 과부가 된 데위 암비까와 데위 암발리까를 아내로 맞이하겠다고 선언했다. 일 년 후 위야사가 나타났다. 그러나 그동안 얼마나 열심히 수행을 했는지 그의 얼굴은 차마 쳐다보기 힘들 정도로 흉측해져 있었다. 몸에서 냄새도 심하게 났다. 어느 누구도 그런 위야사에게 가까이 가려 하지 않았다.

하지만 두르간디니의 명령으로 어쩔 수 없이 두 사람은 동침해야 했다. 암비까는 눈을 질끈 감고 침대에 들어갔다. 그 결과 아들 드레스따랏따(드리타라슈트라)를 낳았는데, 불행히도 그 아이는 장님이었다. 동침할 때, 눈을 질끈 감았기 때문이었다. 암발리까도 겁에 질려 동침했다. 그 결과 그녀의 배에서는 얼굴이 창백한 아들이 태어났다. 그 아이의 이름을 새하얗다는 뜻으로 빤두(판두)라 하였다. 두르간디니는 암발리까에게 다시 한 번 사랑을 나누도록 했다. 그러나 그녀는 두 번 다시 몸을 섞고 싶지 않았다. 그녀는 꾀를 내어 자기 대신 다뜨리라는 시종을 침대에 들여보냈다. 위야사와 그녀 사이에서는 절름발이 아들 위두라(비두라)가 나왔다.

이렇게 해서 꾸루족의 혈통은 끊이지 않게 되었다. 위야사는 다시 수행을 하러 떠났다. 왕권은 당연히 장남 드레스따랏따에게 가야 했으나, 그가 장님이어서 동생 빤두가 국정을 맡게 되었다. 그것이 장차 크나큰 비극의 씨앗인지 짐작할 수 있는 사람은 아무도 없었다.

어느 날 사냥을 나간 빤두 왕은 교미 중인 암사슴을 실수로 죽이고 말았다. 이에 신의 화신인 수사슴은 그에게 저주를 내렸다.

"당신도 사랑을 나눌 때 죽음을 맞이하리라."

그 일이 있고 나서 우울해진 왕은 신하들과 의논한 후 수행을 떠나기로 결정했다. 그는 장님인 형에게 국정을 맡기고 두 아내와 더불어 숲으로 들어갔다. 거기서 그는 두 아내와 동침을 하지 않고도 신의 도움을 입어 첫째 아내 꾼띠에게서는 유디스띠라(유디스티라), 비마, 아르주나까지 세 아들을, 둘째 왕비 마드림(마드리)에게서는 쌍둥이 형제 나꿀라(나쿨라)와 사하데와(사하데바)를 얻었다. 그 사이 드레스따랏따는 아내 데위 건다리(간다리)와 사이에서 장남 두르요다나를 포함하여 모두 백 명의 아들을 낳았다.

여전히 수행 중이던 빤두 왕은 어느 날 그만 욕정을 이기지 못하고 둘째 부인 마드림을 껴안고 말았다. 그러자 그는 저주받은 대로 그 자리에서 죽고 말았다.[200]

이제 왕권의 향방은 어찌 될 것인지!

〈마하바라따〉의 이후 내용도 〈마하바라타〉와 크게 다르지 않다.

유디스띠라와 나머지 빤다와(판다바) 형제들은 아버지 드레스따랏따가 임시로 맡고 있는 왕권을 내놓지 않으려는 두르요다나의 음모로 인해 숲으로 쫓겨난다. 거기서 가까스로 불을 피했지만, 다시 주사위 놀이의 함정을 피할 수는 없었다. 그 과정에서 드레스따랏따가 양도한 반쪽 나라를 잃고 형제들의 공동 아내 드로빠디(드라우파디)마저 지울 수 없는 수모를 당한다. 그런 다음 십이 년간의 정처 없는 망명을 떠난다. 고통스러운 망명 기간이 지났지만 두르요다나는 왕국을 넘겨준다는 약속을 지키지 않는다. 결국 두 가문 사이에는 전쟁만이 남아 있을 뿐이었다.

물론 실제 세부로 들어가면 두 판본 사이에 차이점도 적지 않다. 특히 인도네시아 판본(자바 와양)에서는 인도판에는 아예 등장하지 않는 어릿광대 '뽀노까완'들이 중요한 역할을 한다.[201] 세마르와 그의 세 아들 가렝, 뻬뜨룩, 바공은 아르주나의 어릿광대로서 빤다와 가문에 봉사하고, 또곡과 빌룽은 꾸라와(카우라바)를 위해 봉사한다. 그들은 얼굴도 못생기고 균형도 맞지 않는 괴상한 몸을 지니고 있지만, 언제나 주인을 따라다니면서 상대편과 갈등이 벌어지는 동안에 조언을 해주거나 상대방의 정신을 딴 데로 돌리는 등 나름대로 중요한 역할을 한다.

그러나 무엇보다 가장 큰 차이점은 인도네시아 판본은 〈마하바라타〉에 관해 사람들이 지녔던 의문에 일정하게 답하려고 노력한 흔적이 드러난다는 점이다.[202] 예를 들어 〈마하바라타〉에서 사람들은 카르나의 출생의 비밀을 다 안다. 그런데도 그는 판다바 쪽이 아니라 카우라바 쪽에서 싸운다. "왜 그래야 하지?" 하는 의문이 당연히 드는데, 인도네시아판 〈마하바라따〉는 여기에 대해서 자못 감성적인 해결책을 제시한다. 즉, 까르나와 아르주나가 따로 만나는 장면을 만들어, 두 사람이 형제애로 서로 부둥켜안고 뜨거운 눈물을 흘리게 만드는 게 그 좋은 사례라 하겠다.

또한, 〈마하바라타〉가 종교적으로 힌두교에 바탕을 두고 있다면, 〈마하바라따〉는 그것뿐만 아니라 이슬람교, 불교, 자바종교, 토착 샤머니즘 등이 두루 가미되었다는 점도 큰 차이라 하겠다.[203]

인도네시아에서는 일찍이 특히 자바 지역에서 〈마하바라타〉를 받아들여 산문으로 번역하는 작업을 시작했다. 자바의 지배자들은 자신들이 〈마하바라따〉 영웅들의 후손인 양 생각했고(그중에서도 아르주나가 가장 많은 사랑을 받았다), 백성들도 그런 상황을 자연스럽게 받아들였다. 말하자면 〈마하바라따〉는 처음부터 왕권을 강화하는 데 적잖이 기여했던 것이다. 그 과정에서 특히 와양이 큰 역할을 했다. 와양에서 사용된 소재 중에서 〈마하바라따〉를 능가하는 것은 없다는 게 정설이다.[204]

비단 와양뿐만 아니다. 오늘날에도 인도네시아인들의 삶 곳곳에서 〈마하바라따〉의 흔적을 찾는 것은 어렵지 않다. 예컨대 자카르타에는 시내 가장 번화가에 아예 커다란 마하바라따 기념비(혹은 아르주나 위자야)가 있어서 이정표 구실을 톡톡히 하고 있다.

그렇다면 도대체 왜 〈마하바라타〉가 인도네시아 사회에서 그토록 큰 호응을 받으며 성공적으로 정착될 수 있었을까. 다시 말해 〈마하바라타〉의 어떤 측면이 인도네시아인들을 매료시켰을까. 그것은 무엇보다 등장인물들이 다양한 인간에 대한 모델을 제시할 뿐만 아니라, 다양한 인간의 행위를 상징하고 있어서 시공의 차이를 뛰어넘어 큰 감동을 전해주었기 때문이 아닐까.[205]

오해와 누명 속에 평생 불행하게 산 한 여인의 진실

꽌 엄 티 낑-쉰다섯 번째 이야기

인간의 다양한 성격, 그로 인해 나타나는 다양한 행위 중에서도 '오해'는 매우 특이한 위치를 차지한다. 그것은 기본적으로 완벽하지 않은 존재로서의 인간을 여실히 증명하는 하나의 징표이다. 반면 오해가 드러내는 바로 그 부족함이 오히려 인간을 그야말로 '인간답게' 만드는 가장 중요한 단서일 수도 있다. 때로 그 결말이 비극일지라도.

셰익스피어의 『오셀로』는 오해가 불러오는 비극을 대표한다. 여기서 오해는 의혹과 질투로 이어지고, 마침내 돌이킬 수 없는 결과까지 낳는다. 이아고의 간계로 인해 사랑하는 아내 데스데모나를 교살하는 베니스의 장군 오셀로는 뒤늦게 진실을 깨닫지만, 인간의 후회가 흔히 때가 늦게 마련이듯 그의 후회 역시 때가 늦었다. 오셀로는 데스데모나를 살해한 후 에밀리아를 부른다. 그리고 자기가 탕녀이고 창녀이며 '물처럼 들뜬 계집'을 자기 손으로 죽였노라 밝힌다. 그러자 에밀리아가 소리친다.[206]

에밀리아: 당신은 불처럼 광폭하군요. 마님을 부정하다고 말하다니. 천사
　　처럼 정숙한 분을!
오셀로: 캐시오가 올라탔어. 네 남편에게 물어봐. 정당한 근거 없이 이런
　　극단적인 일을 한 게 아니라면 나는 지옥의 심연으로 굴러 떨어지는 저
　　주를 받을 거다.
에밀리아: 제 남편이라고요? (중략) 오, 마님, 악랄한 흉계가 사랑을 희롱

했어요! (중략) 제 남편이 그랬다면 그의 악독한 영혼이 날마다 조금씩 오랫동안 썩어라! 그것은 순 거짓말이지요. 마님은 너무 어리석게 더럽기 이를 데 없는 이 물건을 사랑했어요.

오셀로: 뭐라고?

이후 진실을 알게 된 오셀로는 사람들에게 오리엔탈리즘의 교과서에서 인용할 만한 다음과 같은 고백을 기록해달라고 말하면서 스스로 목숨을 끊는다.

오셀로: 현명하게 사랑하지는 못했어도 너무 지나치게 사랑한 자에 관해서. 쉽사리 질투하지는 않아도 그것이 일단 작동되면 극도의 혼란에 빠지는 자에 관해서. 제 손으로 제 겨레 전부보다도 더 값진 진주를 몽매한 인도 사람처럼 내던져버린 자에 관해서. 눈물을 흘린 적이 없는, 역경에도 굴한 적이 없는 눈에서 아라비아의 고무나무에서 약용 고무진이 흘러내리듯이 눈물을 흘린 자에 관해서. 이 사실도 적어주시고 또 말씀해주시오. 한번은 알레포에서 두건을 쓴 악독한 터키인이 베니스인을 구타하고 국가를 비방했을 때, 나는 그 할례를 받은 개의 멱살을 잡고 그놈을 이렇게 찔러 죽였다고.(그는 자신을 찌른다.)

오셀로는 스스로 "현명하게 사랑하지는 못했어도 너무 지나치게 사랑한 자"라고 변명할 기회라도 얻지만, 이제 우리가 살펴 볼 베트남의 이 주인공은 도대체 입이 너무 무겁다. 여기서는 손수건 대신 작은 칼이 오해의 시작이다.[207]

55 티 낑과 티엔 시는 양가 부모가 맺어 주는 대로 결혼을 했지만 행복하게 잘 살았다. 남편 티엔 시가 책을 읽으면 아내 티 낑은 옆에서 바느질을 하곤 했다. 어느 날, 남편이 책을 읽다가 피곤했는지 깊은 잠에 빠졌다. 아내 티 낑은 남편에게 부채를 부쳐주다가 얼굴에 난 흰 수염 터럭을 발견했다. 살을 파고 들어가는 털은 좋지 않은 징조라고 생각한 티 낑은 남편을 깨우지 않고 그 털을 잘라내기 위해 조용히 칼을 들이댔다. 그때 갑자기 티엔 시가 눈을 떴다. 그는 아내가 자기 목에 칼을 들이대고 있는 광경에 기겁했다.

티엔 시: 아이고, 아버지! 아이고, 어머니! 아이고, 이웃 사람들! 아이고 마을 사람들! 밤중에, 그것도 한밤중에 어인 이유로 상서롭지 못한 일이 일어났나? 이런 천지개벽할 일이 다 있단 말이오? 아버지! 어머니!

곧 달려온 부모는 깜짝 놀라 부부를 바라봤다. 과연 며느리는 손에 칼을 들고 있고 남편은 겁에 질려 벌벌 떠는 게 아닌가. 부모는 티 낑이 남편을 죽이려 했다고 몰아붙였다. 이미 어떤 변명도 소용없는 상황이었다. 티 낑은 그 길로 집에서 쫓겨났다. 티 낑은 남장을 하고 번 뜨사에 가서 중이 되어 낑 떰이라는 법명을 받았다.

절 근처에는 티 머우라는 이름의 부잣집 딸이 살고 있었다. 그녀는 새로 온 스님을 한 번 보자마자 사랑에 빠졌다. 그 스님이 남자라고 철석같이 믿었던 것이다. 그녀는 부끄러움도 모른 채 스님에게 추파를 던졌다.

티 머우: 사미 님은 정자 안뜰에 떨어진 사과와 같고,

　　　　저는 신 과일을 노리는 임신한 여자와 같아요.

티 머우는 경박스럽게 말하면서 낑 떰 스님에게 접근하지만 스님은 매몰차게 거절했다.

티 머우: 절의 풍경은 한없이 아름답네.

　　　　아름다운 풍경은 절을 두르고 있네.

　　　　사원 옆에 피어 있는 모란꽃은,

　　　　누구라도 꺾어 가기를 기다리고 있답니다.

　　　　봄은 다시 오지 않는다고들 하지 않던가요.

스님은 그래도 냉정하게 목탁을 두드리며 경을 욀 따름이었다. 실망한 티 머우는 집으로 돌아가 하인을 건드렸고, 곧 임신을 하게 되었다. 벌이 두려운 티 머우는 아이의 아버지가 다름 아닌 낑 떰 스님이라고 거짓으로 말했다. 주지는 티 낑을 절 밖으로 내쫓았다. 달이 차서 아기를 낳자 티 머우는 그 아기를 절 대문 밖에 내버렸다. 티 낑이 그 아기를 발견하고 불쌍하게 여겨 거둬들였다. 그녀는 젖동냥까지 해가며 그 아기를 지극정성으로 키웠다. 아기는 무럭무럭 자라 어른이 되었다.

어느 가을날, 티 낑은 죽었다. 그제야 그가 여자라는 사실이 밝혀졌다. 모든 사람들은 그녀가 억울하다는 사실을 알게 되었다.

티 낑은 죽어서 관음보살이 되었다고 한다.

사소한 오해가 한 여성의 일생을 기구하게 만들었다는 내용의 전통극—째오—으로, 원래는 고전소설이었다. 겉으로는 무척 행복해 보이던 가정이 남존여비 사상을 극복하지 못하고 하루아침에 파탄이 난다. 여자는 제대로 변명조차 하지 못한다. 티 낑의 경우 중이 되는 것도 남장을 하고서나 가능했다. 그러다가 또 다시 오해를 받았는데도 변변하게 대응조차 하지 못했다. 주인공 티 낑은 자신을 마음대로 표현하지도 못하고 봉건 체제 하에서 철저히 수난을 감수해야 하는 여성의 한 전형이다.

베트남에서는 억울한 일을 당했을 때 '오안 티 낑(Oan Thị Kính)'이라고 하는데, 이 관용적 표현의 어원이 바로 이 전통극 〈꽌 엄 티 낑〉(관음씨경, 觀音氏敬)에 있다.

그런데 최귀묵은 째오 〈꽌 엄 티 낑〉이 가부장적 사회에서 오해로 인한 한 여성의 비참한 일생을 표면적으로 그리고 있지만, 실제 공연에서는 비극적 요소보다 해학과 골계의 요소가 두드러진다는 점을 강조한다. 특히 티 머우가 새로 온 승려 티 낑을 유혹하는 장면이 대표적인데, 실제로 전체 분량의 삼분의 이 가량이 해학적인 장면이라고 한다. 이는 째오 자체가 민중의 삶에 기반을 둔 상황과 무관하지 않다. 째오에서는 특히 익살꾼 배역을 맡는 '헤(hề)'가 재담을 통해 극에 끼어들기를 하면서 해학이 배가되곤 한다. 이들의 개입이 지나쳐 때로 본말이 전도되는 경우도 없지 않지만, 최귀묵은 째오의 핵심적인 미의식이 희극미에 있다고 단언한다. 관중들은 웃고 즐기려고 째오를 보러 간다는 것이다. 이 점은 우리의 탈춤이 신명과 풍자를 중심 미학으로 삼는 것과 다르지 않다. 관객이 수동적인 자리에 머무르지 않고 적극적으로 극에 개입하는 점도 우리와 다르지 않다.

강은해는 〈꽌 엄 티 낑〉의 배경이 '고려'라는 사실에 주목한 논문을 발표한다.[208] 실제로 작품에서는 "티 낑의 성이 망씨인데 고려라는 나라에는 망씨 일족이 있었습니다"라는 표현이 나온다. 한 걸음 더 나아가 결말에서는 유서를 통해 티 낑의 원래 고향이 "고려국, 대본성, 농재처, 위남현"이라고 밝혀진다. 이런 사실을 바탕으로 강은해는 두 나라 연극과 민요 등의 서사가 지니고 있는 미의식을 비교한다. 특히 째오에 나오는 익살꾼의 역할을 한국 탈춤의 '말뚝이'와 비교하는 데 힘을 기울인다. 가령 익살꾼으로 나오는 목어어미가 마을의 우두머리인 이장과 나누는 대화는 째오에서 그녀의 존재가 어떤지 분명하게 보여준다. 이장이 마을 사람을 소집하는데, 목어 두드리는 일을 하는 목어어미가 짐짓 게으름을 부린다. 그러자 이장이 호통을 치는데, 정작 목어어미는 당당하다.

목어어미: '회'부터 '효'까지 높은 사람의 명령서가 마을에 내려갈 때 목어어미인 나부터 불어야 하는 게 아니야? 내가 나오기도 전에 마을 사람들이 미리 앉으면 안 된다구요. 호령질은 내 손 안에 있는 거라구. 내가 말을 하면 '생'부터 '사'까지 위아래 사람을 막론하고 모든 사람들이 들어야 한단 말이오. 그래서 "부소인 부군자(소인이 없으면 군자가 없다는 뜻)"라고 하는 게 아니겠소?

이장: 이야, 이 무례한 어미야. 날이 갈수록 무례해지는구면. 네가 나오기 전에는 마을 사람들이 앉아서도 안 되고 네가 말을 하면 위아래가 다 들어야 한다고? 그럼, 네가 우리 마을에서 제일 힘 있는 자란 말이냐?

목어어미: 아니, 내 말 좀 들어보소. 내가 안 나오면 내가 아직 깔개를 펴기 전이니 사람들이 바닥에 앉을 수는 없지 않겠소? 내가 말을 해대면 위아래가 들어야 한단 말이오. 말 안 들으면 뭐하러 목어를 우르르 울릴 필요가 있겠소? 이장님은 좀 생각해 보시오.

이장: 그래, 그래. 일리가 있는 말일세. 나도 이제 무슨 소린지 알겠네.

베트남에는 "왕명도 마을의 문전에서 멈춘다"는 말이 있을 만큼 마을의 자율성이 높았다. 그런데 '하찮은' 목어어미가 감히 이장의 권위를 손바닥에 놓고 쥐락펴락하는 것이다. 양반을 앞에 놓고 양반인지 개다리소반인지 하며 능청스럽게 약을 올리는 우리 탈춤의 말뚝이와 그 역할이 흡사하다.

베트남의 전통극은 크게 쩨오와 뚜옹, 그리고 인형극으로 대별된다. 이 중 쩨오는 10세기경부터 베트남의 하층 민중이 직접 창작과 수용의 주체가 되어 발전시킨 마당극이고, 뚜옹은 중국의 영향을 받아 주로 상층 연극으로 기능했다. 특히 쩨오는 앞서 언급했듯이 한국의 탈춤과 마찬가지로 해학과 풍자가 두드러져서 전통적으로 민중의 사랑을 많이 받았다. 북베트남 홍 강 강변에서 봄에 농민들이 조상신을 정성을 다해 모시는 과정의 하나로 실시하였다는 설이 유력하다. 음악적 요소를 위해 동으로 만든 땀 땀이라는 전통 악기를 사용했다. 13세기에 몽골의 영향을 받았고, 15세기에 유학자인 레 탄 통 왕이 왕궁에서 공연을 금지시킨 이래 쩨오는 민중의 전유물이 되었다. 민중은 쩨오의 내용과 형식의 발전에 자신들의 열망과 능력을 적극적으로 반영했다. 18세기에 쯔 놈 소설(13세기 이래 한자를 이용해

베트남어를 표기하던 쯔놈으로 쓴 소설)의 유행과 더불어 째오도 전성기를 맞이했다. 그러나 19세기에 프랑스의 침략과 더불어 쇠락하기 시작했고, 이후 20세기에는 베트남전쟁과 현대화(특히 1986년 도이 머이 개혁 개방 정책 실시 이후)의 거센 물결 속에서 그 명맥이 거의 끊기다시피 했다. 그러다가 2001년 10월 꽝닌성 하롱에서 열린 제1회 '전국 전통 째오 큰잔치'에 열네 개 팀 오백여 명의 연기자가 참가하며 예상 밖의 큰 성공을 거두면서 최근에는 활발하게 새로운 전승이 시도되고 있다.[209]

제1권 주석

1   루시앙 골드만, 송기형·정과리 옮김, 『숨은 신』, 인동, 1979, 49쪽.

2   제주도 서사무가 〈천지왕 본풀이〉.

3   질 들뢰즈·펠릭스 가타리, 김재인 옮김, 『천 개의 고원』, 새물결, 2001, 35쪽.

4   Jasimuddin, Folk Tales of Bangladesh, Dacca: Oxford University Press, 1974, 1~5쪽 참고.

5   자밀 아흐메드, 「거울(속)에서 장난하기, 하늘(속)에서 날기―방글라데시 서사 유산에 대한 '장난스런' 소개」, 아시아스토리 국제워크숍, 2011.11.10, (사)아시아문화네트워크, 110~111쪽. 탈영토화(deterritorialization)는 들뢰즈의 용어. 무엇이 되도록 하는 것이 '영토화'라면, '탈영토화'는 무엇이 되지 않도록 하는 것을 뜻한다. 예를 들어 '유목'은 다른 삶의 영토를 찾아, 다른 삶 자체를 찾아 끊임없이 이동하는 것이다. 필요하다면 어디로든 빠져나갈 수 있는 것. 그것은 지금 앉아 있는 자리에서조차 '자유의 새로운 공간'을 찾아 끊임없이 '탈영토화'하는 삶 자체다.

6   수와미족 추장 시애틀이 미국 피어스 대통령에게 보낸 편지, 「신세계에 보내는 메시지」, 월간 《대화》 1977년 10월호. 이 편지는 김남일이 『안병무 평전』 후기, 청소년 소설 『모래도시의 비밀』 등 이미 여러 지면을 통해 인용한 바 있다. 일일이 그 지면을 밝히지는 않는다.

7   김헌선 현대어로 옮김, 「바리공주」, 『한중앙아시아 신화 설화 영웅서사시』, 아시아문화중심도시추진단, 2010 참고.

8   황석영, 『바리데기』, 창비, 2007, 294쪽 작가 인터뷰.

9   시리아 지중해 연안에 있던 고대 도시 우가리트에서 1929년 이후 출토된 점토판에 설형문자로 기록되어 있던 신화. 수메르 계통으로 내용은 『구약성

서』와 공통되는 부분이 많다. 풍요의 남신 바알(Baal)과 그의 아내인 싸움의 여신 아낫(Anat)에 관한 것이 많다. 아낫은 우가리트의 각종 토판에 나오는 여신들 중에서 가장 활발하지만,『구약』에서는 거의 다루어지지 않고 있다. 강성열,『고대 근동의 신화와 종교』, 살림, 2006, 61~65쪽.

10 조현설, 제17장「저승, 우리 신화의 중간계」,『우리 신화의 수수께끼』, 한겨레출판, 2006, 참고.

11 김헌선,「저승을 여행하는 여신의 비교연구: 바리공주, 텐츄우아기씨(天忠姬), 이난나」,『비교민속학』제33집, 비교민속학회, 2007, 154쪽.

12 김석희 옮김, 타임라이프 신화와 인류 시리즈『초창기 문명의 서사시 메소포타미아 신화』, 이레, 2008, 92쪽. 〈길가메시 서사시〉에서 엔키두는 길가메시의 친구로 등장한다.

13 강성열, 앞의 책, 21쪽.

14 김산해,『수메르 최초의 사랑을 외치다』, 휴머니스트, 2007, 89쪽; 김석희 옮김, 앞의 책, 40쪽. 물론 이건 평계임이 확실하다.

15 김산해, 앞의 책, 27~29쪽; 김석희 옮김, 앞의 책, 36쪽; 배철현,「이난나는 왜 지하세계에 내려갔나」,『종교와 문화』제10호, 서울대학교 종교문제연구소, 2004; 김헌선, 앞의 글, 182쪽. 김헌선은 배철현의 판본에 기대고 있다.

16 사무엘 헨리 후크, 박희중 옮김,『중동 신화』, 범우사, 2001, 41쪽.

17 김산해, 앞의 책. 특히 1부 참고. 이 책에서 '이난나'는 '인안나'로 '게슈티난나'는 '게쉬틴안나'로 표기되고 있다.

18 박영식 옮김,「지하세계를 방문한 이쉬타르」, 심치열·박정혜 엮음,『신화의 세계』, 성신여자대학교 출판부, 2005, 371쪽.

19 Tulasi Diwasa, Folktales From Nepal, India: Publication Division, Ministry of Information & Broadcasting, 1993.

20 김영연 엮음,『세계민담전집 이란 편』, 황금가지, 2008, 28~29쪽.

21 산스크리트어로 사무드라 만탄(Samudra manthan)이라고 한다. 한자어로는 유해교반(乳海攪拌), 영어로는 Churning of the Ocean of Milk.

22 인도에서『베다』경전이 성립한 시기를 말하는데, 대개 아리안족의 침입 이후 16대국 병립 이전까지인 기원전 1500년부터 기원전 600년경까지를 이

른다.

23 이은구,『인도의 신화』, 세창미디어, 2003, 242쪽.

24 힌두교 비슈누파의 일파인 바가바타파의 경전. '푸라나'는 힌두교의 삼대 신을 경배하기 위한 가르침과 이야기를 담고 있다.

25 장재진, 「인도신화 유해교반에 나타난 힌두교인의 관념-비슈누 뿌라나를 중심으로」,『동북아문화연구』제29집, 2011, 721쪽.

26 바다를 저어 만들어지는 것의 종류와 숫자는 '푸라나'에 따라 다르다. 여기에 어떤 권위를 부여하고 있지는 않다. 장재진, 앞의 글, 721쪽.

27 그 장소에서는 매 십이 년마다 힌두교도들의 쿰브 멜라(Kumb Mela) 축제가 열린다. 그 네 곳은 알라하바드, 하리드와르, 우자인, 나시크로서 모두 강가(갠지스) 강변에 자리 잡은 도시들이다. 그때마다 수천만 명이 참석한다. 2013년에도 열렸다.

28 장재진, 앞의 글, 734쪽.

29 류경희,『인도신화의 계보』, 살림, 2003, 15쪽.

30 인도에는 자르칸드, 오리사, 아삼, 비하르, 서벵골 등지에 육백여 만 명이 산다.

31 자밀 아흐메드, 앞의 글, 119~120쪽; Stephen Murmu, "Understanding the Concept of God in Santal Traditional Myths", Indian Journal of Theology, 3811, 1996, 77~78쪽; Nita Mathur, Santhal Worldview, Concept Publishing Company, 2001, 19~20쪽 등 참고.

32 자밀 아흐메드, 앞의 글, 120쪽.

33 질 들뢰즈·펠릭스 가타리, 조한경 옮김,『소수집단의 문학을 위하여-카프카론』, 문학과지성사, 1992, 54쪽; 질 들뢰즈·펠릭스 가타리, 이진경 옮김,『카프카-소수적인 문학을 위하여』, 동문선, 2001, 68쪽 두 번째 책에는 "얼마나 많은 문체나 장르, 혹은 문학적 운동-그것들이 아무리 소소한 것일지라도-이 오직 하나의 꿈만을 가지고 있었던가? 언어 활동의 다수적 기능을 만족시키는 것, 국가의 언어, 공식적 언어로서 복무하는 것을 말이다"로 번역되어 있다.

34 질 들뢰즈·펠릭스 가타리, 조한경 옮김, 앞의 책; 질 들뢰즈·펠릭스 가타리, 이진경 옮김, 앞의 책.

35 질 들뢰즈·펠릭스 가타리, 김재인 옮김, 앞의 책, 54쪽.

36 김영종, 『실크로드-길 위의 역사와 사람들』, 사계절, 2009, 21~44쪽 참고.

37 이므룰 까이스, 김능우 주해, 『무알라까트』, 한길사, 2012.

38 사희만 외, 『동양 문학의 이해』, 조선대 출판부, 1999, 250~252쪽; R. A.니콜슨, 사희만 옮김, 『아랍문학사』, 민음사, 1995, 183~185쪽 참고.

39 W. A. Clouston (ed.), Arabian poetry, Glasgow: (printed privately) Mc'Laren and Son, printers, 1881. 이 중에서 특히 'THE ROMANCE OF ANTAR(제1부 발췌 번역 TERRICK HAMILTON, ESQ)' 참고. 여기에는 별도로 『무알라까트』에 수록된 안타라의 시(The Poem of Antara)도 수록되어 있다. 'THE ROMANCE OF ANTAR' 작품 전체는 45권 분량에 이를 만큼 방대하다. 따라서 영어 번역본은 그것의 시리아 축약본을 사용했다. 1819년 영국에서 해밀턴(Terrick Hamilton) 번역으로 삼백 쪽 분량의 번역본이 처음으로 출판되었다. 이듬해 세 권이 더 출판되어, 해밀턴이 의도했던 삼부작의 첫 부분―안타라의 모험과 결혼―을 완성할 수 있었다. 하지만 의도했던 만큼 독자들의 반응이 시원치 않자 더 이상의 출판을 포기하고 말았다. 그가 포기한 제2부는 안타라가 두 아들과 함께 자기 시를 메카에 내거는 장엄한 장면을 포함한다. 제3부에서는 안타라와 그의 동료 대부분이 죽는다.

40 Saleh Salim Sahlan Al-Dafari, "The Pre-Islamic Arab Romance of Antara and Malay Islamic Hikayat Mohammad Hanafiah-A Comparative Study", Gombak Review 1,i (1996), International Islamic University Malaysia. 히카야트(히까얏)는 산문 장르의 하나로 원래 이야기라는 뜻.

41 요한 하위징아, 이종인 옮김, 『중세의 가을』, 연암서가, 2012, 207~209쪽.

42 출처: 표준국어대사전.

43 이난아, 『터키문학의 이해』, 월인, 2006. 35~36쪽.

44 두 동물은 같은 종이다. 실제로 말레이어로는 칸칠을 펠란둑(pelanduk)이라고도 한다.

45 정영림, 「말레이인도네시아 민담에 나타난 동물 고찰」, 『동남아연구』 제14권 1호, 한국외국어대학교 동남아연구소, 2004. 칸칠의 생태에 대해서도 자세히 기술해 놓고 있다.

46 Mimi Herbert, Voices of the Puppet Masters; The Wayang Golek Theatre of Indonesia, University of Hawaii Press, 21쪽.

47 Chor Chanthyda, An Analysis of the Trickster Archetype as Represented by the Rabbit Character in Khmer Folktales, A Thesis Presented to the Committee of the Ministry of Education, Youth and Sport, In Partial Fulfillment of the Requirement for the Degree of Master of Arts, ROYAL UNIVERSITY OF PHNOM PENH, August 2004 참고.

48 Subha Dansay는 고유명사가 아니라 말 그대로 '토끼 재판관'이라는 뜻. Subha는 재판관, Dansay는 토끼.

49 Niyay Bi Dansay JaCau Kra(The Rabbit Is a Judge), 앞의 논문 66쪽.

50 이하 한국문화예술위원회 엮음,『100년의 문학용어사전』, 아시아, 2008 참고.

51 발터 벤야민, 반성완 옮김,「얘기꾼과 소설가」,『발터 벤야민의 문예이론 』, 민음사, 1983, 187쪽. 신화와 옛이야기의 차이에 대해서는 특히 브루노 베텔하임, 김옥순·주옥 옮김,『옛이야기의 매력』(제1권), 시공주니어, 1998. 제3장 참고.

52 김기호,「호랑이 설화에서 트릭스터 호랑이의 발달」,『국어국문학』 제135권, 국어국문학회, 2003, 222쪽.

53 터키와 우즈베키스탄에서는 따로 나스레딘 에펜디(efendi, ependi, afandi, effendi)라고도 부른다. 이때 '아펜디' 역시 존경하는 사람에게 붙이는 명칭이다. 중국 신장 위구르 자치주에서도 '아판디'(阿凡提)라는 존칭을 붙여 나스레딘 아판디라고 부른다.

54 이슬람의 지도자.

55 할레드 호세이니, 이미선 옮김,『연을 쫓는 아이』, 열림원, 2007. 47쪽.

56 33rd International Nasreddin Hodja Cartoon Contest (http://karikatur culerdernegi.com) 참조

57 자밀 아흐메드,「트릭스터 이야기꾼, 지식의 정원에서 천 개의 꽃 되기」, 2013 아시아문화의 전당 국제컨퍼런스: 지식의 야생정원-새로운 사회를 위한 아시아문화의 가능성, 문화체육관광부 주최, 아시아문화개발원 주관,

2013년 4월 2일, 광주 김대중컨벤션센터.

58 자밀 아흐메드, 앞의 글. 이 글에서 자밀 아흐메드가 인용하거나 근거로 사용한 글은 다음과 같다. 개별적으로 출처를 밝히지는 않는다.

Andrew Wiger, His Life in His Tail: The Native American Trickster and the Literature of Possibility. In, A. LaVonne Brown Ruoff and Jerry W. Ward Jr. (Eds.), Redefining American Literary History, 83~96쪽. New York: Modern Language Association, 1990.

Jeanne Rosier Smith, Writing Tricksters; Mythic Gambols in American Ethnic Fiction, Berkeley; University of California Press, 1997.

Karl Kerenyi, The Trickster in Relation to Greek Mythology. In, Paul Radin, The Trickster: A Study of American Indian Mythology, with commentaries by Karl Kerenyi and C. G. Jung, 173~191, New York: Schocken Books, 1972[1956].

Walter Benjamin, The Destructive Character, In, Michael W. Jennings, Howard Eiland and Gary Smith (Eds.), Selected Writings: Volume 2, Part 2, 1931~1934, 541~542쪽, Cambridge: Cambridge University Press, 2005.

59 조희선, 「아랍 서민이야기 문학 연구-주하의 기담(NAWAR: DIR)을 중심으로」, 『한국중동학회논총』 제14호, 한국중동학회, 1993.

60 H.Parker, Village Folk-tales Of Ceylon, Luzac & Co., 1914; Vijita Fernando, Mahadenamutta: The Old Man Who Knew Everything, Typeforce, 2002; Nanda P. Wanasundera, Sri Lankan Folk Tales for Suren & Amrit, Godage International Publishers, 1999; R. S. Karunaratne, Folk Tales of Sri Lanka, Sooriya Books, 2012 참고.

61 Tuti Nameh. 투티(Tuti)는 앵무새, 나메(Nameh 혹은 Nama)는 책이라는 뜻.

62 채윤정 옮김, 『밑도 끝도 없는 이야기』, 정신세계사, 1998.

63 R. Schmidt, Der Textus ornatior der Sukasaptati; Kritisch heransgegeben (A. Bay. A. XXi, 2), München, 1898; 정태혁 옮김, 『앵무칠십야화』, 육문사, 1974.

64 힌두교 신화에서는 세계가 창조와 소멸을 거듭한다고 보는데, 그 기간을 4 유가로 나눈다. 현재는 태양력으로 길이가 43만 2천 년이 되는 제4기로 칼리 유가라고 부른다.

65 고대 인도에서는 다르마(正法)와 알타(財利), 그리고 카마(애욕)를 인생의 3대 목적이라 생각했다.

66 由旬. 고대 인도에서 거리를 재던 단위. 보통 소달구지가 하루에 갈 수 있는 거리로서 80리인 대유순, 60리인 중유순, 40리인 소유순의 세 가지가 있다.

67 A. N. D. Haksar. Shuka Saptati — Seventy tales of the Parrot, Harper Collins India, 2000, 183~184쪽. (위키피디아에서 재인용)

68 시르다리아 강과 아무다리아 강 사이에 위치한 지역으로 현재의 우즈베키스탄과 타지키스탄의 대부분과 카자흐스탄의 남서부를 포함하는 초원 지대. 실크로드의 길목으로 3세기부터 페르시아의 지배를 받았고, 7세기 이후 이슬람제국, 13세기에 칭기스 칸, 14세기에 티무르의 지배를 받았다.

69 Dede Korkut 혹은 Dada Gorgud, Dede Qorqut. '코르쿠트'는 '눈 먼 늑대'를 뜻한다. 주인공이 이마 한가운데 눈 하나를 달고 있는 장님이라서 그런 이름이 붙었다. 『현인 코르쿠트의 서(현인 코르쿠트 나메)』는 몽골어와 터키어 군에서 채록한 천 개가 넘는 서사시 중에서 가장 널리 알려진 튀르크 서사시 중 하나로 간주된다. 자세한 내용은 양민지, 『〈현인 코르쿠트의 서〉(Dede Korkut Kitab) 분석 : 서사구조와 등장인물을 중심으로』, 한국외국어대학교 석사학위 논문, 2009. 참고.

70 오은경, 「현인 코르쿠트의 이야기」, 계간 《아시아》 제19호, 2010.

71 라시드 앗 딘의 세계사 중 『부족지』에는 아블제 칸이 성경과 코란에 나오는 노아이며, 그의 아들 딥 야쿠이가 야벳에 해당한다고 적혀 있다. 결국 오구즈는 노아의 증손자가 되는 셈이다. 김호동은 『부족지』의 해설에서, "『부족지』는 노아의 아들 셈이 아랍과 유태 민족의 조상이 되었고, 함이 흑인들의 조상이 되었으며, 야벳이 튀르크인의 조상이 되었다는 서아시아 주민들의 전통적인 이해 방식을 그대로 수용하고 있다"고 말한다. 라시드 앗 딘, 김호동 옮김, 『부족지』(집사 1), 사계절, 2002, 37쪽.

72 인용 시는 Mehmet Olmez, Commentary of Oghuz-Nama에 수록된 서

사시 영어 번역본 중 18쪽.

73 라시드 앗 딘, 김호동 옮김, 앞의 책 참고; 화살 에피소드 인용 부분은 사파르무라트 투르크멘바시(니야조프), 김유숙 옮김, 『루흐 나마』 제1권, 중앙아시아연구소, 2007, 82~83쪽 참고.

74 Encyclopaedic Historiography of the Muslim World, Global Vision Publishing House, 2004.

75 김형수, 「알란 고아」, 계간 《아시아》 제16호, 2010. 흉노족의 늑대 이야기와 『몽골 비사』에 나오는 알란 고아 신화를 김형수가 문학적으로 재구성해 만들었다.

76 유원수 옮김, 『몽골 비사』, 사계절, 2004, 26~27쪽.

77 이준희, 「주몽신화」, 계간 《아시아》 제16호, 2010. 이준희가 쓴 글을 조금 정리했다.

78 김영애, 「한·태 건국신화의 비교연구-주몽신화와 프라루엉 신화에 나타난 영웅의 일생을 중심으로」, 『동남아시아연구』 제11권 가을호, 한국외국어대학교 동남아학회, 2001.

79 S. 돌람, 이선아 옮김, 「주몽신화와 알란 고아 신화 비교」, 『비교민속학』 제40집, 비교민속학회, 2009.

80 오은경, 「우즈벡 알퍼므쉬와 한국 주몽신화의 활쏘기 모티프 비교연구」, 『외국문학연구』 제44호, 한국외국어대학교 외국문학연구소, 2011.

81 칼미크(Kalmyk)는 칼무크(Kalmuk) 또는 칼마크(Kalmak)라고도 하며, 내륙아시아로 이동한 몽골인의 한 분파를 가리킨다. 대부분 불교를 믿어서 이슬람교를 믿는 주변 민족들과 자주 충돌했다. 현재 칼미크인들은 러시아의 영토 안에서 자치공화국을 이루고 있는데, 몽골어로는 '하리막'이라고 부르기도 한다.

82 마마트쿨 주라예프, 「영웅서사시 〈알파미시〉가 형성되던 시기의 중앙아시아 민족들의 역사와 문화」, 『한-중앙아시아 신화 설화 영웅서사시 작품해설집』, 문화체육관광부 아시아문화중심도시추진단, (사)아시아문화네트워크, 2010.

83 게오르그 루카치, 반성완 옮김, 『소설의 이론』, 심설당, 1985, 85쪽.

84 루시앙 골드만, 송기형·정과리 옮김, 앞의 책, 58쪽. 각주 3) 참고.

85 최종술·백승무 옮김, 전성태·서성란 공동 한국어 감수,『알파미시』, 문화체육관광부 아시아문화중심도시추진단, (사)아시아문화네트워크, 2010 참고. 비매품인 이 책은 우즈베키스탄 민중 구술가 파질 율다사오글리로부터 채록한 러시아어 판본(1998)을 한국어로 번역한 것이다.

86 반 랑(Văn Lang, 文郎): 베트남의 건국신화에서는 락 롱 꿘과 어우 락이 각기 오십 명씩 아들을 데리고 산과 바다로 헤어진다. 이때 어우 락이 데리고 간 아들들 중에서 가장 강한 아들이 훙 브엉(왕)이 되어 세운 나라. 고대 베트남인들에 의한 최초의 나라라고 간주된다. 청동기시대 동선 문화 유적이 발견되면서 실체가 입증되었다.

87 팜 쑤언 응우옌,「꼬로아 성의 전설과 목 잘린 공주 미 쩌우」,『스토리텔링 하노이』, 아시아, 2011; 무경, 박희병 옮김,「금빛 거북」(金龜傳),『베트남의 신화와 전설』, 돌베개, 2000; The Story of My Chau, Trong Thuy, Kim Dong Publishing House, 2009 등 참고.

88 유인선,『새로 쓴 베트남의 역사』, 이산, 2002, 37쪽.

89 최귀묵,『베트남문학의 이해』, 창비, 2010, 82~84쪽.

90 팜 쑤언 응우옌, 앞의 글, 60쪽.

91 Dineschandra Sen (compiled and edited), Eastern Bengal Ballads Mymensing, The University of Calcutta, 1923; 자밀 아흐메드,「거울 (속)에서 장난하기, 하늘(속)에서 날기-방글라데시 서사 유산에 대한 '장난스런' 소개」, 아시아스토리 국제워크숍, 2011.11.10, (사)아시아문화네트워크, 114~115쪽 참고.

92 Dineschandra Sen, 앞의 글; 자밀 아흐메드, 앞의 글 참고.

93 박성혜,『티베트 연극, 라모』, 차이나하우스, 2009; 김규현,『티베트 문화산책』, 정신세계사, 2004.

94 김규현,「〈연극 아체라모 여덟 마당〉 중 첫째 마당」, 앞의 책, 46~66쪽.

95 박성혜, 앞의 책, 80~83쪽.

96 박성혜,『티베트 전통극 라뫼습계 연구』, 연세대학교 중어중문학 석사학위 논문, 2007, 44~47쪽, 61~64쪽.

97 김선자,「소수민족 신화기행 티베트이야기①-바람 햇빛 설산 호수 그리고 사랑」,《경향신문》2008년 4월 30일자 참고.

98 김규현,「〈연극 아체라모 여덟 마당〉 중 첫째 마당」, 앞의 책, 66쪽. 티베트의 공인된 역사책인『여의보수사』에『자타카』108편 중 제64편의 번역작이라고 기록되어 있다고 한다.

99 이재숙,「산스끄리뜨 연극」,『동양 고전극의 재발견』, 박이정, 2000, 336쪽.

100 SIR MONIER MONIER-WILLIAMS, (trans.), INTRODUCTION, Sakoontala or The Lost Ring; An Indian Drama, Charles Aldarondo, Keren Vergon, jayam and PG Distributed, 1893.

101 원제 '아비갸나 샤쿤탈라'는 '샤쿤탈라를 알아보는 증표'라는 뜻이다.

102 박경숙,『샤꾼딸라』, 지식산업사, 2001, 11~12쪽.

103 박경숙에 따르면, 산스크리트극에 빠지지 않고 등장하는 인물로 남자 주인공과 가장 가까운 벗이다. 브라만 계급 출신이지만 우스꽝스러운 복장에 구부정한 허리, 늘 무엇인가를 먹고 있는 모습으로 등장하여 긴장한 관객을 웃음으로 풀어 주는 역할을 맡는다. 그는 귀족이면서도 산스크리트어가 아니라 평민들의 언어인 프라크리트로 말을 한다. 박경숙, 앞의 책, 14쪽.

104 간다르바는 힌두교 신화에서 신과 인간의 중재자 역할을 한다. 간다르바 결혼은 공식적인 예식을 치르지 않고 서로 동의 하에 이루어지는 결혼을 뜻한다. 간다르바는 한자로는 건달바(乾闥婆). 불교 우주론에서는 사천왕 중 하나로 분류되어 동쪽을 수호하는 대왕을 대표한다.

105 임근동,「〈아비기야나샤꾼딸람〉 연구: 신화비교를 중심으로」,『남아시아 연구』제14권 2호, 2009. 여기에 수록된 줄거리 소개에 크게 의존했다. 단, 중간의 인용 부분은 Arthur W. Ryder, KALIDASA: Translations of Shakuntala and Other Works, LONDON: J. M. DENT & SONS LTD. NEW YORK: E. P. DUTTON & CO, 1912. 제3장에서 인용자가 직접 번역했다.

106 임근동, 앞의 글, 140쪽.

107 이재숙, 앞의 글, 366쪽. 카타르시스 대신 산스크리트 연극의 미학적 원리라 할 수 있는데, 희곡의 본성 혹은 혼이라 할 수 있다. 라사는 여덟 가지라고

한다. 고대 인도인의 사유체계에서 해탈에 이르는 세 가지 가치, 즉 다르마 (정의, 도리), 아르타(재산, 지식), 카마(성욕, 욕망)를 만족시키려고 하는 데서 요구되는 미학 원리.

108 〈프라 쑤톤과 낭 마노라〉라고도 한다. 이때 '프라'는 신이나 왕에게 붙이는 접두사이며, '낭'은 여성에 붙이는 접두사이다.

109 Thanapol (Lamduan) Chadchaidee, Prince Suthon-Fascinating Folktales of Thailand, Bangkokbooks, 2011(kindle edition) 등 참고.

110 김영애·최재현, 「낭 마노라」, 『세계민담전집-태국 미얀마』, 황금가지, 2003, 129~134쪽; 김영애, 「〈프라 쑤톤과 낭 마노라〉 설화 연구 1-僞經 〈빤얏 차독〉을 중심으로」, 『돈암어문학』 제15호, 돈암어문학회, 2002.

111 천상의 백조와 지상의 나무꾼이 혼인을 해서 아이를 낳고 가정을 이루고 살다가 나중에 선녀 옷을 입은 아내가 떠나가고 아이들이 몽골 씨족의 조상이 된다는 씨족 기원 설화. 박환영, 『몽골유목문화연구』, 역락, 2010, 75쪽.

112 이에 대해서는 박연관, 「나무꾼과 선녀'와 'A Chuc Chang Nguu' 비교연구」, 『베트남연구』 제6권, 한국베트남학회, 2005 참고.

113 김영애, 앞의 글. 클라이라스 산은 티베트에 있는 성산 카일라스를 지칭하는데, 불교에서 말하는 수미산이다. 힘마판은 태국인들이 성스러운 산으로 여기는 상상 속의 산 혹은 숲이다. '차독'은 팔리어로 『자타카(본생담)』를 말한다. '빤얏'은 '오십'이라는 뜻.

114 김선자, 『변신이야기-필멸의 인간은 불멸의 꿈을 꾼다』, 살림, 2003, 18~24쪽.

115 위키피디아, Ibong Adarna (mythology)와 (http://www.scribd.com), Ibong Adarna 등 참조.

116 카리나 볼라스코, 「필리핀의 스토리 유산: 망각에서 구해내다」, 아시아 스토리 국제워크숍, 2011.11.10, (사)아시아문화네트워크 참고.

117 정영림 엮음, 「황금 오이」, 『인도네시아 민화집 꾀보 살람』, 창비, 1997, 235~244쪽.

118 로지 잭슨, 서강여성문학연구회 옮김, 『환상성』, 문학동네, 2004, 33쪽.

119 이진경, 『근대적 시공간의 탄생』, 그린비, 2010. 특히 51쪽 참고.

120 따옴표 안 인용은 로지 잭슨, 앞의 책, 37쪽. 여기서 '탈주선(line of flight)'은

프랑스의 철학자 들뢰즈와 가타리의 용어로 '도주선'이라고 번역되기도 한다. 예견될 수 없는 새로운 접속을 추구하는 욕망과 능동적 에너지를 꿈꾸는 창조적 혹은 파괴적 선으로 규정된다. 들뢰즈와 가타리는 기왕의 지배적인 서구 이성을 특징 짓는 기원과 단일성과 질서 지워진 해결책에 대한 전반적 추구를 거부하면서, 사회적 조직과 사유와 닫힌 구조가 탈주선을 따라 자유롭게 되는 정치학을 제안한다. 물활론적 사고에 대해서는 브루노 베텔하임, 김옥순·주옥 옮김, 앞의 책(제1권), 시공주니어, 1998. 84쪽 참고.

121 게오르그 루카치, 반성완 옮김, 앞의 책, 29쪽.

122 이옥순, 『인도현대사』, 창비, 2007, 173쪽.

123 Hugh Trevor-Roper, "The Rise of Christian Europe," Listener, (1963): 5; Hugh Trevor-Roper (1964). Rise of Christian Europe, London: Thames and Hudson에 재수록.

124 김환희, 「〈조선어독본〉 속의 옛이야기와 일본 제국주의」, 『열린어린이』(웹진 오픈키드) 2007년 2월 통권 제51호; 김효순, 「아쿠타가와 류노스케의 '모모타로'에 보이는 문화관」, 『비교문학』, 한국비교문학회, 2002.

125 장미경·김순전, 「일제강점기 '일본어교과서' 1기-4기에 나타난 동화의 변용」, 『일본어문학』 제52집, 한국일본어문학회, 2012.

126 김효순, 「아쿠타가와 류노스케 문학의 현재성-〈모모타로〉에 나타난 가치의 상대성을 둘러싸고」, 『Comparative Korean Studies』 15권 1호, 국제비교한국학회, 2007.

127 김민웅, 「도깨비들이 출몰하는 시대와 모모타로」, 《프레시안》, 2008년 8월 21일.

128 정수완, 「전전(戰前) 일본영화에 나타난 근대화와 국수주의 연구」, 『영화연구』 15호, 한국영화학회, 1999년. 529쪽.

129 질 들뢰즈·펠릭스 가타리, 김재인 옮김, 앞의 책, 305쪽. CsO는 'corps sans organe'의 약자로, '기관 없는 신체'를 말한다.

130 강은해, 「동아시아 아기장수 설화의 전승과 그 사회교육적 의미-한국 일본 베트남 설화를 중심으로」, 『동북아문화연구』 제20집, 동북아시아문화학회, 2009.

131 강은해, 앞의 글.

132 김성동, 『미륵의 세상 꿈의 나라-김성동 불교에세이』, 청년사, 1990. 특히 제7장, 8장 참고.

133 최인훈, 『옛날 옛적에 훠어이 훠이』(최인훈 전집 10), 문학과지성사.

134 Institute of Research in Culture, Ministry of Culture(ed). Anatole-Roger PELTIER(trans.), The White Nightjar: A Lao Tale, COLE FRAN AISE D'EXTR ME-ORIENT , 1999, 21~23쪽 참고.

135 앞의 책.

136 브루노 베텔하임, 김옥·주옥 옮김, 제31장 〈동물신랑 이야기〉, 앞의 책 제2권.

137 질 들뢰즈·펠릭스 가타리, 이진경 옮김, 앞의 책. 이하 별도의 표시가 없으면 이 책을 참고.

138 질 들뢰즈·펠릭스 가타리, 김재인 옮김, 「1730년—강렬하게-되기, 동물-되기, 지각 불가능하게-되기」, 앞의 책.

139 김선자, 앞의 책, 8~9쪽, 19쪽.

140 앞의 책. 19쪽.

141 The Snake Prince and other stories: Burmese Folktales, retold by Edna Ledgard, Interlink Books, USA, 2000, 84~96쪽; Maung Htin Aung, Burmese Folk-Tales, Calcutta: Geoffrey Cumberlege, Oxford University Press, 1949, no. 15, 124~136쪽; 송위지 엮음, 「자비로 행복을 지킨 뱀왕자」, 『불교에서 배우는 삶의 지혜』, 우리출판사, 2000 등 참고.

142 이현지, 「변신설화 연구」, 『교육과학연구 백록논총』 제10권 제2호, 제주대학교 과학교육연구소, 2008, 150쪽.

143 조현설, 『우리 신화의 수수께끼』, 한겨레출판, 2006, 248쪽.

144 김선자, 앞의 책. 29쪽.

145 이현지, 앞의 글, 150쪽.

146 주경철, 『신데렐라 천년의 여행』, 산처럼, 2005.

147 자세한 내용은 김영애, 「한국설화 〈콩쥐팥쥐〉와 태국설화 〈쁠라 부텅〉 비교 연구」, 『동남아연구』 17권 2호, 한국외국어대학교 동남아연구소, 2008. 이 이야기는 〈문절망둑〉이라는 제목으로 우리나라에 번역 소개되었다. 김영애

·최재현 엮음,『세계민담전집-태국 미얀마』, 황금가지, 2003.

148 육당학인(최남선), 「朝鮮의 民譚童話 신더렐라 型童話」, 매일신보, 1938.7.11. 인용자가 골격은 그대로 두고 어휘만 현대 우리말로 약간 바꿈.

149 주경철, 앞의 책, 88~91쪽.

150 육당학인(최남선), 「朝鮮의 民譚童話 童話〈糠福米福〉 內地의 〈콩지팟지〉 이야기」, 매일신보, 1938.7.12. 원래 사사키 키젠(佐佐木喜善, 1886~1933)이 펴낸 『자파군야화(紫波郡夜話)』에 수록. 일본어로는 '누카후쿠 코메후쿠'라 읽는다.

151 박연숙, 「'콩쥐팥쥐'와 '고메후쿠 아와후쿠(米福粟福)'의 비교 연구」,『일본문화연구』 제23집, 2007.

152 박연관, 「'콩쥐팥쥐'와 'Tam Cam'비교 연구」,『베트남연구』 제3권, 한국베트남학회, 2002, 343쪽.

153 앞의 글.

154 조현설, 「민담적 복수와 신화적 화해-아시아 스토리 국제워크숍에 부쳐」, 계간《아시아》 제17집, 아시아, 2011, 21~22쪽.

155 임수경, 「콩쥐팥쥐 전래동화의 설화 수용양상 고찰」,『남도민속연구』 제13집, 남도민속학회, 2006.

156 공인숙·유안진, 「전래동화와 대학생의 편견 형성 판단: 백설공주, 콩쥐팥쥐, 장화홍련전을 중심으로」,『한국가정관리학회지』 제12권 제1호, 1994.

157 우찬제, 「마법의 효용, 혹은 상상력의 보물창고」,《문화예술》 2002년 3월호, 42쪽; 브루노 베텔하임, 김옥순·주옥 옮김, 앞의 책, 제1권, 시공주니어, 1998. 특히 제8장「변형」참고.

158 브루노 베텔하임, 김옥순·주옥 옮김, 앞의 책, 237쪽.

159 조현설, 앞의 글, 21~22쪽.

160 Catherine T. Bryce, "The Three Suitors" from Folk Lore from Foreign Lands, Newson & Company, Publishers, New York, 1913 등 참고.

161 Stories to Grow By with Whootie Owl(http://www.storiestogrowby.com)에서 'The Three Princes' 참조.

162 최인학, 「동아시아 구비문학 아카이브 네트워크의 필요성」, 아시아구비문학 아카이브 네트워크 구축의 필요성과 방안 국제컨퍼런스, 한국학중앙연구

소, 2011.7. 28~29쪽. 이 목록에서 나타나는 삼 개국 민담의 전거는 각기 최인학, 「한국민담유형표」, 『옛날이야기꾸러미』 전5권, 집문당, 2003(한국); Eberhard Wolfram, Typen chinesischer Volksmärchen, Helsinki, FFC 120, 1937(중국); 關敬吾, 『日本昔話大成』 11권, 角川書店, 1980(일본). 최인학은 1920년대부터 1970년대 초반까지 수집된 민담 가운데 4,055화를 골라 6부 21항 815형으로 분류를 시도했는데, 대단위인 '부'(部)는 국제적인 분류기준인 'AT 민담색인표'에 따라 동식물민담, 보통 민담, 소화(笑話), 형식담, 신화적 민담, 기타 등으로 나눴다. 대단위는 서구의 것을 따랐지만 중단위인 '항'(項)과 하위단위인 '형'(型)은 한국적 특성을 살려 배열했다. 1) 동물담(1~146): 1. 동물의 유래(1~24)/2. 동물담(25~54)/3. 식물의 유래(55~58)/4. 인간과 동물(100~146) 2) 본격담(200~483): 5. 초인적인 남편(200~204)/6. 초인적인 아내(205~213)/7. 이상탄생(214~219)/8. 혼인 치부(220~256)/9. 주보(呪寶)(257~ 283)/10. 괴물 퇴치(284~292)/11. 인간과 신앙(300~384)/12. 효행담(385~413)/ 13. 운명담(414~449)/14. 갈등(450~483) 3) 소화(笑話) 및 일화(500~697): 15. 어리석은 사람(500~568)/16. 영리한 사람(569~667)/17. 교활한 사람(668~697) 4) 형식담(700~711): 18. 형식담 5) 신화적인 이야기(720~742) 6) 미분류담.

163 베르나르 베르베르, 『상대적이며 절대적인 지식의 백과사전』, 열린책들, 1996, 85쪽.

164 이하 〈마하바라타〉의 줄거리를 요약하는 데에는 다음과 같은 책들을 크게 참고했다. 일일이 출처를 밝히지는 않는다. 크리슈나 다르마, 박종인 옮김, 〈마하바라타〉(전4권), 나들목, 2008; 비야사, 주해신 옮김, 〈마하바라타〉, 민족사, 1993 ; 위야사, 박경숙 옮김, 〈마하바라타〉(1~5), 새물결, 2012.

165 질 들뢰즈·펠릭스 가타리, 김재인 옮김, 앞의 책, 552쪽.

166 이옥순, 「타고르가 본 1927년의 동남아」, 『동남아 여행 글쓰기와 포스트식민주의 비평』(김은영 엮음), 심산, 2011, 118쪽.

167 다르마(Dharma, 法)는 힌두교나 불교의 주요 개념으로 마땅히 지켜야 할 법이나 의무를 말한다.

168 이하 태혜숙, 「탈식민주의 페미니즘=하위주체로서의 여성 개념을 중심으

로」,『한국여성학』13., 한국여성학회, 1997. ; 태혜숙,「아시아 페미니즘 문학의 지역성과 대항지구화-마하스웨타 데비의 〈사냥〉을 중심으로」, 계간『오늘의비평』2007년 가을호, 산지니, 2007 ; 박혜영,「인도의 여성 하위주체와 문학적 재현—마하스웨타 데비와 사라 슐레리의 소설을 중심으로」,『여성이론』제9호, 여성문화 이론연구소, 2003 등 참고.

169 가야트리 스피박, 태혜숙 옮김,『다른 세상에서』, 도서출판 여이연, 2008. 이 책 제11장에 번역 수록되어 있다.

170 구본기,『가야트리 스피박의 탈식민 페미니즘 비평이론에 대한 기독교 윤리학적 접근』, 감리교 신학대학 석사학위 논문, 2007. 65-66쪽.

171 그만큼 어렵기도 하다. 예를 들어 우리나라에 나와 있는 몇 안 되는 번역본 중 비야사, 주해신 옮김의 〈마하바라타〉(민족사, 1993)는 이 책에서 가장 중요한『바가바드기타』에 대한 번역을 아예 포기했다. 제62장「크리슈나의 가르침」장에서 역자는 "이 철학적이고 종교적인 시가는 그 내용이 역자에게는 너무 어려워 여기에서는 아예 소개하겠다는 과욕을 단념할 수밖에 없음이 유감이다"라고 솔직하게 밝히고 있다. 그의 말에 수긍이 갈 만큼『바가바드기타』는 어렵다.

172 마하트마 간디, 이현주 옮김,「머리말」, 앞의 책.

173 김일천,「巨人 깐디를 찾어 보고」,『삼천리』제12권 제4호, 1940.

174 김붕구 옮김, 지식공작소, 2001.

175 비토리오 로베다,『앙코르와트』, 문학동네, 1997. 특히 〈마하바라타〉와 크룩셰트라 전투에 대해서는 92~93쪽, 159~164 참고.

176 크리슈나 다르마, 박종인 옮김, 앞의 책, 제4권, 119쪽.

177 루쉰, 유세종 옮김,「달나라로 도망친 이야기」,『새로 쓴 옛날이야기』, 그린비, 2011.

178 정재서,「동양의 신화 (4) 태양을 쏜 영웅 '예'」,《한국일보》2002.5.21; 이기환,「이기환의 흔적의 역사 삼족오, 조선 사대부의 넋이 되다」,《경향신문》2012.6.27; 이평래(외),『동북아 활쏘기 신화와 중화주의 신화론 비판』, 동북아역사재단, 2012.

179 체렌소드놈, 이평래 옮김,『몽골 민간 신화』, 대원사, 2001, 66쪽.

180 센덴자빈 돌람, 이평래 옮김,『몽골 신화의 형상』, 태학사, 2007, 169쪽.

181 이평래,「에르히 메르겐 신화의 문화적 함의」,『동북아 활쏘기 신화와 중화주의 신화론 비판』, 동북아역사재단, 2012. 참고로, 몽골 남자 이름 중에는 '메르겐(메르겡)'과 더불어 '바타르'가 많다. '바타르'는 영웅을 가리킨다. 몽골 설화에는 '메르겐'이 많이 나오고,『몽골 비사』와 같은 역사 문헌에는 '바타르'가 많이 나온다고 한다. 박환영,『몽골 유목문화 연구』, 역락, 2010, 89~90쪽.

182 체렌소드놈, 이평래 옮김, 앞의 책, 43~46쪽; 센덴자빈 돌람, 이평래 옮김, 앞의 책, 104~106쪽; 데. 체렌소드놈 엮음, 이안나 옮김,『몽골의 설화』, 문학과지성사, 2007, 47~49쪽.

183 열린책들에서 펴낸 번역본『백년보다 긴 하루』의 표기에 따라 친기즈 아이뜨마또프로 표기.

184 친기즈 아이뜨마또프, 황보석 옮김,『백년보다 긴 하루』, 열린책들, 2000. 특히 142쪽 참고.

185 앞의 책. 특히 138~163쪽 참고.

186 만쿠르트화(Mankurtisation) 혹은 만쿠르트주의(Manqurtism)를 소련 해체 이후 중앙아시아 각국의 정체성 확립 과정에서 소비에트 시절의 과거 역사를 돌이켜보며 사유한 논문으로 MEHMONSHO SHARIFOV, THE SELF BETWEEN POLITICAL CHAOS AND THE NEW POLITICAL "ORDER" IN TAJIKISTAN, Transcultural Studies, 2-3 (2006-2007) 참고.

187 크기 67cm, 무게 80kg. 늦어도 13세기, 이르면 10~11세기 것으로 추정되며, 현재 싱가포르 국립박물관에 국보로 보관되어 있다.

188 질 들뢰즈·펠릭스 가타리, 김재인 옮김, 앞의 책, 289쪽.

189 위키피디아(http://en.wikipedia.org)에서 쿰바카르나 참조.

190 Jasimuddin, Folk Tales of Bangladesh, Dacca: Oxford University Press, 1974.

191 센덴자빈 돌람, 이평래 옮김, 앞의 책, 169쪽.

192 H. Parker, Village Folk-tales Of Ceylon, Vol. 1, Luzac & Co., 1914, 313~315쪽.

193 Khin Myo Chit, Folk Tales from Asia for Children Everywhere, Book

3, UNESCO, 1976 참고.

194 예부터 "버마 사람들은 낮을 이고 산다"는 속담이 있을 정도로 버마에서는
불교가 도입된 이후에도 여전히 정령 낮을 숭배하는 낮 신앙이 민간에 뿌리
깊게 자리 잡고 있다. 우리말로는 일종의 '귀신'이라 할 텐데, 중요한 낮은 서
른일곱 개 정도로 알려져 있다. 김성원, 「미얀마의 정령 '낮'의 종류와 역할」,
『외대논총』 제25집 2호, 부산외국어대학교, 2002.

195 Sri Mulyono, Human Character in the Wayang, Pustaka Wayang,
1977, 17쪽.

196 강영순, 「인도네시아 전통악기로 구성된 오케스트라 가믈란」, 《월간 문화예
술》 통권 191호, 한국문화예술진흥원, 1995.

197 Sunardjo Haditjaroko, M.A., Ramayana: Indonesian Wayang Show,
Penerbit Djambatan, 1962(제10판, 2001), 1쪽.

198 인도판 〈마하바라타〉와 구별하기 위하여 〈마하바라따〉로 표기한다. 이하
그 설명에서도 괄호 안에 인도네시아어 원음을 충실하게 좇아 거센소리(격
음) 대신 된소리(경음)를 사용한다. 예: 판두→빤두.

199 Bharat Yudha, 바라따 가문의 전쟁이라는 뜻.

200 M. Saleh, 김장겸 옮김, 『마하바라따』, 한불문화출판, 2003.

201 ponokawan. '뽀노(pono)'는 맑고 투명한 전망을, '까완(kawan)'은 친구 혹은
동료를 뜻한다. The Mahabharata: An Indonesian Perspective 아시아교
육재단(http://former.asiaeducation.edu.au); Joglosemar(http://www.
joglosemar.co.id)에서 Semar and Other Ponokawans 등 참고.

202 Sobokartti(http://sobokartti.wordpress.com)에서 Variations in Indonesian
Mahabharata 참조.

203 M. Saleh, 김장겸 옮김, 앞의 책, 〈개요〉.

204 김장겸, 「동남아 문학에 나타난 인도 서사시」, 『동남아 인도 문화와 인도인
사회』, 한국외국어대 출판부, 2001, 130~132쪽.

205 앞의 글, 94쪽.

206 이경식 옮김, 「오셀로」, 『셰익스피어』, 서울대학교 출판부, 1985.

207 이하 〈꽌 엄 티 낑〉에 관한 서술에는 최귀묵의 연구에서 큰 도움을 받았다.

최귀묵, 「월남 전통극 연구」, 『고전문학연구』 제16집, 한국고전요송문학회, 1999; 최귀묵, 「월남 전통극 째오의 종합예술성」, 『고전희곡연구』 제6집, 한국공연문화학회, 2003; 박진태, 「월남의 째오와 뚜옹」, 『동양 고전극의 재발견』, 박이정, 2000; 최귀묵, 『베트남문학의 이해』, 창비, 2010.

208 강은해, 「고려(까오·리)국 이야기와 베트남 전통극 〈꽌 엄 티 낑(觀音氏敬)-한국 서사민요·탈춤과의 비교를 중심으로」, 『한국 문학이론과 비평』 제11권 2호, 한국문학이론과 비평학회, 2007, 154쪽; 강은해, 「한국 귀화 베트남 왕자의 역사와 전설 : 고려 옹진현의 이용상 왕자」, 『동북아문화연구』 제26집, 동북아시아문화학회, 2011. 특히 「제3장 베트남 전통극 〈꽌 엄 티 낑〉과 황해도의 탈춤」 참고.

209 Huu Ngoc & Lady Borton, Cheo; Popular Theatre (Frequently Asked Questions About Vietnamese Culture), The Gioi Publishers , Ha Noi, 2003; Huu Ngoc, Cheo, a Vietnamese art unique to the Song Hong (Red River) delta, Wandering Through Vietnamese Culture, The Gioi Publishers, Ha Noi, 2004; James Edward Goodman, Uniquely Vietnamese, The Gioi Publishers, Ha Noi, 2008. 212~213쪽 등.

제1권 참고자료

한국에서 구입 가능한 번역본과 주요 관련 문헌, 영문판을 중심으로 소개한다. 인터넷 참고자료와 사이트 소개는 최소화했다. 그밖의 참고자료는 〈각주〉를 참고하라. 이 자리를 빌려 특히 위키피디아, 구텐베르크 프로젝트, Ebook and Texts Archive, 한국구비문학대계, 한국역사정보통합시스템 등과 같은 지식공유 비영리사이트에 고마움을 표한다.

(1) 첫 번째 이야기_이야기는 힘이 세다_방글라데시의 우유배달부

Jasimuddin, Folk Tales of Bangladesh, Oxford University Press, Dacca, 1974.

자밀 아흐메드, 「거울 (속)에서 장난하기, 하늘 (속)에서 날기-방글라데시 서사유산에 대한 '장난스런' 소개」, 아시아스토리 국제워크숍, 2011.11.10, (사)아시아문화네트워크.

(2) 두 번째 이야기_때로는 주변이 중심을 구원한다_바리공주

김진영·홍태한, 『서사무가 바리공주 전집』(전4권), 민속원, 1997~2004.

김헌선 현대어로 옮김, 「바리공주」, 『한중앙아시아 신화 설화 영웅서사시』, 아시아문화중심도시추진단, 2010.

김헌선, 『서울 진오기굿 바리공주 연구』, 민속원, 2011.

백승남, 『영혼의 수호신 바리공주』, 한겨레아이들, 2009.

서대석, 「바리공주」(경기도 오산 무녀 배경재 구연본), 『한국의 신화』, 집문당, 1997.

신동흔, 『야야 내 딸이야 버린 딸 바리데기야』, 나라말, 2008.

심치열·박정혜, 『신화의 세계』, 성신여자대학교출판부, 2005.

황석영, 『바리데기』, 창비, 2007.

(3) 세 번째 이야기_저승의 일곱 개 문을 알몸으로 통과한 여신_이난나

Diane Wolkstein and Samuel Noah Kramer. Inanna: Queen of Heaven and Earth. Harper & Row, New York, 1983.

ETCSL project(영국 옥스퍼드대학 동양학부 수메르 문학 집성) -http://etcsl.orinst. ox.ac.uk/edition2/etcslbycat.php 중 1.4.1. Inana's descent to the nether world.

J.F.비얼레인, 현준만 옮김,『세계의 유사신화』, 세종서적, 1996. 274~278쪽.

Stephanie Dalley, The Descent of Ishtar to the Underworld, Myths from Mesopotamia: Creation, The Flood, Gilgamesh, and Others, Oxford World's Classics, Oxford University Press, 2008.

김산해,『수메르 최초의 사랑을 외치다』, 휴머니스트, 2007.

김석희 옮김,『초창기 문명의 서사시 메소포타미아 신화』, 이레, 2008.

김헌선,「저승을 여행하는 여신의 비교연구: 바리공주, 텐츄우아기씨(天忠姬), 이난나」,『비교민속학』제33집, 비교민속학회, 2007.

배철현,「이난나는 왜 지하세계에 내려갔나」,『종교와 문화』, 제10호, 서울대학교 종교문제연구소, 2004.

사무엘 헨리 후크, 박희중 옮김,『중동 신화』, 범우사, 2001.

심치열·박정혜 엮음,「지하세계를 방문한 이쉬타르」(박영식 옮김),『신화의 세계』, 성신여대 출판부, 2005.

이경덕,「이난나의 지하세계 여행」,『고대문명이 숨쉬는 중동신화』, 현문미디어, 2006.

조셉 캠벨, 이윤기 옮김,『천의 얼굴을 지닌 영웅』, 민음사, 1999. 139~143쪽.

(4) 네 번째 이야기_죽음은 왜 보이지 않는가_구룽족 나무꾼

N. Sharma, Folktales of Nepal, Sterlin Publishers, 1971.

Tulasi Diwasa, Why death is invisible, Folktales From Nepal, Publication Division, Ministry of Information & Broadcasting, India, 1993.

(5) 다섯 번째 이야기_우유의 바다를 휘저어 세상을 창조하다_비슈누

김재민 글,『라마야나』, 비룡소, 2005. 204~205쪽.

김형준,『인도 신화』, 청아출판사, 2012.

류경희,『인도신화의 계보』, 살림, 2003. 34~35쪽.

비토리오 로베다, 윤길순 옮김,『앙코르와트』, 문학동네, 1997. 168~172쪽.

서규석,『신화가 만든 문명 앙코르와트』, 리북, 2006. 261~267쪽.

심치열·박정혜,「불사의 감로수」,『세계의 신화』, 성신여대 출판부, 368~370쪽.

이은구,『인도의 신화』, 세창미디어, 2003.

장재진,「인도신화 유해교반에 나타난 힌두교인의 관념- 비슈누 뿌라나를 중심으로」,『동북아문화연구』제29집, 2011.

(6) 여섯 번째 이야기_남성적 영웅시로 가득 찬 기존 창조신화들에 내미는 도전장_ 산탈의 기원신화

Neeti Sethi Bose, Myths, Legends and Folktales from India-The Santhals (vol.1), Viveka Foundation, 2003.

Nita Mathur, Santhal Worldview, Concept Publishing Company, 2001.

Stephen Murmu, Understanding the Concept of God in Santal Traditional Myths, Indian Journal of Theology, 3811, 1996.

(7) 일곱 번째 이야기_검은 모래폭풍 속에 사라진 실크로드 '오랑캐'의 역사_흑장군

김영종,『실크로드- 길 위의 역사와 사람들』, 사계절, 2009.

김영종,『반주류의 실크로드사』, 사계절, 2004. (위와 동일한 내용)

김영종,「사라진 왕국을 은천에서 만나다」,『티벳에서 온 편지』, 사계절, 1999.

송옌, 이현아 옮김,『보물이 숨긴 비밀 (미궁에 빠진 보물을 둘러싼 45편의 기록)』, 애플북스, 2009.

(8) 여덟 번째 이야기_사막의 영웅, 아라비아의 검은 까마귀_안타라

Anna Nawolska (Translator), Sirat Antara - The Manuscript from the University Library in Wroclaw, Poland: One of the Longest Literary Compositions of Medieval Arabic Literature, Edwin Mellen Press Ltd; Bilingual edition, 2011.

H. T. Norris, The adventures of Antar, Warminster, Wilts. : Aris and Phillips, 1980.

Harry Thurston Peck(ed), THE VALOR OF ANTAR/ ANTAR'S LOVE FOR HIS COUSIN IBLA - From The International Library of Masterpieces, Literature, Art, & Rare Manuscripts, Volume I, The International

Bibliophile Society, New York; 1901. 390~396쪽. http://elfinspell.com/Masterpieces1Antar.html

Peter Heath, The Thirsty Sword: Sirat Antar and the Arabic Popular Epic, University of Utah Press, 1996.

W.A. Clouston(ed), Arabian Poetry, M'Laren and Son, Glasgow, 1881.

R. A. 니콜슨, 사희만 옮김, 『아랍문학사』, 민음사, 1995. 183~185쪽.

이브룰 까이스(외), 김능우 주해, 『무알라까트』, 한길사, 2012. 특히 6장 〈신분을 극복하고 자유를 쟁취한 영웅〉.

(9) 아홉 번째 이야기_카자흐인들의 수염 없는 꾀쟁이 친구_알다르 호제

Dagmar Schreiber·Jeremy Tredinnick, Kazakhstan: Nomadic Routes from Caspian to Altai, Odyssey Books & Guides, 2008.

Irina L'vovna Zheleznova, Folk tales from Russian lands, Dover Publications, 1969.

Quatbay Utegenov, Karakalpak Folk Tales, Trafford Publishing, 2005.

Sally Pomme Clayton·Sophie Herxheimer, Tales Told in Tents: Stories from Central Asia, Frances Lincoln, 2006.

(10) 열 번째 이야기_왕까지 골려먹는 라오스의 꾀 많은 트릭스터_시앙 미앙

Wajuppa Tossa·Kongdeuane Nettavong·Margaret Read MacDonald, Lao Folktales, Libraries Unltd Inc, 2008.

Steven Jay Epstein, Lao Folktales: Xieng Mieng– The Cleverest Man in the Kingdom, Vientiane Times Publications, 2005.

(11) 열한 번째 이야기_시앙 미앙의 태국판 판본_시 타논차이

Maenduan Tipaya·Mechai Thongthep, Tales of Sri Thanonchai, Thailand's artful trickster, Naga Books, 1991.

Supaporn Vathanaprida·Margaret Read MacDonald·Boonsong Rohitasuke, Thai Tales: Folktales of Thailand, Libraries Unlimited, 1994.

(12) 열두 번째 이야기_필리핀 아이들이 가장 사랑하는 꾀돌이 쥐사슴_필란독

E. Arsenio Manuel·Philanduk and Bombola, Treasury of stories, Anvil
    Publishers,1995.

Victoria Añonuevo·Kora D. Albano. Pilandok, the guardian of the forest,
    Adarna House, 2003.

Victoria Añonuevo·Virgilio S. Almario·Kora D. Albano, Pilandok and the
    kingdom under the sea, Adarna House, 2008.

Virgilio S. Almario, Si Pilandok at ang mga Buwaya, Adarna House, 2010.
    (영어, 타갈로그어 2개 언어 판본)

Wystan A Dimalanta, The adventures of Pilandok : based on a Maranao
    folktale, Metro Manila, Philippines : National Book Store, 1986.

다음세대재단 올리볼리 그림동화: http://www.ollybolly.org 중「필란독과 바
    다 속 왕국」「필란독과 악어들」「숲의 감시관이 된 필란독」「필란독과 금 달걀
    을 낳는 닭」.

(13) 열세 번째 이야기_인도네시아의 꾀돌이 사슴_깐칠

MURTI BUNANTA, The Mouse Deer and the Turtle(Bilingual picturebook),
    Jakarta. Kelompok Pencinta Bacaan Anak. ISBN: 9789799391032.

데사크 뇨만 수아르티 외 엮음, 윤승현 옮김,「꾀보 칸칠과 멍텅구리 악어」,「칸
    칠과 한심한 호랑이」,「칸칠과 얌체 거인」,『슬픈 사랑의 코코 야자나무』, 도서
    출판 산하, 1997.

정영림 엮고 옮김,『(말레이시아 민화집) 반쪽이 삼파파스』, 창비, 1991.

정영림 엮고 옮김,『(인도네시아 민화집) 꾀보 살람』, 창비, 1997.

정영림,「말레이시아 - 깐칠, 밀림의 왕이 되다」,『국제이해교육(바이순 평원에서
    평화를 노래하다)』, 2007년 봄 여름 통권 18호, 유네스코아태교육원.

정영림,「말레이인도네시아 민담에 나타난 동물 고찰」,『동남아연구』제14권 1
    호, 한국외국어대 동남아연구소, 2004.

(14) 열네 번째 이야기_이것저것 참견하여 속 시원히 결론을 이끌어내는 캄보디아의 트릭
    스터_토끼 재판관

Cathy Spagnoli, Judge Rabbit Helps the Fish : A Tale from Cambodia,
    Wright Group/ Mcgraw-Hill, 1997.

Chhany Sak-Humphry, Tales of the Hare: 27 Classic Folktales from Cambodia, DatASIA, Inc. 2011.

Chor Chanthyda, An Analysis of the Trickster Archetype as Represented by the Rabbit Character in Khmer Folktales, A Thesis for the Degree of Master of Arts, ROYAL UNIVERSITY OF PHNOM PENH, 2004.

Lina Mao Wall, Judge Rabbit and the Tree Spirit: A Folktale from Cambodia, Children's Book Press (CA), 1991.

(15) 열다섯 번째 이야기_이슬람 세계의 괴짜 현자_나스레딘 호자

Aziz Nesin, The tales of Nasrettin Hoca. Beyoglu, Istanbul, Dost Yayinlari, 1988.

Henry D. Barnham, Tales of Nasreddin Khoja : 181 Mulla Nasreddin stories, Bethesda, Md. : Ibex, 1999.

William Burchardt Bater, Pleasing Tales of Khoja Nasr-iddeen Efendi, A Reading Book of Turkish Language, London, 1854.

Charles Downing, Tales of the Hodja, New York: Henry Walck, l965.

Idries Shah, The World of Nasrudin, Octagon Press, Limited, 2003.

Murat, Hikmet and Muammer Bakir. One Day The Hodja, Alemdar Ofset, Istanbul,1986.

Rodney Ohebsion, 200+ Mulla Nasrudin Stories and Jokes [Kindle Edition], Amazon Digital Services, Inc. 2012.

이양준 엮음, 『행복한 바보-나스레딘 호자 이야기』, 큰나무, 2003.

지하드 다르비슈, 이상해 옮김, 『이슬람의 현자 나스레딘』, 현대문학북스, 2002.

(16) 열여섯 번째 이야기_아랍 세계의 똑똑한 바보_바보 주하

Salma Khadra Jayyusi (ed), Tales of Juha: Classic Arab Folk Humor, Interlink Books, 2006.

Salma Khadra Jayyusi (ed), Classical Arabic stories: an anthology, Columbia University Press, 2010.

김능우 편, 『세계민담전집-아랍편』, 황금가지, 2008.

조희선, 「아랍 서민이야기 문학 연구-주하의 기담(NAWAR: DIR)을 중심으로」, 『한국중동학회논총』 제14호, 한국중동학회, 1993.

조희선,『아랍인 주하이야기』, 명지대학교출판부,1998.

(17) 열일곱 번째 이야기_스리랑카의 엉뚱한 현자_마하대네무타

D. B. Kuruppu, Mahadenamutta: the great know-all of Sri Lanka, Nugegoda, Sri Lanka : D. B. Kuruppu, 2001.

H. Parker, Village Folk-tales Of Ceylon, Luzac & Co., 1914.

Nanda P. Wanasundera, Sri Lankan Folk Tales for Suren & Amrit, Godage International Publishers, 1999. 99~116쪽.

R. S. Karunaratne, Folk Tales of Sri Lanka, Sooriya Books, 2012. 중 Part 2.

Sri Lanka National Commission for UNESCO, Folktales from ASIA for Children Everywhere: Book Three, 1994.

Vijita Fernando, Mahadenamutta: The Old Man Who Knew Everything, Typeforce, 2002.

(18) 열여덟 번째 이야기_한 마리 앵무새가 목숨을 걸고 들려주는 기기묘묘한 일일야화 (一日夜話)_투티 나메

Siegfried Schaarschmidt, Tuti-Nameh; die Erzaählungen des Papageien Sultan Kobads, Kempen-Niederrhein, Thomas-Verlag, 1959.

지그프리트 샤르슈미트, 채윤정 옮김,『밑도 끝도 없는 이야기』, 정신세계사, 1998.

(19) 열아홉 번째 이야기_현자 앵무새가 애욕을 경계하며 들려주는 칠십일 밤의 이야기_ 슈카사프타티

A.N.D. Haksar, Shuka Saptati - Seventy tales of the Parrot, Harper Collins India, 2000.

R. Schmidt, Der Textus ornatior der Sukasaptati, Kritisch heransgegeben (A. Bay. A. XXI, 2), München, 1898.

R. 슈미트, 정태혁 옮김,『앵무칠십야화』, 육문사, 1974.

Ziya al-Din Nakhshabi, The Cleveland Museum of Art's Tuti-Nama: Tales of a Parrot, trans. and ed. by Muhammad A. Simsat, Graz: Akademisch Druck und Verlagstalt, 1978.

(20) 스무 번째 이야기_초원을 누빈 오구즈 민족의 대서사시_오구즈 나메

Ilker Evrim Binbaş, Encyclopaedia Iranica, 중 "Oguz Khan Narratives"

Mehmet Olmez, Commentary of OGHUZ-NAMA: http://pdf.download4.
　org/Commentary-of-OGHUZ--NAMA-download-w124.pdf (서울대학
　교 중앙유라시아연구소 중앙유라시아문명 아카이브에서도 다운로드 가능)

김선자, 『중국 소수민족 신화기행』, 안티쿠스, 2009. 272~277쪽.

라시드 앗 딘, 김호동 옮김, 『부족지』(집사 1), 사계절, 2002.

사파르무라트 투르크멘바시(니야조프), 김유숙 옮김, 『루흐 나마』 제1권, 중앙아
　시아연구소, 2007.

(21) 스물한 번째 이야기_푸른 늑대의 후손 몽골 민족_알란 고아

S. 돌람 저, 이선아 역, 「주몽신화와 알란 고아 신화 비교」, 『비교민속학』 제40집,
　비교민속학회, 2009.

김형수, 「알란 고아」, 계간 《아시아》 제16호, 2010년 봄호.

라시드 앗 딘, 김호동 옮김, 『칭기스칸기』(집사 2), 사계절, 2003.

요시다 아츠히코(외), 하선미 옮김, 『세계의 신화 전설』, 혜원, 2010, 380~ 384
　쪽.

유원수 옮김, 『몽골 비사』, 사계절, 2004.

조현설, 「제2장」, 『동아시아 건국신화의 역사와 논리』, 문학과지성사, 2003.

(22) 스물두 번째 이야기_고구려를 세운 신궁_주몽

박영규, 『한권으로 읽는 고구려왕조실록』, 웅진닷컴, 2004.

서대석, 「주몽신화」, 『한국의 신화』, 집문당, 1997.

심치열·박정혜, 『신화의 세계』, 성신여자대학교출판부, 2005.

이준희, 「주몽신화」, 계간 《아시아》 제16호, 2010년 봄호.

일연, 김원중 옮김, 『삼국유사』, 민음사, 2008.

조현설, 『고구려 건국신화』, 한겨레아이들, 2009.

(23) 스물세 번째 이야기_바이순 초원을 누빈 우즈베키스탄의 영웅_알파미시

"Alpamysh" at the Uysal-Walker Archive of Turkish Oral Narrative, Texas
　Tech University; 다양한 판본 전문과 연구자료 http://aton.ttu.edu/
　turkishlist.asp

마마트쿨 주라예프,「영웅서사시 〈알파미시〉가 형성되던 시기의 중앙아시아 민
족들의 역사와 문화」,『한-중앙아시아 신화 설화 영웅서사시 작품해설집』, 문
화관광부 아시아문화중심도시추진단, (사)아시아문화네트워크, 2010.

백승무,「우즈베크 영웅서사시 알파미시-맛과 멋을 지닌 위대한 서사시」,『한-
중앙아시아 신화 설화 영웅서사시 번역표준화 작업을 위한 공동 워크숍
(2010.11.29) 자료집』, 문화체육관광부 아시아문화중심도시추진단, (사)아시아
문화네트워크, 2010. 1~3쪽.

서성란,「우즈베크 영웅서사시 알파미시-윤문 감수를 마치고」, 앞의 책, 20~21
쪽.

오은경,「우즈벡 알퍼므쉬와 한국 주몽신화의 활쏘기 모티프 비교연구」,『외국문
학연구』제44호, 한국외국어대학 외국문학연구소, 2011.

최종술·백승무 옮김, 전성태·서성란 공동 한국어 감수,『알파미시』, 문화체육관
광부 아시아문화중심도시추진단, (사)아시아문화네트워크, 2010.

타시마토프 우라잘리,「다스탄 알파미시의 러시아어 번역 현황」,『한-중앙아시
아 신화 설화 영웅서사시 번역표준화 작업을 위한 공동 워크숍(2010.11.29) 자
료집』, 8~13쪽.

투라 미르자예프,「우즈베크 영웅서사시의 불멸의 기념비」(해설),『알파미시』(앞
의 책).

(24) 스물네 번째 이야기_참담한 비극으로 끝난 사랑_목 없는 공주 미 쩌우 이야기

Ha Nguyen, HA NOI-Cultural and Historical Relics, Information and
Communications publishing House, 2010. 이중에서 Co Loa Historical
Relic 7~13쪽.

Hữu Ngọc, Co Loa: Was the princess to blame?, Wandering Through
Vietnamese Culture, Thế Giới Publishers , Hà Nội , 2004. 54~56.

Huu Ngoc, The Snail Fortress and the Magic Crossbow, Vietnamese
Legends Folk Tales, Culture and Information Publishing House, 2011.
91~100쪽.

The Story of My Chau, Trong Thuy, Kim Dong Publishing House, 2009.

다음세대재단 올리볼리(http://www.ollybolly.org) 애니메이션 〈신기한 석궁〉(1,2)
-한글, 영어, 베트남어(동영상)

무경, 박희병 옮김,『베트남의 신화와 전설』, 돌베개, 2000. 중「금구전」(金龜傳).

오구라 사다오 저, 박경희 역, 『한 권으로 읽는 베트남사』, 일빛, 1999. 제1장 베
　트남의 기원, 37~42쪽.

유인선, 『(새로 쓴) 베트남의 역사』, 이산, 2002. 32~33쪽.

팜 쑤언 응우옌, 「꼬로아 성의 전설과 목 잘린 공주 미 쩌우」, 『스토리텔링 하노이』,
　아시아, 2011.

(25) 스물다섯 번째 이야기_사랑을 위해 비극적 운명을 선택한 여인_마후아

Dinwchandra Sen, Eastern Bengal Ballads Mymensing, The University
　Of Calcutta, 1923.

(26) 스물여섯 번째 이야기_펀자브를 울린 비련의 로망스_소흐니와 마히왈

Amaresh Datta, The Encyclopaedia Of Indian Literature, v.2. Sahitya
　Akademi, 2006.

LAMBERT M. SURHONE·MARIAM T. TENNOE·SUSAN F.HENSSONOW,
　SOHNI MAHIWAL, Betascript Publishing, 2010.

하리쉬 딜론, 류시화 옮김, 『인도의 사랑 이야기』, 내서재, 2009.

(27) 스물일곱 번째 이야기_하늘도 감동한 설역(雪域)의 사랑_롭쌍 왕자

Ellen Pearlman, Tibetan sacred dance: a journey into the religious and
　folk traditions, Inner Traditions / Bear & Co, 2002.

Joanna Ross, Lhamo, opera from the roof of the world, Paljor
　Publications, 1995.

Tashi Dhondup, Story of Prince Norsang, E. Neuenschwander, 1992.

TIPA, Opera Drowa Sangmo, Dharamsala, 2005.

Wang Yao, Tales from Tibetan Opera, New World Press, Beijing, 1986.

김규현, 『티베트 문화산책』, 정신세계사, 2004.

박성혜, 『티베트 연극, 라모』, 차이나하우스, 2009.

박성혜, 『티베트 전통극 라뫼습계 연구』, 연세대학교 중어중문학 석사학위 논문,
　2007.

한국불교설화연구회, 『불교의 설화 제행무상』, 글로북스, 2011. 중 「긴나라 공주
　와 선재 왕자의 사랑」.

(28) 스물여덟 번째 이야기_인도 산스크리트 연극의 최고봉_샤쿤탈라

Kalidasa, Sakoontala or The Lost Ring An Indian Drama, Keren Vergon, jayam and PG Distributed Proofreaders, 1893.

Kalidasa, Barbara Stoler Miller (ed), Theatre of Memory: Theater of Memory: The Plays of Kalidasa, Columbia University Press, 1984.

Kalidasa, Somadeva Vasudeva (trans.), The Recognition of Shakuntala (Clay Sanskrit Library), NYU Press, 2006.

박경숙, 『샤꾼딸라』, 지식산업사, 2001.

임근동, 「아비기야나샤꾼딸람(Abhijñānaśakuntalam) 연구: 신화비교를 중심으로」, 『남아시아 연구』, 제14권 2호, 2009.

(29) 스물아홉 번째 이야기_날개와 꼬리가 달린 아름다운 요정_수톤과 마노라

Clair Hodgson Meeker, Manorah The Bird Princess, Ibycus Co.,Ltd.(발행 연도 불명)

Dawn Rooney, Ancient Sukhothai: Thailand's cultural heritage, River Books, 2008.

Thanapol (Lamduan) Chadchaidee, Prince Suthon, Fascinating Folktales of Thailand, Bangkokbooks, 2011. (kindle edition)

Wacharint Riam, Pra Suthon-Manorah, Big Book Center, 2003.

김영애, 「프라쑤톤과 낭마노라 설화 연구 1-僞經 빤얏차독을 중심으로」, 『돈암 어문학』 제15호, 돈암어문학회, 2002.

김영애·최재현, 「낭 마노라」, 『세계민담전집-태국, 미얀마 편』, 민음사, 2003.

정영림 엮고 옮김, 「하늘 나라 공주와의 사랑」, 『(말레이시아 민화집) 반쪽이 삼파파 스』, 창비, 1991.

(30) 서른 번째 이야기_노래를 불러 잠이 들면 돌로 만들어 버리는 전설의 새_이봉 아다 르나

Roberto Alonzo·Jordan Santos·Gualberto Ortega, Ibong Adarna, Adarna House, 2008.

(31) 서른한 번째 이야기_마법의 주머니를 풀어 거인과 싸우다_황금오이

Ali Muakhir, Timun emas yang pemberani(Timun Emas, the Brave Little Girl),

Little Serambi, 2007.(이중언어 판본)

Suyadi, Timun Emas(Golden Cucumber), Balai Pustaka. ISBN-10: 9796661020. (발행연도 불명)

정영림 엮고 옮김, 「황금 오이」, 『(인도네시아 민화집) 꾀보 살람』, 창비, 1997.

(32) 서른두 번째 이야기_말할 때마다 황금 꽃이 나오는 소녀_피쿨

Sanong Promnonsri, Critical Reading Skills Development of 7th grade Students by Using Thai Folktale "Pikulthong" in the Thai Learning Strand, Thesis of M.E.d., Mahasarakham University, 2010.

Thanapol (Lamduan) Chadchaidee, Phikul Thong, Fascinating Folktales of Thailand, Bangkokbooks, 2011. (kindle edition)

박가비니, 『금피군 꽃』(색동다리 다문화 6), 정인출판사, 2012.

(33) 서른세 번째 이야기_도깨비들에게 항복을 받아낸 복숭아 소년_모모타로

김인한 엮고 옮김, 「복숭아동이」, 『함지박을 쓴 소녀』(일본 민화집), 창비, 1991.

조희철, 『일본 재미있는 옛날이야기』, 시사일본어사, 2010.

좌등춘부 저, 편집부 역, 『모모타로』(일본 민담선: 일한대역문고 6), 다락원, 2003.

플로렌스 사카데 저, 강지혜 역, 『복숭아 동자 모모타로』(세계의 전래동화), 상상박물관, 2007.

(34) 서른네 번째 이야기_새로운 세상에 대한 간절한 기원_아기장수

서정오, 『아기장수 우투리』, 보리, 2011.

송언, 『아기장수 우뚜리』, 한겨레아이들, 2009.

심치열·박정혜, 『신화의 세계』, 성신여자대학교출판부, 2005.

조호상, 『아기장수』, 산하, 1991.

한국정신문화연구원, 『한국구비문학대계』, 한국학중앙연구원(정신문화연구원), 1980~1988.

(35) 서른다섯 번째 이야기_쏙독새로 태어난 왕자의 사랑과 모험 이야기_흰 쏙독새

Institute of Research in Culture, Ministry of Culture(ed). Anatole-Roger PELTIER(trans.), The White Nightjar: A Lao Tale, ÉCOLE FRANÇAISE D'EXTRÊME-ORIENT, 1999.

(36) 서른여섯 번째 이야기_징그러운 뱀의 외형마저 뛰어넘은 사랑과 효성_뱀 왕자

Edna Ledgard, The Snake Prince and other stories: Burmese Folktales, Interlink Books, USA, 2000. 84~96쪽.

Gerry Abbott·Khin Thant Han, The Folk-Tales of Burma: An Introduction, BRILL, 2000.

Maung Htin Aung, Burmese Folk-Tales, Calcutta: Geoffrey Cumberlege, Oxford University Press, 1949.

송위지 엮음,「자비로 행복을 지킨 뱀왕자」,『불교에서 배우는 삶의 지혜』, 우리출판사, 2000.

(37) 서른일곱 번째 이야기_중국의 콩쥐팥쥐_섭한 아가씨(葉限姑娘)

Ai-Ling Louie, Yeh-Shen: A Cinderella Story from China, Puffin, 1996.

Yeh Shen and the Magic Fish, Heinemann Secondary Education, 2007.

단성식, 정환국 옮김,『유양잡조(酉陽雜俎)』(전2권), 소명출판, 2011.

주경철,『신데렐라 천년의 여행(신화에서 역사로)』, 산처럼, 2005.

최남선,『최남선 전집』제5권 〈신화 설화/ 시가 수필〉, 현암사, 1973, 84쪽.

(38) 서른여덟 번째 이야기_일본의 콩쥐팥쥐_강복미복(겨순이와 쌀순이)

稲田浩二·和子,『日本昔話100選』(講談社+α文庫 D13-1), 1996.

柳田國男,『遠野物語』, 大和書房, 2010.

박연숙,『한국과 일본의 계모설화 비교 연구』, 계명대학교 박사학위 논문, 2010.

신곡미수,「콩쥐팥쥐와 〈코메후쿠 누카후쿠(米福糠福)〉의 이야기 구조 비교에 관한 고찰」,『한국어문학연구』제23집, 한국외국어대학교 한국어문학연구회, 2006.

최남선,『최남선 전집』제5권 〈신화 설화/ 시가 수필〉, 현암사, 1973.

(39) 서른아홉 번째 이야기_베트남의 콩쥐팥쥐_떰과 깜

Huu Ngoc, Vietnamese Legends Folk Tales, Culture and Information Publishing House, 2011. 42~59쪽.

Minh Quoc, Tam and Cam: The Ancient Vietnamese Cinderella Story, East West Discovery Press; Bilingual English and Vietnamese edition, 2006.

Pham Duy Khiem, Vietnamese Legend, Charles E. Tuttle Company Inc. of Rutland, Vermont & Tokyo, 1965. 143~152쪽.

김기태 엮고 옮김, 「심술궂은 계모」, 『쩌우 까우 이야기』, 창비, 1991.

박연관, 「콩쥐팥쥐와 Tam Cam 비교 연구」, 『베트남연구』제3권, 한국베트남학회, 2002.

전혜경, 「한국-베트남 설화에 나타난 여성상 및 기층의식 비교연구-한국의 〈콩쥐팥쥐〉와 베트남의 〈떰깜〉 비교를 중심으로」, 『베트남연구』제9권, 한국베트남학회, 2009.

최귀묵, 『베트남문학의 이해』, 창비, 2010, 88~92쪽.

(40) 마흔 번째 이야기_어리석은 형제들의 협력이 가져다 준 성과, 그리고 놀라운 반전_세 왕자

Algernon D. Black, The Woman of the Wood: A Tale from Old Russia, Holt, Rinehart and Winston, New York, 1973.

Catherine T. Bryce, "The Three Suitors" from Folk Lore from Foreign Lands, Newson & Company, Publishers, New York, 1913

Eric Kimmell, The Three Princes: A Tale from the Middle East, Holiday House, New York, 1994.

(41) 마흔한 번째 이야기_주사위 놀이와 드라우파디의 수모_마하바라타(1)

John D. Smith, The Mahabharata, Penguin Classics, 2009.

Kisari Mohan Ganguli (trans.), The Mahabharata of Krishna-Dwaipayana Vyasat, 1883-1896. 영어 번역본 전체 수록: http://www.sacred-texts.com/hin/maha

R. K. Narayan, The Mahabharata: A Shortened Modern Prose Version of the Indian Epic, University Of Chicago Press, 2000.

William Buck, The Mahabharata, Motilal Banarsidass, 2000.

가야트리 스피박, 태혜숙 역, 『다른 세상에서』, 여이연, 2003. 이중에서 특히 제11장 〈드라우파디〉(마하스웨타 데비의 단편소설). 영어 원문은 "Draupadi" by Mahasveta Devi - Translated with a Foreword by Gayatri Chakravorty Spivak.

구본기, 『가야트리 스피박의 탈식민 페미니즘 비평이론에 대한 기독교 윤리학적 접근』, 감리교신학대학교 석사학위 논문, 2007.

박경숙 옮김, 『마하바라따』(1차분 전5권), 새물결, 2012.

비아사, 주해신 옮김, 『마하바라타』, 민족사, 1993. 특히 제22장 〈샤쿠니의 묘수〉
  부터 제27장 〈크리슈나의 맹세〉까지.

살레, 김장겸 옮김, 『마하바라따』, 한불문화출판, 2003—인도네시아 판 『마하바
  라타』.

심재관, 「마하바라따의 영웅들」, 『세계의 영웅신화』(신화아카데미 엮음), 동방미디
  어, 2002.

전수용, 「간디, 스피박, 로이의 드라우파디 신화 다시 읽기」, 『현대비평과 이론』
  제20호, 한신문화사, 2000년 12월.

크리슈나 다르마, 박종인 엮음, 『마하바라타』(전4권), 나들목, 2008. 특히 제1권.

(42) 마흔두 번째 이야기_바가바드기타: 우리 안의 두 본성이 벌이는 싸움_마하바라타(2)

마흔한 번째 이야기 참고.

길희성, 『범한대역 바가바드기타』, 서울대학교 출판문화원, 2010.

마하트마 간디, 이현주 옮김, 『바가바드기타』, 당대, 2001.

슈리 샹카라차리야·알라디 마하데바 샤스트리, 김병채 옮김, 『바가바드기타』, 슈
  리크리슈나다스아쉬람, 2007.

이현주, 『쉽게 풀어 읽는 바가바드기타』, 삼인, 2010.

정창영 엮고 옮김, 『바가바드기타』, 시공사, 2000.

함석헌, 『바가바드기타』, 한길사, 1996.

**(43) 마흔세 번째 이야기_크룩셰트라 전투: 세상에서 가장 처절한 18일간의 전투_마하바
  라타(3)**

마흔두 번째 이야기 참고.

(44) 마흔네 번째 이야기_하늘의 태양 아홉 개를 쏘아 떨어뜨린 전설의 신궁_예(羿)

루쉰, 유세종 옮김, 「달나라로 도망친 이야기」, 『새로 쓴 옛날이야기』, 그린비,
  2011.

심치열·박정혜, 『신화의 세계』, 성신여자대학교출판부, 2005.

이기환, 「삼족오, 조선 사대부의 넋이 되다」, 《경향신문》 2012년 6월 27일자.

이평래 (외), 『동북아 활쏘기 신화와 중화주의 신화론 비판』, 동북아역사재단,

2012.

정재서, 「태양을 쏜 영웅 '예'」, 《한국일보》 2002년 5월 21일자.

참교육기획 엮음, 「태양을 떨어뜨린 명궁」, 『마음이 풍요로워지는 아시아 민담』, 유원, 2001.

(45) 마흔다섯 번째 이야기_부끄러움에 땅굴에 사는 타르바간이 된 신궁_에르히 메르겐

경인교대 한국다문화교육연구원, 「활 잘 쏘는 에르히 메르겐」, 『다문화 이웃이 직접 들려주는 다문화 전래동화』, 예림당, 2012.

다음세대재단 올리볼리(http://www.ollybolly.org) 애니메이션 〈활 잘 쏘는 에르히 메르겐〉(1,2) - 한글, 영어, 몽골어(동영상)

데. 체렌소드놈 엮음, 이안나 옮김, 『몽골의 설화』, 문학과지성사, 2007. 47~49쪽.

센덴자빈 돌람, 이평래 옮김, 『몽골 신화의 형상』, 태학사, 2007. 104~106쪽.

유원수 편, 『세계민담전집 3』(몽골편), 황금가지, 2003.

이정희, 『재미있는 몽골 민담』, 백산자료원, 2000.

이평래, 「에르히 메르겐 신화의 문화적 함의」, 『동북아 활쏘기 신화와 중화주의 신화론 비판』, 동북아역사재단, 2010.

체렌소드놈, 이평래 옮김, 『몽골 민간 신화』, 대원사, 2001. 43~46쪽.

(46) 마흔여섯 번째 이야기_백년보다 긴 하루: 세상에서 가장 잔인한 고문_만쿠르트 혹은 도넨바이 전설

Maureen E.C. Pritchard, B.A., LEGENDS BORNE BY LIFE: MYTH, GRIEVING AND THE CIRCULATION OF KNOWLEDGE WITHIN KYRGYZ CONTEXTS, THESIS Presented in Partial Fulfillment of the Requirements for the Degree Master of Art in the Graduate School of The Ohio State University , 2009.

친기즈 아이뜨마또프, 황보석 옮김, 『백년보다 긴 하루』(소설), 열린책들, 2000. 특히 138~163쪽.

(47) 마흔일곱 번째 이야기_정령의 토사물을 먹고 힘이 세진 싱가포르의 천하장사_바당

Ai Ling Lim, Badang the warrior, Associated Educational Distributors, 2003.

Khadijah Hashim, Badang, ITBM, 2009.

Marsita Omar, Badang, National Library Board, Singapore : http://
infopedia.nl.sg/articles/SIP_996_2006-04-05.html (각종 참고서지 소개 포
함)

(48) 마흔여덟 번째 이야기_육 개월 동안 잠만 자는, 세상에서 가장 큰 거인을 깨우다_쿰
바카르나

일흔여덟 번째 이야기 참고

(49) 마흔아홉 번째 이야기_뛰는 놈 위에 나는 놈_이 톤 장사

Jasimuddin, Folk Tales of Bangladesh, Oxford University Press, Dacca,
1974.

(50) 쉰 번째 이야기_스리랑카의 귀여운 천하장사_시기리스 신노

Chandrani Warnasuriya, Favorite Folktales of Sri Lanka, 2007.

H. Parker, Village Folk-tales Of Ceylon, Vol. 1, Luzac & Co., 1914.

(51) 쉰한 번째 이야기_섬나라 동티모르의 탄생 설화_악어 섬 동티모르

Cliff Morris (translator), Legends and Poems from the Land of the
Sleeping Crocodile, Morris, Frankston Vic, 1984.

SEAEO-APCEIU, Telling Tales from Southeast Asia and Korea:
Teachers' Guide:http://www.unescoapceiu.org/bbs/files/pdf/2010/
teachers_guide. pdf.

The Boy and the Crocodile, Illustrated by children from the Familia
Hope Orphanage in East Timor, Affirm Press, 2011.

(52) 쉰두 번째 이야기_불효막심, 이 사람을 보라!_말린 쿤당

Misbah el Munir·Claudine Frederik·Ria Hasibuan, The Legend of Malin
Kundang, West Sumatera, Directorate General of Tourism, 1992.

Murti Bunanta·Margaret Read MacDonald, Indonesian Folktales,
Libraries Unlimited, 2003.

Rozan Yunos, The tale of the unfilial son, Brunei Times, Mar. 30, 2007.

Warren Brewer, Many Flowers: Primary Student Materials, Curriculum Corporation (Australia), 1995.

정영림 엮고 옮김,『(인도네시아 민화집) 꾀보 살람』, 창비, 1991.

(53) 쉰세 번째 이야기_인생을 살아가는 데 필요한 네 가지 덕목_네 개의 꼭두각시

Khin Myo Chit, Folk Tales from Asia for Children Everywhere, Book 3, UNESCO, 1976.

Puppet   Master, Collection of Folk Stories from Myanmar (Folklores from Myanmar), Kindle Edition, 2012-03-11.

The Four Puppets: A Tale of Burma - Told by Aaron Shepard: http:// www.aaronshep.com/stories/043.html

(54) 쉰네 번째 이야기_와양(그림자 인형극)을 통해 보는 인도네시아판 마하바라타_마하바라따

I. Gusti Putu Phalgunadi, The Indonesian Mahabharata (5 Vols.), Satapitaka Series, New Delhi : International Academy of Indian Culture and Aditya Prakashan, 1990.

Ir. Sri Mulyono, Human Character in the Wayang, Pustaka Wayang, 1977.

Mimi Herbert, Voices of the Puppet Masters: The Wayang Golek Theatre of Indonesia, University of Hawaii Press, 2002.

살레, 김장겸 옮김,『마하바라따』, 한불문화출판, 2003.

양승윤 외,『동남아 인도문화와 인도인사회』, 한국외국어대학 출판부, 2001.

(55) 쉰다섯 번째 이야기_오해와 누명 속에 평생 불행하게 산 한 여인의 진실_꽌 엄 티 낑

Hữu Ngọc & Lady Borton, Chèo / Popular Theatre (Frequently Asked Questions About Vietnamese Culture), Thê Giới Publishers , Hà Nội, 2003.

강은해,「고려(까오·리)국 이야기와 베트남 전통극〈꽌 엄 티 낑(觀音氏敬)〉- 한국 서사민요·탈춤과의 비교를 중심으로」,『한국 문학이론과 비평』제11권 2호, 한국문학이론과 비평학회, 2007.

최귀묵,「월남 전통극 연구」,『고전문학연구』16권, 한국고전문학회, 1999─「월남의 째오와 뚜옹」이라는 제목으로 박진태 엮음,『동양 고전극의 재발견』(박이정, 2000)에 재수록. 287~334쪽.

최귀묵,「월남 전통극 째오의 종합예술성」,『고전희곡연구』제6집, 한국공연문화
학회, 2003.

최귀묵,『베트남문학의 이해』, 창비, 2010. 제2장 구비문학 제4장 연행 〈째오〉,
〈인형극〉 97~134쪽. 특히 〈관음씨경〉은 108~115쪽.

제1권 그림·사진 찾기와 출처

40쪽. 이난나
출처 http://en.wikipedia.org/wiki/Inanna

99쪽. 나스레딘 호자
출처 http://karikaturculerdernegi.com/en/2010/10/yarisma

172쪽. 수톤 마노라
출처 http://en.wikipedia.org/wiki/File:Kinnon_Wat_Phra_Kaew_02.jpg

245쪽. 마하바라타
출처 http://commons.wikimedia.org/wiki/File:The_Swayamvara_of_
Panchala%27s_princess,_Draupadi.jpg

304쪽. 와양 골렉
출처 http://commons.wikimedia.org/wiki/File:COLLECTIE_TROPENMUSEUM_
Houten_wajangpop_voorstellende_Draupadi_TMnr_4283-70.jpg

305쪽.
위) 와양 쿨리트
출처 http://en.wikipedia.org/wiki/File:Wayang_Pandawa.jpg
아래) 와양 클리틱
출처 http://en.wikipedia.org/wiki/File:ZP_05_Batara_Guru_02.jpg

찾아보기(괄호 안은 권수)

홍수 151(1), 228(1), 245(2), 247(2), 248(2)

화살 120(1), 121(1), 122(1), 124(1), 129(1), 131(1), 140(1), 141(1), 194(1), 195(1), 202(1), 204(1), 226(1), 234(1), 250(1), 251(1), 252(1), 253(1), 254(1), 255(1), 259(1), 261(1), 262(1), 263(1), 268(1), 277(1), 290(1), 88(2), 117(2), 128(2), 132(2), 152(2), 185(2), 207(2), 209(2), 213(2)

환생 171(1), 174(1), 221(1), 222(1), 223(1), 301(1), 116(2), 139(2), 182(2), 227(2), 231(2)

환생꽃 32(1)

활 120(1), 123(1), 123(1), 125(1), 127(1), 129(1), 131(1), 133(1), 135(1), 136(1), 155(1), 156(1), 167(1), 170(1), 202(1), 234(1), 243(1), 257(1), 258(1), 259(1), 260(1), 262(1), 263(1), 267(1), 268(1), 31(2), 32(2), 69(2), 88(2), 117(2), 128(2), 151(2), 152(2), 207(2), 252(2)

황금거북이 139(1), 140(1), 141(1), 142(1), 143(1)

황금꽃 183(1), 184(1), 187(1)

황금사슴 132(2), 159(2)

황금오이 179(1), 180(1), 181(1), 182(1), 183(1), 189(1)

황새 209(1), 209(2)

황석영 24(1), 29(1), 196(1)

황천 28(1), 31(1), 72(2), 74(2), 75(2), 76(2)

회남자 260(1)

홍 브엉 92(2), 93(2), 95(2)

흑성(흑수성) 56(1), 57(1), 58(1), 59(1), 60(1)

흑장군 55(1), 56(1), 57(1), 58(1), 59(1), 60(1), 67(1)

희곡 157(1), 158(1), 159(1), 196(1)

히란야카시푸 112(2), 181(2), 182(2), 183(2)

히말라야 40(1), 232(1), 237(1), 241(1), 278(1), 67(2), 135(2), 136(2), 165(2), 254(2)

히카야트 항 투아 59(2), 61(2), 62(2), 63(2)

히카야트(히까얏) 65(1), 59(2), 61(2), 62(2), 63(2), 70(2), 71(2)

힌두교 40(1), 44(1), 45(1), 49(1), 51(1), 116(1), 148(1), 164(1), 240(1), 249(1), 283(1), 294(1), 300(1), 306(1), 23(2), 62(2), 69(2), 109(2), 116(2), 120(2), 121(2), 124(2), 140(2), 141(2), 143(2), 147(2), 149(2), 156(2), 163(2), 167(2), 168(2), 180(2), 184(2), 226(2), 227(2), 232(2), 234(2), 238(2)

〈아시아 클래식〉을 펴내며

하루 종일 우리는 인터넷과 신문, 방송 등을 통해서 무수한 정보를 주고 받는다. 그럼에도 우리는 늘 진정한 이야기에 목말라 한다. 그 까닭은, 백 년 전 발터 벤야민이 이미 말했듯이, 우리가 알게 되는 일들이 하나의 예외 없이 설명이 붙어서 전달되기 때문이 아닐까. 거기, 상상력이 설 자리는 없다.

"옛날 한 옛날에"로 시작되는 이야기는 한 순간이 아니라 모호해서 오히려 영원한 시간과 관련을 맺고 있다. "어느 마을에"로 시작되는 이야기의 공간 역시 아홉 시 뉴스의 특정 발화(發話) 지점하고는 상관이 없다. 그곳은 어디에도 없고 동시에 어디에나 있다.

그래서 우리는 이렇게 말할 수 있을 것이다.

"이야기는 미래의 모든 곳을 향해 열려 있다."

몽골의 한 소년이 초원을 초토화시킨 참혹한 조드(재앙)의 희생자가 된다. 아직 때가 아니라고 염라대왕이 돌려보내며 한 가지 선물을 준다. 소년은 뜻밖에도 '이야기'를 선택한다. 세상에 이야기가 생겨난 사연이다. 그리하여 바리공주부터 이난나까지, 손가락만한 일촌법사부터 산보다 큰 쿰바카르나까지, 엄마를 무시해서 돌이 된 말린 쿤당에서 두 어깨에서 매일 뱀이 자라는 폭군 자하크까지 크고 작은 이야기들이 나뉘고 또 섞이면서 아시아를 아시아답게 만들어왔다.

우리 현실은 충분히 추하지만, 그래도 아시아의 광대한 설화의 초원에서 새삼 희망을 읽는다. 오늘 밤 우리가 꾸는 꿈이 부디 그 증거이기를!

김남일

소설가. 한국외국어대학 네덜란드어과 졸업. 장편소설『천재토끼 차상문』『국경』소설집『산을 내려가는 법』『천하무적』소년소설『모래도시의 비밀』등이 있다. 아름다운작가상, 제비꽃문학상 등을 수상하고, 2012년 권정생 창작기금을 받았다. '베트남을 이해하려는 젊은 작가들의 모임'과 '한국-팔레스타인을 잇는 다리'에서 활동했으며 현재 '아시아문화네트워크' 책임연구원이다.

방현석

소설가. 중앙대학교 문예창작학과와 동대학원 졸업. 장편소설『그들이 내 이름을 부를 때』소설집『내일을 여는 집』『랍스터를 먹는 시간』, 서사창작방법 안내서『이야기를 완성하는 서사패턴 959』와『글쓰기 수업비법』(공저) 등을 냈다. 신동엽창작기금, 오영수문학상, 황순원문학상을 받았으며, 현재 중앙대학교 문예창작학과 교수이자 '아시아스토리텔링위원회' 위원장이다.

백 개의 아시아 1

2014년 1월 20일 초판 1쇄 펴냄 | 2016년 7월 15일 초판 3쇄 펴냄

지은이 김남일, 방현석 | 펴낸이 김재범 | 편집 김형욱, 윤단비 | 관리 강초민
인쇄 AP프린팅 | 제본 대원바인더리 | 종이 한솔 PNS | 디자인 글빛
펴낸곳 ㈜아시아 | 출판등록 2006년 1월 27일 | 등록번호 제406-2006-000004호
전화 02-821-5055 | 팩스 02-821-5057 | 주소 서울시 동작구 서달로 161-1 3층
이메일 bookasia@hanmail.net | 홈페이지 www.bookasia.org

ISBN 978-89-94006-66-6 04800
      978-89-94006-53-6 (세트)

* 값은 뒤표지에 표시되어 있습니다.

이 도서의 국립중앙도서관 출판시도서목록(CIP)은 서지정보유통지원시스템 홈페이지
(http://seoji.nl.go.kr)와 국가자료공동목록시스템(http://www.nl.go.kr/kolisnet)에서
이용하실 수 있습니다. (CIP제어번호 : CIP2013029410)